Werner Jondral

Das alte Haus am Omulef

Originalausgabe – Erstdruck

Werner Jondral

Das alte Haus am Omulef

Verwehte Spuren – Ostpreußen

Ein autobiographischer Roman

Schardt Verlag Oldenburg

Bibliographische Information der Deutschen Bibliothek:

Die Deutsche Bibliothek verzeichnet diese Publikation in *Der Deutschen Nationalbibliografie*; detaillierte bibliographische Daten sind im Internet über *http://dnb.d-nb.de* abrufbar.

Titelbild: Werner Jondral

1. Auflage 2009

Schardt Verlag
Uhlhornsweg 99 A
26129 Oldenburg
Tel.: 0441-21 77 92 87
Fax: 0441-21 77 92 86
E-Mail: kontakt@schardtverlag.de
www.schardtverlag.de
Herstellung: Aalexx Buchproduktion GmbH

ISBN 978-3-89841-453-1

Prolog

Der letzte friedliche Spätsommer des Jahres 1944 neigt sich langsam seinem Ende entgegen. Doch schon recht bald wird das Land der dunklen Wälder und kristallenen Seen durch Krieg und Verderben erschüttert, wird ein schreckliches, gewaltiges Drama über Ostpreußen hereinbrechen. Die hier niedergeschriebenen, bewegenden Erlebnisse eines masurischen Jungen, der ein letztes Mal eine sorglose, friedliche Kindheit in seiner Heimat erlebt, schildern das einfache Leben auf dem Lande in einem Naturparadies Ostpreußens.

Es sind authentische Geschichten über Menschen, deren Leben von Leid und Schmerzen, von Entbehrungen und grausamen Schicksalsschlägen geprägt sind, und Erinnerungen an das tragische Ende einer verbotenen Liebe zwischen dem Offizier der Deutschen Luftwaffe Werner von Falkenstein und der Polin Iwonka Lissek. Erinnerungen an Krieg, Flucht und die verlorene Heimat, die den längst verwehten Spuren folgen, als Ostpreußen im Januar 1945 unterging. Erlebnisse, die tief in die Seele eingebrannt, für alle Zeit aufbewahrt bleiben.

Werner Jondral

Im Land der dunklen Wälder und kristallenen Seen

Der warme Regen prasselt monoton auf das dichte Blätterdach der Büsche am sumpfigen Ufer des stillen Sees. Ein Schof Moorenten streicht im Tiefflug über die glatte Wasseroberfläche und landet nicht weit von uns am Schilfrand. Er stopft seine alte Pfeife, zündet sie unter seiner verschlissenen Regenjacke an, macht ein paar tiefe, nachdenkliche Züge und erzählt mir dann über sein Leben, seine Geschichte. Es hat aufgehört zu regnen. Im diffusen Licht der aufgehenden Sonne steigen dampfende Nebelschwaden auf, bis sich schließlich der runde, goldgelbe Ball im dunklen Wasser des ruhigen Sees widerspiegelt. Ein friedvoller, neuer Tag bricht an. Ich höre ihm still ergriffen und wissbegierig zu, ich, sein Sohn, sein einziger. Es war eine glückliche Zeit damals im Spätsommer 1944 in Ostpreußen. Noch ahnten wir nicht, was nur fünf Monate später geschehen würde.

Es war Krieg, ein schrecklicher Krieg, der sich unaufhaltsam unserer Heimat näherte. Er wurde nicht mehr eingezogen, musste nicht mehr an die Front, nein, er war untauglich und inzwischen auch zu alt geworden. Ja, er hatte sein Leben nach zwei schweren Grubenunglücken, bei denen er beinahe getötet wurde, ändern müssen, obwohl er damals erst 42 Jahre alt war, als er als gebrochener Mann, als Invalide, wieder in seine Heimat nach Masuren zurückkehrte. 28 Jahre hatte er tief unter der Erde hart geschuftet. Als masurische Kleinbauern konnten die Eltern die kinderreiche Familie nicht mehr ernähren. Er war der älteste Sohn, hatte noch zwei Brüder und fünf Schwestern und musste fort in die Fremde, um Geld zu verdienen. Nach einer Missernte drohte die große Familie auf dem kleinen Bauernhof zu verhungern.

Um die Jahrhundertwende schnürte er sein Bündel und gelangte nach einer langen, abenteuerlichen Bahnreise ins Ruhrgebiet zu einem Schulfreund aus dem Nachbardorf, der ein Jahr vor ihm dorthin gezogen war, um der großen Armut zu entrinnen, die in jener Zeit in Masuren herrschte. Arbeit fand er schnell im Kohlenpott. Der Steinkohleboom in Deutschland war in vollem Gange. Er war gerade mal 14 Jahre alt, aber schon ein kräftiger, athletischer Bursche, als er als Pferdejunge in der Zeche Dahlbusch in Gelsenkirchen-Rotthausen zu arbeiten begann. Der heranwachsende Junge schuftete täglich bis zum Umfallen und wurde von den älteren Bergmännern oft schikaniert. Die Arbeit Untertage, in dem stockdunkelen Loch, machte ihn mutlos, ja verzweifelt. So weit weg von der elterlichen Obhut und Fürsorge, hatte er Heimweh und vermisste seine Geschwister.

Er fühlte sich allein, verlassen und wünschte sich nichts mehr, als wieder daheim zu sein. Schaurig finster war die Grube, angsteinflößend, ein dunkles Loch. Der dichte Kohlenstaub verstopfte die Atemwege, setzte sich in der Lunge fest und brannte entsetzlich in den Augen. Andauernd quälte ihn der Husten mit pechschwarzem Auswurf. Es war zum Verzweifeln. Vom Streb musste er mit einem alten Gaul die bis zum Rand gefüllten Loren auf schmalen Schienen im schwachen Schein seiner stinkenden Karbidlampe durch staubige, endlose Stollen zum Förderschacht schleppen. Sein Traum von einer sorgenfreien Jugendzeit in der geliebten Heimat blieb nur ein Traum.

Nach der Arbeit heulte er oft in seinem Kämmerlein, in dem ein einfaches Bett, ein grober Schemel, ein kleiner Spiegel, ein alter Schrank, eine Waschschüssel mit einer alten Wasserkanne und ein winziger, wackeliger Tisch sein Reich nach Feierabend war. Eine flackernde Petroleumfunzel, deren geisterhaften Schein er manchmal lange anstarrte, war die einzige Lichtquelle in dunkler Nacht. Er hatte viel Zeit zum Grübeln. Und wenn er so stundenlang über sein hartes Los als blutjunger Bergmann in einer großen, fremden Stadt und über seine ferne Heimat nachdachte, dann fielen ihm so manche Jugendstreiche ein, die er oft im Übermut mit seinen Spielkameraden verübt hatte. Na ja, viele waren es ja auch nicht. Was konnte man schon viel als Bengel in Wessolowen am Omulef im südlichen Ostpreußen anstellen, in einem Dorf mit dreihundert Einwohnern, umgeben von kleinen Feldern, Heide, Sümpfen und unendlichen, dunklen Wäldern. Ziellos schlenderte er durch die düsteren, vom Kohlenstaub geschwärzten Gassen, wenn er sein kärgliches Essen in der Werkskantine hinter sich hatte und sah sich sehnsüchtig die großen, glitzernden Schaufenster in den neuen Geschäften an. Ja, hier in Gelsenkirchen, hier im Kohlenpott des Ruhrgebiets, wurde gutes Geld verdient. Die meisten Leute waren gut gekleidet, die Kneipen alle voll, und auf den Straßen fuhren schicke Autos, wie er sie vorher in seiner Heimat noch nie gesehen hatte. Der Zechenlohn reichte gerade für seinen Unterhalt, was doch noch davon übrig blieb, schickte er brav seinen Eltern, die ihm aber auch von Zeit zu Zeit ein kleines Päckchen mit ostpreußischen Spezialitäten schickten. Seine Mutter vermisste ihn sehr, schrieb sehr oft und ermahnte ihn in ihren Briefen, ein anständiger und ordentlicher Junge zu bleiben. Vor allem aber sollte er die Wirtshäuser und den verderblichen Alkohol tunlichst meiden.

Wenn er nach harter Arbeit als Pferdejunge und einer langen Schicht aus der Tiefe der finsteren Kohlengrube wieder ans Tageslicht kam, wusch er sich erst gründlich mit grober Kernseife unter der Dusche in der Gemeinschaftskaue der Zeche den klebrigen, dreckigen Kohlenstaub von seinem geschundenen Körper. Hinterher ging es meistens in eine der vielen nahegelegenen Kneipen. Er trank artig seine Limonade, wie ihm von der Mutter ans Herz gelegt wurde, auch dann, wenn seine Arbeitskameraden ihn immer wieder mit einem Bier oder einem Schnaps verführen wollten. Damit hätte er noch Zeit, sagte er, stand auf und verließ eilends den verräucherten Raum und die lauten Zecher. So vergingen die Jahre mit erbarmungsloser Schwerstarbeit in der Grube Dahlbusch.

Er wurde gerade 18 Jahre alt, als er einem hübschen Mädchen begegnete, das in einem Café in Rotthausen bediente, in das er öfter mal ging. Wenn beide frei hatten, bummelten sie verliebt durch den Stadtpark. Dann sprachen sie über seine ferne Heimat, über die harte Arbeit unter der Erde, über ihre junge Liebe und schmiedeten natürlich Zukunftspläne. Er war fest entschlossen, im Leben etwas zu erreichen, um einmal eine Familie ernähren zu können. Aufmerksam hörte sie ihm stets zu, unterbrach ihn selten, eigentlich nur dann, wenn er sie etwas fragte. Gelegentlich gönnten sie sich ein Eis oder eine Brauselimonade. Für mehr reichte es nicht, denn beide mussten sparen. Sie war zwei Jahre älter als er und lebte mit ihrer Mutter und dem jüngeren Bruder in einer kleinen Bergmannswohnung in Essen. An ihrem 18. Geburtstag, den sie mit ihrer Freundin und der Familie feiern wollte, verunglückte ihr Vater bei einem schweren Grubenunglück in Oberhausen. In ihrem jungen Leben veränderte sich alles schlagartig. Ihre Träume, irgendwann einmal studieren zu können, rückten in weite Ferne. Mit ihrem Vater verstand sie sich immer gut. Er war ein ruhiger, besonnener Mann, der für seine Familie sorgte und immer für sie da war, erzählte sie. Nun mussten ihr jüngerer Bruder und sie sich um die Mutter kümmern, die nach dem schrecklichen Tod ihres Mannes sehr krank wurde.

Die kleine Zechenrente reichte nicht zum Leben. So mussten sie als Kinder für sie sorgen und jede Gelegenheitsarbeit annehmen, die sich ihnen bot. Fast drei Jahre arbeitete sie nun schon in dem Café, in dem er sie kennenlernte. Ja, er verknallte sich Hals über Kopf in dieses hübsche, bescheidende, natürliche Mädchen. Besonders liebte er es, wenn sie beim Bedienen der Gäste ihm vielsagend zulächelte, und wenn er ging, ihm ein „Bis morgen“ nachrief und kurz zuwinkte. Sie mag mich sicher auch, dachte er und freute sich auf den nächsten Tag. Das Leben hatte plötzlich einen Sinn für ihn, er war verliebt und nicht mehr so einsam. Er war bereit, für dieses Mädchen, diese junge Frau, alles zu tun. Vor einigen Tagen gestand sie ihm, dass sie, kurz bevor sie sich kennenlernten, noch einen Freund hatte, ihn aber seitdem nicht wiedersah. Bei reiflicher Überlegung hatte er eine gute Chance, ihr Herz zu gewinnen. Wilhelm Jondral aus Wessolowen in Ostpreußen war ein ehrgeiziger, strebsamer junger Mann, der nur ein Ziel vor Augen hatte: Er wollte es im Leben zu etwas bringen, er wollte viel erreichen, und dafür schuftete er erst als Pferdejunge, dann als Schlepper Untertage, legte jeden Pfennig beiseite und sparte eisern, um bald eine höhere Bergmannsschule zu besuchen. Er wollte einmal Steiger, Aufsichtsbeamter und Vorgesetzter werden. Monate später hatte er die Aufnahmeprüfung zur Höheren Bergmannsschule bestanden und besuchte nun täglich nach Feierabend und an den Wochenenden den Unterricht. Er opferte dafür sogar den größten Teil seines ohnehin sehr kurzen Urlaubs.

Bergmann Wilhelm Jondral

Inzwischen war Anna seine feste Freundin geworden, der er alles anvertraute, die er immer mehr ins Herz geschlossen hatte. Trotz seiner schweren Arbeit und trotz des vielen Lernens sahen sie sich sooft es irgendwie ging. Er schwebte auf Wolke sieben, war mit sich selbst und seinem jungen Leben vollends zufrieden. Zurückhaltend und etwas schüchtern wie er war, aber vor allen Dingen sich immer wieder daran erinnernd, was ihm seine besorgte Mutter in ihren Briefen geschrieben hatte, dass er nämlich erst was Richtiges werden solle, bevor er sich Zeit für eine ernste Beziehung nähme, wagte er auch nach vielen Wochen und Monaten nicht, Anna zu fragen, ob sie sich verloben sollten. Wilhelm war ganz einfach glücklich! Anna nannte ihn nun liebevoll Willi, da ihr der Name viel besser gefiel. Sie sahen sich sooft es ging in ihrer Freizeit, schmiedeten stundenlang Zukunftspläne und schworen sich ewige Treue. Wenn sie sich trafen, sprach er sehr häufig über seine Heimat, über sein Dorf in Ostpreußen, über den kleinen Bauernhof seiner Eltern, den einmal sein Bruder August bewirtschaften würde. Wessolowen sei ein kleiner Ort am Omulef, einem verträumten Flüsschen, ganz im Süden von Ostpreußen, das durch eine verschwenderische Urlandschaft still und gemächlich dahinfließt, erzählte er ihr. Es sei ein Paradies, schwärmte er, in dem es nur so von geheimnisvollen Naturwundern wimmelte. Diese galt es damals, als er noch daheim war, zu entdecken und zu erforschen. Seine Mutter ängstigte sich sehr, wenn er mit anderen Jungen in den tieferen Gumpen des Omulefs in der Nähe des Dorfes baden ging, denn er war in ihren Augen viel waghalsiger als Gleichaltrige. Stolz war er schon darauf, dass er bereits mit acht Jahren schwimmen konnte. Mit seinem Vater verbrachte er viele unvergessliche Stunden in dieser idyllischen Flusslandschaft. Schon als Kind lernte er Zusammenhänge in der Natur kennen, die ihn faszinierten, erinnerte er sich.

Mit der Zeit kannte er fast alle Fluss-, Feld-, Wald- und Wiesenbewohner. Er kannte das Flugbild der Vögel und erkannte sie auch an ihren Stimmen. Auch in allen heimischen Pflanzen, Pilzen und Wildblumen war er bewandert, weil er neugierig war und mehr wissen wollte als die anderen. Wenn seine Altersgenossen im Dorf spielten, saß er allein im mannshohen Schilf am Fluss, beobachtete im glasklaren Wasser die Stichlinge und unzähligen Frösche und träumte so vor sich hin. Aber am allermeisten Spaß machte es ihm, wenn er mit seinem Vater zum Angeln ging, erzählte er ihr. Dann ließen sie sich auf dem gemächlich dahinfließenden Omulef in einem alten Kahn, den schon der Großvater zum Fischen benutzt hatte, flussabwärts treiben, verankerten das Boot im mannshohen Uferschilf und verhielten sich mucksmäuschenstill. Sie fütterten die Fische mit durchgekautem Brot und gekochten Kartoffeln an und warfen ihre primitiven, selbstgebauten Angeln aus. Eine Gänsefeder diente dabei als Pose, die in ein kunstgerecht zugeschnittenes Stück Rinde einer alten Kiefer gesteckt wurde. So warteten Vater und Sohn geduldig auf den ersten Biss. Gebannt schaute er dann auf die Schwimmer und konnte es kaum erwarten, bis der erste Fisch den Angelköder annahm. Flüsternd unterhielten sie sich, um die Fische nicht zu verscheuchen und die vielen Flussbewohner nicht zu stören.

Mit scharfem Blick entdeckte sein Vater die Rohrdommel, den Schilfrohrsänger, die Rohrweihe, die Stockente, den Wiedehopf, den Pirol und viele andere heimische Tiere dieser verträumten, urwüchsigen Fluss-, Moor- und Sumpflandschaft.

Im letzten Sommer, bevor er Abschied nehmen musste, erlebte er mit seinem Vater die wohl schönste Zeit in seinem Heimatdorf. Sooft sein Vater nur konnte, streiften sie durch die Wildnis am geheimnisvollen, gemächlich dahinfließenden Omulef. Tage und Nächte verbrachten sie in freier Natur, immer auf der Suche nach neuen Entdeckungen in dieser fast menschenleeren Urlandschaft. An seinem 14. Geburtstag, kurz vor dem traurigen Abschied von seiner geliebten Heimat, weckte ihn der Vater sehr früh am Morgen. Es war schon seit einigen Tagen eine bedrückende Stimmung bei den Eltern und seinen Geschwistern, ahnte doch jeder, wie schwer der Abschied sein würde. Ein strahlender Frühlingsmorgen versprach ein herrlicher Angeltag zu werden, als Vater und Sohn nach kräftigem Frühstück zu dem guten, alten Kahn am Omulef aufbrachen. Es sollte ein unvergesslicher Tag werden. Recht kühl war es noch, als beide das kleine Ruderboot am reifbedeckten Ufer losbanden und in der morgendlichen Stille durch seltsam anmutende Nebelschwaden flussaufwärts ruderten, ohne viel miteinander zu reden. Viel weiter als sonst ging diesmal die Flussfahrt, bis der Vater nach Stunden endlich an der Einmündung eines glasklaren Seitenbachs anhielt, gemächlich seine alte Pfeife stopfte und anzündete. Beide stiegen nun aus dem Kahn und betraten, angestrahlt von der wärmenden Morgensonne, das sumpfige Flussufer. In den alten Gummistiefeln, die aber durchaus in dieser feuchten und moorigen Flusslandschaft von großem Nutzen waren, wateten beide am Rand des kleinen Bachs durch mannshohes Schilf und Gestrüpp gegen die Strömung des Wasserlaufs, bis sie zu einer freien und doch versteckten Stelle gelangten, an der eine verfallene Hütte stand.

Die Überraschung war perfekt, der Eindruck dieser düsteren Holzhausruine wirkte lähmend auf Wilhelm. Erst nach geraumer Zeit begann sein Vater mit geradezu andächtiger Stimme zu erzählen: „In dieses alte, verfallene Haus flohen einst in Kriegszeiten meine Eltern. Damals bewirtschafteten sie noch die Holzmühle in Kutzburg, die sie später an die Gebrüder Adam und Michael Krosta verkauften. Danach erwarben sie einen

Bauernhof im nahen Wessolowen. Nach altem Brauch hieß mein Vater August, wie sein schon Vater, und meine Mutter Frieda. Zu jener Zeit herrschte eine schreckliche Hungersnot in ganz Ostpreußen, aber besonders hart traf es die Kleinbauern im südlichen Teil Masurens. In diesem Gebiet zwischen Willenberg und Neidenburg gibt es kaum Wege, vielmehr große, undurchdringliche Wälder und Sümpfe. Nur mit dem Kahn kann man es durchqueren. Damals lebten hier noch Wölfe, die in strengen Wintern sogar bis in die Dörfer eindrangen. Der letzte Bär wurde von meinem Großvater um 1800 erlegt.

In dieser urwaldähnlichen Gegend an der Grenze zu Polen schlängelt sich der Omulef durch eine unberührte Sumpflandschaft und mündet nach etwa sechsundvierzig Kilometern in den Narew. Er wird von zwei Quellbächen gespeist, die aus dem Gimmen- und Omulefsee entspringen. In seinem glasklaren Wasser wimmelt es nur so von Fischen. Hier gründeten lange vor Ankunft der Ordensritter preußische Beutner vom Stamme der Sassen und Galinder die ersten Ansiedlungen in Masuren. In Urkunden und Chroniken ab 965 werden die Prußen (Prüssi, Pruzzi, Borussi) erstmals genannt. Der Name stammt aus dem Lateinischen und bedeutet ‚die Wissenden, die Klugen'. Den Bienen verdanken die Beutner ihren Namen. In hohlen, abgestorbenen Baumstämmen bauten die wilden Bienen ihre Nester. Im Sommer verließen die Beutner ihre Wohnsiedlungen und Hütten und suchten in der Wildnis den Honig. Dieser war sehr begehrt, denn er war damals der einzige bekannte Süßstoff. Das Privileg des Honigsammelns war meistens auch mit dem Fischfang und der Jagdgerechtigkeit verbunden. Niemand kannte diese Urlandschaft so gut wie die Beutner. Aber nach der Eroberung des Landes durch den Deutschen Orden verloren alle Ureinwohner ihre Freiheit.

Ab etwa 1422 nutzte der Orden eine kurze Friedensphase und gründete weitere Dörfer im Raum Neidenburg/Willenberg. Aber dieses abgeschiedene Sumpfgebiet hielt den Orden lange von einer raschen Besiedlung durch Bauern ab. Man lebte in einem abgelegenen, ärmlichen Naturparadies. Nach der Unterwerfung der Prußen drangen von Süden ab Mitte des 14. Jahrhunderts Masowier in diese Wildnis und vermischten sich mit den Beutnern. Sie errichteten kleine Ansiedlungen in Grenznähe zu Polen und ernährten sich hauptsächlich vom Jagen und Sammeln. In den Wäldern lebten damals noch viele Tiere, es gab reichlich Wildfrüchte, und die Flüsse und Seen waren voller Fische.

Zwischen 1500 und 1700 wurde Ostpreußen immer wieder Kriegsschauplatz der ständigen Konflikte zwischen Polen und Schweden. 1565 bis 1570 wütete die Pest, der mehr als ein Drittel der Bevölkerung zum Opfer fiel. Nach dem zweiten schwedisch-polnischen Krieg zwischen 1617 und 1629 verarmte das Land völlig. Im Oktober 1656 verheerten die Tataren den Osten Masurens. Sie massakrierten die Verwundeten und viele Zivilpersonen und brannten 67 Dörfer nieder. Im November 1656 zogen wieder feindliche Truppen bis vor die Tore von Neidenburg. Die Befehlshaber lagerten in der Mittagszeit vor der Stadt und nahmen ihr Mahl auf einem großen Findling ein. Die Legende erzählt, dass ein glücklich abgefeuerter Schuss aus der Burg ihre gefüllten Schüsseln traf. Der Anführer der Tataren erschrak davon so sehr, dass er sich mit seinen Truppen schleunigst zurückzog. Für diesen Meisterschuss soll der Schütze namens Nowak reichlich geehrt und beschenkt worden sein.

In der Zeit von 1709 bis 1711 wurden wiederum ganze Landstriche durch die schreckliche Seuche entvölkert. Über diese fürchterlichen Jahre erzählten sich die alten Leute viel Schlimmes. Es war eine Zeit grauenvoller Ereignisse. 1831 raffte die Cholera zwei Brüder meines Großvaters dahin. 1852 kehrte sie zurück und forderte in Wessolowen viele Opfer. Auch die Jahre ab 1840 waren von mehreren aufeinanderfolgenden katastrophalen Missernten begleitet, die die Bevölkerung im Kreis Ortelsburg verarmen ließen. 1844 regnete es tagelang so stark, dass der Omulef die umliegenden Felder und Wiesen weit überschwemmte und die gesamte Ernte vernichtete.

1859 kam ich zur Welt.

Der Krieg 1870/71 brachte Not und Elend ins Land an der Grenze zu Polen. Es war eine schlimme Zeit. Heftige Kämpfe tobten um Willenberg und Neidenburg, und nach Kriegsende 1871 plünderten polnische Banden das Land im südlichen Masuren völlig aus. Unsere Familie wäre verhungert, wenn mein Vater nicht täglich Fische aus dem Omulef gefangen hätte. Hier, im sicheren Versteck der undurchdringlichen Wildnis, in das wir alle bei Kriegsausbruch mit einem Kahn über den Fluss geflohen waren, im mannshohen Schilf der Sümpfe blieben wir unentdeckt. Hier wurden wir auch nicht von Banden überfallen, denn es gibt ja keine Wege durch diese entlegene, urwaldähnliche Moorlandschaft.

Als mein Vater wochenlang keinen Kanonendonner und Gefechtslärm in der Ferne mehr hörte, entschloss er sich, mit mir zu seinem verlassenen Hof in Wessolowen zurückzukehren. War der Krieg vorüber? War der

Feind abgezogen? Gerade diese Ungewissheit und der Hunger trieben ihn dazu, etwas zu unternehmen. In einer mondhellen Nacht ruderten wir beide nahezu lautlos auf dem dahinplätschernden Omulef mit äußerster Vorsicht flussabwärts zu unserem Dorf. Als wir kurz vor Kriegsbeginn alle in dieses alte Haus am Omulef geflohen waren, hatten wir vorher noch mit dem alten Kahn einiges an Lebensmitteln, Gegenständen und ein Teil unserer ärmlichen Bekleidung dorthin geschafft. Die wenigen Tiere der Landwirtschaft brachten wir auf dem nachbarlichen Gehöft bei Freunden unter, die zurückgeblieben waren und uns versprachen, unser Versteck nicht zu verraten. Es war fast Mitternacht, als wir in einiger Entfernung von Wessolowen den alten Kahn am Schilfufer festbanden.

Den verlassenen Hof an der kleinen Brücke erkannten wir nur schemenhaft im hellen Mondlicht. Es roch nach kaltem Rauch. Kein Lichtschimmer, kein Hundegebell – Totenstille. Ein seltsam bedrückendes, lähmendes Gefühl erfasste uns. Je näher mein Vater und ich uns anschlichen, desto mehr ahnten wir die Katastrophe. Der so geliebte, kleine Bauernhof war abgebrannt und verwüstet. Geisterhaft ragten verkohlte Balken in die helle Nacht. Nichts war übrig geblieben, nichts war mehr zu retten. Auch die Nachbargehöfte waren zerstört und verbrannt. Das Dorf war menschenleer, vernichtet und geplündert. Vergeblich suchten wir fast die ganze Nacht in den nach kaltem Rauch stinkenden Trümmern nach Überlebenden.

Wir fanden nur verstümmelte Leichen. Die Menschen waren alle brutal ermordet und erschlagen worden. Ja, das war Krieg, der grausame Krieg. Russen und Polen hatten nicht nur Wessolowen auf ihrem Rückzug zerstört und verwüstet, sondern auch in den benachbarten Dörfern alle umgebracht, die nicht geflohen waren. Masuren blutete wieder einmal aus und konnte sich davon nur langsam erholen. Wieder einmal litten die Menschen unter den entsetzlichen Folgen eines brutalen Machtkrieges, der unsere Heimat zerstörte. Niedergeschlagen kehrten wir zu unserer Familie im Versteck zurück und berichteten von den Gräueltaten im Dorf. Trotz allem beschlossen wir die baldige Rückkehr in unser zerstörtes Haus in Wessolowen.

Mit wenigen Habseligkeiten verließ unsere halbverhungerte Familie das alte Haus am Omulef und kehrte zurück in eine ungewisse Zukunft. In den zerstörten Heimatort kamen nach und nach die wenigen Überlebenden zurück, die in panischer Angst vor dem anrückenden Feind in die riesigen Wälder geflohen waren. Gemeinsam wurde der Aufbau begonnen. Man half sich gegenseitig in der Not. Es war eine harte Zeit, in der es an allem fehlte, besonders an Kleidung und Nahrung. Die brachliegenden Felder konnten nur mühsam bestellt werden, denn wir hatten weder Zugtiere noch landwirtschaftliche Geräte. Die Menschen hungerten und flehten in ihrer Not und Verzweiflung Gott um Hilfe an. In der Grenzregion zu Polen war die befestigte Handelsstraße von Königsberg nach Warschau in Kriegszeiten Aufmarschgebiet und strategisch äußerst wichtig für die Krieg führenden Nationen. Über Allenstein und Ortelsburg führt sie nach Willenberg, erreicht bei Flammberg die polnische Grenze und wenige Kilometer weiter die Stadt Chorzele in Polen.

Schon Napoleons Truppen marschierten in ihrem Russlandfeldzug hier durch, nahmen den Bauern die letzte Habe, verwüsteten die kleine Stadt Willenberg in den Jahren 1806 und 1807 und plünderten auf dem Rückzug im Dezember 1812 nach dem Untergang der ‚Grande Armee' den Marktflecken im südlichen Masuren restlos aus. In dieser schrecklichen Zeit erblickte mein Vater in einem ärmlichen Holzhaus in einer bitterkalten Januarnacht das Licht der Welt. Es folgten schwere Kinderjahre. Später heiratete er eine Frau aus einem Nachbardorf, die ihm sechs Kinder gebar, wovon zwei schon im Babyalter an Hunger und Entkräftung verstarben.

Ich war gerade neun Jahre alt, als wir vor der nahenden Front unseren Hof in Wessolowen wieder fluchtartig verlassen und uns im alten Haus am Omulef verstecken mussten. In diesem abgelegenen Versteck in der masurischen Wildnis retteten wir unser Leben, doch wären wir dort auch fast verhungert. Ohne viel Murren half ich mit meinen beiden Brüdern, der Schwester und der kränklichen Mutter dem Vater beim Wiederaufbau des zerstörten Bauernhofs, als wir in das verwüstete Dorf nach dem Krieg zurückkehrten.

Die ganze Familie arbeitete gemeinsam vom Aufgang der Sonne bis spät in die Nacht in der kleinen Landwirtschaft. Wir lebten in bescheidenen Verhältnissen, aber in einer friedlichen Zeit. Im Herbst 1878 verstarb meine Mutter nach einer schweren Lungenentzündung. Zwei Jahre später, hochbetagt, auch mein Vater nach einem harten, entbehrungsreichen Leben. Nun war ich ganz auf mich alleingestellt. Meine Brüder waren inzwischen verheiratet und wohnten weit entfernt im östlichen Teil von Masuren."

Wilhelm war fassungslos. Das, was ihm sein Vater gerade erzählte, beeindruckte ihn so sehr, dass er erst auf der Heimfahrt im Boot wieder zu reden anfing. Hier also, in dieser beinahe undurchdringlichen Wildnis, dachte er, hier also hatte sich die Sippe der Jondrals seit vielen Jahrzehnten immer wieder versteckt und so manchen Krieg überlebt. Und hierher würde er, sooft er nur Zeit hätte, zurückkommen, auch dann noch, wenn seine Eltern nicht mehr leben würden. Jetzt musste er erst einmal alles richtig verarbeiten, zudem das, was ihm sein Vater in jenen Tagen noch viel mehr von sich und seiner Familie erzählte. Damals heiratete er ein stilles Mädchen vom Lande. Sie hieß Marie, stammte von Kutzburg aus einer kinderreichen Familie, ganz in der Nähe von Wessolowen. Er hatte dieses ruhige Mädchen schon lange gekannt und hatte sie auch manchmal sonntags zum Angeln in dem alten Kahn mitgenommen, bevor sich beide zur Heirat entschlossen.

Der Erstgeborene dieser Ehe war Wilhelm. Es folgten Auguste, August, Marie, Wilhelmine, Friedericke, Emil und Martha. Alle Kinder mussten in der kleinen Landwirtschaft täglich hart mitarbeiten. Wilhelm, der am 13. Februar 1886 zur Welt kam, war dem Vater in vielen Dingen ähnlich. Für beide war der gemächlich dahinfließende Omulef, der seine glasklaren Fluten durch die unberührte Wildnis Masurens ergießt, ein Eldorado für immer neue Entdeckungen. Vater und Sohn begeisterten sich in der Stille der ländlichen Flur über die unermessliche Fülle der Natur und liebten besonders das gemeinsame Angeln mit dem alten Kahn, der so viel schon erlebt hatte.

Die letzten Jahre vor der Jahrhundertwende brachten den dort lebenden Menschen wieder viel Leid, Elend und eine große Hungersnot. Die langen Winter waren sehr schneereich. Nach der eintretenden Frühjahrsschmelze überschwemmte der Omulef Äcker und Wiesen und richtete enorme Schäden in der Landwirtschaft an. In dem Flachland Masurens zog das Hochwasser erst im Sommer ganz ab. In den verschlammten Feldern konnte nichts mehr angebaut werden. Da alle Dörfer aber rein von der Landwirtschaft lebten, war das Leid der armen Menschen schrecklich. In tiefster Not entschloss sich Wilhelm zu handeln. Er wollte nicht weiter zusehen, wie die Familie langsam verhungerte. Nein, es musste etwas geschehen. Schon vor einem Jahr hatte ihm sein Freund geschrieben, dass er gutes Geld als Grubenarbeiter in Gelsenkirchen im Ruhrgebiet verdienen würde und dass es ihm gut gehe.

Der Gedanke, das Gleiche zu tun, ließ Wilhelm nicht mehr los. Zwar brauchte er die Einwilligung des Vaters, weil er erst vierzehn Jahre alt war, aber der würde sie ihm, der Not gehorchend, geben. Ohnehin war er für sein Alter ein äußerst kräftiger Junge, und den kleinen Hof würde sowieso sein Bruder August erben. So reifte in ihm der zwar schwere, aber unabänderliche Entschluss in die Fremde zu gehen, in eine neue Welt, fern der geliebten Heimat. Wilhelm Jondral hatte sich entschieden.

So war er damals nach Gelsenkirchen im Ruhrgebiet gekommen, erzählte er Anna, seiner Freundin, das nach der Auswanderungswelle zwischen 1895 und 1900 auch „Klein Ortelsburg" genannt wurde. Die großen Stahlwerke und Zechen an der Emscher brauchten viele Arbeiter und lockten mit guter Entlohnung. In dieser Hauptabwanderungszeit entstand ein Bevölkerungsverlust im Kreis Ortelsburg von circa 17 Prozent. Auch nach Übersee, in die USA und nach Kanada, zog es die armen Menschen. Fast aus jedem Dorf des Kirchspiels Willenberg verließen Söhne aus kinderreichen Familien ihre Heimat und folgten dem Lockruf des „Schwarzen Goldes". Viele Söhne, die kein Erbe zu erwarten hatten, verschwanden in den westlichen Städten des Reiches, versanken in den Bergwerken unter der Erde. Zehntausende kehrten der vertrauten Heimat den Rücken und tauschten sie gegen die dreckigen Schlote der Stahlwerke und Kohlegruben im Ruhrgebiet ein. Der Ostpreuße war bekannt als fleißiger, zuverlässiger Arbeiter und Kumpel. Aber auch Wilhelms Schwestern verließen nach und nach das Elternhaus und folgten ihren Freunden in das gelobte Land der „Schwarzen Diamanten" .

An Wilhelms zwanzigstem Geburtstag wurde in kleinstem Freundeskreis Verlobung gefeiert. Die vom Ersparten heimlich gekauften Ringe steckte er mit seinen groben, geschundenen Bergmannsfingern seiner Anna und sich selbst in Gegenwart der wenigen Gäste ohne viel Umstände auf die Ringfinger. Ein oder zwei Jahre später sollte geheiratet werden. Aber es kam alles anders. Anna zog mit ihrer Familie nach Berlin und begann dort zu studieren. Sie wollte Lehrerin werden, wie einst ihre Mutter. Ihr Bruder studierte bereits in dieser Stadt, und deswegen entschied sich die Familie für einen Umzug.

Der Tag des Abschieds war für Wilhelm schrecklich. Er biss aber die Zähne zusammen, umarmte und küsste seine junge Braut, bevor sie auf die lange Reise nach Berlin ging. Nächtelang hatten sich beide die Treue geschworen und versprochen, niemals voneinander zu lassen. Er sah Anna noch mit ihrem weißen Taschentuch aus dem Fenster des Möbelwagens winken, als dieser schon fast außer Sichtweite war. Wilhelm fühlte sich wieder allein. Der Schmerz der Trennung tat sehr weh, die Erinnerung an die Zeit der zarten Liebe, an Leidenschaft und Geborgenheit machten ihn sehr traurig. Er war verlassen und einsam. Fast täglich schrieben sie sich Liebesbriefe, die aber mit der Zeit immer weniger wurden. Sie schrieb ihm dann, dass ihr Studium schwer und zeitaufwendig wäre. Er würde das sicher verstehen, da er ja selbst viel Zeit zum Lernen in der Bergmannsschule brauchen würde. In den großen Ferien würde sie zu ihm kommen. Darauf würde sie sich schon heute unsagbar freuen. Die lange Trennung wurde für Wilhelm immer unerträglicher, was er ihr auch in jedem seiner Briefe schrieb. Für ihn, der jede Mark für die gemeinsame Zukunft sparen wollte, war Berlin so weit weg, und die Reise dorthin kostete viel Geld. Ungeduldig wartete Wilhelm auf seine Verlobte. Die Semesterferien hatten längst begonnen, aber Anna vertröstete ihn von Woche zu Woche mit ihrem Besuch in Gelsenkirchen.

Als sie sich dann endlich wiedersahen und er sie mit einem großen Strauß roter Rosen und klopfendem Herzen auf dem Bahnsteig empfing, hatte er sofort das untrügliche Gefühl, dass Anna sich verändert hatte. Zwar freute sie sich auch auf dieses so langersehnte Wiedersehen, aber ihre Freude war nicht so warm und herzlich, wie sie früher war, als sie sich in tiefer Zuneigung immer an ihn schmiegte und ihm dabei fest in die Augen sah. Ihre Gefühle für ihn hatten sich verändert. Sie schlenderten durch die Stadt, sprachen über ihr und sein Studium, doch wirkte sie mit ihren Gedanken abwesend. In dem Café, in dem sie damals arbeitete, saßen sie an dem Tag ihrer Ankunft bis spät in die Nacht, redeten über dieses und jenes, nicht aber über die gemeinsame Zukunft. Hatte sie die Trennung voneinander so entfremdet?

Am nächsten Morgen erklärte sie ihm, dass sie recht bald wieder zurück nach Berlin müsse, weil sie noch viel zu lernen und aufzuarbeiten hätte. Wilhelm fasste seinen ganzen Mut zusammen, wie sollte er sich auch noch länger beherrschen in seiner innerlichen Unruhe, die seine Seele fast erdrückte. Er konnte diesen Zustand nicht mehr länger ertragen. So fragte er sie, ob es nach der langen Trennung etwas gäbe, was sie ihm verheimlichen würde. Anfangs reagierte sie erschrocken, doch dann erzählte sie ihm unter Tränen, dass sie sich in einen Studienfreund verliebt hätte.

Noch zur gleichen Stunde folgte die Entlobung. Es war eine schmerzvolle Trennung. Für ihn brach eine Welt zusammen, denn es war die erste wirklich große Liebe, an die er immer fest geglaubt hatte. Unentwegt dachte er an die wunderschönen Stunden, die er mit Anna erlebt hatte, bevor sie nach Berlin umzog. Er wollte ganz einfach nicht glauben, dass alles vorbei wäre. Warum nur, fragte er sich immer wieder, ohne eine Antwort darauf zu wissen. Warum nur hatte sie sein blindes Vertrauen so schändlich missbraucht? Eine tiefe Traurigkeit quälte seine Seele, warf ihn in den Abgrund abscheulicher Gedanken. In seiner Verzweiflung dachte er sogar an Selbstmord. Dann wiederum wollte er zu ihr nach Berlin fahren, mit ihr noch einmal reden, ließ den Gedanken aber wieder fallen, nachdem er sich seinem besten Freund anvertraut hatte, der ihm davon abriet. Wilhelm fügte sich seinem Schicksal. Er arbeitete hart, nahm jede Überstunde auf sich. Es sollte wohl so sein, dachte er und wurde immer stiller, verschlossener und nachdenklicher. Er war jetzt fast 22 Jahre alt und hatte sich das Leben ganz anders vorgestellt.

Im Sommer 1910 bestand er seine Zwischenprüfung an der Höheren Bergmannsschule und reiste in seinem anschließenden Urlaub in die Heimat. Mittlerweile war er ja Hauer vor Ort, vor der Kohle, verdiente gut, hatte etwas gespart und wollte nun unbedingt seine Eltern und Geschwister wiedersehen. Auf der langen Reise nach Ostpreußen dachte er unentwegt an Anna, an die schöne Zeit mit ihr in Gelsenkirchen, an alles, was er ihr anvertraute und besonders an die langen Tage und wunderbaren Abende, an denen er ihr von seinen vielen Erlebnissen seiner Kinderjahre in Masuren erzählte. Sie hatte mit ihm seine Familie, seine Geschichte miterlebt, obwohl sie seine geliebte Heimat nie kennengelernt hatte. In Berlin hatte der Zug mehr als drei Stunden Aufenthalt. Er trug sich mit dem Gedanken, Anna zu besuchen, verwarf ihn dann aber sofort. Was hätte es auch gebracht, und worüber hätte er auch mit ihr noch reden sollen? Nein, es war eben keine Liebe mehr vorhanden, weil das Vertrauen zerbrochen war. Traurig setzte er seine Reise über Danzig, Königsberg, Allenstein, Ortelsburg fort und erreichte nach mehr als dreißig Stunden Bahnfahrt Willenberg, die Endstation der langen, beschwerlichen Zugreise, die kleine Stadt auf einer Insel zwischen Omulef und Sawitzfluss. Mit ihm stiegen einige Mitreisende aus, die am Bahnsteig von ihren Angehörigen herzlich begrüßt und umarmt wurden.

Allein und verlassen setzte sich Wilhelm auf seinen alten Koffer und schaute gedankenverloren dem Treiben auf dem Bahnhof zu, bis außer dem Bahnhofsvorsteher und ihm niemand mehr da war. Zehn Jahre war er nicht mehr hier gewesen. Nichts hatte sich in dieser Zeit verändert, es sah alles noch so aus wie damals, als er hier schmerzlich Abschied von seinen Eltern und Geschwistern nahm. Er war wieder in seiner geliebten Heimat, er war zu Hause. Eine Zeit lang beobachtete ihn von seinem Schalter der

Bahnbeamte, bevor er sich zu ihm auf die im Schatten einer alten Linde stehende Bank setzte und ihn fragte, ob er nicht abgeholt würde und wohin er wollte. Nach Wessolowen müsste er. Er hätte seine Familie zehn Jahre nicht mehr gesehen und wollte sie nun überraschen, deshalb hätte er sein Kommen vorher auch nicht angekündigt. Im Ruhrgebiet, in Gelsenkirchen, würde er als Bergmann sein Geld verdienen, doch hätte ihn das Heimweh nach Masuren immer geplagt und die Sehnsucht nach seiner Familie niemals verlassen. Jetzt würde er die knappen zehn Kilometer zu Fuß nach Wessolowen über vertraute Waldwege wandern und könnte es gar nicht mehr erwarten, seine Eltern und Geschwister wiederzusehen, erzählte er ohne viel Umschweife dem Mann mit der roten Mütze. Der alte Eisenbahner schüttelte lächelnd seinen Kopf und drückte ihm zum Abschied noch einmal kräftig die Hand, bevor er ihm eine Flasche kühlen Quellwassers mit auf den Weg gab. Noch einmal drehte Wilhelm sich kurz um, hob seinen rechten Arm zum Gruß und verschwand in der typischen Wald- und Heidelandschaft.

Der große Willenberger Sander entstand während der letzten Eiszeit durch die Schmelzwasserströme der abtauenden Gletscher. Der lichte Wald besteht aus Kiefern, in deren Schatten zahlreich der Kaddig (Wacholder) wächst. Ja, den würzigen Duft des Wacholders liebte er sehr. Aus seinen aromatischen Beeren wurde nicht nur der beste masurische Wacholderschnaps gebrannt, vielmehr gehörten sie einfach in jede gute ostpreußische Küche. Überhaupt war die kräftige, harzreiche Waldluft der Kiefern gesund für die Lungen und für die Atemwege. Er war wieder daheim.

Ein armdicker Ast drückte seine breiten Schultern, den er durch den Griff des Koffers geschoben hatte, um die Last so besser tragen zu können. Endlich erreichte er die dichtere Waldzone. Trotz der schattenspendenden Bäume war es unerträglich heiß um die Mittagszeit.

An einer sprudelnden Quelle, die er noch von früher kannte, stillte er seinen Durst, füllte die inzwischen leer getrunkene Flasche wieder auf, die ihm der Bahnbeamte mitgegeben hatte, und setzte voller Erwartung und innerlicher Anspannung seinen beschwerlichen Fußmarsch fort. Gedankenverloren zog er seines Weges. Es hat sich im vertrauten Wald nicht viel verändert, seit ich damals meine Heimat verließ, außer, dass die Bäume größer und mächtiger geworden sind, dachte er. Das Gezwitscher der Vögel ist noch genauso schön wie einst, als ich mit meinem Vater hier war. Es ist alles so wie früher. Der Wald wurde lichter, und wie aus dem Nichts tauchten vor seinen Augen die ersten Gehöfte von Wessolowen auf. Sein Herz begann lauter zu schlagen, seine Schritte wurden immer schneller, als er durch das zu dieser Tageszeit wie ausgestorben wirkende Dorf dem elterlichen Hof zustrebte.

Durch die hölzerne Tür zum bäuerlichen Anwesen erblickte er seinen Vater, der gerade dabei war, den Leiterwagen aus der Scheune zu ziehen. Als er mit zittrigen Beinen auf ihn zueilte, drehte sich dieser plötzlich zu ihm um und erschrak. Beide umarmten sich herzlich, aber keiner brachte zunächst mehr über seine Lippen, als einen in Tränen erstickten Gruß. Damit hatte sein Vater nicht gerechnet. Seine Mutter stand gerade am Herd, als Vater und Sohn in die Küche eintraten. Beinahe wäre sie in Ohnmacht gefallen, als sie ihren Sohn erblickte, den sie so viele lange Jahre nicht mehr gesehen hatte. Anfangs sagte sie kein Wort, drückte ihn nur fest an sich und brauchte eine Weile, bis sie zu reden begann. Er hätte doch schreiben sollen, sie hätte ja fast einen Herzschlag erlitten, als er so plötzlich vor ihr stand. Sein Bruder August und seine jüngste Schwester waren ebenso überrascht wie seine Eltern, als sie müde und erschöpft am späten Abend nach harter Feldarbeit das Haus betraten. Die beiden Geschwister waren hier geblieben, während die anderen inzwischen auch im Ruhrgebiet Arbeit gefunden hatten und so die große Familie entlasteten. Nach dem Abendessen saß man noch lange beim dürftigen Schein einer Petroleumfunzel, erzählte sich alte Geschichten, trank ein Gläschen echten ostpreußischen Bärenfang und feierte die Wiederkehr des verlorenen Sohnes. Zehn Jahre hatten sie sich nicht gesehen. Eine lange Zeit.

Aus einem 14-jährigen Lorbass war ein stattlicher Mann geworden, dem die Marjellens sicher „nachkieken" würden, dachte seine Mutter. Wilhelm erzählte von seinen Erlebnissen in Gelsenkirchen bis spät in die Nacht hinein, bis er fast vor Müdigkeit einschlief. Kein Wort aber sagte er von seinem Kummer, der ihn sehr bedrückte und erzählte auch nichts von seiner Entlobung.

Er suchte die darauffolgenden Tage nach Freunden aus den unbeschwerten Kindertagen. Bis auf einen, den etwas sonderbaren, stillen Waldemar, der eigentlich nicht zur Clique seiner Spielkameraden gehörte, war sonst keiner im Dorf geblieben. Sein bester Freund war nach Kanada ausgewandert, alle anderen verdienten ihr Brot im Ruhrgebiet, meistens im Bergbau. Der masurische Sandboden gab in der Landwirtschaft zu wenig her, um vielköpfige Familien zu ernähren. So war die Einwohnerzahl im Dorf zurückgegangen. Durch das Abwandern der jungen Leute fiel aber die schwere Arbeit in der Landwirtschaft auf die Eltern und die wenigen zurückgebliebenen Geschwister. Nach einigen Tagen auf dem Feld suchten Vater und Sohn wieder, wie in alten Zeiten, die bekannten Angelstellen am Omulef auf und brachten an einem gewitterschwülen Sommertag auch einen Rekordfang mit heim. Wie früher, als sie jede Gelegenheit wahrnahmen, um durch die geheimnisvolle Urlandschaft im südlichen Masuren auf Entdeckungstour zu gehen, freuten sie sich auch jetzt wie die Kinder.

Der Urlaub war schon fast zu Ende, als Wilhelm seinen Vater fragte, ob sie beide das alte Haus am Omulef noch einmal besuchen könnten. Dieser willigte sofort ein, als er merkte, wie sein Sohn voller Erwartung und spürbarer Neugier dorthin drängte. Dieses geheimnisvolle alte Haus seiner Väter hatte ihn gedanklich sehr häufig beschäftigt. Nein, er konnte einfach nicht von hier abreisen, ohne noch einmal dort gewesen zu sein. Beinahe lautlos glitt der betagte Kahn durch das gemächlich dahinströmende Wasser des Omulefs. Still saßen sich Vater und Sohn im Boot gegenüber, um die friedlichen Flussbewohner nicht zu stören, zu beunruhigen oder sogar zu verscheuchen. Sichtlich stolz auf seinen athletischen Jungen, der den Kahn mit starken Paddelschlägen geschickt voran brachte, beobachtete ihn der Vater und lehnte sich zufrieden gegen die Bordwand.

Als sie endlich an der Einmündung des kleinen, verwachsenen Baches am Schilfufer anlegten und den beschwerlichen Fußmarsch gegen den Wasserlauf antraten, glaubte sich Wilhelm zurückversetzt an jenen Tag, als er mit seinem Vater das erste Mal hier war. Sie redeten kaum miteinander. Das trockene Schilfrohr knackte bei jedem Schritt unter ihren Stiefeln, erschrocken flog ein brütender Schilfrohrsänger aus seinem Nest, eine Rohrdommel schimpfte laut und verschwand im dichten, undurchdringlichen Ufergestrüpp. Und doch, stellte er fest, war diese Wildnis in den zehn Jahren noch mehr zum Paradies für Wasservögel verwildert. Es war die geheimnisvolle Welt, die beide so sehr liebten.

Gegen Mittag erreichten sie das alte Haus. Die mit einem Draht verschlossene Eingangstür konnten sie nur mit Gewalt öffnen, denn sie war in den vielen Jahren ziemlich morsch geworden und aus dem Rahmen gebrochen. Ein modriger Geruch schlug ihnen entgegen. Trotzdem waren die Quer- und Stützbalken aus uralter Eiche noch verhältnismäßig gut erhalten, und auch der steinerne Fußboden war einigermaßen begehbar. Aber alle Fenster und primitiven Sitzbänke waren mittlerweile verrottet. Aufgescheuchte Fledermäuse flatterten durch die Ruine, die in jedem Winkel voller Spinnweben war. Ein richtiges Geisterhaus, so jedenfalls wirkten die Reste jener bewegten Zeit seiner Vorfahren auf ihn.

In seiner Phantasie versuchte er sich vorzustellen, wie es wohl damals war, als sich seine Großeltern in den Kriegsjahren 1870/71 wieder hier versteckt hatten. Was müssen sie doch alles mitgemacht haben, als sie arm und mittellos zu ihrem kleinen Hof in Wessolowen zurückkehrten und diesen niedergebrannt, zerstört und verwüstet vorfanden, dachte er.

Am frühen Nachmittag bewölkte sich der Himmel immer mehr. Die Kumuluswolken wurden dichter, türmten sich zu Kumulonimbus auf, der blaue Himmel wurde urplötzlich pechschwarz. Ein ostpreußisches Sommergewitter zog auf, ein Gewitter, das meistens schnell vorüber war, aber fast jedes Mal mit heftigen Winden und starken Regenfällen über das flache Land hinwegzog.

Als es blitzte und donnerte, verkrochen sie sich in einem Winkel der Hütte, über dem das alte Dach noch dicht zu sein schien. Es blitzte und krachte fast ohne Pause. So ein schweres Gewitter hätten sie schon lange nicht mehr in dieser Gegend gehabt, sagte der Vater. Die Sorge um die Lieben daheim bedrückte sie sehr, aber es blieb ihnen nichts anderes übrig, als das schwere Unwetter abzuwarten. Während das Unwetter tobte, fragte sein Vater ihn unverhofft, ob ihn etwas bedrückte. Auf diese Frage hatte Wilhelm eigentlich schon lange gewartet, und doch kam sie jetzt völlig überraschend. Ja, er wäre sehr traurig und niedergeschlagen, weil seine Verlobte, seine erste große Liebe, einen anderen Mann in Berlin kennengelernt hatte. Nun fühlte er sich allein und tief verletzt. So beschloss er in seinem Kummer in die Heimat zu reisen, vielleicht würde er besser darüber hinwegkommen. Doch wollte er sonst mit keinem darüber reden, als mit ihm, seinem Vater, mit dem er auch schon als Kind über alles reden konnte.

Das starke Gewitter hatte sich mittlerweile verzogen. Es triefte und tropfte aus allen Ritzen und Fugen in der Hütte, von allen Büschen und Bäumen, von allen Wildblumen und Gräsern, die Luft war rein und frisch, und doch angenehm warm. Durchnässt traten beide nun vor die alte Hausruine, um ihre Kleider von der strahlenden Sommersonne trocknen zu lassen. Der Vater fasste ihn an der rechten Hand, sah ihm fest in die Augen und sagte nur ein Wort: „Weiber“. Wilhelm nickte zustimmend und wusste sofort, was er damit sagen wollte, denn sein Vater war ein Mensch, der seine Zuneigung zu seinem Sohn, überhaupt seine Gefühle und Empfindungen, niemals mit großen Worten, sondern mit viel väterlicher Wärme und inniger Liebe zum Ausdruck brachte.

Auf der Heimfahrt im Kahn fiel noch das eine oder andere Wort darüber. Danach gab ihm sein Vater doch noch einen Rat mit auf den Weg in die Fremde. Er solle sich Zeit lassen, bevor er sich neu binde, denn er wäre noch jung, und als ansehnliches Mannsbild hätte er sicher noch alle Chancen, eine gute Frau fürs Leben zu finden. Es war schon ziemlich spät am Abend, als sie Wessolowen erreichten. Seine Mutter sorgte sich bereits sehr, da das schwere Unwetter im Dorf mächtig gewütet hatte.

Der Omulef war über die Ufer getreten, hatte eine Menge Sand und Schlamm in den Ort geschwemmt und damit auch viele Wiesen und Felder in der ganzen Umgebung bedeckt. Im Nachbarhof fegte der heftige Gewittersturm ein Dach von einer Scheune, eine Kuh wurde vom Blitz getroffen, auf einer Obstwiese schlug der Blitz in einen uralten Birnbaum ein und spaltete ihn in zwei Teile. Nur im väterlichen Hof kam nichts zu Schaden, weil man das Vieh und alle landwirtschaftlichen Geräte rechtzeitig in Stall und Scheune in Sicherheit gebracht hatte.

Beim Abendessen fragte sein Bruder August, wie es ihm denn ergangen wäre in der Fremde, und besonders seine Mutter beklagte sich über Wilhelms Schreibfaulheit. Er nahm sie in die Arme, tröstete sie und versprach sich in Zukunft zu bessern. Unausweichlich kam das Gespräch auf Anna. Er antwortete darauf nur kurz, dass sie sich entlobt hätten, stand auf, ging nach draußen in die sternenklare, warme Sommernacht. Da war er wieder, dieser Schmerz, der weh tat, wenn er an Anna dachte. Das ganze Dorf war nach dem Gewitter in gespenstische Nebelschwaden eingehüllt, die aus den feuchten Wiesen und triefenden Blättern des nahen Waldes aufstiegen. Gedankenverloren und ziellos ging er über den Hof, legte sich dann auf eine harte Holzbank und schlief ein.

Der Urlaub ging zu Ende.

In den alten Koffer packte ihm seine Mutter Speck und Wurst aus eigener Hausschlachtung. Am letzten Abend saß man noch lange im guten Wohnzimmer. Es gab Schweinerippchen mit Sauerkraut, dazu einen hochprozentigen Wacholderschnaps, den der Vater sonst höchstens an Weihnachten oder anderen feierlichen Anlässen aus einer alten, verschlossenen Holztruhe hervorholte. Ja, sie waren arm, sogar sehr arm, denn der masurische Sandboden gab nicht viel her in der Landwirtschaft, und die Wildnis am Omulef war unzugänglich und unerschlossen. Ein bisschen besser ging es der Familie, seit ihnen Wilhelm jeden Monat einen kleinen Betrag von seinem Lohn schicken würde. Als Nachspeise servierte die Mutter in einer großen Schüssel frische Blaubeeren mit Milch und Zucker, die sie am Vormittag noch vor dem schweren Unwetter im nahen Kiefernwald für alle, aber besonders für ihren Sohn Wilhelm gepflückt hatte.

Gegen Mitternacht legten sich alle traurig zur Ruhe, denn der Zug in Willenberg fuhr am nächsten Tag bereits um neun Uhr morgens. Mit einem Pferdefuhrwerk brachten sie ihn recht früh am Morgen zum Bahnhof. Als wollte die verschwenderische Natur in dieser verträumten Heide- und Flusslandschaft Masurens einem ihrer Söhne zum Abschied etwas Kostbares mit auf den langen Weg geben, erstrahlte die vertraute Heimat im hellen Licht der aufgehenden Sonne, wie in pures Gold getaucht. Die Vöglein im Walde zwitscherten lustig, dichte Nebelschwaden verwandelten das Flusstal und die feuchten Wiesen in ein gespenstisches Bild, aus den nahen Schilfufern des Omulefs quakten laut die Frösche, und auf dem Scheunendach eines abgelegenen Gehöfts klapperten zwei Störche um die Wette. Wilhelm empfand eine tiefe Traurigkeit in seinem Herzen. Er hatte sich zu Hause wieder so geborgen und behütet gefühlt, genauso wie in den Tagen seiner unbeschwerten Kindheit, als er mit seinem geliebten Vater die idyllische Landschaft am Fluss und die üppige Natur seiner masurischen Heimat erlebte. Jetzt nahte der Abschied. Sicherlich würde er seine Familie eine sehr lange Zeit nicht wiedersehen.

Auf dem kleinen Bahnhof in Willenberg war bereits reger Betrieb. Koffer, Kisten, Säcke und andere Reiseutensilien stapelten sich auf dem Bahnsteig, als man dort eintraf. Der stattliche Herr mit einer roten Mütze, den Wilhelm schon kannte, trat würdevoll aus dem Bahnhofsgebäude, holte feierlich seine silberne Taschenuhr aus der schwarzen Weste, verglich die Zeit mit einer großen, ehrwürdigen Standuhr auf dem Bahnsteig und verkündete den Wartenden, dass der Zug fast eine Stunde Verspätung hätte.

In jenen Tagen hatten die Menschen noch Zeit. So fügte man sich ohne Murren diesem Umstand. Dann kam der endgültige Abschied. Schon lange bevor der Zug überhaupt zu sehen war, hörte man ein fernes Stampfen und Rattern und sah die mächtige schwarze Qualmwolke der fauchenden und schnaubenden Lokomotive über den dunklen Wipfeln des Waldes. Vor lauter Weinen und Schluchzen bekam die Mutter kaum ein Wort über die Lippen. Der Vater klopfte seinem Sohn auf die breiten Bergmannsschultern, ergriff ein letztes Mal seine Hand und verabschiedete sich wortlos. Die Geschwister fielen ihrem Bruder um den Hals und wünschten ihm viel

Glück in der Fremde. Der Mann mit der roten Mütze hob die Kelle, schob die Trillerpfeife zwischen die Lippen und gab dem Lokomotivführer das Zeichen zur Abfahrt.

Langsam setzte sich der Zug in Bewegung. Wilhelm winkte mit seinem weißen Taschentuch noch aus dem Fenster des Abteils. Jetzt nur nicht heulen, dachte er, obwohl ihm danach zumute war. In seinem Abteil saßen drei Damen mittleren Alters, die ihn schon aufmerksam beobachtet hatten, als er mit seinem schweren Koffer und einem ziemlich unförmigen Bündel eingestiegen war und seine Sachen im Gepäcknetz verstaut hatte. Wilhelm lächelte den Damen freundlich zu, wünschte einen guten Morgen und setzte sich auf den noch freien Platz in eine Ecke des Abteils. Nach einer Weile fragte ihn eine der Frauen völlig unverhofft nach seinem Reiseziel. Nach Gelsenkirchen, ins Ruhrgebiet würde er reisen, entgegnete er. Dort würde er arbeiten und hätte in Wessolowen bei Willenberg seinen Urlaub bei seinen Eltern verbracht.

In Ortelsburg stieg noch ein junges Mädchen zu. Sie wurde herzlich von den Damen im Abteil begrüßt. Man kannte sich also. Nach und nach entwickelte sich ein lebhaftes Gespräch, wobei Wilhelm schnell herausfand, dass das Quartett nach Berlin reiste. Nachdem man Allenstein, Wormditt und Zinten hinter sich gelassen hatte, die Stimmung im Abteil lustig und übermütig war, schlug eine der gutgelaunten Frauen vor, dass man ja in Königsberg, wo man gemeinsam umsteigen müsste, im Bahnhofscafé etwas trinken könnte, denn der Aufenthalt bis zur Abfahrt des Anschlusszuges wäre fast zwei Stunden. Er war ohne Zweifel der Hahn im Korb unter den lebhaften Frauen, die alle aus dem Kreis Ortelsburg waren, wie er bald herausgefunden hatte. Königsberg war damals schon eine blühende Großstadt. Wilhelm schleppte sein schweres Gepäck in die überfüllte Bahnhofswirtschaft und half den mitreisenden Damen mit dem ihrigen.

Der Fernzug nach Berlin hätte zwei Stunden Verspätung, verkündete der Bahnhofsvorsteher und bat die Reisenden um Verständnis. An einem großen, runden Tisch hatte man sich niedergelassen, redete über die Heimat, über Krieg und Frieden, überhaupt über viele Dinge, über die man redet, um die Zeit zu überbrücken. Sie hatten sich inzwischen einander vorgestellt. Der Bärenfang lockerte die Zunge, man scherzte und lachte viel miteinander. Leicht beschwipst bestieg man dann den Fernzug nach Berlin. Die Stimmung hätte nicht besser sein können. Man erreichte Danzig und am nächsten Morgen Frankfurt an der Oder.

Während der Nacht döste jeder vor sich hin. Wilhelm wachte plötzlich auf, als sein Kopf im Schlaf zuerst auf die Schulter und dann auf den Busen seiner Nachbarin rutschte, die fest zu schlafen schien. Es war Emilie, die schüchternste und scheuste der jungen Frauen, die sich bisher auf der Reise im Gespräch sehr zurückgehalten hatte. Als sie nun die Augen öffnete, errötete sie sofort und wurde sehr verlegen. Auch Wilhelm bekam einen roten Kopf, stammelte und stotterte etwas von „Entschuldigung" und setzte sich artig kerzengrade auf seinen Platz. Dabei erinnerte er sich, dass sie ihn auf der ganzen Reise verstohlen ansah, während er mit den anderen Damen geredet hatte. Sobald er Blickkontakt gesucht hatte, war sie seinen Blicken ausgewichen. Sie ist ohne Zweifel die Hübscheste von allen, und auch die Jüngste, dachte er und schlief wieder ein.

Am frühen Nachmittag lief der Fernzug mit leichter Verspätung in Berlin ein. Während der langen, zermürbenden Zugreise hatte man sich kennengelernt und viel Spaß zusammen gehabt. Drei der Damen wurden schon am Bahnsteig von ihren Herrschaften abgeholt, denn sie hatten alle eine Stelle in vornehmen Häusern der Berliner Gesellschaft angenommen, wo man in jenen Tagen gut entlohnt wurde. Man verabschiedete sich herzlich und wünschte sich gegenseitig viel Glück in der Fremde. Da standen sie nun auf dem Bahnsteig. Wilhelm musste auf seinen Anschlusszug nach Gelsenkirchen warten, und Emilie wurde nicht abgeholt, weil sie niemand erwartete. Er schlug vor, gemeinsam im Bahnhofsrestaurant zu essen und hoffte, dass sie einwilligen würde, denn er wollte mehr über dieses bescheidene Mädchen erfahren. Schließlich war sie mit dem Vorschlag einverstanden. Sie erzählte ihm, dass sie eine Freundin aus ihrem Dorf besuchen möchte, ihr Kommen aber nicht angekündigt hätte, weil sie sie überraschen wolle. Mit wenig Erspartem hätte sie sich auf den Weg gemacht. Die Freundin habe ihr in jedem Brief geschrieben, dass sie unbedingt nach Berlin kommen solle, denn hier gäbe es genug Arbeit für fleißige Mädchen aus Ostpreußen. Es wäre für eine junge Frau vom Lande gefährlich, in einer so großen Stadt zu leben, sie solle gut auf sich aufpassen, damit sie nicht unter die Räder komme, gab Wilhelm ihr den Rat. Sie solle ihm unbedingt schreiben, wie es ihr ergangen wäre. Emilie gab ihm auf dem Bahnsteig noch einen flüchtigen Abschiedskuss und lief, ohne sich noch einmal umzudrehen, fort.

In Hannover musste Wilhelm wieder umsteigen. Auf der Fahrt dachte er unentwegt an das scheue, schüchterne Mädchen, das ihn mit seinen großen, traurigen Augen verfolgte. Viel wusste er nicht über sie, doch ahnte er, dass auch sie ihr Vaterhaus verlassen musste, weil die Familie arm und sicherlich auch kinderreich war. Schüchterne, stille Emilie, dachte er, wie wirst du nur als wohlbehütetes Mädchen vom Lande in der riesigen Stadt Berlin zurechtkommen? In Gelsenkirchen erwartete ihn niemand. So schleppte er seine schweren Sachen vor das Bahnhofsgebäude, lud sie in eine Droschke und nannte dem Kutscher die Straße seiner Wohnung. Er hatte Heimweh, Heimweh nach seinen Eltern, seinen Geschwistern, nach Masuren, überhaupt nach der Stille und Einsamkeit seines Heimatortes.

Weit öffnete er das Fenster in seinem kargen Zimmer, in seiner Bude, wie er oft zu sagen pflegte, um zu lüften. Dann packte er den guten Schinken und das selbstgebackene Bauernbrot seiner Mutter aus, schnitt sich von jedem ein großes Stück ab, öffnete eine Flasche Bier aus seiner Kommode und begann nachdenklich zu speisen. Seine Gedanken drehten sich um die Heimat, um die starken Eindrücke der unberührten Natur, die er so liebte und hier im verrußten Kohlenpott sehr vermisste. Er war müde von der langen Bahnreise und legte sich auf sein einfaches, hartes Nachtlager, dachte an die Begegnung mit Emilie und schlief ein.

Die harte Arbeit im Bergwerk und der Besuch der Bergmannsschule bestimmten in den nächsten Wochen und Monaten nach dem Urlaub seinen Lebensrhythmus. In der wenigen Freizeit, die ihm blieb, spielte er gerne Fußball oder Skat mit seinen Kumpeln, fuhr ab und zu zum Angeln an die Ruhr und schrieb lange Briefe an Emilie in Berlin, die ihm tatsächlich geschrieben hatte. Es ginge ihr gut, nur das Heimweh wäre schrecklich groß. Er tröstete sie immer wieder in seinen Briefen und schrieb ihr, dass es ihm genauso gehen würde. Diese regelmäßigen Nachrichten von ihr halfen ihm, Anna allmählich zu vergessen. Wilhelm arbeitete hart, verdiente gut, war fleißig und sparsam, besuchte eifrig die Bergmannsschule, denn er wollte unbedingt Steiger werden, das war sein Ziel. Er konnte sich jetzt eine Zweizimmerwohnung leisten und auch bescheidene Wünsche erfüllen. Oft dachte er insgeheim wieder ans Heiraten, wenn ihm seine verheirateten Kameraden von ihren Frauen und überhaupt von den schönen, gemütlichen Abenden daheim erzählten. Dann sehnte er sich nach einem Mädel, für die er alles tun würde.

Mitte 1914 kam Wilhelm bei einem Grubenunglück fast ums Leben, als „Schlagende Wetter“, wie sie in jenen Tagen in Steinkohlengruben häufig auftraten, viele Kumpel und auch ihn nach einem Stolleneinsturz schwer verletzten. Diese Schlagwetter treten immer dann auf, wenn Grubengase durch einen Funken, eine Flamme der Wetterlampe oder durch die Explosion von Sprengstoffen bei der Schießarbeit entzündet werden, was oft eine Kohlenstaubexplosion verursacht. Die Retter fanden ihn und noch vier weitere Kameraden nach fünf Tagen verletzt, aber lebend in einer Luftblase im Stollen. Der Rest seiner Kameraden, die vor der Kohle und im Zentrum der Explosion arbeiteten, wurde tot geborgen. Im Krankenhaus stellte man mehrere Rippen- und Knochenbrüche und eine Quetschung der Lunge fest. Monatelang lag er dort und konnte auch nach seiner Entlassung nicht sofort wieder arbeiten. Oft ging er im Park spazieren, dachte an seine toten Kumpel, die er alle kannte und die weniger Glück hatten als er.

Diese Verletzungen bewahrten ihn vor der Einberufung zum Militär, denn inzwischen brach der Erste Weltkrieg aus. Anfangs war die Nation begeistert, doch dann kamen die ersten Schwerverwundeten von der Front und berichteten von dem sinnlosen Blutvergießen. Welch ein Wahnsinn, dass Menschen aufeinander schießen müssen, sagte er sich, aber Krieg ist eben grausam. Emilie machte sich große Sorgen um ihn, denn sie hatte lange Zeit nach dem Grubenunglück nichts von ihm gehört. Er konnte anfangs auch nicht schreiben, weil seine rechte Hand in Gips war. So schrieb ihr ein guter Freund von ihm und berichtete von seinem Unfall. Im Laufe der Zeit ging es Wilhelm immer besser, die äußerlichen Wunden waren längst geheilt, auch die gebrochenen Knochen waren zusammengewachsen, nur die Lunge war noch nicht in Ordnung. Das Atmen fiel ihm sehr schwer, er hustete und spuckte dunklen Schleim. Er hätte eine Steinstaublunge, stellten die Ärzte fest, verordneten ihm ein starkes Lösemittel und sagten ihm, er möge sich schonen und viel an die frische Luft gehen, was allerdings im Ballungsgebiet der Zechenschlote und Hochöfen nur bedingt möglich war.

Nach einigen Monaten wurde er aus dem Krankenhaus entlassen. Bis er wieder zur Arbeit ging, hatte er viel Zeit zum Nachdenken. Wie schön wäre es, wenn seine Brieffreundin bei ihm wäre, dachte er, wenn sie hier im Haushalt einer betuchten Familie Arbeit hätte, und wenn sie sich dann öfter sehen könnten. Immer wieder kam ihm dieser Gedanke, bis er sich eines Tages entschloss, nach einer geeigneten Stelle im Haushalt für Emilie zu suchen, denn mittlerweile gab es in den vornehmen Häusern der Stadt sicherlich auch Personalbedarf. Aber zuerst musste er um ihr Einverständnis bitten. Emilie war einige Wochen später bereit, nach Gelsenkirchen umzuziehen, nachdem er für sie eine gut bezahlte Anstellung als Hauswirtschafterin in der Familie eines wohlhabenden Bergwerkdirektors gefunden hatte. Ohnehin hatte sie die Nase voll von den ungezogenen Kindern im Haushalt der Familie in Berlin, überhaupt auch von der Stadt, in der sie sich nie richtig wohlgefühlt hatte, als stilles Mädchen vom Lande.

Auch im Osten tobte jetzt der Erste Weltkrieg. Das Deutsche Reich erklärte mit der Generalmobilmachung am 1. August 1914 Russland den Krieg. Ostpreußen war wieder einmal Kampfgebiet und Schauplatz blutiger Auseinandersetzungen. Es kam zu ersten Gefechten zwischen deutschen und russischen Einheiten bei Kipparen und Flammberg am 9. und 11. August 1914. Kurz danach überschritt die russische 2. Armee nach fünftägigen Eilmärschen unter General Alexander Wassiljewitsch Samsonow die deutsche Grenze bei Flammberg und Friedrichshof, verwüstete auf ihrem Vormarsch viele masurische Dörfer und zwang am 21. August 1914 die 5. Kompanie des Inf. Rgt. 152 unter Leutnant Belz zum Rückzug aus Willenberg. Wieder wurde die Stadt geplündert und zum größten Teil zerstört. Panikartig flohen die Menschen der vielen kleinen Orte in die Wälder und unzugänglichen Sumpfgebiete.

Am 22. August 1914 eroberte das russische 15. Korps unter General Martos Neidenburg und brannte die Stadt nieder. In dieser bedrohlichen Lage und der sich anbahnenden Katastrophe erhielt die zur Verteidigung bereitstehende deutsche 8. Armee durch das Hauptquartier der Wehrmacht neue Befehlshaber. Am 23. August 1914 traf General Paul von Hindenburg an der Front ein und besprach sofort mit dem Generalstabschef Helmut von Moltke und den Generälen Paul von Beneckendorff und Erich Ludendorff die äußerst kritische Lage im Osten. Das russische 6. Korps stand zu diesem Zeitpunkt bereits in Ortelsburg, und das 1. Korps hatte Soldau erobert. Es galt nun, den Vormarsch zu stoppen, zumindest aber zu verzögern, bis die deutschen Truppen sich neu formiert hätten. Die russischen Verbände sollten nun von der linken und der rechten Flanke auf ihrem Vorstoß in Richtung Osterode-Allenstein in die Zange genommen und aufgerieben werden. General Samsonow erkannte die Gefahr, in welcher sich seine 2. Armee, die Narew-Armee, befand.

Vergeblich versuchte er in einem Gespräch mit seinem Vorgesetzten, General Jilinski, den Vormarsch zu stoppen. Ein verhängnisvoller Fehler. Mit einer genialen Taktik nahmen die deutschen Truppen die Russen in die Zange. Die Narew-Armee wurde fast eingekesselt und in der Tannenbergschlacht bei Neidenburg geschlagen. General Paul von Hindenburg ging als Held dieser blutigen Schlacht in die Geschichte ein. Die russischen Verbände zersplitterten sich nach letzten Durchbruchsversuchen endgültig. Am 29. und 30. August 1914 ergaben sich an der Straße Neidenburg-Willenberg 7.000 Russen, bei Reuschwerder gingen 17.000 russische Soldaten mit dreißig Geschützen in Gefangenschaft, um Willenberg ergaben sich weitere 30.000 Russen mit 41 Geschützen. Die bei den Kämpfen um Willenberg gefallenen deutschen und russischen Soldaten erhielten würdige Gräber auf dem Ehrenfriedhof an der Allensteiner Straße und auf dem Seuchenfriedhof im Wäldchen Walpuski. Kavalleriegeneral Alexander Wassiljewitsch Samsonow geriet auf dem Rückzug von Nadrau mit seinem Stab und drei Kosakenschwadronen auf der Chaussee von Puchallowen in Reuschwerder in das Maschinengewehrfeuer des Ortelsburger Jägerbataillons Graf Yorck von Wartenburg mit Oberleutnant Balla an vorderster Front.

Fast alle Soldaten dieses Schwadrons fanden dabei den Tod. Im Morgengrauen des 30. August 1914 tötete sich General Samsonow mit einem Kopfschuss in der Nähe der Försterei Karolinenhof. Er, der mit 18 Jahren schon gegen die Türken und Japaner gekämpft und sich bewährt hatte, der mit 55 Jahren an der Spitze einer Armee als General stand, wollte nach der verlorenen Schlacht nicht weiterleben. Die Leiche des Generals fand der Waldarbeiter Barth und bestattete sie, ohne zu ahnen, um wen es sich handelte. Am 9. November 1915 wurde nach der Exhumierung seines Körpers in einem Abkommen zwischen Russland und Deutschland auf Bitte von Frau Samsonow der Leichnam über Schweden nach Russland überführt. Auf der ehemaligen Grabstätte steht ein Gedenkstein aus Findlingen mit der Inschrift: General Samsonow, der Gegner Hindenburgs, gef. in der Schlacht bei Tannenberg 30. August 1914.

Die Lage an der Ostfront war Ende 1914 auf ostpreußischem Gebiet für die deutschen Truppen mehr als kritisch. Zwar konnte an der Masurischen Seenplatte auch die russische 1. Armee unter Rennenkampf geschlagen werden, die grausamen Kämpfe wurden jedoch von beiden Seiten verbissen weitergeführt. So wurde Willenberg erneut vom 15. November bis zum 2. Dezember 1914 von Kosaken besetzt und geplündert. Frauen wurden brutal vergewaltigt, viele Zivilisten misshandelt, die nicht rechtzeitig in die Wälder geflohen waren. In dieser schrecklichen Zeit hörte Wilhelm nichts von seiner Familie in Wessolowen. Als ihn dann endlich ein Brief seines Vaters erreichte, erkannte er erst das gesamte Ausmaß des Krieges in seiner geliebten Heimat. Wieder wurde das alte Haus am Omulef zum Zufluchtsort.

In dem alten Haus am Fluss hatten sich seine Eltern und seine beiden Geschwister versteckt, als russische Einheiten im nahen Willenberg einmarschierten. Um diese Stadt wurde erbittert gekämpft, weil sie durch ihre Lage an einer strategisch wichtigen Straße, nämlich vom polnischen Chorzele nach Willenberg und weiter nach Ortelsburg und Allenstein, für den Nachschub wichtig war. Nach der siegreichen Tannenbergschlacht kehrten alle geflohenen Bewohner der kleinen Dörfer wieder in ihre ärmlichen Hütten und Häuser zurück, die aber meistens von den durchziehenden feindlichen Truppen geplündert und zerstört waren. August Jondral und seine Familie fanden ihren Hof beinahe unzerstört vor, wohingegen Wessolowen selbst fast ganz niedergebrannt worden war. Wieder einmal mussten die armen Menschen von vorn anfangen.

Im Sommer 1915, mitten in den Kriegswirren, heiratete Wilhelm Jondral Emilie Thiel. Es war nur eine kleine, bescheidene Hochzeitsfeier mit wenigen Freunden von ihm. Die Eltern der Braut und auch des Bräutigams kamen nicht zur schlichten Feier, obwohl sie herzlich eingeladen waren. Es herrschte Krieg im Lande, das Geld für eine so weite Reise konnte man kaum aufbringen, aber besonders die Arbeit in der Landwirtschaft zur Erntezeit machte sie unabkömmlich. Wilhelm wollte unbedingt seinen Vater dabeihaben und bot an, die Reise zu bezahlen, was dieser mit der Begründung ablehnte, dass man im Leben nur das machen sollte, wofür man auch das Geld hätte. Das junge Paar hatte inzwischen eine Bergmannswohnung in Gelsenkirchen-Rotthausen bezogen. Er verdiente jetzt ganz gut, denn mittlerweile war er Steiger geworden. Beide sparten eisern für die gemeinsame Zukunft. Wilhelm musste auch nach seiner Genesung nicht an die Front. Er war als Steiger in harten Kriegszeiten unabkömmlich und verantwortlich für die gesamte Kohleförderung seiner Zeche, die ständig erhöht wurde. Im ganzen Deutschen Reich verschlechterte sich die Wirtschaftslage, je länger der Krieg dauerte.

Am 4. Juni 1916 erblickte ein süßes, kleines Mädchen das Licht der Welt, dem die überglücklichen Eltern den Namen Grete-Kristine gaben. Das Kind war der Sonnenschein und freudige Mittelpunkt der kleinen Familie in einer immer bedrohlicher werdenden Kriegszeit, in der die deutsche Wehrmacht nach vielen Niederlagen an der Front ausblutete und die Bevölkerung in allen Teilen des Deutschen Reichs hungerte und große Not litt. Der Erste Weltkrieg wurde verloren. Der deutsche Kaiser und preußische König Wilhelm II. wurde am 9. November 1918 von den Generälen Hindenburg und Groeners zur Abdankung bewegt. Am Morgen des 11. November 1918 erfolgte die Unterzeichnung der Kapitulation. Ab 11 Uhr schwiegen die Waffen. Deutschland war geschlagen. Fast zwei Millionen deutsche Soldaten waren gefallen. Die Leiden der Zivilbevölkerung waren schrecklich. Ohne deutsche Vertreter begann am 18. Januar 1919 die Friedenskonferenz im Spiegelsaal des Schlosses zu Versailles. Die Unterzeichnung des Versailler Vertrages fand am 28. Juni 1919 statt. Der Vertrag enthielt Bedingungen, die für Deutschland katastrophal waren, ungerecht und unerfüllbar.

Ein gerechter, langanhaltender Friede wurde durch die Haltung Frankreichs verhindert. Dieser den Deutschen aufgezwungene, sogenannte Schandvertrag trug schon vom Tage der Unterzeichnung den unheilvollen Keim zum Zweiten Weltkrieg in sich. Selbst der französische Schriftsteller Jean-Pierre Cartier bezeichnete ihn als trauriges Kapitel, das durch Hass und nationale Eigensucht zustande kam. Nach dem verlorenen Krieg wurde das Rheinland von den Franzosen besetzt. Die Zechen im Ruhrgebiet standen nun unter französischer Verwaltung. Die geförderte Kohle ging sofort als Reparationszahlung, als Kriegsentschädigung nach Frankreich. Tatenlos musste Wilhelm zusehen, wie Bergarbeiter durch berittenes Militär mit Schlagstock und Peitsche zur Arbeit angetrieben wurden, die gegen den Hungerlohn und die unmenschlichen, brutalen Arbeitsmethoden protestierten. Zusehends verschlechterte sich die wirtschaftliche Lage im dicht besiedelten Ruhrgebiet. Ein schwerer Schicksalsschlag traf Wilhelm unerwartet im Frühjahr 1920.

Nach wiederkehrenden großen Schmerzen im Unterleib seiner Frau stellten die Ärzte im Krankenhaus Darmkrebs fest. Diese niederschmetternde Nachricht veränderte schlagartig alles, denn die Krankheit war bereits im fortgeschrittenen Stadium. Selbstvorwürfe quälten ihn Tag und Nacht. Warum war er nicht schon viel früher mit Emilie zum Arzt gegangen, als sie ihm zum ersten Mal von ihren Schmerzen erzählt hatte? Warum hatte sie selten darüber gesprochen, wenn er todmüde von der Arbeit heim kam? Er fand darauf keine Antwort. Geduldig ertrug Emilie die immer stärker werdenden Schmerzen. Eine Operation wäre sinnlos, so die Ärzte im Krankenhaus, denn der Krebs hätte bereits alle inneren Organe befallen. Mit Morphium, das ihr nun täglich der Hausarzt spritzte, war sie in einem Dämmerzustand. Zwei Tage vor Weihnachten im Jahr 1920 starb Emilie nach langem, schwerem Leiden in den Armen von Wilhelm, der fast bis zuletzt vergeblich auf ein Wunder gehofft hatte. Emilie hatte den Kampf gegen den Krebs verloren.

Beide hatten in der viel zu kurzen Zeit der Gemeinsamkeit unendlich viel Schönes, getragen von großer Liebe, erlebt und wurden nun durch das grausame Schicksal unerwartet getrennt. Was sollte er nun machen, allein mit einer vierjährigen Tochter, die so dringend ihre Mutter brauchte? Wie sollte es überhaupt weitergehen, in der harten Zeit der Besatzung und bitterer Hungersnot, jetzt, da das große Elend herrschte? Er wusste es nicht. Niemand konnte damals helfen, weil alle Menschen ums Überleben kämpften.

Als Emilie zu Grabe getragen wurde, brach Wilhelm laut schluchzend zusammen. Die kleine Schar der mit ihm Trauernden, der Trostspendenden, gab ihm etwas Halt in dieser schweren Stunde des Abschieds. Hemmungslos weinte er um seine geliebte Frau, die er auf so tragische Weise viel zu früh verloren hatte. Nach der Beerdigung fühlte er sich innerlich ausgebrannt und leer, lag stundenlang auf seinem Bett und heulte, während neben ihm sein Töchterlein Grete-Kristine friedlich schlummerte. Lange betrachtete er sein schlafendes Kind, dann sprang er plötzlich von seinem Bett auf, ballte seine rechte Hand, rannte ins Wohnzimmer und fiel nieder auf die Knie. Vor ihm stand ein Bild aus unbeschwerten, glücklichen Tagen seiner Frau, das er mit festem Blick ansah, seine Hände faltete und ein stilles Gebet sprach. Feierlich gelobte er vor Gott, dass er zeitlebens für sein Kind sorgen und Emilie bis zu seinem Ende tief in seinem Herzen tragen werde. Danach legte er sich traurig hin und schlief ein. Hilfe bot ihm in den nächsten Tagen eine Nachbarin aus der Bergmannssiedlung an, mit der sie schon vorher befreundet waren.

Die junge Frau war Mutter von zwei kleinen Kindern im Alter von drei und fünf Jahren, einem Mädchen und einem Jungen, die zusammen mit Grete-Kristine öfter im kleinen Garten spielten. Dankend nahm er dieses Angebot an. Doch sobald er von seiner Schicht heimkam, holte er sein Kind von der Nachbarin und verbrachte jede freie Minute mit ihm. Wilhelm war nach dem Tod seiner über alles geliebten Frau ein gebrochener Mann. Nur die Fröhlichkeit seiner kleinen Tochter half ihm über den großen Schmerz hinweg. Alle Einladungen seiner Nachbarn und Freunde schlug er aus. Er zog sich schließlich völlig zurück und lebte mit seiner Tochter allein in der kleinen Wohnung. Anfangs fragte Gretchen, wie er sie nun liebevoll nannte, öfter nach ihrer Mutter, doch mit der Zeit hatte das kleine Kind die Erinnerung an sie immer mehr verdrängt.

Im Winter 1920/21 herrschte bitterste Hungersnot unter den armen Menschen in ganz Deutschland, aber besonders hart traf es das von den

Franzosen ausgeplünderte Ruhrgebiet. Man tauschte und handelte auf dem Schwarzmarkt alles, was man an Wertvollem besaß, gegen Nahrungsmittel, um zu überleben. Mit seinem alten Rucksack reiste Wilhelm in völlig überfüllten Zügen ins Münsterland, versuchte wertvollen Schmuck, seine goldene Taschenuhr, seine Ersparnisse gegen Mehl und Kartoffeln einzutauschen. Oft kehrte er mit leeren Händen zurück. Zu viele Leute versuchten bei den Bauern im Münsterland ihr Glück, aber selbst diese hatten bald nichts mehr. Das Ruhrgebiet durchlitt bitterste Not.

Die Zeit des Hamsterns erreichte ihren Höhepunkt, als 1922 in Deutschland das Geld entwertet wurde. Die Inflation war ein schwerer Schlag für das arg gebeutelte Vaterland. Im Ruhrgebiet kam es zu großen Unruhen, das Volk ging auf die Straße. Es war eine schreckliche Zeit für Wilhelm, in der er oft nicht weiter wusste. Aber irgendwie ergatterte er immer etwas zu essen für seine Tochter, wenn er selbst auch manchmal vor Hunger nicht einschlafen konnte. Gretchen war sein Lebensinhalt, der Sonnenschein in seinem sonst so traurigen Dasein. In ihrer Nähe fühlte er sich nicht so einsam und verlassen, wie in den langen Nächten in seiner stillen Kammer. Warum hatte ihm Gott nur das Liebste, was er auf Erden besaß, so früh genommen?

Wilhelm war ein fleißiger, ehrgeiziger Mann, der auch in dieser schlimmen Nachkriegszeit, nach dem schmerzlichen Verlust seiner jungen Frau, als alleinerziehender Vater für seine kleine Tochter bis zum Umfallen kämpfte. Ja, sie sollte es einmal gut haben, wenn die Zeiten in Deutschland wieder besser würden, wenn sie als junge Frau heiraten und selbst eine Familie haben würde.

Mit der Währungsreform, der Einführung der Rentenmark im Jahre 1923, setzte in der Periode der Weimarer Republik unter Reichspräsident Friedrich Ebert (1919 bis 1925) eine Phase wirtschaftlicher Aufwärtsentwicklung und politischer Beruhigung ein. Den ausgezehrten Menschen im Ruhrgebiet ging es allmählich wieder besser. Gretchen war bei der lieben Nachbarin, Frau Baginski, gut aufgehoben, freute sich aber stets, wenn ihr Vater von der Arbeit heimkam und sie in seine Arme schloss. Sie war inzwischen neun Jahre alt, brachte gute Noten aus der Schule heim, half dem Vater in der Küche oder bei anderen kleinen Hausarbeiten und freute sich ganz besonders, wenn ihr Papa auf der Gitarre spielte. Viele Jahre nach Emilies Tod hatte Wilhelm nicht mehr auf seiner Gitarre gespielt. Doch eines Tages holte er sie wieder aus dem Schrank, weil Gretchen ihn immer öfter bat, ihr etwas vorzuspielen und dazu zu singen, wie früher, als Mama noch bei ihnen war. Er spielte und sang, nur keine lustigen Lieder, wie früher, stellte Gretchen fest, auch machte er stets ein ernstes Gesicht dabei und lächelte niemals. Meistens sang er schwermütige Lieder, von Liebe und Tod, wobei ihm oft eine Träne die Wange hinunterkullerte. Sie verhielt sich dann ganz still, lauschte andächtig den Worten, die sie in ihrem kindlichen Alter noch nicht verstand, und klatschte Beifall, wenn er ein Lied beendet hatte. „Bitte noch eins, lieber Papa", rief sie ihm dann zu, wenn er müde war und aufhören wollte. Seiner kleinen Tochter konnte er diesen Wunsch nie abschlagen, spielte weiter auf seiner Gitarre und sang noch ein Liedchen, bevor er sie ins Bettchen legte und ihr einen Gutenachtkuss gab. Ihren zwölften Geburtstag feierten Tochter und Vater im Sommer 1928 recht lustig und fröhlich mit der Familie Baginski in der engen, bescheidenen Bergmannswohnung. Für die Kinder gab es Schokoladenpudding mit Sahne und eine selbstgemachte Torte, für die Erwachsenen Kaffee und Kuchen und ein Schnäpschen, den er noch kürzlich in einem kleinen Laden erstanden hatte.

Nur eine Woche nach der schlichten Geburtstagsfeier seiner Tochter schlug das Schicksal erneut erbarmungslos zu. Wie sonst immer, kam Wilhelm diesmal nicht nach seiner Schicht nach Hause. Musste er Überstunden machen? Was war geschehen? Frau Baginski hörte dann von ihrem Nachbarn von einem Grubenunglück in der Zeche Dahlbusch. Bis tief in die Nacht wartete sie vergeblich mit Gretchen auf ein Lebenszeichen ihres Vaters, bis sie schließlich übermüdet einschliefen. Am nächsten Morgen fuhren beide mit der Straßenbahn nach Rotthausen, nachdem Frau Baginski Gretchen in der Schule entschuldigt hatte. Auf dem Werksgelände waren bereits viele Menschen versammelt. Die Frauen schluchzten und weinten um ihre Männer, die tief unter der Erde durch Schlagende Wetter verschüttet und eingeschlossen worden waren. Es muss eine gewaltige Kohlenstaubexplosion Untertage gegeben haben, bei der über vierzig Bergleute verunglückt waren. Niemand konnte jedoch genaue Auskunft geben. Die Rettungsmannschaften bemühten sich fieberhaft, zu den Eingeschlossenen vorzudringen. Auf der Liste der Verunglückten stand auch der Name des Steigers Wilhelm Jondral. Gretchen weinte hemmungslos. Sollte sie nun auch noch ihren geliebten Vater verloren haben?

Am dritten Tag erreichten die Retter die verschütteten Bergleute. Es gab kaum noch etwas zu retten. Die meisten Kumpel waren tot: erschlagen von herabstürzender Kohle, erstickt oder von der Druckwelle zerrissen. Doch bei einigen entdeckte man noch schwache Lebenszeichen, die dann als Erste mit dem Förderkorb zu Tage gebracht wurden. Den wartenden Angehörigen teilte man sofort die Namen der Geretteten mit, verheimlichte auch nicht, dass nur sieben von über vierzig Eingefahrenen schwerverletzt überlebt hätten. Gretchens Vater war unter den Geretteten, er lebte. Wilhelm brachte man mit den anderen Schwerverletzten in ein Krankenhaus, wo er noch zwei Tage in tiefer Bewusstlosigkeit um sein Leben kämpfte. Niemand wurde zu ihm gelassen. Als Erste durfte ihn schließlich seine Tochter besuchen, die nach dem Unglück bei den Nachbarn eine Bleibe gefunden hatte. Eine freundliche Krankenschwester führte sie behutsam zum Krankenlager ihres Vaters.

Der erste Anblick war für sie schockierend. Im Krankenbett lag ein Mensch, der überhaupt nicht wie ihr Vater aussah. Es war eine Gestalt, deren Gliedmaßen und Kopf mit weißen Binden umwickelt waren; einzig die Augen waren zu sehen, die regungslos zur Decke starrten. Schmerzerfüllt fiel sie der Schwester in die Arme, die sie dann leise aus dem Krankenzimmer führte. Der kurze Besuch, der jämmerliche Anblick ihres Vaters, mit dem sie nicht reden konnte, dem sie noch nicht einmal einen Kuss auf die Wange geben konnte, weil alles verbunden war, machte sie todtraurig. Die Nachbarin nahm sie liebevoll in den Arm und versuchte sie zu trösten, doch der Schmerz saß viel zu tief im Herzen des kleinen Mädchens.

Sooft es ging besuchten Gretchen und die gute Frau Baginski Wilhelm im Krankenhaus, der inzwischen auf dem Wege der Besserung war. Er, der große Junge aus Masuren, dem die Ärzte nach dem schweren Grubenunfall kaum eine Überlebenschance gaben, hatte die kritische Zeit zwischen Leben und Tod mit eisernem Willen überwunden. Ja, er wollte leben, für seine hilflose, kleine Tochter, die ihn gerade jetzt in der Phase ihrer kindlichen Entwicklung so nötig brauchte. Von den sieben Geretteten waren inzwischen fünf an ihren schweren Verletzungen verstorben. Er und ein ganz junger Bergmann waren die einzigen Überlebenden. Als man ihm das erste Mal den Kopfverband abnahm, erschrak er, als er sich im Spiegel betrachtete. Seine dunklen Haare waren schneeweiß. Er sah sich um Jahre gealtert. Fast alle Knochen in seinem Körper waren gebrochen, dazu kamen innere schlimme Organ- und Kopfverletzungen. Er war ein Krüppel. Man würde ihn in jungen Jahren zum Invaliden machen, zu einem, den keiner mehr brauchte.

Viele Monate lag er nun im städtischen Krankenhaus. Als er dann endlich entlassen wurde, freuten sich sein Töchterlein und seine Nachbarin, die sich so rührend um sie gekümmert hatte. Aber auch die Leute in der

Straße der Bergmannssiedlung bereiteten ihm einen kleinen, herzlichen Empfang und feierten ihren Mitbewohner fast wie einen heimkehrenden Helden. Herzlich willkommen stand auf einem großen Transparent, das am Gartenzaun vor dem Eingang zur Wohnung angebracht war. Unter Schmerzen und mit weichen Knien stieg er aus dem Krankenwagen, lächelte freundlich, drückte und umarmte herzlich Frau Baginski, gab ihr einen Kuss auf die Wange, wobei sie sichtlich errötete, grüßte mit einer freudigen Handbewegung alle Nachbarn und setzte sich dann völlig erschöpft auf eine Bank vor dem Haus, auf der schon seine überglückliche Tochter Platz genommen hatte. Alle, die ihn als einen vor Kraft strotzenden, athletischen Mann gekannt hatten, waren zutiefst berührt, denn der, der jetzt vor ihnen auf der Bank saß, war ein gebrochener Mann, den sie fast nicht wiedererkannten. Und doch war er es, auf den seine Tochter monatelang sehnsuchtsvoll gewartet hatte, ihr geliebter Vater, den sie so sehr vermisste.

Wilhelm brauchte sehr lange, bis er sich von den schweren Verletzungen erholt hatte, musste noch viele Operationen überstehen, bis er dann nach endlosen Untersuchungen von einem Vertrauensarzt der Knappschaft erfuhr, dass er nun Invalide wäre und eine Unfallrente erhalten würde. Niedergeschlagen fügte er sich dem Unabänderlichen. Mit einem Mal hatte sich sein junges Leben verändert. Es folgte eine harte Zeit. Schritt für Schritt mussten die Unfallfolgen ausheilen, Wilhelm musste seine seelischen Schmerzen überwinden und sich dem veränderten Lebensablauf anpassen.

Im Jahre 1929 erschütterte die Weltwirtschaftskrise neben Amerika, das davon am stärksten betroffen wurde, auch Deutschland. Wieder brach eine harte, entbehrungsreiche Zeit für die deutsche Bevölkerung an. Mit seiner kleinen Unfallrente, die gerade einmal für das Notwendigste reichte, lebten Vater und Tochter in ärmlichen Verhältnissen. Oft war das Mittagessen so karg, dass beide kaum satt wurden. Es musste etwas geschehen, es musste einen Ausweg aus dieser schlimmen Lage geben. Nach langem Überlegen beschloss Wilhelm, einen Brief an seine Eltern und an seinen Bruder August zu schreiben, in dem er vorsichtig andeutete, dass er auf ärztlichen Rat, vor allen Dingen aber wegen seiner Steinstaublunge, dringend eine Luftveränderung bräuchte, um weiter zu genesen.

Als Erste antwortete ihm seine Mutter, die sich ohnehin große Sorgen machte. Sie würde sich sehr freuen, wenn sie ihren Sohn wieder in der

Heimat hätte, zumal es ihr nicht gut ginge. So verkaufte er noch im gleichen Jahr einen Teil seiner nicht allzu üppigen Wohnungseinrichtung, verschenkte viele Gegenstände an die Nachbarn, wobei Frau Baginski sein neues Fahrrad, seine schöne, antike Standuhr und den Vogelkäfig mit Hansi, dem lebhaften Kanarienvogel von Gretchen, geschenkt bekam, und reiste kurzentschlossen mit seiner Tochter in die Heimat nach Ostpreußen. Im Elternhaus war kein Platz für sie, denn mittlerweile hatte sein Bruder geheiratet und Nachwuchs bekommen. Nach langem Suchen fanden sie dann eine kleine Wohnung in der Kreisstadt Ortelsburg, die knapp zwanzig Kilometer nördlich seines Heimatortes lag.

Hier verkaufte ihm sein Nachbar Walter Brosda ein gut erhaltenes Fahrrad, Marke Vaterland. Noch sehr unter den Körperschäden leidend, unternahm er mit dem Rad nur selten eine größere Tour. Doch nach und nach wagte er sich bis nach Wessolowen zu radeln. Seine Tochter ging weiterhin in Ortelsburg zur Schule, hatte neue Freundinnen gefunden, mit denen sie in der Freizeit die herrliche Naturlandschaft Masurens kennenlernte. Sie fühlte sich in der Heimat ihres Vaters schnell wohl.

Die in der Kindheit geweckte Liebe zur Natur durch seinen Vater erwachte auch in ihm wieder, je besser es ihm ging. Im Land der dunklen Wälder und kristallenen Seen, im Naturparadies Masuren, hier im Land seiner Väter, seiner Heimat, fühlte er sich wohl und geborgen. Er hatte zwar immer noch Schmerzen im angebrochenen Rückgrat, im Kopf und in der Brust, aber es ging ihm doch viel besser als im Kohlenpott, wo die Luft durch Ruß der vielen Zechen und Fabriken stark verschmutzt war. Er hatte 28 Jahre schwerste Arbeit als Bergmann tief unter der Erde hinter sich, überlebte zwei Kohlenstaubexplosionen, die damals so gefürchteten Schlagenden Wetter und war jetzt, mit 42 Jahren, ein verbrauchter Mann, einer, dem das Leben nichts geschenkt, der für seine Familie stets geschuftet hatte, dem das Schicksal aber alles zerstörte.

Wie durch ein Wunder hatte er zwei Grubenkatastrophen überlebt. Aus einem starken, vor Kraft strotzenden Mann war ein Invalide geworden, jemand, den man in die Gruppe der Rentner einstufte, der graue Haare bekam, einen krummen, gebeugten Rücken und eine Steinstaublunge hatte, die ihm bei jeder Anstrengung den Atem nahm. Aber, wenn auch sein Körper viel gelitten hatte, war doch sein Geist wach geblieben, sein Wille ungebrochen. So bewarb er sich bei einer Versicherungsgesellschaft als Außendienstmitarbeiter, als Versicherungsagent. Schon nach einer Woche erhielt er aus Königsberg von der VORSORGE Lebensversicherungsgesellschaft die gute Nachricht, er könne sofort eingestellt werden, wenn er an einem Lehrgang der Firma teilnehmen würde. Nach dieser Ausbildung, die in Allenstein erfolgte und zwei Wochen dauerte, begann er im Kreis Ortelsburg seine Tätigkeit als Berater für Lebensversicherungen. Der Anfang war mühselig und wenig erfolgreich.

Das Geld war knapp, die einfachen Menschen in den Dörfern schwer davon zu überzeugen, dass eine Lebensversicherung wichtig wäre. Mit dem Fahrrad bereiste er die entlegensten Orte in der wald- und seenreichen Landschaft Masurens. Stille, verträumte Seen übten schon in seiner Kindheit einen unbändigen Reiz auf ihn aus. Dort konnte er gedankenverloren über sein schicksalsreiches Leben sinnieren, von einer friedvollen Zukunft träumen. Er wollte oft einfach nur am Ufer sitzen, angeln und das vielfältige Leben am Wasser beobachten. Mit geübtem Blick entdeckte er die Brutplätze der Wasservögel genau so schnell wie den putzigen Fischotter in den glasklaren Fluten und den mächtigen Fischadler im Sturzflug auf seine Beute. Das war seine stille Welt, die er liebte, die ihm im Ruhrgebiet so gefehlt hatte und die er jetzt wieder in vollen Zügen genießen konnte. Besser, als er je geglaubt hätte, verlief seine Genesung in gesunder Waldluft, in der unverfälschten Urlandschaft seiner Heimat. Eine gewaltige Energieleistung, ein unbändiger Wille gaben ihm jetzt das Gefühl noch mehr zu unternehmen, als er bisher durch seine schweren Verletzungen vermochte.

Mit seiner Tochter hatte er stets eine enge, freundschaftliche Beziehung. Gretchen kam in der Schule gut mit und machte ihrem Vater kaum Sorgen. Aber wie sollte es weitergehen nach ihrer Schulentlassung? Für eine höhere Schule oder gar für ein Studium hatte er kein Geld. Seine kleine Unfallrente reichte gerade zum Leben. Die Provisionen für seine Lebensversicherungsabschlüsse waren ein Zubrot, mehr nicht. Er müsste Geduld haben, sagte er sich, denn ostpreußische Landbevölkerung zu überzeugen brauchte viel Zeit und Überredungskunst. So reiste er unermüdlich mit seinem Fahrrad durch die Lande, nutzte bei allen möglichen Veranstaltungen in Ortelsburg und Willenberg die Gelegenheit, darüber zu diskutieren, wie wichtig doch eine Lebensversicherung sei. Anfangs war der Erfolg eher gering und nur ganz allmählich brachte ihm seine Tätigkeit ein bescheidenes Einkommen. Einige etwas schwerfällige Masuren hatte er überzeugt. Hartnäckigkeit zahlte sich aus. Wieder einmal hatte er an sich geglaubt und nicht aufgegeben. Das Gefühl, trotz vieler Schicksalsschläge wieder ein Mensch zu sein, der noch viel leisten kann, der gebraucht wird, setzte ungeheure Willenskraft bei ihm frei. Er wollte es noch einmal wissen.

An einem heißen Frühsommertag erreichte er, verschwitzt und müde vom anstrengenden Fahrradfahren, das kleine Dorf Eschenwalde, ganz in der Nähe von Willenberg. Mitten im Ort setzte er sich auf eine alte Bank in den Schatten einer mächtigen Linde, packte seine selbst belegten Wurstbrote aus, holte aus seinem Rucksack eine Flasche mit klarem Quellwasser und begann hungrig zu vespern. Dabei wanderte sein Blick von Haus zu Haus, von Tür zu Tür, denn er wollte zuerst dort anklopfen, wo er die Familie möglichst vollzählig zu einem Gespräch antreffen würde. Gerade als er sich entschloss, in Richtung eines roten Backsteinhauses zu gehen, die meisten Häuser waren aus dicken Holzbohlen gebaut, öffnete sich dort die Haustür, aus der eine dunkelhaarige, junge Frau mit einem kleinen Jungen auf dem Arm trat, den sie dann auf der staubigen Dorfstraße an die Hand nahm, als sie langsam auf Wilhelm zulief. Er hatte genügend Zeit sie genau zu beobachten, sie von oben bis unten anzusehen. Als sie sich ihm näherte, grüßte er sie höflich, sprach sie freundlich an und lud sie ein, sich zu ihm zu setzen. Sie schüttelte nur kurz den Kopf und entfernte sich eilends. Seltsam, dachte er, ein scheues Mädchen, mit dem er gerne etwas geplaudert hätte.

Lange Zeit schaute er ihr nach. Er ergriff seine schon stark abgenutzte Aktentasche mit den notwendigen Versicherungsunterlagen, lehnte sein Fahrrad an den Stamm der mächtigen, alten Linde und schritt erwartungsvoll auf das Bauernhaus zu, aus dem die junge Frau gekommen war. Auf dem Hof spannte der Bauer gerade mit einem der Knechte die müden, abgerackerten Pferde aus, die dann zur Tränke geführt wurden. Es war um die Mittagszeit und ein sonniger, warmer Sommertag. Er wartete geduldig am Hofeingang, bis derjenige, den er für das Oberhaupt der Familie hielt, lächelnd auf ihn zukam. Man begrüßte sich freundlich, nach alter ostpreußischer Sitte mit einem kräftigen Händedruck. Ohne viel Umschweife lud ihn der ungefähr vierzigjährige Bauer zum Mittagessen ein, nachdem er sich zuvor kurz mit Wilhelm Kapteina vorgestellt hatte. Auch er nannte seinen Namen und das Dorf, aus dem er stammte. Aus der Haustür bat die Bäuerin alle zu Tisch, erblickte auch ihn und rief ihm ein Herzlich Willkommen zu. Wilhelm war mehr als überrascht über die äußerst freundliche Einladung, die er in dieser Weise bisher kaum erlebt hatte.

An einem rauen, weißgescheuerten Holztisch, an einer langen Tafel wurde ihm ein Platz zugewiesen. Nachdem sich alle gesetzt hatten, bemerkte er noch einen freien Stuhl an der Tafel, ihm direkt gegenüber. Unverhofft öffnete sich mit leichtem Knarren die Eichenholztür, und herein trat jene junge Frau mit dem kleinen Jungen, die er an der Dorfstraße angesprochen hatte. Sie bemerkte den Fremden, nahm auf dem leeren Stuhl Platz und setzte das Kind neben sich.

Der Großvater sprach ein kurzes Tischgebet, jeder reichte seinem Nachbarn die Hand und wünschte einen guten Appetit. Nach altem Brauch schöpfte sich zuerst der Großvater, dann der Bauer mit der riesigen Suppenkelle einen Schlag auf den Teller. Danach schob der Hausherr den Suppentopf dem Gast zu. Erst dann schöpfte die Bäuerin jedem der hungrigen Feldarbeiter, den Kindern, seiner Nachbarin gegenüber und schließlich sich selbst den Teller voll. Nach dem kräftigen Mahl standen alle rasch auf und gingen auf den Hof. Nur der Bauer, Wilhelm Kapteina, und sein Vater Johann blieben am Tisch sitzen.

Die Bäuerin und die junge Frau räumten den Tisch ab. Jetzt schien Wilhelm die günstige Gelegenheit zu sein, um über eine Lebensversicherung zu reden. Er war von vielen Beratungen in der Vergangenheit ein geschickter Versicherungsagent und Verhandlungspartner geworden, aber heute klappte es einfach nicht, denn immer wieder starrte er dem dunkelhaarigen Mädchen nach, wohin sie sich auch bewegte. Außerdem hatten seine Gesprächspartner weder Zeit noch Geduld, ihm lange zuzuhören, sie mussten hinaus aufs Feld. Er solle doch beim nächsten Mal seinen Besuch per Postkarte ankündigen, dann könnte man in Ruhe über die Dinge reden. So verabschiedete er sich dankend, winkte der gastfreundlichen Familie noch einmal zu und fragte die nette Bäuerin im Vorbeigehen, wer denn das Mädchen mit dem Kind sei.

Erleichtert radelte er aus dem Dorf, denn er hatte erfahren, dass sie eine Schwester des Bauern ist, und das Kind dessen Sohn Werner. Tagelang musste er nur an die seltsame Begegnung mit der scheuen Frau denken. Er wollte sie schnell wiedersehen. So schrieb er nach kurzer Zeit eine Postkarte an die Familie Kapteina und kündigte seinen erneuten Besuch an. Sollte er darin um eine Rückantwort bitten, oder einfach so dorthin fahren? Aber auf eine Antwort wollte er nicht warten, zu groß war sein Verlangen, über die junge Frau aus Eschenwalde mehr zu erfahren. Sie hieß Martha, hatte schwarze Haare, blaue Augen, eine gute Figur, war still, aber nicht verschlossen und übte auf Wilhelm einen unbändigen Reiz aus.

Vom Heiraten wollte sie bisher nicht viel wissen. Sie war hübsch, dachte Wilhelm, sogar sehr hübsch, aber wie sollte er nur ihre Gunst erlangen? Er hatte zwar Erfolg mit einem Versicherungsabschluss im Haus der Familie, jedoch die ersten vorsichtigen Annäherungsversuche blockte Martha abrupt ab, ignorierte sofort seinen Wunsch mit ihr an einem verträumten See angeln zu gehen und wollte sich auch in Zukunft nicht mit ihm verabreden. Er war gescheitert. Dennoch gab er nicht auf und überlegte, auf welche Weise er ihr Herz doch noch gewinnen könnte. Es vergingen Tage und Wochen, bis er sein Rad an der Hauswand der Konditorei Krebs in Willenberg abstellte, um sich, wie immer, wenn er in dieser Gegend war, ein paar frische Brötchen und vielleicht noch ein Stück leckeren Streuselkuchen zu kaufen, denn er verspürte Hunger.

Als er den Laden betrat, in dem zu dieser Zeit mehrere Kunden bedient werden wollten, traute er seinen Augen nicht, denn eine der Frauen hinter der Theke war Martha, das reife Mädchen aus dem Dorf Eschenwalde. Sie war genauso überrascht wie er, als sie sich plötzlich gegenüberstanden. Er war der letzte Kunde, der eingetreten war. Frau Krebs kannte ihn bereits. Nach einigen freundlichen Worten ging sie in den Nebenraum. Wilhelm und Martha waren jetzt allein im Laden. Er nutzte die Gelegenheit zu einem netten Gespräch mit ihr, das recht lustig über die Liebe geführt wurde. Die Unterhaltung verlief diesmal ganz anders als noch vor Wochen. Beide verabredeten ein Treffen am Wochenende an einem idyllischen Plätzchen am Waldpuschfluss am Ortsrand von Eschenwalde.

Sie hatte diese romantische Stelle am Fluss mit einer Bank zu einem ersten Rendezvous gewählt, weil man dort im Schatten mächtiger Büsche die trockene, ostpreußische Sommerhitze leichter ertragen konnte.

Es wurde ein schicksalhaftes Treffen, denn fortan hatte Wilhelm nur ein Ziel vor Augen, er wollte diese Frau heiraten und eine Familie gründen, neu beginnen nach all dem Unglück, das sein Leben, seine Wünsche und Träume grausam zerstört hatte.

Noch im gleichen Jahr kam es zu einer Hochzeit. Danach bezogen Wilhelm und Martha eine kleine Wohnung in einem Holzhaus in der Nähe des Bahnhofs von Eschenwalde. Seine Tochter sträubte sich zuerst gegen den Umzug aufs Land, willigte aber schließlich ein. Sie war inzwischen mit der Schule fertig und wartete auf eine Lehrstelle, die ihr in einer Bäckerei im nahen Ortelsburg in Aussicht gestellt wurde. Wilhelm half jetzt öfter seinem Schwager in der Landwirtschaft, bei der Waldarbeit und bei allen anderen anfallenden Arbeiten auf dem Hof, bereiste weiterhin mit dem Rad die umliegenden Orte in Sachen Versicherung, ging aber sooft er nur konnte zum Angeln. Die Liebe zur Natur, die er von seinem Vater geerbt hatte, verwurzelte sich in ihm immer stärker, je besser es ihm nach den schweren Grubenunglücken ging, je mehr er zu Kräften kam. Seine Frau Martha war eine treusorgende, fleißige Ehefrau, eine hervorragende Köchin, ein Mädchen vom Lande, die genau wusste, wie sie mit ihm umzugehen hatte. Nur mit seiner pubertierenden Tochter kam es öfter zu Spannungen im Hause.

Inzwischen war er überall im Umkreis als der Mann mit dem Fahrrad bekannt, der Versicherungsvertreter, der stets freundliche Worte fand, wenn die Leute vom Land mit ihm über ihre Sorgen und Nöte sprachen und Rat suchten. Er war ein gern gesehener Gast und Gesprächspartner, der viel zu erzählen wusste, dem man ergriffen zuhörte, besonders, wenn er über die Grubenkatastrophen sprach, die er als einer der wenigen schwer verletzt überlebt hatte. Es ging ihm trotz der Körperschäden richtig gut in seiner Heimat. Auch die Steinstaublunge hatte sich erholt, das Atmen in gesunder Waldluft bereitete ihm immer weniger Probleme, die reine Luft heilte seine kranken Lungen.

Von seinem Geburtsort Wessolowen nach Eschenwalde waren es ungefähr 15 Kilometer, aber mit dem Rad oder gar zu Fuß war es für Hin- und Rückweg doch jedes Mal eine Tagesreise. Doch sooft er Zeit hatte, verbrachte er einen Tag bei seinen Eltern. Meistens nutzten Vater und Sohn diese Stunden zum Angeln, indem sie mit dem alten Kahn zu den geheimen Stellen am Omulef ruderten, die schon früher immer einen guten Fang versprachen. Seine Mutter hatte die schwere Feldarbeit, das entbehrungsreiche Leben der vergangenen Jahre, die vielen Sorgen um die große Familie, überhaupt die Not, das ganze Leid und Elend, zu einer kranken, gebrechlichen Frau gemacht, um die er sich sehr sorgte. Gretchen hatte inzwischen eine Lehre in einer Bäckerei in der Kreisstadt Ortelsburg begonnen. Sie erhielt auch ein Zimmer im gleichen Haus, freie Beköstigung, aber nur wenig Lohn. Die Bäckersleute waren sehr nett und erlaubten ihr sogar am gleichen Tisch mitzuessen. Anfangs vermisste der Vater die Tochter besonders, hatten sie doch viele schwere Jahre gemeinsam verbracht. Sie schrieb ihm oft Briefe und bat darin, dass er sie nicht vergessen solle, er würde ihr so sehr fehlen. Vater und Tochter litten unter der schmerzlichen Trennung. Als sich die Eheleute schon fast damit abgefunden hatten kinderlos zu bleiben, wurde Martha schwanger. Wilhelm war völlig aus dem Häuschen, freute sich sehr darüber, dass er noch mal Vater würde und wünschte sich einen Sohn, mit dem er einmal das unberührte, ursprüngliche Naturparadies im südlichen Teil Masurens, dem Land seiner

Väter, entdecken und erforschen würde, für das er seit seiner Kindheit tiefste Heimatliebe empfand.

Im Jahr 1935, in dem kleinen, verträumten Dorf ganz im Süden Ostpreußens, in Eschenwalde in Masuren, wurde in einer bitterkalten Januarnacht an einem Sonntag ein Junge geboren. Kaum auf der Welt, schrie er unaufhörlich und nicht gerade leise. Es war nicht viel Platz in dem ärmlichen Holzhaus. Gerade einmal zwei Zimmer und eine winzig kleine Küche bewohnten die Eltern des neuen Erdenbürgers. Alles wurde von einem großen Kachelofen beheizt, an dem die alte Hebamme erschöpft auf einer rustikalen Holzbank ihren krummen Rücken wärmte, ein Glas heißen Tee schlürfte und die Mutter des Kleinkinds beruhigte: „Er wird bald aufhören zu schreien", sagte sie, „irgendwann wird er müde sein und einschlafen." Es war Sonntag und schon spät am Abend, als sie die kleine, gemütliche Hütte verließ und in die eisige Winternacht hinausging. Wilhelm war überglücklich. Er hatte einen Jungen, der den Namen Jondral weiter vererben würde. Dieser Sohn wird sicher einmal selbst Kinder in die Welt setzen, die dann diesen Namen in den darauffolgenden Generationen mit Stolz und Würde tragen werden. Plötzlich fühlte er wieder neue innere Kräfte, die sein Leben mit tiefer Freude und Dankbarkeit erfüllten. Gott hatte ihm einen Sohn geschenkt. Diesem wollte er schon im frühen Kindesalter seine geliebte Heimat Masuren mit all den Naturwundern zeigen. Mit seinem Jungen wollte er genauso die unberührte, geheimnisvolle Wildnis im Süden Masurens erforschen, wie sein Vater einst mit ihm.

So vergingen die Jahre in Ostpreußen, in einem Land mit uralten Ordensburgen, mit stolzen Kirchen und Schlössern, mit vielen alten Städten, mit seinen berühmten Söhnen wie Kant, Herder und Kopernikus, die hier Geschichte geschrieben haben. 329 Herrenhäuser, Schlösser und Güter hatte einmal jemand in Ostpreußen gezählt. Der kleine Bub, dem die Eltern den Namen Werner gaben, wurde mit sechs Jahren eingeschult und durfte fortan mit seinem stolzen Vater nach der Schule in der Stille der dunklen Wälder herumstromern. Seine Neugierde und sein Wissensdurst ermunterten den Vater zu regelrechten Exkursionen in immer abgelegenere Gebiete, für die sich die Kinder in Werners Alter kaum interessierten, da sie lieber mit ihresgleichen spielten und herumtobten. Doch der kleine Sohn zog es vor, mit seinem Vater angeln zu gehen.

Es herrschte Krieg. Deutsche Truppen fielen in Polen ein. Hitler war im Begriff das riesige Reich Russland anzugreifen, von dem der kleine

Junge durch seinen Vater nur erfuhr, dass es unendlich groß wäre und noch hinter Polen liegen würde. Hier an der jahrhundertealten Grenze gegen den Osten – der ältesten Grenze Europas – war die Angst vor den Russen groß, hatten die Menschen hier doch immer wieder schwer unter den Kriegen mit den Nachbarstaaten gelitten.

„Hier zu leben ist ein Geschenk Gottes“, sagte mein Vater, als ich als heranwachsender Junge mit ihm in der Stille der ländlichen Flur durch saftige Wiesen und feuchte Auen, durch schimmernden morgendlichen Tau mit unzähligen Spinnweben und geheimnisvolle, dunkle Wälder wanderte. Wenn ein sanfter Lufthauch den Geruch des reifenden Roggens von den wogenden Feldern wehte, wenn die Schafgarbe, die Melisse, das Knabenkraut, die Kamille und der Klatschmohn am Wiesenrain üppig wuchsen, dann war Sommer in Masuren. Oft saßen wir einfach am staubigen Wegesrand und genossen die bunte Pracht der Blumen auf den weiten Feldern, atmeten tief den Duft der Kiefern und den scharfen Geruch der Wacholderbüsche ein, die auf dem Sandboden im Überfluss wuchsen. Unter dem weiten, hellen Horizont, dem ostpreußischen Sommerhimmel, den es sonst nirgendwo auf der Welt ein zweites Mal geben soll, flimmerte die heiße, trockene Hitze und die harzreiche Luft erfüllten kaum wahrnehmbare, seltsame, überirdische Töne.

Die unzugänglichen Sumpfgebiete am Omulef und Sawitz-Fluss, die sich über die Kutzburger Mühle bis an den kleinen Schoben-See hinziehen und sich von dort über den Mater-Fluss bis an den Seedanziger See, den Natatsche-See und über Johannisthal bis zum Schlossberg ausdehnen, kann man auch heute noch nur mit dem Kahn erkunden. Einst rodeten die Vorfahren in harter Knochenarbeit Teile der Wildnis im südwestlichen Masuren. Die Feuchtgebiete wurden kanalisiert und trockengelegt, der Wald aufgeforstet und kultiviert, aber der größte Teil dieser zauberhaften Landschaft blieb naturbelassen, unberührt, geheimnisvoll. Die Zeit war einfach stehengeblieben.

Das Masurenland ist weder geographisch noch historisch exakt abzugrenzen, und doch wissen nicht nur Ostpreußen, welch eine faszinierende Landschaft sich hinter diesem Begriff verbirgt. Die einfachen Menschen lebten bescheiden und gottesfürchtig und waren mit dem zufrieden, was man sich durch Fleiß erarbeitet hatte. Masuren, im Süden Ostpreußens, ist reich an Naturschönheiten, aber arm an guten, ertragreichen Böden. In kaum einem anderen deutschen Land gibt es so viele Seen und Moore, so viele Störche, Fischadler und Reiher, endlose Wälder mit Blau- und Himbeeren im Überfluss. Weit mehr als 3.000 Seen liegen in diesem Traumland Ostpreußen.

Die Sommer waren heiß und trocken, und der Winter brachte oft klirrende Kälte und viel Schnee. Es war mit die schönste Zeit, wenn die Bauern die Pferde vor die großen Schlitten spannten und wir Kinder, eingehüllt in dicke Schafspelzmäntel, die Köpfe in Russenmützen und die Hände in warmen Fausthandschuhen, mit Glöckchengeläut durch den verzauberten Winterwald glitten, wenn in einer klaren Nacht das Weltall geheimnisvoll schimmerte, Sterne funkelten und der Vollmond über die dunklen Baumwipfel lief.

Ja, der Winter war schön in Masuren. In der kalten Jahreszeit hatten die Familien viel Zeit füreinander. Wenn der Kachelofen mollige Wärme und Behaglichkeit spendete, dann saß man nach verrichteter Arbeit im Wohnzimmer zu einem gemütlichen Plausch zusammen, während draußen vor dem Haus der Staketenzaun vor eisigem Frost knackte. Es war die Zeit der Geschichten, der wundersamen Begebenheiten und der Geheimnisse.

Mit acht Jahren durfte ich das erste Mal nach Wessolowen, das am 16. Juli 1938 in Fröhlichshof umbenannt worden war. In der trockenen Sommerhitze war die lange Reise mit dem Fahrrad über Stock und Stein, über verschlungene, dunkle, holprige Waldwege mit dicken, quer über die Pfade liegenden Baumwurzeln schon sehr anstrengend, aber was war das alles verglichen mit dem unvergesslichen Erlebnis, das ich hatte, als ich mit meinem Vater mitten im Wald eine Quelle entdeckte, an deren glasklarem, kühlen Wasser wir uns labten und unseren Durst stillten.

Einen mächtigen Eindruck machte mein Opa August auf mich. Ein Riese von Mensch, so um die zwei Meter groß. Als ich ihm artig die Hand reichte und dabei lächelte, verschwand mein kleines Händchen vollständig in der mächtigen, rauen Hand des Großvaters. So müssen Riesen aussehen, dachte ich, größer als alle anderen Menschen und mit einer gewaltigen, tiefen, dröhnenden Stimme ausgestattet. Opa August war für mich ein Mensch, den ich nicht aus den Augen ließ, der mich faszinierte, den ich ganz einfach sofort lieb gewann, der aber auch mich gleich ins Herz geschlossen hatte. Meine Cousinen Gerda und Ingeborg, die Töchter seines Sohnes August, der auf dem Hof geblieben war, waren bereits große Mädchen, aber eben nur Mädchen, und nun brachte ihm sein Sohn Wilhelm doch noch einen Jungen, einen Enkelsohn ins Haus, das musste gefeiert werden. Auf dem Bauernhof hatte sich im Laufe der letzten Jahre viel verändert. Oma Marie verstarb im Sommer 1936, als ich gerade einmal ein Jahr auf der Welt war. Ihr sehnlichster Wunsch, ihren Enkel vor ihrem Tod zu sehen, ging nicht mehr in Erfüllung.

Die wenigen Straßen bestanden aus grobem Schotter oder Pflastersteinen, waren bei starken Regengüssen oft unbefahrbar und führten durch schier endlose, dunkle Wälder, durch Moore und unkultivierte Feuchtgebiete der Urlandschaft Südmasurens. Man besuchte sich im Sommer mit der Pferdekutsche und im Winter, eingehüllt in dicke Schafspelzmäntel, mit großen Schlitten, die meistens zwei kräftige Kaltblüter durch die tief verschneite Winterlandschaft zogen. Und es war bitterkalt, manchmal über dreißig Grad Minus.

Nun schritt Opa August zur Tat. In seiner überschwänglichen Freude musste der Enkelsohn begossen werden. Aus seiner alten Holztruhe kam eine dickbauchige Korbflasche auf den blankgescheuerten Küchentisch, wurde feierlich von ihm geöffnet und mit leisem Gluckern in reichlich große Wassergläser ausgeschenkt. Da saßen sie nun, Opa August, mein Vater, mein Onkel August, der das bäuerliche Anwesen als zweitältester Sohn übernommen hatte, meine Tante Auguste, die aber nichts von dem Zeug, wie sie es nannte, mittrinken wollte, und redeten über vergangene Zeiten, und ich langweilte mich. Trotzdem beobachtete ich die lustigen Zecher sehr aufmerksam, die immer lauter wurden, je weiter sich die Flasche leerte. Dabei stellte ich fest, dass mein Opa nicht nur die größten Hände hatte, sondern auch den größten Durst, und doch, im Gegensatz zu den anderen, weder lallte noch wankte, als er über den Hof zu einem Häuschen mit einem ausgeschnittenen Herzen in der Tür ging. Ja, mein Opa war ein besonderer Mensch, ein Riese, der mich sehr beeindruckte.

Als nun mein Vater und mein Onkel August hinaus auf den Hof gingen, nahm mich mein Opa an die Hand, öffnete leise die Hintertür, damit Tante Auguste nichts hören konnte, und führte mich an die Brücke über den Omulef, die sich schräg gegenüber dem Bauernhof befand. Dann schritten wir auf einem Trampelpfad am Ufer entlang und kamen an eine kleine Einbuchtung im Fluss, in der ein alter Kahn leise in den plätschernden Uferwellen schaukelte. Opa August band nun das Boot los, schob es etwas mehr ins tiefere Wasser, packte mich mit seiner starken Hand, setzte mich auf eine alte Kiste und schob den Kahn mit dem Ruder vom Ufer ab. Fast lautlos glitten wir auf dem gemächlich fließenden Omulef, vorbei an blühenden Wasserlilien, gelben Teichrosen, an hohen Schilfufern, aus denen mit lautem Flügelschlag und Geschnatter erschreckt die Wildenten aufflogen. Eine wunderbare, ja geheimnisvolle Welt, dachte ich, eine idyllische Flusslandschaft von überschwänglicher Fülle natürlicher Schönheit.

In einer Flusskurve zog mein Großvater den Kahn unverhofft auf eine kleine Sandbank. Er deutete mit seiner riesigen Hand in eine bestimmte Richtung, führte den Zeigefinger an seine Lippen, flüsterte mir ein kaum vernehmbares „Psst“ zu, worauf wir uns beide ganz leise flach auf den Boden legten und gespannt warteten. Fast im gleichen Moment teilte sich auf der anderen Flussseite das Weiden- und Schilfgestrüpp. Vorsichtig trat ein kapitaler Hirsch mit einem mächtigen Geweih ans Ufer und begann zu trinken. Er hatte die beiden Eindringlinge in seinem Revier noch nicht bemerkt, die regungslos am gegenüberliegenden Ufer im Kahn verharrten. Welch ein Anblick, dachte ich mir, welch ein riesiges Tier, viel größer als ein Rehbock, den ich einmal auf einer der Radreisen mit meinem Vater gesehen hatte, dessen Gehörn gegen das gewaltige Geweih im Vergleich richtig mickrig war. Doch dann geschah etwas, was in dieser Situation nicht hätte passieren dürfen.

Mein Großvater hatte mir während der Ruderfahrt zwei Bonbons zugesteckt, von denen ich kurz vor dem Anlanden auf der Sandbank noch schnell einen in den Mund steckte. Als ich nun draufbiss, zersplitterte die Süßigkeit in meinem Mund. Ein Teil davon gelangte wohl in die Luftröhre, worauf ich laut zu husten anfing. Erschreckt erhob das mächtige Tier sein gewaltiges Haupt und verschwand mit einem riesigen Satz im mannshohen Schilf, wobei seine schweren Hufe auf der Flucht ein planschendes Geräusch verursachten. In dieser totenstillen, wasserreichen Moorlandschaft war es noch eine ganze Weile zu hören.

„Er flieht nach Polen“, sagte mein Opa nach einer Pause, in der keiner ein Wort gesprochen hatte, „denn zur Grenze ist es von hier nicht mehr weit, vielleicht nur noch vier Kilometer.“ Ich war total verdattert und fühlte, dass ich durch meine Unachtsamkeit etwas Schlimmes angerichtet hatte, doch der Großvater nahm mich in seinen Arm, strich mir mit der anderen Hand liebevoll und über mein Haar und setzte mich zurück in das Boot. Mich aber plagte ein Schuldgefühl.

„Wenn du älter bist und mich wieder besuchst, werden wir beide noch viele Tiererlebnisse haben, die du niemals wieder vergessen wirst“, war alles, was mein Opa noch sagte, bevor wir mit dem Kahn auf dem Omulef wieder davonglitten. Tante Auguste erwartete uns Ausreißer laut schimpfend am Flussufer. Es wäre bereits vier Uhr nachmittags, das Essen längst verbrutzelt, und ihr Mann und Schwager Wilhelm wären nach reichlichem

Alkoholgenuss nicht wachzukriegen. Obendrein würden sie so laut schnarchen, dass sie selbst noch nicht einmal ein kleines Nickerchen hätte halten können. Der Schwager hätte ja mit seinem Sohn auch noch mit dem Fahrrad einen langen Rückweg, und die Schwägerin in Eschenwalde, die ohnehin etwas ängstlich sei, würde sicherlich in großer Sorge sein, wenn die beiden nicht vor Einbruch der Dunkelheit daheim wären. Sie solle sich nicht so anstellen, denn schließlich sei ja heute ein ganz besonderer Tag, ein Tag der Freude und des Wiedersehens. Außerdem bliebe es ja im Sommer noch bis spät am Abend hell, erwiderte mein Großvater.

Inzwischen waren die Brüder wach, hatten ihren kleinen Rausch ausgeschlafen und nichts davon mitbekommen, was Opa und Enkel unternommen hatten. Die Zeit drängte, denn es war bereits sechs Uhr abends, das Essen hat allen vorzüglich gemundet, doch fühlte jeder, dass der Abschied nun kommen würde. Die Männer schüttelten sich kräftig die Hände, klopften sich auf die Schultern und alle winkten uns, den Wegfahrenden, so lange nach, bis wir im nahen Wald verschwunden waren. Senta, die alte Schäferhündin, rannte noch einige hundert Meter auf der rauen Schotterstraße neben dem Rad her, blieb dann aber abrupt stehen, als sie den schrillen Pfiff meines Großvaters vernahm, der das Kommando zur Rückkehr bedeutete. Jetzt waren Vater und Sohn auf dem beschwerlichen Heimweg, der fast ausschließlich durch den dunklen, geheimnisvollen Wald verlief. Als wir ungefähr die Hälfte des Weges zurückgelegt hatten, verdunkelte sich der Himmel ganz plötzlich.

In dem dichten Wald bemerkten wir erst ziemlich spät, dass ein Gewitter im Anzug war. Ich fürchtete mich als Kind immer sehr davor. Es blitzte und donnerte gewaltig. Bevor ein wolkenbruchartiger Regen einsetzte, verkrochen wir uns unter einem umgestürzten, dicken Baumstumpf, der mit seinem herausgerissenen Wurzelwerk eine schützende Wand gegen die Windseite bildete. Hier fühlten wir uns sicher. Doch als es unaufhörlich weiterregnete, bildete sich in der Mulde, in der wir hockten, nach und nach ein Tümpel, in dem unsere Füße nun schon bis zu den Knöcheln im Wasser standen. Zum Glück war es ein warmer Sommerregen, der vom Himmel fiel, wie meistens zu dieser Jahreszeit in Masuren, wenn schwere Gewitter sich entluden, die in der Regel schnell vorüber zogen.

Durchnässt und in großer Eile mussten wir noch im Regen weiterradeln, denn das Licht des Tages begann langsam zu schwinden. Mit aller Kraft trat nun mein Vater in die Pedalen. Über unzählige braune Wasserpfützen, die die Baumwurzeln unsichtbar machten, ging es durch den triefenden Wald nach Hause. „Gott sei Dank“, rief uns meine Mutter schon aus einiger Entfernung zu. Sie war in Sorge uns beiden Spätheimkehrern auf dem Waldweg schon ein ganzes Stück entgegengelaufen.

„Warum kommt ihr nur so spät nach Hause und wieso seid ihr beide nass? Hier hat es keinen Tropfen geregnet.“

„Wir wurden von einem plötzlichen, heftigen Gewitter überrascht“, versuchte mein Vater die Umstände meiner Mutter zu erklären. Doch hatte sie längst gemerkt, dass er nach Schnaps roch und in seinem Heimatort zu tief ins Glas geschaut hatte. Und nun entlud sich ein weiteres Gewitter. Nach einiger Zeit war sie doch wieder froh darüber, dass wir beide wohlbehalten zu Hause waren. Meine Mutter war überhaupt etwas ängstlich und immer sehr besorgt um mich. Ich wollte als Einzelkind gar nicht verwöhnt und verhätschelt werden und büxte daher auch öfter aus. Es war mir peinlich, wenn sie mich bei kaltem und schlechtem Wetter energisch in die warme Stube rief, während die meisten anderen Kinder noch draußen toben und spielen durften. Doch sollte ich später, auf der grausamen Flucht und in den harten Nachkriegsjahren, noch oft erfahren und spüren, was Mutterliebe alles bedeutet und zu ertragen vermag.

In dieser Nacht lag ich noch lange wach und dachte unentwegt an die traumhaft schöne Kahnfahrt mit meinem Opa.

Es sollte eines meiner zwei besonderen Erlebnisse als heranwachsender Junge mit meinem geliebten Großvater bleiben, in einem Land, in dem die Zeit stillzustehen schien, an die ich mich auch später noch gerne erinnerte. So verging die schöne Kinderzeit in Masuren, als Deutschland gegen Russland in den wahnsinnigen Krieg zog und Ostpreußen zum Truppenaufmarschgebiet wurde. Endlose Militärkolonnen verstopften die staubigen Landstraßen auf ihrem Weg nach Osten. Dröhnende Panzerverbände zerrissen die friedliche Stille der unberührten Landschaft in meiner Heimat. Wir Kinder bestaunten die gigantischen Truppenverbände und das gewaltige Kriegsmaterial, die jungen Soldaten, die mutig und begeistert in den Krieg zogen, nicht ahnend, welche verlustreichen, verheerenden, aussichtslosen Kämpfe sie in den unendlichen Weiten Russlands erwarteten. Viele bezahlten den Wahnsinn der skrupellosen Verbrecher des Dritten Reichs mit ihrem jungen Leben.

Schon in jenen Tagen, im Herbst 1943, ahnten die Menschen in Ostpreußen, dass der Krieg gegen eine ungeheure Übermacht der feindlichen Truppen nicht zu gewinnen war, aber keiner wagte, etwas gegen das verbrecherische Regime der Nationalsozialisten zu sagen, ohne sich der Gefahr auszusetzen, als Vaterlandsverräter in eines der berüchtigten Konzentrationslager verschleppt zu werden. Ja, ich habe mit meinem Vater eine traumhafte Kindheit erlebt, an die ich heute etwas wehmütig, traurig und schmerzvoll zurückdenke. Er brachte mir das Angeln bei, lehrte mich, Fährten im Schnee zu lesen, Weidenflöten zu machen, das Wetter nach den Wolken vorauszusagen, die Vögel an ihrem Flugbild und ihrer Stimme zu erkennen und vieles mehr.

Ich bin froh für das lange Gespräch am stillen See bei einem unserer vielen Angeltage, an jenem wunderschönen Spätsommertag im Jahre 1944, als mein Vater mir sein Herz ausschüttete, mir von seinem traurigen Leben erzählte, als das Schicksal seine Jugend, seine Träume und seinen Körper brutal zerstörte. Erst seine Rückkehr in die Heimat nach Masuren gab ihm neue Hoffnung, neuen Lebensmut. Als er dann meine Mutter heiratete und ich geboren wurde, hatte er nur noch den Wunsch, mit seiner kleinen Familie glücklich und zufrieden bis an sein Lebensende in diesem urwüchsigen Land leben zu dürfen und einmal in seiner geliebten Heimaterde, im masurischen Sandboden, begraben zu werden. Beides erfüllte sich nicht.

Meine Halbschwester Grete hatte bereits im Herbst 1939 den angehenden Luftwaffenpiloten Karl Scharping geheiratet, den sie im Sommer zuvor in Königsberg kennenlernte. Dort lebte sie nun schon seit einiger Zeit und arbeitete in einer Konditorei. Sie waren inzwischen eine kleine Familie geworden, denn 1940 kam die Tochter Ingrid und 1942 der Sohn Manfred zur Welt. Je länger der Krieg dauerte, desto seltener hatte der Ehemann und Vater Urlaub. Grete musste wie alle Soldatenfrauen in jenen Tagen für die Kinder sorgen und hart arbeiten. Karl wurde Anfang 1941 mit seiner Staffel auf den Luftwaffenflugplatz Groß-Schiemanen verlegt, der ganz in der Nähe von Eschenwalde lag. Dieser wurde zu einem der wichtigsten Nachschubflugplätze für den Russlandfeldzug ausgebaut.

Im Frühjahr kam er oft nach dem Dienst zu uns, um dann meistens mit meinem Vater zum Angeln an einen der fischreichen Seen in unserer Nähe zu fahren. Eines Tages brachte er noch einen Staffelkameraden mit, der auch ein leidenschaftlicher Naturfreund und Angler war. Oberleutnant Werner von Falkenstein stammte aus einer adligen Familie in Ostpreußen. Er war ein stiller Mann mit guten Manieren, einem trockenen, sarkastischen Humor, ein gern gesehener Gast in unserem Haus. Er war blond, groß gewachsen, sah blendend aus, war 23 Jahre alt und hatte sich freiwillig zur Luftwaffe gemeldet. Karl und er hatten sich während der Pilotenausbildungszeit angefreundet. Der junge Oberleutnant war genauso wie mein Vater ein leidenschaftlicher Angler. Sooft es sein Dienst zuließ, fuhren beide zu einem der stillen, friedlichen Seen in der sumpf- und waldreichen Wildnis im südlichen Masuren. Durch diese gemeinsamen Erlebnisse entstand eine aufrichtige Männerfreundschaft, eine respektvolle gegenseitige Wertschätzung, eine tiefe Liebe zur Heimat, die den Krieg und die Leiden der ostpreußischen Menschen überdauern sollte. Es war für meinen Vater eine kurze, intensive Begegnung mit einem jungen Menschen, der schon bald darauf mit seinem Geschwader von Groß-Schiemanen an die vorrückende Ostfront verlegt wurde.

Eine echte, aufrichtige Freundschaft, die für beide sehr viel bedeutete und über die mein Vater bis zu seinem Tod immer wieder zu erzählen wusste. An einem wunderschönen Spätsommertag, kurz bevor sein Jagdgeschwader verlegt wurde, besuchte uns ein letztes Mal Werner von Falkenstein mit einem VW-Kübelwagen der Wehrmacht. Er machte ein sehr ernstes Gesicht, redete nur wenig mit meiner Mutter und mir und wollte mit meinem Vater noch einmal zum Angeln nach Fröhlichshof fahren. Meine Mutter spürte sofort, dass etwas geschehen war, was der junge Oberleutnant nur mit meinem Vater allein besprechen wollte, denn dieser war ihr gegenüber auch in letzter Zeit sehr verschlossen und wortkarg.

Erst spät am Abend kehrten sie heim. Nach dem gemeinsamen Abendessen, einem besonders üppigen Fischmahl, das meine Mutter mit viel Liebe zubereitet hatte, verabschiedete sich der schneidige Offizier und verließ eilends unsere kleine, gemütliche Wohnstube. Mein Vater folgte ihm bis zu seinem Wagen, wo sie noch eine Zeit lang redeten, sich ein letztes Mal umarmten und sich danach endgültig trennten. Als mein Vater zurück zu uns ins Wohnzimmer kam, sah ich, dass er geweint hatte. Erst viele Jahre später, nach unserer Flucht, erfuhr ich den traurigen Hintergrund, das schicksalhafte Geheimnis, das beide so eng verbunden hatte.

Sorglos lebte ich als kleiner Junge in jenen Tagen in dem friedlichen Dorf Eschenwalde am Waldpuschfluss im Naturparadies Masuren. Ein Leben in fast völliger Einsamkeit. Es war ein Ort inmitten von Feld und Wald, umgeben von Heide und wasserreichen Feuchtgebieten, ein Paradies für Störche und viele gefiederte Sänger, in dem sich seit der ersten Besiedlung durch Masowier, Salzburger und Hugenotten kaum etwas verändert hatte. Erst nach der Trockenlegung der besonders in jedem Frühjahr überschwemmten Wiesen und Felder erzielten die Bauern bessere Ernten, aber nach harter Arbeit reichte es im masurischen Sandboden, bei der oft die ganze Familie auf dem Feld mithelfen musste, gerade zum Überleben. Die Menschen lebten glücklich und zufrieden in der ländlichen Flur und ahnten noch nicht, was nur wenige Jahre später über sie hereinbrechen sollte.

Vor allem die kleinen Bäche und Flüsschen hatten es mir angetan. Wenn sie so dahinplätscherten, gluckten und murmelten, wenn sich nach dem Hochwasser im Frühjahr Sand- und Kiesbänke bildeten, wenn sich die Ufer veränderten, und das umliegende Land mit fruchtbarem Schlamm gedüngt wurde, dann erzählten sie mir Geschichten, Sagen und Legenden über jene Menschen, die an ihren Ufern siedelten.

Unzählige Frösche quakten im dichten Uferschilf, Störche schritten über feuchte Wiesen und bauten ihr Nest in jedem Frühjahr auf den Scheunen und armseligen Bauernhöfen in den Dörfern. Unvergesslich die windstillen Angelabende im leise raschelnden Schilf und schulterhohen Brennnesseln an einem verträumten See. Wenn sich das Wasser mit der untergehenden Sonne in ein geheimnisvolles, bedrohliches Dunkel verwandelte, wenn die zahlreichen Sänger langsam verstummten und die Frösche und Unken ihr Nachtkonzert anstimmten, wenn in der unendlichen Einsamkeit der Bussard hoch am Himmel majestätische Kreise zog und der riesige Uhu von seinem hohen Ansitz auf Beute lauerte, dann liebte man es, hier zu leben.

Ich empfand eine tiefe Zärtlichkeit für dieses karge Land. Besonders im Herbst, wenn der Reif schon auf der Heimaterde lag, wenn der Wald nach welkem Laub und nach Pilzen roch, wenn im morgendlichen Tau die unzähligen Spinnweben glitzerten und schimmerten, wenn die Obstbäume im Garten und die Ahornbäume im herrlichen Licht der aufgehenden Sonne in ihrem Rot und Gold erstrahlten, wenn am hohen Himmel die Kraniche laut rufend in unverwechselbarer V-Form wieder nach Süden zogen, versank das Land in atemlose Stille und ergreifende Melancholie. Die starken Empfindungen jener Kindheitserlebnisse formten mich zeitlebens zu einem suchenden Träumer.

Im ostpreußischen Winter, wenn die Erde sich einen dicken weißen Mantel anzog, um die Saaten und Bäume gegen die bitterkalten Ostwinde zu schützen, rodelten und schlitterten wir in schneidend kalter Luft auf den Eisflächen der überschwemmten Wiesen und Bächen. In jener Zeit war es ein Genuss, danach in einer warmen Stube am Kachelofen zu sitzen und im schwachen Schein einer Petroleumlampe den Geschichten der Großeltern zu lauschen. Im Sommer 1944 flehte ich meinen Vater an, bis er endlich einwilligte noch einmal zu meinem Opa nach Fröhlichshof zu radeln. Dieser riesengroße Mensch mit seinem gutmütigen Herzen, mit seinem alten Kahn an dem verträumten Omulef, aber besonders das starke Erlebnis damals mit dem Elch, zogen mich magisch an und gingen mir nicht mehr aus dem Sinn. Auch konnte er so tolle, geheimnisvolle Geschichten erzählen, die mich faszinierten. So war es dann auch eines Tages soweit.

Meine Mutter war damit überhaupt nicht einverstanden, denn zum einen konnte sie nicht mitradeln, denn wir hatten keine zweites Fahrrad, und zum anderen hatte sie immer fürchterliche Angst, dass ich aus dem Kahn fallen würde und ertrinken könnte. Schließlich überredeten wir sie doch und sie willigte ein, hatte ich ihr doch Tage vorher in einem tieferen Gumpen im Waldpuschfluss in unserem Dorf meine Schwimmkünste demonstriert. Dabei mogelte ich ein wenig, denn meine Fußspitzen hatten öfter Bodenberührung, was sie aber nicht bemerkte.

Am nächsten Morgen ging es dann los. Aus feuchtem Wiesengrund entstieg wie ein zarter Schleier der Morgennebel, im saftigen Gras zirpten Grillen und Zikaden um die Wette, aus dem Wald rief ein Pirol, um uns herum summten Bienen und Käfer und an den kleinen Tümpeln und Wasserläufen zwischen den erntereifen Feldern stolzierten Störche und Reiher auf der Suche nach Beute. Schon bald hinter meinem Heimatort nahm uns der lichte Kiefernwald auf. Durch die Baumwipfel und die mächtigen Wacholderbüsche blinzelte immer wieder die Sonne durch, lieblicher Vogelgesang und munteres Gezwitscher ertönte in Bäumen und Büschen, harzige, gesunde Waldluft füllte die Lungen. Auch als nach zwei oder drei Stunden auf der Stange mein Hintern fürchterlich wehtat und wir eine kurze Rast machten, sagte ich nichts, denn es drängte mich unaufhaltsam meinen geliebten Opa wiederzusehen. Gegen drei Uhr nachmittags waren wir endlich nach einer Fahrradreise über vielleicht eintausend freiliegende Baumwurzeln der verschlungenen Waldpfade auf dem Gehöft in Fröhlichshof angekommen.

Mein Vater war nach der anstrengenden Fahrradtour ziemlich erschöpft, war ich doch diesmal um einiges schwerer als noch vor einem Jahr. Ich wunderte mich jedes Mal, wie mein Vater den richtigen Weg durch das Gewirr von Wald- und Heidepfaden fand. Ohne Wegweiser oder irgendeine Markierung sah jeder Pfad gleich aus.

Das Reisen im Süden Masurens war damals schwierig und beschwerlich. Es gab kaum befestigte Straßen, keine einzige Busverbindung, in der ländlichen Gegend besaß niemand ein Auto oder Motorrad und nur, wer wie wir in Eschenwalde an einer Bahnstrecke wohnte, konnte nach Norden in Richtung Ortelsburg und in der Gegenrichtung nach Willenberg reisen. Ganz wenige Bauern hatten eine Kutsche, wohl aber einen Schlitten, denn der ostpreußische Winter war nicht nur bitterkalt und schneereich, sondern dauerte meistens länger als hundert Tage im Jahr, und Schlittenfahrten durch die tief verschneiten Wälder waren für die ganze Familie ein herrliches Wintervergnügen.

Diesmal sollte unser Besuch eine Überraschung sein, und es war eine, denn auf dem Hof und im Haus trafen wir niemanden an. Aber hinter der alten Scheune mähte jemand die saftige Wiese. Ich erkannte ihn sofort und rannte auf ihn zu. Er stand da, beide Arme auf die Sense gestützt und blickte in meine Richtung. Erst als ich nahe genug bei ihm war und „Opa, Opa" rief, erkannte er mich auch. Noch heute werde ich diesen Moment niemals vergessen. Ein Hüne von Mensch stürzte auf mich zu, mit seinen mehr als achtzig Jahren hatten zwar seine Augen nachgelassen, kaum aber seine Kräfte. Er wirbelte mich hoch in die Luft, drückte mich an sich und strich mir dabei liebevoll über mein Bürstenhaar. Erst danach begrüßte er seinen Sohn. Müde, erschöpft und verstaubt von harter Feldarbeit kamen am Abend Tante Auguste, Onkel August und meine beiden Cousinen Gerda und Ingeborg nach Hause. Obwohl wir unseren Besuch nicht angekündigt hatten, war die Freude des Wiedersehens groß.

Während meine Tante das Abendbrot zubereitete, saßen wir Männer in der guten Stube. Onkel August, der auch noch Jäger war und ein großes Feld- und Waldrevier um Fröhlichshof zu bejagen hatte, zeigte uns voller Stolz seine Jagdtrophäen der letzten Jahre. Ein Jäger aus dem Nachbardorf Glauch wollte an diesem Abend mit meinem Onkel zur Jagd gehen, doch daraus wurde nun nichts. Stattdessen unterhielt man sich in der Jägersprache über einen Ungeraden Vierzehnender, einen Kronenhirsch, über einen Sechser Bock mit gut entwickelten Rosenstöcken und über einen Jahrhundertkeiler. Natürlich gab es wie im vorigen Jahr zur Begrüßung einen Bärenfang, aber diesmal wirklich nur einen, wie mein Opa verkündete und mir schelmisch zu verstehen gab, dass es vielleicht ja noch ein zweites Gläschen sein könnte. Und es wurde ein zweites und bestimmt noch eins mehr.

Ich war müde und legte mich wie im vergangenen Jahr in das breite Holzbett meines Großvaters und schlief sofort ein. Beim Frühstück am nächsten Morgen erklärte mein Opa meinem Vater und den anderen, dass er sich vom Nachbarbauern ein Pferd und dessen zweirädrigen Wagen ausgeliehen hätte, um mit mir zu den geheimnisvollen, sagenumwobenen Goldbergen von Muschaken zu fahren. Ich sprang nach dieser völlig überraschenden Ankündigung wie elektrisiert von meinem Hocker auf und bettelte solange, bis mein Vater einwilligte. Es sollte das zweite, aber letzte unvergessliche Erlebnis mit meinem Großvater werden. Rasch erreichten wir auf der Hauptstraße, die von Willenberg nach Gedwangen führt, den Ort Großwalde, bogen dann aber nach links auf einen Sandweg in Richtung Wallendorf ab. Bis zu diesem weit abgelegenen Dorf führen mehrere schmale Wege nur durch unendlichen Wald und viele Moorwiesen.

Während dieser langen Fahrt erzählte mir mein Opa einige Geschichten über die Wildnis im Süden Masurens, über die Bauern, die hier seit Generationen schuften müssen, um überhaupt zu überleben, die in bescheidenen Verhältnissen leben, weil der masurische Sandboden einfach nicht viel hergibt. Seit im Ruhrgebiet die schwarzen Kohlenzechen die jungen Männer um die Jahrhundertwende mit hohen Löhnen von hier weggelockt haben, hätten viele alte Menschen ihre wenig ertragreichen Felder nicht mehr bestellt und die Landwirtschaft aufgegeben. Um nicht zu verhungern, hielten sich die alten Leute meistens eine Kuh, ein Schwein, ein paar Hühner, Enten und Gänse. Die Masuren waren fromme, gutgläubige Menschen, die natürlich auch in ihrer Hoffnungslosigkeit in den entlegenen Waldregionen an manche Wahngeschichte glaubten. Der Aberglaube hatte hier in dieser abgeschiedenen, wildnisähnlichen Gegend guten Nährboden. In den langen, dunklen Winternächten, wenn der Frost die Staketenzäune knacken ließ, die Großmutter im gelblichen Licht einer räuchernden Petroleumfunzel aus der Bibel vorlas, erzählte man sich manch gruselige Spuk- und Geistergeschichte. Überhaupt war der Aberglaube in der Bevölkerung weit verbreitet. Bis ins aufgeklärte 20. Jahrhundert war der Glaube an Wahrsagen, Hexen und Gesundbeten noch nicht erloschen.

Die masurische Geisterwelt war nicht selten schauriger Gesprächsstoff an langen Winterabenden. Auch in unserem Haus wurden viele solcher Gruselgeschichten erzählt. Krähen galten als Unglücksbringer und waren deshalb nicht beliebt. Rief in der Nähe eines Hauses ein Käuzchen sein bekanntes „Huuh, Huuh", dann sollte bald jemand sterben, denn die kleine Eule galt als Todesbote. Wenn viele Hunde aus einer bestimmten Richtung heulten, dann gab es auch dort einen Todesfall. Sehr verbreitet war auch der Glaube an die Smora, einen weiblichen Geist, der nachts die Schlafenden quälte. Diese Hexe umklammerte ihre Opfer und küsste sie auf den

Mund, bis ihnen der Atem stockte. Vor lauter Angst schliefen viele Leute auf dem Bauch. Erwachte aber jemand während der nächtlichen Quälerei durch den Geist, dann sollte er die Smora für den nächsten Morgen einladen. Derjenige, der dann das Haus betrat, stand mit der Smora im Bunde. Meistens wurde auch das Vieh im Stall geplagt. Wenn Pferdemähnen zu Zöpfen geflochten waren, war das der Beweis der nächtlichen Anwesenheit der Hexe.

„Die Goldberge zwischen Wallendorf und Muschaken liegen in einem der größten ostpreußischen Waldgebiete und sind mit 228 Metern die höchste Erhebung im Kreis Neidenburg", begann mein Großvater, als wir das gutmütige Pferd im Schatten einer uralten Eiche angebunden hatten und es für seine treuen Dienste mit Wasser, Heu und Hafer belohnten, um dann den leichten Anstieg zur höchsten Stelle anzutreten. Auf dem höchsten Gipfel der Goldberge steht eine vierhundert Jahre alte Kiefer. Von diesem Punkt hatten wir dann einen grandiosen, endlosen Rundumblick, wie ich ihn zuvor noch nie gesehen hatte, über das grüne Meer von Baumkronen, über die kaum vorstellbare Weite einer fantastischen Naturlandschaft, über mein Traumland Masuren. „In dieser abgelegenen, kaum erschlossenen Gegend – am Ende der Welt – gibt es nur wenige kleine Heide- und Walddörfer. Nach einer seit Generationen überlieferten Sage liegt tief unter den dunklen Bergen ein gewaltiger Goldschatz, der von einem grausamen Dämonen bewacht wird", begann mein Opa mit einer fast flüsternden, geheimnisvollen Stimme zu erzählen. Es überlief mich eiskalt. „Ein Schloss, ja sogar eine ganze Stadt soll hier vor alter Zeit versunken sein und damals sollen sich auch einem Bauern aus Zinnawoda zwei Jungfrauen gezeigt haben, die ihn baten, sie nach einer strengen Anweisung an einem bestimmten Tag zu erlösen. Als der Bauer dann wie abgesprochen dort erschien, öffnete sich der Berg und bewaffnete Reiter drohten ihn zu erschlagen. Er erschrak zu Tode und lief davon. Seitdem zeigte sich keine der Jungfrauen mehr. Danach wurde es ruhig um die mysteriösen, verwunschenen Goldberge bei Muschaken, bis im März 1921 ein alter Waldarbeiter aus dem Dorf Jablonken am Omulefsee den Menschen in der Umgebung von einem Traum erzählte. Ein Engel habe ihn in der Nacht zu den verborgenen Schätzen in den Tiefen der Goldberge geführt und ihm gesagt, dass der Schatz nur durch fromme Gesänge und inbrünstige Gebete von den Bewachern freigegeben würde. Der siebzigjährige Holzfäller und berüchtigte, fast blinde Trunkenbold fand bei der abergläubischen Bevölkerung viele Anhänger, die seine Erzählungen glaubten. So zogen damals viele Masuren bei Nacht und Nebel zu den Goldbergen und beschworen durch Gebet und Gesang die Geister. Als trotz allem nichts geschah, geriet die Geschichte mehr und mehr in Vergessenheit.“ Andächtig hatte ich den Worten meines Großvaters zugehört und bestürmte ihn danach mit vielen Fragen. „So richtig glaube ich nicht, dass hier, wo wir jetzt beide sitzen, wirklich ein Schloss oder gar eine ganze Stadt versunken ist“, entgegnete er, „aber vielleicht gibt es in diesen Bergen doch einen Schatz, vielleicht einen kleinen, der vor vielen, vielen Jahren in kriegerischen Zeiten hier vergraben wurde? Vielleicht kam der Besitzer im Krieg um, und das Versteck wurde danach noch von niemandem gefunden? Wer weiß! Doch den größten, wertvollsten Schatz, den wir Einheimischen hier haben, ist das von Gott geschenkte Naturparadies Masuren.“ Ich war beeindruckt von dieser Geschichte, von dieser alten ostpreußischen Sage. Ja, mein Opa wusste alles, und er würde den Schatz sicher irgendwann finden. Nach dieser Erzählung aßen wir unsere Stullen, tranken klares Quellwasser aus einer großen verbeulten Kanne und gingen bergab zu Pferd und Wagen, denn wir hatten noch einen weiten Heimweg.

Während der Heimfahrt, die uns über ganz andere Wege führte als die Hinfahrt, stand ich völlig unter dem starken Eindruck der Geschichte über die Goldberge. Was mein Opa alles wusste und kannte, und wenn es dort wirklich einen Schatz gibt, ja dann wird er ihn bestimmt bald finden. Und dann wäre er reich und bräuchte nicht mehr so hart zu arbeiten, und er würde meinem Vater davon auch etwas abgeben, damit er sich ein neues Fahrrad kaufen könnte und mir vielleicht auch eins. Es wurde eine Heimfahrt des großen Schweigens, denn auch mein Opa redete kaum mit mir. Er ließ mir Zeit, alles zu verarbeiten, Zeit zum Sammeln und Nachdenken. Nur eine Frage beschäftigte mich noch zum Schluss der unvergesslichen Erlebnisreise, und die musste ich unbedingt loswerden. Wir sprachen über den Krieg, der sich unaufhaltsam unserer Heimat näherte. Als ich ihn dann fragte, was er tun würde, wenn die Russen kämen, antwortete er: „Ich bin alt und werde meine geliebte Heimat niemals verlassen, komme was da wolle. Das alte Haus am Omulef wird wieder unser Versteck sein, bis der Krieg vorbei ist.“ Wir fuhren jetzt durch eine typische Sand- und Heidelandschaft, die während der letzten Eiszeit durch die von abtauenden Gletschern verursachten Schmelzwasserströme entstanden ist.

Es ist ein riesiges Gebiet von Kies- und Sandablagerungen, das sich südlich bis weit nach Polen ausdehnt und östlich über die Johannisburger Heide, dem einst größten urwaldähnlichen Gebiet Deutschlands, hinaus erstreckt. Die schlechten Bodenverhältnisse ermöglichten den Siedlern seit Generationen nur ein bescheidenes, kärgliches Leben. Da sie aber den Reichtum nicht kannten, fühlten sie auch die Armut nicht. Doch die häufigen Naturkatastrophen brachten die Menschen oft an den Rand des Verhungerns. Wir hatten uns Zeit gelassen und waren einen weiten Umweg gefahren.

Als wir kurz vor Fröhlichshof waren, sagte mein Großvater ganz unverhofft: „Die undurchdringlichen Wälder und Sümpfe zwischen Willenberg und Neidenburg, die man nur mit dem Kahn durchqueren kann, der glasklare Omulef und das alte Haus, all das ist unser kleines Paradies, aus dem wir uns nicht vertreiben lassen.“ Diese Worte habe ich niemals mehr in meinem Leben vergessen.

Auf dem Hof erwartete man uns schon. Bis zum Abendessen überschlugen sich meine Worte über das Erlebte, als ich in meinem Vater einen aufmerksamen Zuhörer gefunden hatte. Innerlich ziemlich aufgewühlt, konnte ich nach dem Essen kaum einschlafen. Am nächsten Morgen dann folgte der traurige Abschied von meinem geliebten Großvater, von meinem Onkel August, meiner Tante Auguste und von meinen Cousinen, von Fröhlichshof und dem alten Haus am Omulef. Es sollte ein Abschied für immer werden, denn wir haben uns nicht mehr wiedergesehen. Ich hatte sie alle lieb gewonnen, aber am meisten liebte ich meinen Großvater. Er war eben ein besonderer Mensch, mein Opa, ein Mensch, den ich nie vergessen werde. Es war ein warmer Sommertag mit strahlend blauem Himmel, an dem uns der zarte Morgenwind erfrischende Kühlung zufächelte. Auf der Rückfahrt erzählte ich meinem Vater immer wieder die Geschichte von den Goldbergen. Er hatte schon vieles über diese Legende gehört und war auch einmal mit seinem Vater dort gewesen, bevor er damals seine Heimat verließ. Durch diese angeregte Unterhaltung kam mir vor die Rückreise schneller vor als die Hinfahrt, denn plötzlich standen wir wieder vor unserem Haus. Ja, das war sie, die Welt damals im ersten Jahrzehnt meines Lebens, die mich für immer prägte, wohin es mich auch später verschlagen hatte, eine Welt, nicht viel größer als ein Stück Erde, die meine Heimat war. Inzwischen wurde auf dem Bahnhof Eschenwalde Tag und Nacht Kriegsmaterial verladen, das weiter nach Osten rollte. Auch auf dem nahegelegenen Flugplatz Groß-Schiemanen, direkt hinter dem Wald unseres Dorfes, hörte man das laute Dröhnen schwerer Transportmaschinen und den ohrenbetäubenden Lärm der startenden Jagdgeschwader.

Wir Kinder bewunderten die Truppen, die durch unser Dorf in Richtung Polen marschierten und mit ihren gepanzerten Fahrzeugen Feld- und Waldwege aufwühlten. Meistens gab es dann aus der dampfenden Feldküche der Infanterie so manchen Schlag leckere Gulasch- oder Erbsensuppe in die bereitgehaltenen kleinen Schüsseln. Überhaupt war der Bahnhof ein Sammelpunkt für die Dorfjugend. Mit großen Augen staunten wir Jungen nun im Krieg aber, wenn endlos lange Güterzüge mit Militärfahrzeugen zur nahen Grenze in Richtung Polen rollten. Manchmal wurden die Züge bereits bei uns in Eschenwalde entladen. Dann campierten die Soldaten nur kurz in den nahen Wäldern und zogen rasch nach Osten weiter. Es war aber auch die Station, von der viele Söhne, Väter und Ehemänner in den Krieg zogen, aus dem sie nicht mehr zurückgekehrt sind. Fast in allen Schulen unterrichteten Lehrerinnen, weil die meisten Lehrer, wie alle jungen Männer über 18 Jahre, zum Wehrdienst eingezogen wurden. Direkt neben mir auf der Bank saß mein Schulfreund und Spielkamerad Helmut Nendza. Weil wir beide noch während des Unterrichts über die abenteuerlichen Unternehmungen am Nachmittag redeten, mussten wir oft zur Strafe in die Ecke des Schulzimmers. Vor dem Unterricht begrüßten wir Schüler jeden Morgen unsere Lehrerin mit „Heil Hitler". Stolz trugen die Jungen und Mädchen ab zehn Jahren schon die Uniform des Jungvolks. Neidisch schaute ich auf die Pimpfe und wünschte mir sehnlichst nichts mehr, als endlich zehn zu sein.

Noch einmal erlebte Ostpreußen im Herbst 1944 eine kurze Verschnaufpause. Ab Mitte November war plötzlich alles still. Sowjetische Einheiten lagerten aber schon in der Rominter Heide. Sogar Weihnachten wurde noch in trügerischer Ruhe gefeiert. Doch die Menschen an der Grenze zu Polen wurden immer unruhiger, als deutsche Bewacher mit russischen Kriegsgefangenen Panzer- und Schützengräben aushoben und Jugendliche ab 16 Jahren und selbst alte Männer zum Volkssturm eingezogen wurden. Doch auch noch, als das ferne Grollen der Kanonen näherrückte, verbreitete die NS-Propaganda fanatisch, dass der Russe niemals deutschen Boden betreten wird. Mit der neuen Wunderwaffe des Führers würde die Wehrmacht den Feind vernichten. Der Endsieg sei uns sicher und eine Flucht wäre Vaterlandsverrat. Auch der erstgeborene Sohn meines Onkels Wilhelm Kapteina wurde wehrdienstverpflichtet und Panzerfahrer. Als Werner an die Front im weiten Osten Russlands musste, war für meine Tante Berta und für meine Mutter der Abschied besonders schwer. Mutter und

Tante hatten beide ein sehr inniges Verhältnis zu ihm. Tante Martha war für Werner Kapteina wie eine Mutter, da sie bis zu ihrer Heirat im Haus der Familie ihres Bruders auf dem elterlichen Hof gelebt hatte und die Kinder versorgte, wenn alle anderen auf dem Feld hart arbeiten mussten. Meine Cousine Erika trat dem BDM (Bund Deutscher Mädchen) bei, wurde Nachrichtenhelferin der Wehrmacht und war bis zum Kriegsende nur noch selten in Eschenwalde. Die etwas älteren Cousins Heinz und Eckart mussten dem Vater in der Landwirtschaft tüchtig mithelfen, während Klaus, der so alt war wie ich, und die vier Jahre später geborenen Zwillinge Adolf und Wilhelm noch sorglos mit mir toben und spielen durften.

Es war Kriegszeit. Mein Onkel war Bürgermeister der kleinen Gemeinde, in der alle jungen Männer irgendwo an der Front kämpften. Die Frauen, Kinder und Alten daheim tuschelten sorgenvoll über den Krieg, doch glaubte niemand wirklich, dass wir schon bald unsere Heimat für immer verlieren würden. Trotz mancherlei Einschränkungen hatten wir auf dem Lande genug zu essen. Zwar fehlten gewisse Nahrungsmittel, wie damals überall im Deutschen Reich, die es auch nicht auf Lebensmittelkarten gab, aber mein Vater versorgte viele Familien im Dorf mit frischen Fischen und erhielt so im Tauschgeschäft dafür wichtige landwirtschaftliche Produkte. Meine Mutter fütterte jeden Tag ihre laut gackernden Hühner, und ich hütete auf den nahe zu unserem Haus liegenden Wiesen und Feldern eine kleine Schar Enten und Gänse, denn in Ostpreußen durfte an Weihnachten in keinem Haus auf dem festlich gedeckten Tisch der herrlich duftende Gänsebraten aus dem Kachelofen fehlen. Nicht weit von unserem Dorf lagen der Paterschoben- und der Materschobensee, die beide sehr fischreich waren. Dorthin durfte ich im Sommer oft mit zum Angeln. Auf holprigen Waldwegen und sandigen Pfaden, die mein Vater alle kannte, ging es dann auf seinem alten Fahrrad über Stock und Stein, zu einem dieser stillen Waldseen, zu einer der Oasen himmlischer Ruhe, wo man herrlich träumen konnte. Aber es gab auch noch einen anderen Grund, warum ich so gerne dorthin wollte. Ich weiß heute nicht mehr an welchem, aber an einem der Seen brütete ein Uhupaar, das wir zwar dabei nicht stören wollten, doch überwältigte mich immer der Anblick des mächtigen Vogels, wenn er von einem Beutezug zu seinem Horst zurückkehrte und dabei angsteinflößende, seltsame Laute von sich gab. Einmal zeigte mir mein Vater eine Kreuzotter, die sich in der Mittagssonne auf einem großen Stein am Seeufer wärmte. Ganz in der Nähe einer im sumpfigen Schilf angelegten Angelstelle mit einem hölzernen Steg, den mein Vater auf in den schlammigen Seegrund gerammten Pfählen gebaut hatte, brütete fast jedes Jahr ein Schwanenpaar, das ich manchmal mit Brot fütterte. Stockenten schnäbelten im schützenden Schilf, majestätisch kreiste über dem See ein Fischadler auf Beutefang, wilde Bienen und Hummeln summten um die bunten Blumen und Blüten am Waldrand und im Frühjahr erfüllte die Luft ein vielstimmiges Konzert der gefiederten Wald- und Wasserbewohner. Besonders vor einem Gewitter plagten uns auch an schwülen Tagen ganze Wolken von Stechfliegen, Mücken und Bremsen, die sich gierig aus dem feuchten Uferschilf auf uns stürzten. Dann zündete mein Vater seine uralte Pfeife an, blies mächtige Rauchwolken um uns herum und vertrieb damit die blutgierigen Plagegeister. Meist saß ich dicht an ihn gelehnt, schaute über den See bis hin zu den dunklen, sich im leisen Abendwind wiegenden Wipfeln der Bäume, durch die die letzten Strahlen der langsam untergehenden Sonne blinzelten, und träumte. Das war meine Heimat, mein Paradies. Mit einem Jutesack voll Fisch kehrten wir noch in dem Dorf Paterschobensee in die Gaststätte von Erich Neumann ein. Vater trank seine Flasche Bier, vielleicht auch noch eine, wie damals, als wir in der kleinen Kneipe noch andere Angler trafen, bevor wir uns auf den langen Heimweg machten. Die Heimfahrt mit dem Rad dauerte dann meist etwas länger. Nur der Mond und die funkelnden Sterne über den Waldwegen erhellten ein wenig die Nacht. Ich fand das alles immer sehr aufregend, aber meine Mutter war alles andere als begeistert, wenn wir nicht wie erwartet, sondern erst in der Dunkelheit daheim eintrafen.

In den Ferien freute ich mich immer sehr, wenn ich meinen Vater zum Angeln oder Pilzesammeln begleiten durfte. Ich erlebte das Wachsen der schweigenden Wälder, sah die sumpfigen, schilfigen Ränder und den krautbewachsenen moorigen Grund der verträumten Seen, die Horste der Raubvögel hoch in den Baumwipfeln, die Fährten des wechselnden Wildes, die Fischreiher, Schwäne, Kraniche, Störche, Blesshühner, die Wildenten im Wasser und den gewaltigen, königlichen Fischadler am hohen, ostpreußischen Himmel. Mein Herz hörte auf zu schlagen, wenn der Adler plötzlich seine Flügel anzog und im senkrechten Sturzflug auf seine Beute hinabstieß. Aber seinen Horst habe ich niemals entdeckt. Was ich dabei von meinem Vater über die Natur, über die Zusammenhänge von Mensch und Kreatur lernte, sollte später mein ganzes Leben erfüllen und prägen. Niemals werde ich meine sorgenfreien Kinderjahre in einer traumhaft schönen Landschaft Ostpreußens vergessen, in der wir damals friedlich lebten, in der uns Kinder manchmal noch vor Sonnenaufgang der Ruf des

Wiedehopfes und des Kuckucks weckte. Schmerzvoll sind heute noch die unvergesslichen Erinnerungen an das urwüchsige, weite Land, in dem wirklich die Zeit stillzustehen schien, an die trockenen, heißen Sommer, wenn die flimmernde Hitze über dem Ernteland lag, an die bitterkalten Winter mit Frost und Schnee, an die glasklaren Flüsse und vielen Seen, an die idyllischen Plätzchen in Feld und Flur, an die geliebte Heimaterde, die wir durch Krieg, Flucht und Vertreibung verloren haben.

Die Flucht

Einen Tag vor meinem zehnten Geburtstag, am 19. Januar 1945, erhielt mein Onkel Wilhelm Kapteina, der Bürgermeister von Eschenwalde war, von der Gauleitung in Ortelsburg den Befehl, dass alle Bewohner der Gemeinde den Ort bis acht Uhr abends zu verlassen haben. Auf diese Order hatte jeder in der Grenzregion schon lange vorher gewartet, doch wurde sie von den Parteiorganen der Nationalsozialisten erst erteilt, als die Russen mit einer gewaltigen Übermacht an Mensch und Material kurz vor Willenberg standen. Erich Koch, der machtbesessene, führergläubige Gauleiter von Ostpreußen, vereitelte und verbot bewusst jegliche Fluchtvorbereitung. Wer dagegen verstieß, musste mit schwerer Bestrafung rechnen. So wagte auch niemand, vorher zu fliehen. Der 1896 in Elberfeld geborene skrupellose Oberpräsident und Reichsverteidigungskommissar von Ostpreußen, von Beruf Eisenbahnschaffner, hat die Hauptschuld an dem schrecklichen Los der Bevölkerung. Frauen, Kinder und Greise verließen Hals über Kopf mit nur wenigen Habseligkeiten ihr trautes Heim und reihten sich hilflos mit Handkarren und kleinen Schlitten bei eisigem Frost in die endlosen Trecks ein, denn ihre Männer und Söhne waren alle im Krieg. Es war für viele der Anfang einer grauenvollen Flucht ohne Väter. Am 12. Januar 1945 begann die russische Winteroffensive bei Baranow am Weichselbogen mit einer ungeheueren Übermacht an Kriegsmaterial den Sturm auf Ostpreußen. Trotz schwerer Abwehrkämpfe rückten die sowjetischen Truppen unaufhaltsam näher. Es war unheimlich. Der Donner der Geschütze war jetzt ganz laut bei uns zu hören, in der Dunkelheit färbte sich der Himmel hinter Willenberg blutrot und man konnte deutlich den hellen Feuerstrahl der abgefeuerten Geschosse sehen. Einen Tag später, am 13. Januar 1945, wurde um die Mittagszeit der Flugplatz in Groß-Schiemanen von einer großen Anzahl feindlicher Flugzeuge angegriffen.

Von unserem Haus aus sah ich den riesigen Pulk am Himmel, aus dem sich die einzelnen Maschinen herabstürzten und im Tiefflug über den angrenzenden Wald von Eschenwalde auf den Flugplatz anflogen. Gleich darauf hörte ich die Detonationen der Bomben und das Geratter der Bordwaffen, denn vom Flugplatz bis zu unserem Dorf sind es weniger als vier Kilometer Luftlinie. Kurz danach hörte ich die am Ende der Landebahn im Wald verborgene Flak schießen und sah auch vier oder fünf deutsche Jäger aufsteigen, von denen zwei über dem Flugplatz abgeschossen wurden, während sie sich noch im Steigflug befanden. Auch ein Flugzeug der Russen wurde getroffen und fiel brennend vom stahlblauen Himmel. Es schlug mit einem dumpfen Knall irgendwo im Wald in der Nähe der Straße auf, die von Willenberg nach Ortelsburg führt. Am 16. Januar 1945 tobten schwere Kämpfe um die Stadt Chorzele, die südlich von Willenberg hinter der polnischen Grenze liegt. Am gleichen Tag wurde die westlich von Willenberg liegende Kreisstadt Neidenburg von feindlichen Verbänden angegriffen und in Schutt und Asche gelegt. Aber immer noch gab es keinen Befehl zur Flucht. Erst in buchstäblich allerletzter Minute, als auf den Bahnhof in unserem Dorf die Bomben fielen und die sowjetischen Truppen vor Willenberg standen, durften wir endlich am 19. Januar 1945 fliehen. An diesem Tag wurde Neidenburg durch russische Panzerspitzen eingenommen. Die ausgeblutete, tapfer kämpfende Panzerdivision Groß Deutschland konnte die Front vor Willenberg nicht mehr halten. So war es denn auch für viele zu spät, die bis zuletzt auf die angekündigte Wunderwaffe Hitlers hofften und nicht heimliche Vorbereitungen für die sich anbahnende Flucht trafen. Schon am Abend des 20. Januar 1945 wurde Willenberg von den Russen eingenommen. Die Lage der deutschen Truppen an der Front war hoffnungslos. Der Krieg war nicht mehr zu gewinnen, es ging nur noch ums Überleben. Der letzte Akt des Krieges begann mit grimmiger Kälte und eisigem Wind. Was über den deutschen Osten hereinbrach, vollzog sich mit ungeheuerlicher Gewalt eines Gewittersturms, der über das friedliche Land hinwegfegte. In aller Eile richtete Onkel Wilhelm den Fluchtwagen her.

Mit Hilfe meines Cousins Eckart, der schon fast 13 Jahre alt war, und meinem Vater, dem ein Bombensplitter vor unserem Haus um Haaresbreite das linke Bein weggerissen hätte, wurde ein Leiterwagen mit breiten Sperrholzplatten tunnelartig vernagelt, auf Gummibereifung umgerüstet, randvoll mit Hafersäcken beladen und vorn wie hinten mit Pferdedecken als Windschutz versehen. Vor den Planwagen wurden die beiden Stuten

Erna und Lotte, zwei starke Kaltblüter, gespannt, deren Hufe erst vor einigen Tagen neu beschlagen wurden. Alle Scheunentore wurden geöffnet und das Vieh im Stall losgebunden. Während den überhasteten Fluchtvorbereitungen wurde der Bahnhof in Eschenwalde pausenlos von russischen Schlachtfliegern angegriffen. Ein Bombenteppich verfehlte die Bahnanlagen nur knapp und schlug mit ungeheurer Wucht im nahen Wald und nicht weit von unserem Haus ein. Überall brannten Häuser und einzelne Militärfahrzeuge. Endlose Truppenkolonnen zogen auf der Flucht vor dem übermächtigen Feind durch die tief verschneite Winterlandschaft in Richtung Ortelsburg und Passenheim.

Unter den Dorfbewohnern brach eine unvorstellbare Panik aus. Rette sich, wer kann! Viele waren schlecht vorbereitet und wollten erst am nächsten Tag fliehen. Ein verhängnisvoller Entschluss, der allen das Leben kostete. Aber auch nicht jeder hatte eine Möglichkeit zur Flucht, denn sie hatten weder Pferd noch Wagen. Onkel Wilhelm, Tante Berta, die Cousins Eckart und Klaus, die Zwillinge Adolf und Wilhelm, mein Vater, meine Mutter und ich bestiegen mit wenigen Habseligkeiten unter heftigem Granatwerferbeschuss gegen acht Uhr am Abend den eiligst hergerichteten Fluchtwagen und verließen über tief verschneite Waldwege unser Dorf in Richtung Ortelsburg. Dem Pferdefuhrwerk meines Onkels schlossen sich noch die Familien August Kapteina, Nerzak, Klossek und Reimer an. Auch der polnische Knecht wollte aus Angst vor den Russen nicht zurückbleiben. Czeslaw wurde während des Krieges auf dem Hof meines Onkels gut behandelt. Jetzt sprang er einfach auf den Fluchtwagen, er wollte bei uns bleiben. Jeder von uns hatte die wärmsten Wintersachen angezogen, denn es war bitterkalt, zwischen 25 und dreißig Grad minus. Starkes Schneetreiben und eisiger Wind setzten um Mitternacht ein. Die hinten an jedem Fuhrwerk befestigte Petroleumlampe, der Richtungsweiser für den dahinter fahrenden Wagen, war im dichten Schneegestöber in dunkler Nacht kaum zu erkennen. Im Wagen war es still, tiefe Traurigkeit hatte jeden befallen. Dieses Erlebnis beschäftigte mich noch eine Zeit lang. Wir hatten unser Zuhause, unser Dorf Eschenwalde, die geliebte Heimat, in der ich wohlbehütet aufgewachsen war, für immer verlassen. Es gab kein Zurück mehr. Ich spürte die Angst, die Unruhe, den Kummer der Mutter, doch so richtig verstanden habe ich damals wohl nicht, warum wir von dieser langen Reise niemals mehr zurückkehren würden.

Im Morgengrauen, ich hatte, eingehüllt in einen Schafsfellmantel, kurzzeitig geschlafen, wurde unser Treck, der nun schon aus einer endlosen Kolonne von flüchtenden Menschen aus allen Richtungen des Kreises Ortelsburg und vielen Pferdefuhrwerken bestand, durch feindliche Flieger im Tiefflug mit Bordwaffen angegriffen. Aus dem Licht der strahlend aufgehenden Morgensonne stürzten sich die Flugzeuge, aus denen grelle Blitze des Mündungsfeuers zuckten, auf den schutzlosen Treck in der schnurgeraden Waldschneise. Eine Maschinengewehrgarbe zerfetzte den Fluchtwagen direkt vor uns. Tödlich getroffen fielen Menschen und Pferde in den tiefen Schnee, in dem sich rundherum eine riesige Blutlache ausbreitete. Entsetzt, von panischer Angst ergriffen, starrten die Flüchtlinge auf das zerschossene Fuhrwerk, als das russische Jagdflugzeug erneut vom Himmel herabstürzte. Im letzten Augenblick sprang ich in Todesangst vom hohen Wagen in eine Schneewehe und klammerte mich an eine mächtige Fichte im nahen Wald. Keine zehn Meter von mir entfernt schlugen die Geschosse aufspritzend, wie an einer Schnur gezogen, in den tiefen Schnee der Waldschneise ein. Es war der 20. Januar 1945, und ich hatte Geburtstag. Welch ein trauriger Tag, an dem ich zehn Jahre alt wurde – doch ich lebte. Jeder der Flüchtenden spürte, dass die russischen Truppen dicht hinter uns waren und die deutschen Verteidigungslinien bereits an mehreren Stellen durchbrochen hatten. Unaufhaltsam näherte sich die Front. Alle Wege Richtung Norden waren durch zurückströmendes Militär und endlose Flüchtlingskolonnen hoffnungslos verstopft. Ununterbrochen heulten Tag und Nacht die feindlichen Granaten über uns hinweg, die auf die umliegenden größeren Orte gerichtet waren und verbreiteten Angst, Tod und Verderben. Getroffen von Brandbomben brannte ein riesiges Sägewerk bei Passenheim, als unser Treck in unmittelbarer Nähe zum Stehen kam.

In den eisigen Januarwind mischten sich unerträgliche Hitze und gewaltige Qualm- und Aschewolken, die uns den Atem nahmen. Die Pferde schnaubten und scheuten vor drohender Gefahr und konnten nur durch Aufbietung äußerster Kraft und viel Geschick meines Onkels und meines Cousins Eckart gehalten werden. Neben uns schlugen Granaten und Bomben ein. In panischer Angst versuchten viele Flüchtende am Treck vorbei mit den Planwagen zu fliehen, blieben aber im tiefen Schnee im Chausseegraben stecken. Niemand konnte helfen, jeder versuchte in diesem unvorstellbaren Chaos sich selbst zu retten. Der Rest der geschlagenen deutschen Armee sperrte rettende Fluchtwege vor uns ab, um erneut in Stellung zu gehen. Die Soldaten waren durch übermenschliche Strapazen zu Tode erschöpft, abgekämpft und mutlos. Der Krieg war verloren, nur wagte keiner, es öffentlich auszusprechen, drohte ihm doch die standrechtliche Erschießung. Die Angst vor den Russen wuchs von Stunde zu Stunde. Unaufhörlich hämmerte die feindliche Artillerie, die Front rückte unaufhaltsam näher, die Rote Armee hatte unsere Kreisstadt Ortelsburg am 23. Januar 1945 eingenommen, die nur wenige Kilometer hinter uns lag. In dieser brenzligen, schier aussichtslosen Lage scherten wir aus der endlosen Kolonne der Hoffnungslosen in eine tief verschneite Waldschneise aus und erreichten dann über verwehte Feldwege die Hauptstraße nach Wartenburg. Mit der breiten Gummibereifung an unserem Leiterwagen gelang uns schließlich über ein steinhartgefrorenes Feld die Wiedereingliederung in eine Lücke im Flüchtlingstreck, während andere Fuhrwerke mit eisenbeschlagenen Rädern hoffnungslos im tiefen Schnee steckenblieben. Auch hier standen wir jetzt stundenlang in einer unendlich langen, trostlosen Wagenkolonne, bis es endlich Richtung Wartenburg weiterging. Zwei Millionen Ostpreußen waren auf der Flucht.

Ab dem 22. Januar 1945 waren auch alle Zugverbindungen in Richtung Westen unterbrochen. Russische Panzer waren im Nordwesten bis zum Frischen Haff bei Tolkemit vorgestoßen. Den Flüchtlingen blieb jetzt nur noch der Weg über das Haff oder die Ostsee. Die beiden Kaltblüterstuten wurden zwischendurch gefüttert und mit wärmenden Pferdedecken bedeckt. Sie hatten in dem äußerst schwierigen Gelände Schwerstarbeit geleistet. Aus den wuchtigen Pferdeleibern dampfte der Körperschweiß und stieg als weiße Wolke in die eisige Abendluft empor. Als es dunkel wurde, sank die Temperatur auf minus 25 Grad. Da immer einer bei den Pferden sein musste, bekamen mein Onkel und mein Vater kaum Schlaf. Gegen Morgen erreichten wir Wartenburg. Militärposten leiteten den endlosen Treck durch den völlig zerstörten Ort Richtung Guttstadt. Auf halbem Weg dorthin übernachteten wir in Tollack in einem verlassenen Bauernhof. Die völlig erschöpften Pferde brauchten eine Ruhepause. Im warmen Stall erholten sie sich schnell, nachdem mein Onkel sie mit Heu und Hafer versorgt hatte. Hier trennten wir uns schmerzvoll von dem treuen Schäferhund Prinz und von dem Fohlen einer Stute. In dem unbeschreiblichen Chaos würden sie ohnehin verlorengehen. Wir Kinder weinten bittere Tränen, ahnten wir doch, dass wir sie nicht mehr wieder sehen würden. Unter ständigem Beschuss feindlicher Granaten, durch plötzliche Fliegerangriffe in Angst und Schrecken versetzt, bewegte sich ein trostloser Treck fliehender, hoffnungsloser Menschen nur ganz langsam weiter Richtung Guttstadt. Kein Lachen, kein fröhliches Winken. Frauen mit ihren Kindern und alte Menschen saßen, in graue Decken gehüllt, auf den Fuhrwerken. Neben der Straße stapften im knietiefen Schnee dick vermummte Gestalten und schleppten ihre Habe auf einer Handkarre oder einem Schlitten hinter sich her. Eine junge Frau schob einen Kinderwagen auf dem vereisten Weg. Plötzlich blieb sie stehen, blickte in den Wagen und schrie laut auf. Ihr Kind war tot. Sie schob den Wagen mit dem Kind in den nahen Wald und folgte dem langsam weiterziehenden Treck. Unbeschreibliches Elend und tiefste Verzweiflung herrschte unter den Flüchtenden. In den Straßengräben erblickte man brennende Fuhrwerke und zusammengeschossene Militärfahrzeuge, aus denen steifgefrorene Arme und Beine der Toten ragten. Überall hörte man Verletzte nach Hilfe schreien, denen aber niemand helfen konnte.

Die Rote Armee war auf dem Vormarsch. Tief auf ostpreußischen Boden vorgedrungen, wurden an der schutz- und wehrlosen Zivilbevölkerung barbarische, brutale Verbrechen begangen. Die Nachrichten versprengter, flüchtender Wehrmachtseinheiten, die in zähem Kampf für kurze Zeit von den Russen besetzte Dörfer wieder zurückerobert hatten, waren schockierend. Russische Panzer hatten ganze Ortschaften und die flüchtenden Menschen in ihren Pferdefuhrwerken rücksichtslos niedergewalzt, alle zurückgebliebenen alten Leute und Kinder erschossen oder brutal erschlagen, alle Frauen und jungen Mädchen bestialisch vergewaltigt. Mich kroch eiskalt der ganze Jammer der Menschheit an. Ein versprengter, verwundeter Landser schilderte meinem Vater die entsetzlichen Gräueltaten der Roten Armee in Dörfern, die von der Wehrmacht noch einmal zurückerobert wurden: „Die Russen haben den Frauen die Kleider vom Körper gerissen, um sie zu schänden und anschließend auf grässliche Art zu verstümmeln. An einem Scheunentor entdeckten wir einen alten Mann, dessen Hals mit einer Mistgabel so durchstochen wurde, dass er dort regelrecht angenagelt war. In zerrissenen Federbetten lagen zwei aufgeschlitzte Frauenleichen mit ihren ermordeten Kindern. In einem Dorfkrug fanden wir hinter dem Tresen eine nackte Frauenleiche. Sie wies vom Hals bis zum Unterleib eine blutverkrustete Schnittwunde auf. In ihrer Scheide steckte ein Holzlöffel. Es stank fürchterlich. Es ist unmöglich all das Grauenvolle so zu beschreiben, wie es wirklich war. Rettet euch, bevor es zu spät ist!" Geschürt von tiefem Hass auf jeden Deutschen wurden tausende Zivilisten schuldlose Opfer erbarmungsloser Rache und Vergeltung. An die russischen Frontsoldaten verteiltes Propagandamaterial, in dem diese zu brutalsten Vergeltungsverbrechen aufgefordert wurden, hatte für die überrollte Bevölkerung verheerende Folgen. Der Schriftsteller und Jude in russischen Diensten Ilja Ehrenburg, dessen Hetzartikel aus seinem Buch ‚Der Krieg' an die kämpfenden Truppen ausgeteilt wurden, schrieb darin: ‚Die Deutschen sind keine Menschen. Von jetzt an ist das Wort Deutscher für uns der allerschlimmste Fluch ... Wenn du nicht im Laufe eines Tages wenigstens einen Deutschen getötet hast, so ist es für dich ein verlorener Tag. Wenn du den Deutschen nicht tötest, so tötet der Deutsche dich. Wenn du den Deutschen am Leben lässt, wird der Deutsche den russischen Mann aufhängen und die russische Frau schänden. Wenn du einen Deutschen getötet hast, so töte einen zweiten. Für uns gibt es nichts Lustigeres als deutsche Leichen. Brecht mit Gewalt den Rassenhochmut der germanischen Frauen! Nehmt sie als rechtmäßige Beute! Tötet, ihr tapferen, vorwärtsstürmenden Rotarmisten, tötet! Die deutsche Rasse muss vernichtet werden, aber der letzte Deutsche soll in einem Zoo besichtigt werden!'

Ein feindlicher Fliegerangriff auf den Treck der Elenden und Verzweifelten, in dem sich auch verwundete Soldaten mit blutigen Verbänden und letzter Kraft weiterschleppten, vernichtete vor unseren Augen mehrere Fuhrwerke, die, getroffen von Bomben und durch Bordwaffenbeschuss, lichterloh brannten. Pferde, Wagen und Menschen waren ein blutiger Brei aus Fleisch, Holz und Knochen. Hier gab es nichts mehr zu retten. Die Schreie der Schwerverwundeten werde ich nie mehr vergessen. Ein Infanterieunteroffizier, der sich auf einem Bein und auf Krücken bis hierher schleppte, wurde durch einen Bombensplitter in den Körper getroffen und sank blutüberströmt vor meinen Augen in den Schnee. Kameraden versuchten ihm zu helfen, doch ihre Bemühungen waren vergebens, er starb in den Armen eines verwundeten Oberfeldwebels, dem hemmungslos die Tränen über seine blutverschmierten Wangen liefen. Man legte den Toten an den Waldrand und breitete über seine Leiche einige Tannenzweige. Der Fliegerangriff hinterließ große Lücken im Treck der Fliehenden. Nur weg von hier – aber wohin?

Die russischen Panzerspitzen standen rechts von uns vor Königsberg und links vor Elbing. Unter ständigem Beschuss erreichten wir schließlich das Dorf Peterswalde. Vom Ortsbürgermeister wurde uns ein Haus genannt, das unser Quartier für diese Nacht sein sollte. Doch es war hoffnungslos mit Flüchtlingen überfüllt, als wir dort eintrafen. Danach wurden wir zu einem verlassenen Gut geschickt und kamen dort auch unter. Noch in der gleichen Nacht erhielt das Haus, das uns zuerst zugewiesen wurde, einen Bombenvolltreffer. Niemand überlebte! Meine Mutter und Tante

Berta fielen auf die Knie und dankten Gott für seinen Schutz, für diese seltsame Fügung. Wir Kinder sollten erst viel später begreifen, wie nahe wir dem Tode waren. Doch es kam noch schlimmer. Die Rote Armee umzingelte die deutschen Truppen und den endlosen Flüchtlingstreck im Raum Wormditt, Mehlsack, Heilsberg und Braunsberg. Aus dem Kessel von Heiligenbeil gab es kein Entkommen. Wir mussten mit vielen Flüchtlingen auf dem Gut bleiben und auf weitere Fluchtbefehle warten. Lähmendes Entsetzen, Angst und Hoffnungslosigkeit sah man in den Augen der Eingeschlossenen. Kriegslärm und Kanonendonner rückte immer näher. Tägliche Luftangriffe hatten das Dorf völlig zerstört. Wie durch ein Wunder blieb das Gut verschont. Zurückströmende, verwundete deutsche Soldaten berichteten täglich von schrecklichen Greueltaten der Bolschewisten. Diese Nachrichten verbreiteten sich unter den Flüchtlingen wie ein Lauffeuer. Jeden Tag konnte der Russe hier sein, doch unsere tapferen deutschen Truppen hielten vorerst noch die Front gegen die russische Übermacht.

Menschen auf der Flucht, die schutzlos und unschuldig grenzenloser Not und entsetzlichen Verbrechen ausgeliefert waren. Die dunkelsten Tage des Untergangs der geliebten Heimat. Millionen flohen vor den bolschewistischen Horden. Niemand wusste wohin – nur weg von hier. Alle trieb panische Angst. Mit bleichen Gesichtern und hoffnungslosem Blick schleppten viele Frauen ihre hungrigen, halberfrorenen Kinder in den immer enger werdenden Kessel am Frischen Haff. Alte Menschen machten in ihrer Hoffnungslosigkeit ihrem Leben ein Ende, weil sie keine Kraft mehr hatten und weil ihnen die weitere Flucht aussichtslos erschien. Mir fiel ein älterer, schweigsamer Mann auf, der mit uns in einem Stall auf dem Gut untergekommen war. Er stammte aus dem Dorf Wilhelmshof, nicht weit von Willenberg. Stockend und am ganzen Körper zitternd berichtete er uns nach langem Zögern über sein furchtbares Schicksal. „Wir wurden mit unserem Treck auf dem Weg von Wilhelmshof nach Rößel von den Russen überrollt. Alle größeren Jungen wurden von den betrunkenen Rotarmisten hinter der Scheune eines Gutshofs brutal mit dem Gewehrkolben erschlagen. Vor unseren Augen wurden viele Frauen in einem verlassenen Zimmer vergewaltigt und hinterher meistens erschossen. So auch meine Frau. Uns alte Männer trieb man auf das Feld in den Schnee und befahl uns, schnell wegzulaufen. Dann wurde auf uns geschossen. Fast alle wurden tödlich getroffen. Mich aber hatte man verfehlt. Da blieb ich regungslos im Schnee liegen, bis die Mörder laut johlend weiterzogen.

Danach rannte ich um mein Leben durch die Wälder und stieß zu meinem Glück noch auf eine Einheit versprengter deutscher Soldaten, die mich auf ihrem Wagen bis hierher mitnahmen." Der alte Mann weinte still vor sich hin. Wir waren entsetzt und schockiert. Wie können Menschen nur so brutal sein. Aber es war Krieg, ein schmutziger, dreckiger Krieg, der von beiden Seiten mehr oder weniger rücksichtslos geführt wurde. In dieser schier hoffnungslosen Lage wurde auf dem Gutshof alles von den Besitzern in Stall und Keller an Essbarem hinterlassene von den ausgehungerten Flüchtlingen gierig verschlungen. Sogar ein Schwein schlachtete mein Onkel mit Eckarts Hilfe und verteilte das Fleisch an hungrige Familien. Der Kessel am Frischen Haff würde immer kleiner und könnte gegen die feindliche Übermacht nicht mehr lang gehalten werden, erzählte uns ein völlig abgekämpfter Soldat. Panik und entsetzliche Angst verbreitete sich unter den eingeschlossenen Flüchtlingen. Als wir nach einigen Tagen den langersehnten Befehl erhielten, aus dem Raum Frauenburg, Braunsberg und weiter nach Heiligenbeil am Frischen Haff zu fliehen, keimte unter uns Flüchtlingen wieder ein Fünkchen Hoffnung auf. Langsam bewegte sich der endlose Treck im Schutz der Nacht durch eine Kraterlandschaft, die voller Kriegsspuren war. Erst im Morgengrauen sah ich überall zerschossene Militärfahrzeuge und unzählige tote Menschen in den Straßengräben liegen. Die hartgefrorenen Felder waren mit toten deutschen und russischen Soldaten übersät. Aus den Schneewehen ragten gespenstisch von Granaten zerrissene Pferdeleiber. Der grauenvolle Anblick ließ mich erschaudern. Wieder kamen wir durch einen Ort, der von der deutschen Wehrmacht zurückerobert worden war. Es war das Schrecklichste, was ich auf der langen Flucht gesehen habe. Das Dorf war ein einziger Trümmerhaufen. Die Russen müssen mit ihren schweren Panzern über die Flüchtlingswagen gerollt sein und alles zermalmt haben. Viele verstümmelte Leichen von Frauen, Kindern und Greisen lagen bestialisch erschlagen vor den Häuserruinen. Diesen entsetzlichen, grauenvollen Anblick habe ich in meinem Leben nicht mehr vergessen.

Unübersehbare Menschenmassen strömten zum zugefrorenen Haff. Hier staute sich in einem unbeschreiblichen Durcheinander der Flüchtlingstreck. Braunsberg und Heiligenbeil waren die beiden einzigen Stellen am zugefrorenen Frischen Haff, über die es noch eine Fluchtmöglichkeit aus dem Kessel und über den schmalen Landstreifen der Nehrung gab. Es war die letzte Hoffnung, über das Eis zu entkommen und nicht in die Hände der Roten Armee zu fallen. Begleitet von einem heftigen Schneesturm, klirrender Kälte und starkem Beschuss entronnen wir buchstäblich in letzter Minute in dunkler Nacht dem sicheren Tod. Der Kessel von Heiligenbeil sollte zum Stalingrad Ostpreußens werden. Mit starken Truppenverbänden und einer gewaltigen Übermacht an schweren Waffen wurde der mehrwöchige zähe Widerstand der deutschen Verteidiger schließlich gebrochen. Tausende tote Soldaten waren der Preis dafür, dass mehr als einer halben Millionen Ostpreußen noch die Flucht vor der Roten Armee gelang. Über ein Ponton aus Brettern und Bohlen, der von der Wehrmacht notdürftig bei Frauenburg am aufgefahrenen, leicht abfallenden Haffufer errichtet wurde, leiteten Militärposten mit Taschenlampen Wagen für Wagen auf das leise knackende Eis. Mit ihnen strömten die dick vermummten Menschen ohne Fuhrwerk zu Fuß, mit vollgepackten Handkarren, Schlitten und Kinderwagen in das weiße, dunkle Nichts.

Die Russen hatten inzwischen Braunsberg erobert. Wer es in dieser bitterkalten Nacht und auch in der noch verbliebenen kurzen Zeit nicht mehr schaffte, wurde von den heranrückenden russischen Truppen überrollt. Aufgeregt schnaubten und prusteten unsere beiden Stuten. Spürten sie instinktiv die drohende Gefahr? Fünfzig Meter Abstand zum vorfahrenden Fuhrwerk sollten eingehalten werden, denn die Eisdecke wäre noch nicht dick genug. Ein vor Kälte zitternder Soldat rief uns noch etwas nach, dann verschluckte uns die bitterkalte, stockfinstere Nacht. Es war jetzt Anfang Februar. Nur langsam bewegte sich der endlose Flüchtlingstreck bei minus 25 Grad im heulenden Schneesturm. Das schwache Licht der Petroleumlampe am Heck des vorfahrenden Wagens war kaum noch zu erkennen. Mein Onkel und der Pole führten die verängstigten Stuten Lotte und Erna fest an Zügel und Kandare. In der Reifenspur hinter dem Fuhrwerk lief mein Vater. Er sollte auf ausreichenden Abstand des nachfolgenden Wagens achten, aber in dem dichten Schneetreiben war die Sicht sehr eingeschränkt. In einer endlosen Kolonne zogen die hungrigen, frierenden Flüchtlinge im heulenden Schneesturm durch die frosterstarrte, dunkle Winternacht. Tatsächlich hatten wir in allerletzter Minute das Inferno in dem immer kleiner werdenden Kessel von Heiligenbeil über das Eis verlassen. Tag und Nacht hörten wir jetzt den Donner der Panzerkanonen und Artilleriegeschütze der schweren Kampfhandlungen um Balga und Heiligenbeil.

Als es gegen Morgen hell wurde, hatte der fürchterliche Schneesturm leicht nachgelassen. Jetzt sahen wir erst, dass viele Frauen mit Kindern und Säuglingen, alte Menschen und Kranke, ohne Pferdefuhrwerk, nur mit kleinen Handkarren, Schlitten, Fahrrädern oder zu Fuß vor der Roten Armee in panischer Angst geflohen waren. Es war bitterkalt. Die Leiden der Flüchtlinge übersteigen jedes Maß der Vorstellungskraft. Schockierende, dramatische Bilder des Grauens prägten sich tief in meine Kinderseele ein. Da zog eine junge Mutter mit ihren zwei kleinen Kindern einen Handwagen durch den Schnee, auf dem eine in eine Decke eingehüllte ältere Person kauerte. Neben uns blieb sie plötzlich stehen und schrie um Hilfe. Mein Vater eilte zu ihr, wollte helfen, doch niemand konnte mehr helfen, die Frau auf der Handkarre war tot. Erfroren. Es war ihre alte Mutter. Sie legte sie in den Schnee, deckte sie mit ihrem Mantel zu und zog mit ausdruckslosen Augen schluchzend weiter. Ein verwundeter Soldat mit einem blutigen Kopfverband schleppte sich mühsam auf Krücken zwischen Toten und Verstümmelten durch den blutgetränkten Schnee. Er bat um ein Stückchen Brot und erhielt es von meiner Mutter. Ein anderer zog seinen schwer verwundeten Kameraden auf einem Schlitten, blieb dann plötzlich stehen und beugte sich zu ihm herunter. Kniend löste er ein Seil, das den Körper des Freundes auf dem Schlitten hielt, legte ihn in den Schnee und deckte den Toten mit seinem feldgrauen Mantel zu, der mit steifgefrorenen Blutflecken übersät war. Tränen liefen über sein jungenhaftes Gesicht, als er tiefgebeugt und stumm weiterzog. Es war sein Schulfreund, mit dem er im Kessel von Heiligenbeil bis zur letzten Patrone gekämpft hatte, erzählte er meinem Vater. Seine Einheit wurde fast ausnahmslos vernichtet, sein schwer verwundeter Kamerad und er retteten sich als Einzige im Schutze der Nacht auf das Eis. Am frühen Nachmittag brach die tiefhängende Wolkendecke an mehreren Stellen auf, aus denen sich russische Jagdflugzeuge mit Bomben und Bordwaffen auf uns stürzten. Das große Sterben der Ärmsten und Wehrlosen begann. Mehrmals griffen uns die dicht über unsere Köpfe fliegenden Maschinen an und hinterließen eine Spur des Todes. Durch die Bomben war die Eisdecke an vielen Stellen gebrochen. Vor und hinter uns waren einige Fuhrwerke mit den Menschen und den angespannten Pferden in den schaurigen Fluten des Haffs versunken. Hufe ragten aus dem Wasser und verschwanden dann in einem schwarzen Loch. Oft hörte man noch die durch Mark und Bein gehenden Hilferufe, dann waren sie für immer in der Tiefe verschwunden. Die eisigen Fluten des Frischen Haffs verschluckten Tausende. Weiträumig umfuhren wir vorsichtig die Aufbruchstellen, die düsteren schwarzen Löcher im Eis, das unheimliche Grab der armen Flüchtlinge, die hier ihre letzte Ruhe fanden. Aus den toten und verletzten Leibern der Menschen und Tiere hatte das

Blut den weißen Schnee ringsherum rot gefärbt. Abgerissene Gliedmaßen, Köpfe und Körperteile lagen verstreut herum. Erschöpfte und Tote markierten bald den Nachrückenden den Weg. Ein grauenvoller Anblick. Ich solle nicht hinsehen, rief meine Mutter, aber ich tat es doch und werde diesen Anblick ein Leben lang nicht vergessen. Die Dunkelheit bewahrte uns vor weiteren Fliegerangriffen.

Eine Nacht und einen Tag waren wir nun schon auf dem zugefrorenen Haff. Die Angst vor Luftangriffen und Artilleriebeschuss wuchs von Stunde zu Stunde, denn der Himmel war fast wolkenlos und es war auch ein wenig wärmer geworden. Noch unter dem schockierenden Eindruck von Tod und Leid des Nachmittags stehend, zog die lange Wagenkolonne der Fliehenden durch die weiße Wüste. Wo ist nur das rettende Ufer, dachte ich, und schlief schließlich auf dem Wagen in den Armen meiner Mutter ein, nachdem wir vorher Gott für die Bewahrung und den Schutz in höchster Not in einem stillen Gebet gedankt hatten. Wie oft musste ich auf dieser grausamen Flucht und auch später noch an die ermahnenden Worte meines Großvaters mütterlicherseits denken. Opa Johann lebte streng nach der Bibel. Für mich war er ein Heiliger, so jedenfalls lebte er im Alter still und zurückgezogen in seiner Kammer und hatte für uns Kinder stets Bibelverse parat, um uns früh auf das wahre Christentum vorzubereiten, wie er sagte. Er war über Weihnachten 1944 zu seiner Tochter Minna nach Hohenstein bei Osterode gereist. Jetzt hofften wir, dass alle noch rechtzeitig fliehen konnten. So erging es aber in jenen Kriegstagen den meisten Familien in Ostpreußen, die Hals über Kopf fliehen mussten.

Viele Deutsche vertrauten ihrer Führung und verließen ihre Häuser erst, als die sowjetischen Panzer fast in Sichtweite waren. Ihre Väter und Söhne kämpften irgendwo an der Front, und die Angehörigen mussten jetzt die geliebte Heimat panikartig verlassen. Der letzte Feldpostbrief meines Cousins Werner, der bis zum Herbst 1944 als Panzersoldat in Russland in schwere Abwehrschlachten verwickelt war, erreichte uns noch kurz vor der Flucht aus dem Balkan. Mein Cousin Heinz wurde mit 17 Jahren zum RAD (Reichsarbeitsdienst) eingezogen und kam nach Neustadt/Rübenberge. Danach wurde er als Flakhelfer nach Goslar und später an die Front nach Graudenz verlegt. Meine Cousine Erika war Nachrichtenhelferin in Berlin. Der außergewöhnlich kalte Winter mit viel Schnee und sibirischen Temperaturen forderte im Januar viele Opfer. Das große Sterben fand nun Anfang Februar auf dem Frischen Haff statt. Viele waren mit ihrer Kraft am Ende. Sie wählten den Freitod, die weitere Flucht war für sie hoffnungslos. Eine Frau lehnte sich erschöpft gegen unser Fuhrwerk und erzählte unter Tränen meiner Mutter, dass zwei ihrer vier Kinder bereits in der ersten Nacht auf dem Eis erfroren waren, die sie einfach im Schnee liegen lassen musste. Mit letzter Kraft schleppte sie sich mit ihren beiden anderen Kindern weiter. Der heulende Schneesturm und die hereinbrechende Nacht verschluckten sie. Als wir sie später auf der Nehrung wieder trafen, war sie allein. Ihre beiden letzten Kinder waren auch erfroren. Viele alte Leute lagen sterbend auf dem Eis. Niemand konnte ihnen helfen, niemand kümmerte sich um sie. Es herrschten unvorstellbare Zustände, die Menschen waren abgestumpft und völlig erschöpft. Jeder versuchte nur die rettende Nehrung zu erreichen. Steifgefrorene Leichen säumten die festgefahrenen Spuren der Pferdewagen.

Strahlender Sonnenschein am nächsten Morgen brachte uns Tod und Verderben. Die russische Artillerie schoss über dem Haff am rettenden Ufer der Nehrung hunderte Planwagen zusammen, die nicht schnell genug über eine steile Böschung hinwegkamen. Wieder griffen feindliche Jagdflugzeuge den Treck auf dem Eis an. In den gähnenden schwarzen Löchern der zerborstenen Eisdecke versanken innerhalb weniger Minuten viele Menschen mit ihren Pferdefuhrwerken im eiskalten Wasser. Mit dem Untergang verstummten auch die entsetzlichen, markerschütternden Hilfeschreie. Doch keiner konnte mehr helfen. Aus den brennenden Trümmern der getroffenen Planwagen retteten sich einige Flüchtlinge in letzter Sekunde durch einen Sprung auf das Eis. Für die im Wagen verbliebenen Verletzten kam jede Hilfe zu spät. Chaos und Panik herrschte unter den noch Lebenden. Jetzt bewährte sich die Gummibereifung unseres Fuhrwerks. Wir umfuhren den Ort des Grauens und brachen glücklicherweise nicht ein. Als wir nach Stunden die zweite Angriffswelle der feindlichen Flugzeuge erwarteten, stieg unerwartet dichter Bodennebel auf und rettete uns vielleicht vor dem sicheren Tod. Wir fuhren die ganze Nacht hindurch und waren am nächsten Morgen kurz vor dem rettenden Strand bei Kahlberg. Ganz langsam lichtete sich der Nebel. Doch das Eis an der Küste des Haffs war bereits an vielen Stellen gebrochen und das Ufer von unzähligen zusammengeschossenen Fluchtwagen blockiert. Dazwischen lagen die steifgefrorenen Leichen der Menschen und die Kadaver der toten Pferde. Ein schrecklicher Anblick. Wir entluden eiligst den Planwagen. Zwischen brüchigen Eisschollen, bis zur Hüfte im flachen, eisigen Wasser watend, musste jeder über tote Menschen- und Pferdeleiber zum rettenden Ufer. Unter Aufbietung aller Kräfte, getrieben von panischer Angst, gelang uns

Unvorstellbares; wir hatten wieder festen Boden unter den triefenden, eiskalten Füßen. Wie aber sollten die Männer mit dem Pferdewagen ans Ufer gelangen?

Ich sah noch meinen Onkel wie wild mit der Peitsche auf die armen Pferde einschlagen, dann ging alles sehr schnell. Ein letztes Mal bäumten sich die beiden starken Kaltblüterstuten auf und schafften das schier Unmögliche. Über die Eisschollen, durch aufgeweichten Uferschlamm, zwischen einem Gewirr zerschossener Fluchtwagen trieben mein Onkel und der polnische Knecht die total erschöpften Tiere bis auf eine Anhöhe der Nehrung. Kurz davor brach noch die Deichsel. Hastig schlugen die Männer aus dem Holz eines kleinen Wäldchens eine neue, doch sie hielt nicht lange, denn in ihr steckten Granatsplitter. Für uns wäre hier die Flucht zu Ende gewesen, wenn wir nicht die hartgefrorene Uferböschung erreicht hätten. Doch wir schafften es und waren zunächst dem Tod auf dem Eis entronnen. Ganz kurz war der Aufenthalt im ehemals mondänen, jetzt aber zerstörten Seebad Kahlberg. Es gab nur noch diesen Weg zur weiteren Flucht über die Frische Nehrung. Russische Panzerspitzen hatten Elbing erreicht und Marienburg an der Nogat war gefallen. Jetzt war Eile geboten, um nicht wieder in einen Kessel zu geraten und abgeschnitten zu werden. Bitterkalter Winter, Hunger und Durst, körperliche und seelische Strapazen brachten uns an den Rand der völligen Erschöpfung. Am selben Tag und in der gleichen Nacht bewegte sich der Flüchtlingstreck durch die bereits verlassenen Dörfer Vogelsang, Bodenwinkel und Stutthof. Bei unserer nächsten Übernachtung in Pasewark wurde von Soldaten Brot aus einer Fabrik an die ausgehungerten Flüchtlinge verteilt. Es reichte bei Weitem nicht für alle armen Menschen. Viele Alte und Kinder wären leer ausgegangen, wenn es nicht in dem Chaos doch noch barmherzige Menschen gegeben hätte, die ihre Ration christlich teilten. Es war das erste Brot seit Wochen und sollte auch für lange Zeit das letzte sein. Nur ganz langsam, Schritt für Schritt, schob sich wie ein Bandwurm die endlose Karawane der Heimatlosen auf die noch unzerstörte Weichselbrücke bei Nickelswalde zu. Sie war Gott sei Dank bisher nicht von feindlichen Bomben getroffen worden, doch wie lange würde sie als einziger Fluchtweg nach Westen erhalten bleiben? Noch in der Nacht überquerten wir den mächtigen Strom auf dieser Brücke in der Nähe des Flussdeltas und kamen in den Ort Schiewenhorst. Sichtlich erleichtert, aber müde, legten sich mein Onkel und mein Vater auf dem Planwagen nieder. Eckart und der hilfsbereite Pole blieben bei den Pferden. Bei Bohnsack wurde jeder Wagen von Feldjägern, den sogenannten Kettenhunden, angehalten und nach wehrfähigen Männern zwischen 16 und sechzig Jahren durchsucht. Das letzte Aufgebot in einem längst verlorenen Krieg gegen einen übermächtigen Feind. Viele dieser unglückseligen Männer in Hitlers Volkssturm fielen noch in den letzten Tagen des Krieges im Kampf um Ostpreußen, wurden nach Sibirien verschleppt und sahen ihre Familien und die Heimat niemals wieder. Frauen, Kinder und alte Menschen standen hilflos vor den Planwagen, weinten um ihre Männer, die zur letzten sinnlosen Schlacht an die Front gezwungen wurden. Auch der polnische Knecht, der viele Jahre auf dem Hof meines Onkels gearbeitet hatte, wurde vom Wagen geholt und abgeführt. Welch ein Drama. Dieser leidgeprüfte Mensch, dessen Eltern und Geschwister nach Deutschland verschleppt wurden, von denen er nie wieder etwas gehört hatte, den wir alle im kleinen Dorf ins Herz geschlossen hatten, der ohne Murren jahrelang fleißig schwere Feldarbeit bei meinem Onkel auf dem Hof verrichtete und für uns Kinder in seiner wenigen Freizeit aus Weichholz Spielzeuge schnitzte, der dem schrecklichen Krieg mit uns zu entrinnen versuchte, ging nun kurz vor Kriegsende einem ungewissen Schicksal entgegen. Nicht nur für uns Kinder waren der Verlust und die unabänderliche Trennung von einem lieben Menschen schmerzlich und grausam. Ich sehe heute noch das Bild vor mir, wie dieses armselige Häufchen Elend von den Feldjägern mit vorgehaltener Waffe zu anderen Gefangenen auf einen Militärlastwagen brutal und hastig verladen wurde, der dann in die Richtung losfuhr, aus der wir gekommen waren. Grausamer Krieg.

An einem sonnigen Tag erreichten wir Danzig und bezogen erschöpft Quartier in einem kleinen, teilweise von Bomben zerstörten Haus am Ufer der Mottlau. Das zwischen 1442 und 1444 erbaute Krantor war durch Granattreffer stark beschädigt, aber es stand noch. 1361 der Hanse beigetreten, erlebte diese Stadt viele glanzvolle Epochen als Perle der Ostsee. Nun war diese prachtvolle, ehrwürdige, historische Hansestadt ein einziges Trümmerfeld, aus dem mächtige Rauchsäulen aufstiegen. In jeder Straße staute sich der Flüchtlingsstrom und suchte Schutz in den Häuserruinen vor den ununterbrochenen Luftangriffen. Vor Gotenhafen brach unter den Flüchtlingen unbeschreibliche Panik aus. Alle, die zu Fuß mit Handwagen, Fahrrad oder kleinen Schlitten geflohen waren, drängten zum nahen Hafen, denn dort sollten Schiffe für die Evakuierung vor Anker liegen. Jeder wollte noch in letzter Minute über die Ostsee in den Westen fliehen; nur nicht den Russen in die Hände fallen. Eine unübersehbare Menschenmasse verstopfte alle Wege zum Hafen. Bei den zu Tode erschöpften, ausgemergelten Flüchtlingen kursierte das Gerücht, dass mehrere Rettungsschiffe in Gotenhafen-Oxhöft geankert hätten. Tagelang bewegte sich der Treck kaum von der Stelle. Es herrschte große Hungersnot. Meine Eltern wollten sich auch in die Warteschlange zu den Schiffen stellen. In dieser Lage erschien es meinem Vater besser, den Weg mit einem Transportschiff über die Ostsee zu wagen als von der russischen Front überrollt zu werden, denn die Rote Armee stand kurz vor dem Sturm auf den wichtigen Ostseehafen. Schließlich blieben wir doch auf dem Pferdefuhrwerk meines Onkels. Ein Entschluss, der uns sicher das Leben rettete, denn viele dieser Flüchtlingsschiffe wurden torpediert, liefen auf Minen oder wurden durch Bomben versenkt. Allein auf der Wilhelm Gustloff versanken mehr als 10.000 Flüchtlinge und Verwundete in den eisigen Fluten der Ostsee. Die genaue Zahl ist nicht bekannt. Es war die größte Schiffskatastrophe der Geschichte.

Von Januar 1944 bis zum Mai 1945 gingen insgesamt 250 Schiffe verloren. Bei den Schiffsuntergängen fanden über 40.000 Menschen den Tod. Es waren überwiegend alte Leute, Frauen und Kinder aus Ostpreußen, Danzig, Westpreußen, Pommern und viele verwundete Soldaten, die auf den Rettungsschiffen Zuflucht gefunden hatten, an deren Leiden und Sterben kein Denkmal erinnert, an deren Gräbern keine Blumen blühen. Auf dem Fluchtweg nach Westen schlossen sich nun immer mehr Fuhrwerke dem endlosen Elendstreck aus den verlassenen Ortschaften in Pommern an. Die wenigen noch freien Straßen in Küstennähe waren hoffnungslos verstopft. Die russischen Panzerspitzen überrollten die schwachen Abwehrstellungen der Deutschen und drohten jetzt bis zur Ostseeküste vorzustoßen. Wir mussten die Oder überqueren, bevor wir in einem großen Kessel wieder eingeschlossen würden. Lauenburg lag jetzt hinter uns. An einem kalten Wintermorgen erreichten wir die fast völlig zerstörte, einst blühende Hansestadt Stolp in Hinterpommern. Rauchende Trümmer zeugten vom letzten Bombenangriff, der erst kürzlich die Stadt an der Stolpe in Schutt und Asche legte. Nur eine einzige Brücke über den Fluss war noch nicht gesprengt worden, vor der sich jetzt alles staute. Plötzlich tauchten am fernen Horizont weißgetarnte russische Panzer auf, die aber sofort in heftige Abwehrkämpfe der Deutschen gerieten. Die tödliche Angst im Nacken versuchte jeder, auf das andere Ufer der Stolpe zu gelangen. Viele ließen in panischer Flucht sogar ihr Fuhrwerk auf einem überfüllten Gelände stehen und flohen mit wenig Hab und Gut über die Brücke, denn diese sollte in kurzer Zeit gesprengt werden. Irgendwie schaffte es mein Onkel, doch noch mit dem Pferdewagen auf die rettende Seite zu kommen. Als wir dann zwischen den Trümmern die Stadt verließen, hörten wir mehrere gewaltige Detonationen. Die Brücke gab es nicht mehr. Alle, die es nicht über den Fluss schafften, gerieten in die Hände der Russen. Über Köslin wurde nun der Treck bis an die Ostseeküste nach Kolberg geleitet. In einer Kaserne teilte uns das Militär einen Saal zur Übernachtung zu. Als wir diesen betraten, entdeckten wir in einem Strohlager mehrere Kinderleichen. Ein alter Mann vom Volkssturm berichtete uns, dass diese Kleinkinder verhungert oder erfroren waren und von ihren völlig erschöpften und ausgemergelten Müttern an den Straßenrand gelegt wurden. Sie hatten in diesem unbeschreiblichen Chaos noch nicht einmal die Kraft und auch keinen Spaten, um sie unter die gefrorene Erde zu bringen. Morgen würde er sie in einem Bombenloch auf dem Feld mit weiteren Toten beerdigen. Mutter und meine Tante wollten hier nicht übernachten, doch mein Onkel und mein Vater trugen die toten Kinder in einen nahen Schuppen hinaus und deckten die Leichen mit einer alten, zerrissenen Zeltplane zu. Am Eingang des Gebäudes saß in einer Ecke eine in sich zusammengesunkene junge Frau mit ihrem toten Kleinkind im Arm. Neben ihr stand ein kleiner Junge, der seinen Arm um die Mutter legte und völlig apathisch in die andere Ecke starrte. Der alte Volkssturmmann ging zu der Frau und wollte ihr das tote Baby wegnehmen, aber die Frau hielt es fest an sich gepresst und schrie hysterisch. Übermüdet und mit frischem Stroh als Unterlage schliefen alle doch schließlich ein. Wir waren heilfroh, bei Sturm und Schneeregen eine Bleibe für die Nacht gefunden zu haben. Trotzdem konnte ich lange nicht einschlafen. Zu sehr hatten sich die schrecklichen Bilder der toten Kinder bei mir eingeprägt. In dieser Nacht hatte eine der beiden Stuten unseres Großonkels August Kapteina eine Fehlgeburt. Das geschwächte Tier brauchte nun wenigstens ein bis zwei Tage Ruhe. Notgedrungen musste die Familie zurückbleiben, sie hatte keine andere Wahl. So trennten wir uns und zogen am frühen Morgen weiter.

Erst nach Kriegsende erfuhren wir, dass sie schon am nächsten Tag von den Russen überrollt wurden. Die ganze Familie wurde sofort nach dem Einmarsch der roten Horden brutal ermordet. Wir entgingen nur ganz knapp dem gleichen Schicksal. Aber so war es schon häufig, oft entschied ein Tag, ja Stunden über Leben und Tod. Als wir nach Tagen und starkem Fliegerbeschuss endlich die Odermündung anfuhren, war die Flucht zu Ende. Die Brücke zur Insel Wollin und weiter nach Swinemünde war zerstört. Weiter südlich nach Stettin konnten wir nicht mehr, da die Rote Armee die Stadt schon unter Beschuss hatte, und zu Fuß auf dem Eis über das Stettiner Haff ging es auch nicht mehr, da die Eisdecke zu dünn und bereits brüchig war. In dieser aussichtslosen Lage, dem ständigen Beschuss und den Fliegerangriffen ausgesetzt, niedergeschlagen und verzweifelt, verbreitete sich die Nachricht unter den Flüchtlingen, dass Pioniere der Wehrmacht eine notdürftige Ponton-Brücke bauen würden, um zu retten, was noch zu retten war, denn die Russen bereiteten sich zum Sturmangriff auf Swinemünde vor. Am Abend war es dann soweit. Unser Fuhrwerk näherte sich der schwimmende Brücke. Wir stiegen alle vom Wagen und warteten gespannt am Ufer. Den Pferden wurden Scheuklappen angelegt. Instinktiv spürten die beiden Stuten das gurgelnde Wasser, die Gefahr unter den schmalen, rutschigen Bohlen, auf der nur wagenbreiten, schwankenden Notbrücke. Mein Onkel fasste die Stute Erna fest an die Kandare, redete ihr beruhigende Worte zu und wies meinen Vater an das gleiche mit Lotte, dem Pferd auf der rechten Seite, zu tun. Ganz langsam bewegte sich das Gespann auf die Brücke zu. Als die ersten Meter geschafft waren, wurden die Tiere nervös und wollten ausbrechen. Es wäre das Ende gewesen, denn niemand hätte helfen können, wenn das Fuhrwerk mit den beiden Männern in die eiskalten Fluten gestürzt wäre. Für die Mütter mit uns Kindern hätte das das sichere Ende der Flucht bedeutet. Es wurden nur einzelne Fuhrwerke ohne Menschen über die schwankende, schmale Ponton-Brücke ohne Geländer gelassen. Wir hielten uns alle fest an der Hand, als wir in der Dunkelheit unserem Wagen über die schaukelnde Brücke auf den glitschigen Holzplanken folgten. Laut krachten die Eisschollen in der starken Strömung gegen die Schwimmkörper der provisorischen Pionierbrücke. Zitternd vor panischer Angst und Kälte, dem eisigen Wind ausgesetzt, wankte ein Häuflein Verzweifelter langsam dem gegenüberliegenden Flussufer zu. Unser Gespann war Gott sei Dank wohlbehalten auf der anderen Seite angekommen. Vor der Brücke aber warteten noch unzählige Flüchtlinge. Nicht alle schafften den Weg auf die andere Seite.

Nur zwei Tage später erreichten russische Panzerverbände diesen Übergang am Fluss. Nachdem die lange Schlange unzähliger Flüchtlingsfuhrwerke den kriegswichtigen Hafen Swinemünde zum Teil schon hinter sich hatte, erlebten wir auf einer kleinen Anhöhe, wie die Stadt von starken feindlichen Bomberverbänden in Schutt und Asche gelegt wurde. Wäre der Angriff nur wenige Stunden früher gewesen, als wir mit dem Treck noch mitten in der schon halbzerstörten Stadt waren, hätten wir alle nicht überlebt. Wieder einmal waren wir dem Tod entronnen. Auf der Insel Usedom übernachteten wir auf unserem Wagen in riesigen, unterirdischen Flugzeughallen. Zusammengepfercht verbrachten wir die kalte Nacht unter der Plane. Die Pferde wurden in einem angrenzenden Gebäude untergebracht. Als Eckart und mein Onkel sie am nächsten Morgen wieder einspannen wollten, wurden sie gerade von einem fremden Mann gefüttert, der hartnäckig behauptete, es wären seine Pferde. Er war nur schwer zu überzeugen, dass ihm diese Tiere nicht gehörten. Nachdem er seinen Irrtum einsah, brach er verzweifelt in Tränen aus, denn er hatte den letzten Hafer an unsere Pferde verfüttert. Mein Onkel ersetzte ihm den Verlust und gab ihm zusätzlich eine Ration. Wenn wir nur eine halbe Stunde später in den Stall gekommen wären, hätten wir unsere treuen Fluchthelfer vielleicht niemals wiedergesehen. Auch die Tiere des Mannes wären kein Ersatz für unsere kräftigen Stuten gewesen, denn sie sahen mager und überanstrengt aus, nachdem der Mann sie vor seinen Leiterwagen gespannt hatte und losfuhr. Ein zweites Mal mussten wir von der Insel Usedom auf einer Ponton-Brücke die Peene überqueren. Auch hier spielten sich dramatische Szenen ab. Viele Pferde scheuten, brachen aus und rissen die vollgepackten Fuhrwerke mit den Menschen in den Hochwasser führenden Fluss. Mütter mit ihren Kindern, Greise, Kranke und Halbverhungerte versanken zwischen den Eisschollen in den eiskalten Fluten. Nur Wenige konnten gerettet werden. Wir mussten hinüber und schafften es auch diesmal wieder, doch die Anspannung war enorm. Jetzt zählte nur noch der Wille zum Überleben. Endlich waren wir am anderen Ufer. Wir hatten es über die Oder, den Oderbruch geschafft und hofften nun, dass die russischen Truppen an diesem Strom eine Zeit lang von den Resten der Wehrmacht aufgehalten würden. Ab jetzt gab es nur noch für kurze Zeit die Flucht in letzter Minute über die Ostsee aus den Häfen von Danzig, Gotenhafen oder der Halbinsel Hela, die von unseren Truppen noch in verlustreichen, heldenhaften Kämpfen gehalten wurden. Tausende und Abertausende schafften es nicht mehr und wurden von den Russen überrollt. Die meisten von ihnen überlebten den Krieg nicht.

Unter ständigem Beschuss und täglichen Fliegerangriffen litten die Menschen still vor sich hin. Ausgemergelt und abgestumpft, täglich den Tod vor Augen, zog der endlose Treck der Elenden durch eine trostlose Ruinenlandschaft. Tote und Schwerverwundete säumten die Straßen. Eine in Lumpen gehüllte alte Frau bettelte um ein Stück Brot, das wir ihr nicht geben konnten, weil wir selbst nichts hatten. Kinder irrten weinend zwischen den Wagen umher und suchten verzweifelt ihre Mütter, die sie in dem unbeschreiblichen Chaos verloren hatten. Grausamer, unbarmherziger Krieg, der die schuldlosen Opfer, diejenigen, die ihn nicht gewollt und schon gar nicht zu verantworten hatten, in tiefstes Elend stürzte und ihnen die geliebte Heimat raubte. Die Stadt Anklam brannte lichterloh, als wir vor ihren Toren im Treck standen und nicht hineinfahren durften, weil neue Fliegerangriffe erwartet wurden. Auch der Flüchtlingszug wurde mit Bordwaffen beschossen. Es gab Tote und Verwundete. Später, nach Stunden, fuhren wir durch die rauchenden Trümmer und hielten am Marktplatz, bis eine Straße für die Weiterfahrt geräumt war. Erneut wurden wir von Tieffliegern mit Bordwaffen beschossen. Erst in der Dunkelheit formierte sich der Treck wieder, doch die beiden Fuhrwerke vor uns konnten nicht mehr weiter, ihre Pferde waren schwer verletzt, der Großvater durch die Kugeln tödlich getroffen worden und der Rest der Familie rettete sich in letzter Minute aus dem zusammengeschossenen, brennenden Wagen. Für diese armen Menschen war die Flucht zu Ende. Nur weiter, immer weiter nach Westen schleppten wir uns im trostlosen Elendstreck durch die zerstörten Orte Demmin, Teterow, Güstrow, Sternberg bis Schwerin in Mecklenburg. Diese wunderschöne Stadt an einem herrlichen See gleichen Namens war bisher noch fast unzerstört.

Schon in Sternberg plagten mich schlimme Magenkrämpfe und schwerer Durchfall. In einem Feldlazarett in Schwerin dann die niederschmetternde Diagnose der Ärzte, nachdem ich während der Untersuchung völlig entkräftet ohnmächtig wurde. Ich hatte die Ruhr, die meinen kleinen Körper total auszehrte und schwächte. Seit Wochen gab es keine warme Mahlzeit mehr, wir waren alle zu Skeletten abgemagert. Meine Mutter fing laut an zu weinen, als ihr ein Arzt den Rat gab, mich im Lazarett zurückzulassen, denn ich hätte ohnehin kaum noch eine Chance zu überleben. Aber welche Mutter hätte in dieser Situation ihr todkrankes Kind zurückgelassen? Mit einer Hand voll Kohletabletten verließen wir das Haus mit dem roten Kreuz auf dem Dach. Sie sollten mir das Leben retten. Wir hatten von der russischen Front auf der weiteren Flucht etwas Abstand gewonnen und zogen nun durch die Orte Lützow, Gadebusch, Schönberg in Richtung Lübeck.

Englische Bomberverbände griffen gerade die letzten deutschen Kriegsschiffe im Hafen von Neustadt in der Lübecker Bucht an, als die Stadt mit Flüchtlingswagen vollgestopft war. Pferde scheuten, brachen aus, stürzten in Bombenkrater oder blieben im rauchenden Ruinenschutt stecken. Schwarzer Qualm stieg vom Hafen auf und verhüllte den einst schmucken Ostseehafen in dunkle Rauchwolken. Irgendwie entronnen wir dem Inferno und wurden nun auf die Straße nach Oldenburg in Holstein und weiter zur Insel Fehmarn geleitet. Vor der Insel stauten sich unzählige Flüchtlingsfuhrwerke. Die kleine Fähre in Großenbrode schaffte auf jeder Fahrt nur wenige Wagen rüber nach Fehmarnsund. Endlich dort angekommen, fühlte sich jeder in Sicherheit, gerettet vor den Bolschewisten, erwartungsvoll, was nun geschehen wird, denn der fürchterliche Krieg war noch nicht zu Ende, wohl aber eine erbarmungslose, lange Flucht. Wir hatten unsere Heimat, unser Dorf Eschenwalde, am 19. Januar 1945, in dunkler Nacht mit wenigen Habseligkeiten verlassen müssen und waren am 27. März 1945 nach unsagbaren Strapazen, täglich den Tod vor Augen, nach schrecklichen Erlebnissen, halbverhungert und krank, auf der Insel Fehmarn angekommen.

Auf Fehmarn

Die Insel war mit vielen Flüchtlingen völlig überfüllt. Bei Puttgarden waren tausende Marinesoldaten in einem riesigen Barackenlager stationiert. Wir Heimatlose warteten geduldig, bis uns dann endlich eine Bleibe, ein Quartier zugeteilt wurde. Die Familie Kapteina wurde in einem großen Bauernhaus in Todendorf untergebracht. Meinen Eltern und ich erhielten bei zwei alten Leuten, bei Oma und Opa Thode, ein Zimmer im selben Ort. Wir waren überglücklich, nach der grausamen Flucht endlich ein Dach über dem Kopf zu haben. Noch war der Krieg nicht zu Ende. Über die Ostsee versuchte die Marine noch viele Flüchtlinge zu evakuieren, vor den brutalen, unmenschlichen russischen Horden in Sicherheit zu bringen, doch eine große Anzahl dieser überfüllten Schiffe erreichte den rettenden Hafen im Westen nicht, denn sie wurden durch feindliche Bomber und U-Boote versenkt. Eine unvorstellbare Tragödie spielte sich noch in den letzten Kriegstagen ab. Tausende arme Menschen, die voller Hoffnung auf eine Rettung in letzter Minute in Pillau und auf Hela einen Schiffsplatz erhielten, fanden nun ein stilles Grab in den eisigen Fluten der Ostsee.

Am 8. Mai 1945 kapitulierte Deutschland. Ein sinnloser, langer, opferreicher Wahnsinnskrieg war zu Ende. Niedergeschlagen, heimatlos, bettelarm und traurig saßen wir an einem lauen Maiabend mit meinem Onkel Wilhelm auf einer alten, morschen Bank am Dorfrand, als plötzlich ein

Jeep mit englischen Militärpolizisten vor uns anhielt. Mit der Waffe im Anschlag wurden wir misstrauisch betrachtet und dann, nachdem sie festgestellt hatten, dass sich unter uns keine Angehörigen der deutschen Wehrmacht befanden, in barschem Militärton in Englisch aufgefordert, in unsere Häuser zu gehen. Vor Angst hastete ich über einen kleinen Graben und fiel dort der Länge nach in den Matsch, worauf der eine Soldat laut loslachte, mich am Arm packte und aus dem Dreck zog. Grinsend holte er darauf aus seiner Jackentasche eine Tüte mit Knäckebrot und drückte sie mir in die zitternde Kinderhand. Danach stiegen alle wieder in den Geländewagen und brausten los. So schlimm sind unsere Feinde wohl doch nicht, dachte ich, teilte das Brot mit meinem Cousin Klaus und lief schleunigst zu meinen Eltern in unser Flüchtlingsquartier. Die ersten Tage und Wochen nach dem Krieg waren für uns Flüchtlinge sehr hart. Die englischen Besatzer jagten uns mit Stockschlägen weg, wenn wir Kinder vor den von ihnen beschlagnahmten Häusern herumlungerten und bettelten. Der Hunger war groß, jeder versuchte irgendwie etwas Essbares zu ergattern. Zum Glück nahte der Sommer, die Erntezeit, denn die Bauern der Insel hatten ihre Felder gut bestellt. Langsam kehrte ein bisschen Normalität ein, die armen Menschen atmeten etwas auf. Auch gab es von der britischen Kommandantur in der Stadt Burg schon einmal je Familie ein Kommissbrot und die Genehmigung für die Bauern, ihre Felder abzuernten. Sobald der Weizen geerntet war, stürzten sich die Flüchtlinge auf die Stoppelfelder und sammelten die herabgefallenen Ähren. Die Körner wurden plattgeschlagen oder zwischen zwei Steinen zerrieben. Daraus wurde nur mit Wasser ein dicker Brei gekocht, denn Milch gab es nur selten. Ein Übergewichtsproblem hatte niemand, doch viele hatten mit Unterernährung zu kämpfen. Jedes Kind ab zehn Jahren meldete sich freiwillig zur Arbeit in der Landwirtschaft, gab es dann doch nach harter Feldarbeit bei den Bauern wenigstens eine warme Suppe und selbstgebackenes Bauernbrot, manchmal sogar mit etwas Wurst belegt. Der erste Winter auf Fehmarn nahte. In der uns zugeteilten kleinen Stube bei den alten Leuten Thode standen weder Herd noch Ofen. Gekocht wurde gemeinsam im Hausflur auf einer Kochstelle, die aus gemauerten Ziegelsteinen bestand, vom Ruß pechschwarz war und, je nach Windrichtung, entsetzlich qualmte. Anfangs redeten Oma und Opa Thode wenig mit uns Flüchtlingen, was sich aber mit der Zeit änderte. Sie waren selbst arm, schon alt und mussten zum Lebensabend hin die wenigen Räumlichkeiten mit fremden Leuten teilen. Aber sie hatten in dieser Zeit, in der überall in Deutschland Not und

Elend herrschte, doch etwas, was wir Flüchtlinge nicht hatten. Sie besaßen ein paar Morgen Land, eine Kuh und eine Ziege, die beide in einem an unser Zimmer angrenzenden kleinen Stall untergebracht waren. Auch wenn der besonders strenge Geruch der Ziege im ganzen Haus zu riechen war, war ihre Milch, die uns manchmal von Oma Thode gereicht wurde, ein kostbares Geschenk. Den ganzen Sommer hindurch, bis in den Herbst hinein, wurden die Kuh und die Ziege von mir gehütet. Die Tiere pflockte man an einer langen Kette mit einem eisernen Keil im Boden an, der immer dann weiter versetzt wurde, wenn Gras, Klee und Löwenzahn im erreichbaren Umkreis abgefressen waren. Mit einem Eimer Wasser aus einem nahen Teich oder Graben wurden sie zweimal am Tag von mir getränkt.

Im Spätsommer 1946 fanden meine Cousine Erika und mein Cousin Heinz ihre Familie in Todendorf. Noch im gleichen Jahr lösten die Briten das große Marinebarackenlager in Puttgarden auf. Aus Beständen der Soldatenunterkünfte organisierten meine Cousins und ich für jede Familie einen Tisch und ein paar Stühle. Wenn uns die englische Militärpolizei dabei erwischt hätte, wären wir hart bestraft worden. Die Liste unserer aus Hunger und Not verübten Gesetzes- und Verordnungsübertretungen war mittlerweile lang, doch in einer Zeit der großen Armut, der leeren, knurrenden Mägen, zählte nur das Überleben. Inzwischen gingen wir Kinder wieder regelmäßig zur Schule. Ein hochbetagter Lehrer namens Heuer war nur noch wenige Monate im Amt. Ihm folgte ein strenger und sehr penibler Pauker mit scharfem Blick und barschem Ton, der vorher irgendwo in Deutschland an einer höheren Schule unterrichtete. Er war ein dürrer Mann um die sechzig, hatte eine Glatze mit ein paar hochstehenden Haaren über der Stirn, eine auffällig lange Nase und schielte fortwährend in leicht gebückter Haltung über seine Nickelbrille, wenn wir eine Klassenarbeit schrieben. Doch wir lernten viel bei ihm, weit mehr als allgemein in Volksschulen, wie sich später herausstellte. Anfangs hatten wir Schüler nur widerwillig die Menge an Schulaufgaben bewältigt, doch schon nach einiger Zeit machte das Lernen richtig Spaß, nicht nur weil der Unterrichtsstoff sehr vielseitig und interessant war, sondern weil der Lehrer bei uns Kindern mit seiner Art zu unterrichten eine regelrechte Wissensgier erweckte. Als Herr Speer schon nach eineinhalb Jahren zum Gymnasiumsdienst versetzt wurde, fand ich es sehr schade, aber erst im späteren Alter wurde mir bewusst, was dieser Lehrer uns alles beigebracht hatte. Jahre später sah ich ihn noch einmal kurz vor seinem Tode. Langsam besserte sich die allgemeine Lage in dem vom Krieg völlig zerstörten Deutschland. In den Schulen wurden wir Kinder nun durch die Besatzungsmächte mit einer täglichen Mahlzeit – einer Schulspeise – versorgt, die Trümmerfrauen räumten Schutt und Bausteine in den Häuserruinen weg, man fing wieder an aufzubauen. Aus Schutt und Asche wuchsen wieder Häuser und Städte. Aber was war mit dem verlorenen Teil Deutschlands im Osten? Nur wenig hatten die Menschen aus den von den Sowjets überrollten und besetzten Gebieten bisher erfahren, doch wussten wir Flüchtlinge schon bald, dass wir niemals mehr in die Heimat zurückkehren würden, dass sie wohl für immer für uns verloren war. Ein schmerzlicher Gedanke, den niemand wahrhaben wollte, der aber grausame Realität war.

Die Siegermächte teilten Deutschland in vier Besatzungszonen auf; die amerikanische, die englische, die französische und die sowjetische. Schon bald gab es Spannungen zwischen den Westmächten und den Sowjets. Der sogenannte Kalte Krieg begann. Am 21. Juni 1948 erhielten die Bürger Westdeutschlands mit der Währungsreform die D-Mark. Das Leben wurde etwas erträglicher. Im gleichen Jahr starb plötzlich und unerwartet meine Tante Berta an Herzversagen. Zu viel Leid hatte sie auf der Flucht ertragen müssen. Mittlerweile 13 Jahre alt suchte ich jede Gelegenheit, um mit meinem Vater zu angeln. Bis zu einem der vielen, mit hohem Schilf zugewachsenen Torfseen, die hinter dem Deich an der Nordküste der Insel Fehmarn liegen, mussten wir von Todendorf gut zwei Stunden zu Fuß laufen. Für mich waren es unvergessliche Wanderungen durch riesige blühende Rapsfelder, durch saftige Wiesen mit unzähligen bunten Wildblumen, in die im Frühjahr die Kiebitze und Stare in Scharen einfielen.

Typisch für die flache Insellandschaft sind die robusten Dornenhecken, die Knicks, die als Einfriedung und gleichzeitig als Windschutz angelegt wurden. In diesen Weiß- und Rotdornhecken bauen viele Vögel ihre Nester. Besonders die Elstern errichteten damals ihre haubenförmigen, mit Reisig überdachten Brutstätten in dem unzugänglichen Dornengestrüpp. Es gab eine Vielfalt an prachtvollen Schmetterlingen, smaragdgrünen Käfern und Eidechsen, die über die staubbedeckten Feldwege huschten und in den dunklen Spalten der Steinhügelknicks blitzschnell verschwanden. Der anstrengende Marsch durch dic verschwenderische Natur beeindruckte mich immer sehr, zumal mein Vater mir auf meine unzähligen Fragen stets alles geduldig erklärte. Er kannte sich gut aus in der Natur, er, der in der wildnisähnlichen Landschaft im Süden Masurens aufwuchs, der mit seinem Vater viele unvergessliche Stunden und Tage an kristallklaren Flüssen und Seen erlebte, dem das harte Bergmannsleben die Jugendzeit und der Krieg die geliebte Heimat raubte, lehrte mich behutsam ihn selbst und sein enormes Wissen über die verletzbare Natur zu begreifen.

Im Herbst fischten wir auf Aal und Dorsch im Meer. Bereits in den frühen Morgenstunden machten wir uns auf den Weg zu einer Mole in der Ostsee, in der Nähe von Marienleuchte. Hier fing mein Vater an einem stürmischen Oktobertag einen über zwanzig Pfund schweren Dorsch, und ich hatte einen dicken, fetten Aal an meiner recht primitiven Angelschnur, die nach einem langen Kampf mit dem kleinen Ungeheuer zu reißen drohte. Auf den glitschigen, tangbewachsenen Steinen und den glatten Resten einer hölzernen Anlegestelle rutschte ich plötzlich aus und stürzte mit meinem Aal hinab in die kalte, gischtschäumende See. Eine riesige Welle stürzte über meinem Kopf zusammen, zog mich ein Stück ins tosende Meer, um mich gleich darauf wieder in Richtung Strand zu werfen. So richtig gut schwimmen konnte ich noch nicht, doch ich ruderte und schlug wie wild mit den Armen und Beinen um mich, bis ich wieder festen Boden unter meinen Füßen spürte. Die Aalschnur hatte ich fest um meine Hand gewickelt und auch während des Kampfes mit den Wellen nicht losgelassen. Mit Hilfe meines zu Tode erschrockenen Vaters erreichten schließlich Sohn und Aal das steinige Ufer. Es war ein armdicker Bursche, den wir danach in einem sicheren Jutesack verstauten. Doch nun galt es, schleunigst die nassen Sachen zu trocknen. Mein Vater sammelte am Ufer Treibholz, und ich besorgte trockenes Gras und ein paar Späne aus einer gestrandeten Holzkiste. In einer windgeschützten, kleinen Bucht an der Steilküste entfachten wir mühselig ein Feuer und trockneten so meine nassen Klamotten. Ich war zwar ziemlich unterkühlt, aber überglücklich, hatten wir doch mit diesem überraschend guten Fang für die nächsten Tage ausgesorgt. Es war eine der eindrucksvollsten Begebenheiten, an die ich mich auch noch viele Jahre danach gern erinnere. Auf dem langen Heimweg redeten wir hauptsächlich über unser heutiges Anglerglück. Plötzlich blieb mein Vater vor mir stehen, nahm mich fest in seinen Arm und sagte mir, dass er noch nie solche Angst um mich gehabt hätte wie vor wenigen Stunden, als ich mit meinem Aal in die wilde See stürzte. Aus seinen Augen leuchtete Stolz, Erleichterung und Zufriedenheit. Vater und Sohn verstanden sich gut. Daheim wartete ungeduldig meine Mutter und schlug überglücklich die Hände über ihrem Kopf zusammen, als sie die großen Fische sah. Oma und Opa Thode erhielten zwei gute Portionen von jedem

Fisch und gaben uns dafür Kartoffeln und etwas Ziegenkäse. Es war ein richtiger Festschmaus für uns.

Alle Nachforschungen über das Deutsche Rote Kreuz meines Vaters nach meiner Schwester Grete und den Kindern verliefen bisher erfolglos. Konnte sie noch vor dem Einmarsch der Russen aus der durch Bomben und Beschuss völlig zerstörten Stadt Königsberg fliehen? Hatte sie als Hochschwangere mit den Kleinkindern überhaupt eine Chance zur Flucht, als die Hauptstadt Ostpreußens am Pregel durch Hitler noch in den letzten Wochen des Krieges zur Festung erklärt wurde, obwohl die Rote Armee schon an der Oder stand? Was war mit Karl, ihrem Mann geschehen, der irgendwo an der Ostfront kämpfte? Meine Schwester erwartete Anfang Januar 1945 ihr drittes Kind, in einer schlimmen Zeit, in der Ostpreußen vom Feind überrollt wurde. Diese quälende Ungewissheit setzte meinem Vater sehr zu, machte ihn todtraurig. Er war ein gebrochener Mann, der sich oft verstohlen mit der Hand über sein sorgenvolles, leidgeprüftes Antlitz fuhr, wenn eine Träne über seine Wangen rollte. Was war mit den Angehörigen aus Fröhlichshof und Eschenwalde geschehen, von denen wir bis heute keine Nachricht, kein Lebenszeichen hatten? Lebte mein Opa noch, mit dem ich die Wildnis Masurens entdeckt hatte? Wie war es meinem Onkel, meiner Tante, meinen Cousinen Gerda und Inge aus Fröhlichshof ergangen? Wo war mein Opa Johann geblieben, der Vater meiner Mutter, der noch kurz vor dem Räumungsbefehl seine Tochter Minna in Hohenstein bei Osterode besuchte, und waren meine Tante, mein Onkel und die Kinder noch früh genug geflüchtet? Lebte mein Cousin Werner noch, von dem wir auch noch keine Nachricht hatten, der zuletzt irgendwo vom Balkan geschrieben hatte? Lebte Werner von Falkenstein noch, der Flieger von Groß-Schiemanen und Angelfreund meines Vaters? Wir hatten alles verloren, mussten innerhalb weniger Stunden unter starkem Beschuss in bitterkalter Nacht vor der Roten Armee fliehen. Der Räumungsbefehl wurde viel zu spät erteilt. Auf der langen, mörderischen Flucht hatten wir täglich den Tod vor Augen, sind wie durch ein Wunder nicht umgekommen und nicht von der russischen Front überrollt worden. Nur wer diese schreckliche Flucht durchgemacht hat, wer den furchtbaren Krieg in aller Härte erlebte, wer jeden Tag ums Überleben kämpfen musste, wer vor Hunger und Kälte nicht einschlafen konnte, wer die Menschen, die verwundeten Soldaten am Wegrand sterben sah, nicht helfen konnte und wer nach dem totalen Zusammenbruch Deutschlands mittellos als armer Flüchtling fern der Heimat doch weiterleben wollte und nichts über das Schicksal seiner Familienangehörigen wusste, der wird sich vorstellen können, wie hart die ersten Monate und Jahre für uns Heimatlose waren. Die Ungewissheit zerstörte die Seele des Menschen, der nagende Schmerz saß tief. Es verging kaum ein Tag, an dem wir uns nicht fragten, was mit unseren Angehörigen geschehen war. So verging ein weiterer Winter. Am 10. April 1949 wurde ich in der St. Johannis-Kirche zu Bannesdorf konfirmiert. Die Insel Fehmarn war meine zweite Heimat geworden. Ich half nun als 14-jähriger zusammen mit meinen Cousins Klaus und Eckart fleißig beim großen Bauern Scheel bei der Frühjahrsbestellung und in der Erntezeit auf den riesigen Feldern um Todendorf. Es gab immer ein gutes Frühstück und ein kräftiges Mittag- und Abendessen. Für uns ausgemergelte, dürre Flüchtlingsjungen war das gute Essen ein Geschenk des Himmels, wenn die Feldarbeit auch häufig sehr schwer war.

Es war Herbst. Ein steifer Nordwester blies über die flache Insel, fegte die letzten welken Blätter von den Bäumen, ließ uns in der kargen Stube eng zusammensitzen, die von einem selbstgebauten Ofen aus einer alten Blechtonne beheizt wurde. Brennholz war knapp, Kohle gab es nicht. Die Insel ist unbewaldet. Die endlosen Wälder Ostpreußens sind jetzt nur noch schmerzliche Erinnerung. Wehmütig dachte ich an meine warme Stube mit dem großen Kachelofen, an meine Heimat. Aus unserem kleinen Fenster konnte man die Dorfstraße weit überblicken. Doch bei diesem Sturm war sie menschenleer. Es war früher Nachmittag, dunkle Wolken bedeckten den Himmel, aber es regnete nicht. Noch während ich still vor mich hin grübelte, bemerkte ich plötzlich eine gegen den Wind gebeugte Gestalt in einem abgerissenen Militärmantel, die langsam über den sturmgepeitschten Weg auf das Haus zukam, in dem wir wohnten. Ich erkannte einen hageren Mann in einer abgerissenen Soldatenuniform, der sich immer wieder suchend umschaute und dann an der schmiedeeisernen Gartenpforte vor unserem Fenster stehen blieb. Was wollte dieser Fremde? Was oder wen suchte er? Ich weckte meinen Vater, der kurz auf seinem Stuhl eingenickt war und nun sein müdes Haupt schlaftrunken erhob, um mit mir langsam zum Fenster zu gehen. Lange schaute er nach draußen, doch dann, als hätte ihn eine magische Kraft angezogen, verließ er die armselige Stube und ging dem Fremden entgegen. Es folgte eine herzliche Umarmung. Die beiden Männer müssen sich sofort erkannt haben. Welch ein freudiges Wiedersehen! Mit tränenerstickter Stimme rief der Fremde immer wieder nur: „Wilhelm, du lebst!“ Und meinen Vater hörte ich still vor sich hin weinend sagen: „Werner, mein guter Freund, wie hast du das nur geschafft?“

Nach dem ergreifenden Wiedersehen betraten beide unsere warme Stube. Meine Mutter drückte dem Fremden freundlich die Hand und bot ihm einen Stuhl an. Sie hatte ihn auch gleich erkannt. Das ist also der Offizier, dachte ich, mit dem mein Vater in der Heimat häufig zum Angeln ging, der auf dem Flugplatz Groß-Schiemanen in der Nähe von Eschenwalde stolzer Pilot der Luftwaffe war, den ich besonders in seiner schmucken Fliegeruniform mit Orden und Abzeichen bewunderte und mir dabei nichts sehnlicher wünschte, als in seinem Alter und selbst Pilot zu sein. Aber nun, so wie er in seinem abgetragenen Mantel vor mir stand, war die damalige Begeisterung verschwunden. „Bist du aber gewachsen, Werner", sagte er freundlich und legte dabei seine Hand auf meinen Kopf, „aber abgemagert bist du, seit ich dich das letzte Mal sah." Verlegen schaute ich zuerst zu Boden, erwiderte dann aber schlagfertig: „ Na, Sie haben ja auch nicht unbedingt zugenommen", worauf mich mein Vater strafend anblickte, er aber lachte und sagte: „Ich freue mich sehr, dass ich euch alle lebend wiedergefunden habe."

Inzwischen hatte meine Mutter den einfachen Holztisch gedeckt, den wir aus dem geräumten Marinelager in Puttgarden organisiert hatten. Es war nicht viel, was sie auftischen konnte. Doch hatte mein Vater am Morgen eines unserer Kaninchen geschlachtet, die sich hinter dem Haus in einem aus Holzlatten und Maschendraht gezimmerten Kaninchenstall in den Nachkriegsjahren prächtig vermehrt hatten. Als der saftige Braten auf dem Tisch stand und meine Mutter ihn fachgerecht zerteilt hatte, gab es kein Halten mehr für mich, denn ich war völlig ausgehungert. Verstohlen blickte ich ab und zu unseren Besucher an, der nach anfänglicher Zurückhaltung nun gierig das schmackhafte Essen verschlang. Der hagere Mann hat sicherlich schon tagelang nichts mehr gegessen, stellte ich mir vor, sonst würde er langsamer essen. Ich konnte es kaum abwarten zu hören, wie es ihm in all den schlimmen Jahren ergangen war, was er alles im Krieg, im aussichtslosen Kampf der Luftwaffe, auf dem Rückzug erlebt und durchgemacht hatte, als die Deutschen nur noch wenige flugtaugliche Maschinen besaßen und kaum noch über ausreichenden Treibstoff verfügten, als junge Piloten mit unzureichender Ausbildung gegen einen übermächtigen Gegner sinnlos in den sicheren Tod getrieben wurden. Die ruhmreiche deutsche Luftwaffe gäbe es nicht mehr, erzählte mir mein Vater in den letzten Monaten des Krieges. Er machte sich damals große Sorgen um seinen jungen Freund. Während meine Mutter den Tisch abräumte, gingen wir hinter das alte Haus. Dort saß Opa Thode auf einer grobgezimmerten

Holzbank in einer windgeschützten Ecke, eingehüllt in dunkle Rauchwolken aus seiner alten Pfeife. Wir machten ihn kurz mit unserem Besucher bekannt und setzten uns zu ihm. Der Sturm hatte nachgelassen, zwischen den letzten dahinjagenden Wolkenfetzen schaute hin und wieder die Sonne hervor. Es schien noch ein schöner Herbsttag zu werden, es wurde etwas wärmer, man konnte sogar gemütlich draußen sitzen.

Später erzählte uns Werner von Falkenstein, der einst so siegesbewusste junge Pilot der Luftwaffe aus dem Land der dunklen Wälder und kristallenen Seen, eine lange, tragische Geschichte, die mich zutiefst erschütterte, die ich mein ganzes Leben lang nicht mehr vergessen werde. Eine ergreifende Geschichte voller Dramatik und grausamer Realität aus einer schlimmen Zeit, in der Ostpreußen für immer verloren ging und das Deutsche Reich in Trümmern versank. Er habe seine Angehörigen, seine Familie und uns sofort nach seiner Entlassung aus englischer Kriegsgefangenschaft über das Deutsche Rote Kreuz gesucht. Sein Bruder war als Kommandant einer Panzereinheit noch in den letzten Januartagen im Kampf um Ostpreußen gefallen, seine Schwester war als Nachrichtenhelferin im Bombenhagel von Dresden umgekommen. Über seine Eltern, die in allerletzter Minute ihr Gut in der Heimat verließen und zu seinem Onkel auf einen Hof in Pommern flohen, hatte er bisher nichts erfahren. Den Gutsverwalter Waldemar Krupinski mit seiner Familie fand er per Zufall nach einem Hinweis eines Kameraden in einem kleinen Dorf in der Lüneburger Heide, aber auch dieser konnte ihm nicht sagen, ob sein Vater und seine Mutter noch leben würden. Als entlassener ehemaliger deutscher Offizier in die russische Besatzungszone zu reisen, wäre für ihn zu gefährlich, es könnte sogar Sibirien bedeuten. Überglücklich sei er gewesen, als man ihm beim Roten Kreuz unsere Anschrift gab. Nun wusste er, dass wir überlebt hatten. So, wie ich ihn zuletzt in Erinnerung hatte, saß Werner von Falkenstein auf der Bank neben meinem Vater. Doch der Krieg hatte ihn sehr verändert, er musste viel durchgemacht haben. Seine Gestalt von großem Wuchs war ausgemergelt, sein fröhliches Lachen nicht mehr da, seine strahlenden hellblauen Augen wirkten müde und traurig. Gewiss, ich als kleiner Junge hatte ihn ganz anders in Erinnerung, als er sich in jenen unvergesslichen Tagen ein letztes Mal in seiner Fliegeruniform und stolzer, strammer Haltung mit zackigem Gruß und voller Zuversicht auf ein baldiges siegreiches Ende des Krieges von uns verabschiedete. Doch irgendwie hatte ich damals das Gefühl, dass er den Flugplatz Groß-Schiemanen bedrückt und traurig verließ.

Den wahren Grund für sein eigenartiges Verhalten kannte nur mein Vater, der aber nie darüber sprach. Vielleicht lüftet er jetzt das Geheimnis, dachte ich, doch der abgemagerte Soldat stand auf und entfernte sich langsam unseren Blicken auf einem schnurgeraden Feldweg hinter dem Garten der Familie Thode, der jetzt im gelben Abendlicht der untergehenden Sonne erstrahlte. Seltsam, dachte ich, was muss nur alles geschehen sein, das diesen Menschen so verändert hat. Als er mit einem wehmütigen Lächeln wieder die Stube betrat, legte mein Vater den Arm um seine Schulter und schaute ihn dabei vielsagend an. Werner von Falkenstein blieb einige Tage bei uns. Er war ganz anders als früher, war sehr bedrückt, still und verschlossen. Und doch hatte ich das Gefühl, dass er sich bei uns wohl fühlte, dass ihm die Nähe meines Vater gut tat. Meine Mutter versuchte so gut es eben ging, etwas Kräftigendes auf den Tisch zu bringen, doch gab es oft nur Pellkartoffeln mit ein wenig Butter, die sie irgendwo erbettelt hatte.

Wir schliefen eng beieinander auf Strohsäcken in einer Nische im Zimmer. Oft merkte ich, dass er mitten in der Nacht plötzlich aufstand und nach draußen ging. Es dauerte lange, bis er wieder hereinkam, sich leise hinlegte und schließlich wieder einschlief. Manchmal schreckte er dann mitten in der Nacht wieder auf oder redete irgendetwas im Schlaf.

Es war noch nicht hell draußen, doch es schien ein sehr schöner Herbsttag zu werden, denn im Osten wurde der Himmel langsam blutrot. Ich habe noch fest geschlafen, als mein Vater mich weckte. Wir hatten am Tag zuvor beschlossen, auf Hecht in einem der Binnenseen zu angeln, auf einem der stillen, verträumten Moorseen hinter dem schützenden Deich bei Gammendorf im Norden der Insel, der mitten im Moorgebiet liegt und sehr fischreich, aber äußerst schwierig zu beangeln war.

Als wir nach langem Fußmarsch endlich am Ziel waren, lag ein seltsames Licht auf dem stillen Wasser. Geisterhaft stiegen Nebelschwaden im ersten Sonnenlicht des neuen Tages empor und lösten sich schließlich auf. Bis auf zwei Blesshühner und ein paar Enten schienen die anderen Schilfbewohner schon auf der Reise nach Süden zu sein. Wir bestückten die Hechtangeln mit Köderfischen, die wir am Tag zuvor aus einem Teich zwischen Todendorf und Puttgarden mit einer Reuse gefangen hatten, warfen die Angeln aus und warteten. Ein leichter Morgenwind rüttelte das hohe Uferschilf, ein Fischreiher setzte in unserer Nähe zur Landung auf dem See an, schwenkte abrupt heiser krächzend in eine andere Richtung, als er uns am Ufer wahrnahm. Wir saßen auf einer kleinen, trockenen Anhöhe, unterhielten uns leise und beobachteten die Schwimmer. Eine Zeit lang sprach keiner ein Wort. Nur das Rauschen der Brandung der nahen Ostsee hinter dem Deich drang wie ein ewiger Choral in unsere Ohren. In dieser Stille begann der Freund meines Vaters über die Zeit in Groß-Schiemanen, über ein jahrelang streng gehütetes Geheimnis zu reden, worüber die beiden Männer bis heute geschwiegen hatten. Selbst meine Mutter wurde nicht mit eingeweiht.

Das tragische Ende einer Liebe

Tief erschüttert wurde ich nun in jungen Jahren Zeuge einer schier unglaublichen Geschichte über ein tragisches Geschehen, über ein Menschenschicksal, das mich zeitlebens an ein dramatisches Ereignis in meiner Heimat erinnern wird. Aber erst als erwachsener, reifer Mann werde ich das ganze Ausmaß einer Tragödie, eines gewaltigen Dramas begreifen. Werner von Falkenstein stammt aus einer adligen Gutsbesitzerfamilie aus Ostpreußen. Sein Vater diente noch als Offizier unter Kaiser Wilhelm II., seine Mutter war Österreicherin und kam aus einer Kaufmannsfamilie in Wien. Sein älterer Bruder fiel in den letzten Kriegstagen im Kampf um Ostpreußen, seine Schwester Henriette Marion starb im Bombenhagel von Dresden, seine jüngere Schwester verlor er bereits im Alter von zehn Jahren nach einem unglücklichen Sturz vom Pferd. Nach dem Abitur meldete er sich freiwillig zur Luftwaffe, wurde Leutnant und bereits mit 22 Jahren Oberleutnant. Er war überzeugter Soldat, begeisterter Pilot, der als Patriot bereit war für sein Vaterland zu kämpfen und zu siegen. Erst später, nachdem er erkannte, wie verbrecherisch Hitler seine Macht in einem sinnlos gewordenen Vernichtungskrieg benutzte, änderte sich seine bedingungslose Treue gegenüber dem unmenschlichen, diktatorischen Regime. Er verlor den Glauben an das Gute, an Gerechtigkeit und Menschlichkeit, verlor die geliebte Heimat und um Haaresbreite sein junges Leben, von dem er nun traurig zu erzählen begann: „In der Kantine des Luftwaffennachschubs- und Ausbildungsflugplatzes Groß-Schiemanen arbeitete eine bildhübsche junge Polin mit Namen Iwonka. Sie war eine Zwangsarbeiterin, sprach gut Deutsch und stammte aus dem Ort Chorzele, der nicht weit hinter der polnischen Grenze bei Willenberg liegt. Sie wurde nach Ostpreußen verschleppt, arbeitete auf einem großen Bauernhof und kam dann nach Groß-Schiemanen, als die deutschen Besatzer Dolmetscher suchten, da fast alle Zwangsarbeiter Polen waren, die beim Bau der Rollbahn eingesetzt wurden. Zunächst war sie, wie alle anderen Gefangenen, in einem streng bewachten Lager außerhalb der militärischen Anlagen untergebracht, doch schon bald verlegte man sie mit weiteren Polinnen in eine Baracke innerhalb des Flugplatzgeländes.

Die Polen mussten hart arbeiten, wurden von den Aufsehern schikaniert, erhielten nur wenig zu essen, lebten isoliert und wurden streng bewacht. Jeder der Inhaftierten wurde der Spionage verdächtigt und scharf kontrolliert. Sie waren der Feind, mit dem jeglicher Umgang strengstens untersagt war. Irgendwann wurde Iwonka öfter zu Arbeiten in der Offiziersmesse eingeteilt. Das erleichterte zwar etwas das Leben einer Gefangenen, brachte ihr aber gleichzeitig neue Schwierigkeiten, weil sie zum einen von den anderen Lagerinsassen als die Bevorzugte angesehen wurde und zum anderen, weil sie durch ihre natürliche Schönheit und Anmut bei den jungen Soldaten enormes Aufsehen erregte. Den natürlichen Reizen der bildhübschen Polin vermochte sich kaum ein Offizier zu entziehen. Selbst in verschlissener, zerlumpter Arbeitskleidung der Gefangenen fiel sie jedem durch ihre Schönheit auf. Iwonka war Anfang zwanzig, mittelgroß, schlank, hatte große, wasserblaue Augen, lange, blonde Haare, die sie mit einem roten Stoffband zusammengebunden trug, eine wohlbetonte Figur und einen auffallend schön geformten Mund. Sie hatte mit Lissek keinen typischen polnischen Nachnahmen, eher einen deutsch klingenden, wirkte beim Bedienen der Offiziere sehr verschlossen, zurückhaltend und verängstigt. Man sah nie die Spur eines Lächelns in ihrem schönen Gesicht. Unter den Offizieren wurde trotz strengstem Verbot hinter vorgehaltener Hand darum gewettet, wer wohl ihr Favorit sein könnte, wenn sie nicht der Feind, wenn sie keine Polin wäre. Wenn sie stolz mit geschmeidigem Gang ihre Arbeit verrichtete, schauten ihr die jungen Männer: immer hinterher, jeder versuchte einen Blick von ihr zu erhaschen. Man munkelte sogar, dass der Flugplatzkommandant ein Auge auf sie geworfen hätte und sie deswegen auch zu Arbeiten in seiner Baracke einteilen würde. Es waren die üblichen Geschichten unter Männern: Vermutungen, sonst nichts. Als Polin war sie eine Gefangene, die als Dolmetscherin gebraucht wurde und dadurch einige Erleichterungen hatte.

Dann begann der gewaltige Aufmarsch deutscher Truppen im Süden Ostpreußens und im besetzten Polen. Vor dem Krieg gegen Russland wurden mehrere Geschwader aus dem Reich nach Groß-Schiemanen verlegt. Mit dem Jäger Bf 109 E (Me 109), der FW 190, dem Nachtjäger, der He 219, dem HE 111 Bomber, den Sturzkampfbombern Ju 87 und Ju 88, den gefürchteten Stukas, verfügte das Dritte Reich damals über modernste Flugzeuge für den Kriegseinsatz. Auf dem nahegelegenen Bahnhof gleichen Namens an der Strecke Allenstein, Ortelsburg, Willenberg, Warschau wurden Tag und Nacht gigantische Mengen Kriegsmaterial entladen und zum Flugplatz transportiert. Schon wenige Tage später wurden einige Kampfgeschwader auf Flugplätze im besetzten Polen weiter nach Osten verlegt. Unter Aufsicht des deutschen Militärs setzte man für diese Arbeiten Kriegsgefangene ein. Man brauchte für den Ausbau und die Verlängerung der Rollbahn immer mehr Zwangsarbeiter, die unter harten, unmenschlichen Bedingungen bei unzureichender Ernährung bis zur völligen Erschöpfung schuften mussten. In dieser Zeit des wahnsinnigen Aufrüstens herrschte im Lager der Zwangsarbeiter bitterste Not. Täglich kamen auf dem kleinen Bahnhof in Groß-Schiemanen neue Transporte mit Gefangenen an, die sofort zum Arbeitseinsatz auf dem riesigen Flugplatzgelände mitten in einem großen Waldgebiet eingesetzt wurden. Damit die enormen Baumaßnahmen zügig voran gingen, wurde die junge Polin nun einer Wachmannschaft als Dolmetscherin zugeteilt, die die Neuankömmlinge direkt am Bahnhof empfing und dann ins Gefangenenlager begleitete. Dort wurden diese unverzüglich den Bautrupps zugeteilt.

Wir hatten uns eine Zeit lang aus den Augen verloren, zum einen weil alle jungen Piloten auf den neuen Maschinen für den Kampfeinsatz hart geschult wurden, zum anderen, weil die hübsche Polin kaum noch im Offizierskasino arbeiten musste. Man erzählte sich, dass ihre Eltern und ihr jüngerer Bruder beim Einmarsch der deutschen Wehrmacht in Polen ums Leben kamen. Immer wieder musste ich an sie denken, an ihr grausames Schicksal, überhaupt an den Krieg, der ihr junges Leben von einem auf den anderen Tag zerstörte. Ich beschloss sie zu suchen, ihr irgendwie zu helfen, ihr das harte Leben einer Zwangsarbeiterin etwas zu erleichtern, nur wusste ich nicht wie. Wenn in jenen Tagen auch nur ein Minimum einer Hilfe für den Feind entdeckt worden wäre, hätte das das Ende meiner militärischen Laufbahn bedeutet. Es war mir bewusst, in welche Gefahr ich mich begeben würde, doch war der unbändige Drang, sie wieder zu sehen, etwas für sie zu tun, ihr zu helfen, in mir stärker als die Angst vor härtester Bestrafung. Es war zu jener Zeit, zu der ich diesen Entschluss, dieses absolute Geheimnis, in einem strengvertrauten Gespräch an einem wunderschönen Angeltag am Materschobensee einem Menschen offenbarte, zu dem ich bedingungsloses Vertrauen hatte, einem Menschen, einem wertvollen, älteren Freund, der wie ein Vater zu mir war. Wilhelm, du allein kanntest damals mein Geheimnis, du gabst mir den Rat, mein Leben nicht aufs Spiel zu setzen, an meinen Vater zu denken, der sich nichts mehr als eine steile militärische Karriere von mir wünschte, doch ich entschloss mich gegen alle Bedenken, ich musste Iwonka helfen. Es war an einem milden Frühlingstag, als ich von einem Übungsflug gerade die Maschine in meiner Fliegeruniform verlassen hatte. Auf der anderen Seite der Rollbahn sah ich viele Zwangsarbeiter, die von unseren Soldaten bewacht wurden.

Da ich unbedingt die junge Polin wiedersehen wollte, setzte ich mich zu meinem Fahrer in einen Kübelwagen und befahl ihm, auf die andere Seite zu dem Bautrupp zu fahren. Dort angekommen, stieg ich aus und ging auf den Posten zu, der mich sofort mit militärischem Gruß und strammer Haltung empfing. Ich grüßte zurück und schritt danach eine neuverlegte Betonstrecke ab, an der eine Menge Polen arbeiteten. Wohin ich auch schaute, ich sah nur abgemagerte, zerlumpte Menschen, die mit starrem, ausgemergeltem Gesichtsausdruck harte Arbeiten verrichten mussten, doch unter den Elenden entdeckte ich nirgendwo Iwonka. Enttäuscht wollte ich gerade wieder zu meinem Wagen gehen, in dem ein junger Gefreiter auf mich wartete, als ein Militärlastwagen vorfuhr, aus dem neue Gefangene entladen wurden. Aus einem kleineren Transportwagen sprangen gleichzeitig Soldaten, die die Polen als Wachmannschaft vom Bahnhof Groß-Schiemanen begleitet hatten. Gleichzeitig fuhr ein Kübelwagen vor, aus dem ein junger Leutnant mit zwei Unteroffizieren und eine Frau ausstiegen. Diese Frau erkannte ich sofort, es war Iwonka. Sie stand mitten in der Gruppe der Polen und übersetzte die schroffen Einsatzbefehle des Leutnants, der es sehr eilig hatte. Ich ging schnellen Schrittes zu den Soldaten, wurde wie immer als Oberleutnant in angemessener Haltung begrüßt und wandte mich wie beiläufig der jungen Polin zu. Sie hatte mich auch gleich erkannt, schaute mich verstohlen an und lächelte ein wenig. Ich hatte das Gefühl, dass sie mir etwas sagen wollte, sich aber nicht traute. So wartete ich in ihrer Nähe, stellte dem Leutnant einige Fragen, die er mir alle in knappem militärischem Ton beantwortete. Dabei erwähnte er, dass er für die Gefangenen verantwortlich sei, und mit der jungen Polin als Dolmetscherin jemanden hätte, der ihm in der Lagerüberwachung zugeteilt wurde. Außerdem sei sie zuverlässig und würde jede ihr zugeteilte Arbeit bereitwillig erfüllen, nur würde sie bald wieder in der Offiziersmesse arbeiten müssen, denn die letzten Polentransporte würden schon morgen in Groß-Schiemanen eintreffen. Das zu erfahren, war für mich eine große Erleichterung, hoffte ich nun im Stillen, sie wieder öfter zu sehen. In einem günstigen Augenblick, als der Leutnant seine Wachmannschaft zum Empfang neuer Befehle antreten ließ, ging ich auf Iwonka zu, die bereits zum Einstieg an einem Lastwagen wartete. Ich sah ihr fest in die Augen, lächelte ihr dann zu und sagte leise zu ihr, dass sie einen Freund in mir hätte. Sie erwiderte scheu mein Lächeln, stieg aber sofort danach in den bereitstehenden Wagen, aus dem sie mir noch einen kurzen Blick aus ihren traurigen Augen zuwarf. Nachdenklich setzte ich mich zu meinem Fahrer in den Kübelwagen und ließ mich zu meiner Unterkunftsbaracke fahren.

An diesem Abend ging ich nicht wie sonst noch in die Offiziersmesse. Ich teilte den Schlafraum mit einem anderen Kameraden, der, meistens leicht beschwipst, erst spät zum Schlafen erschien. Hauptmann Hans Walter Petersen kam aus Norddeutschland, war ein ausgezeichneter Pilot und in der Ausbildung mein Fluglehrer gewesen. Wir verstanden uns gut. Auch heute erschien er erst gegen Mitternacht und wollte mit mir noch mehr oder weniger Wichtiges besprechen. Ich aber stellte mich schlafend, obwohl ich hellwach war, weil ich stundenlang über die Begegnung mit der jungen Polin nachgedacht hatte und nicht einschlafen konnte. Schließlich siegte die Müdigkeit. In dieser Nacht hatte ich einen unruhigen Schlaf und einen seltsamen Traum, an den ich mich am Morgen nur noch in Bruchstücken erinnern konnte. In diesem Traum sah ich Iwonka, die mir durch eine dichte Nebelwand ihre Hand entgegenstreckte, die ich aber nicht zu greifen vermochte, sooft ich es auch versuchte, bis sie schließlich von einer dunklen Wolke fortgerissen wurde und nicht mehr sichtbar war.

Als wir dann am Nachmittag mit unseren Maschinen auf Übungsflügen zeitweise durch Wolken flogen, fiel mir der seltsame Traum der letzten Nacht ein, an den ich auch in den nächsten Tagen unwillkürlich öfter denken musste.

Zwischen Unterricht und täglichen Instruktionen an neuen Flugzeugen und Waffen verliefen die nächsten Tage und Wochen. Die geheimen Vorbereitungen für den Krieg waren in vollem Gange. Auf den Flugplatz wurden weitere Staffeln aus dem Reich verlegt. Doch auch in dieser hektischen Zeit der Kriegsvorbereitungen und des Aufrüstens musste ich sehr oft an Iwonka denken. Wie es ihr wohl in der Zwischenzeit ergangen ist, war sie noch im Lager auf dem Flugplatz oder war sie bereits verlegt worden? In dieser Zeit suchte ich heimlich und äußerst vorsichtig nach Iwonka. Was war geschehen? Warum wurde sie nicht zur Arbeit in der Offiziersmesse eingeteilt und wieso war sie auch nicht unter den Gefangenen der Arbeitstrupps zu sehen, die an der Verlängerung der Start- und Landebahn arbeiteten, obwohl ich mit meinem Wagen die einzelnen Gruppen öfter heimlich abgefahren hatte? Unter den jungen Offizieren und Soldaten herrschte kurz vor dem Angriff auf Russland eine euphorische Stimmung, aber auch eine bis zum Äußersten nervliche Anspannung, denn jedem von uns war klar, dass der Krieg gegen das riesige Reich ein anderer sein würde als der Polenfeldzug. Aber ausgerüstet mit den modernsten Waffen fühlten wir uns überlegen. Als uns auf dem Flugplatz General Carl-Heinrich von Stülpnagel einen Besuch abstattete, der als Oberbefehlshaber der 17. Armee den deutschen Angriff auf Russland einleiten sollte und eine denkwürdige Rede an die Kameraden der Luftwaffe hielt, waren wir jungen Piloten bereit zum Kampf für Führer und Vaterland. Ich hatte mich schon damit abgefunden, Iwonka nicht mehr wiederzusehen, als ich jenem Leutnant begegnete, der vor einigen Wochen die Gefangenen mit der jungen Polin vom Bahnhof in Groß-Schiemanen abholte und sie dann ins Lager brachte. Wir unterhielten uns lange über den kurz bevorstehenden Krieg, über die eigene Familie und über die wunderschöne Landschaft Masuren, die wir nun bald verlassen würden. Beiläufig fragte ich ihn unversehens, was mit der hübschen Polin geschehen wäre, die damals als Dolmetscherin ihm zugeteilt war? Er zögerte einen Augenblick mit seiner Antwort, blickte sich dann nach allen Seiten um, bevor er mir antwortete.

Sie wäre wirklich sehr hübsch, nur allzu schade, dass sie Polin und damit der Feind wäre. Dabei hatte ich das Gefühl, dass ihm diese Frau nicht nur gefiel, sondern ihn auch sehr beeindruckte. Sie wäre jetzt dem Sanitätshilfsdienst im Flugplatzlazarett zugeteilt worden. Ich ließ mir nicht anmerken, wie erfreut ich über diese Nachricht war, wenn mir auch eine Beschäftigung in der Offiziersmesse lieber gewesen wäre, denn dann hätte ich sie bestimmt fast täglich zu Gesicht bekommen. Wir verabschiedeten uns kurz und vereinbarten ein Treffen für den nächsten Abend zu einem Bier in der Offiziersmesse. Noch während er sich von mir entfernte, schoss mir der Gedanke durch den Kopf, dass er wohl als Versorgungsoffizier auf diesem Flugplatz bleiben würde, wir aber schon bald mit unserem Geschwader der Front nach Russland folgen und verlegt würden. Die Zeit drängte, ich musste Iwonka schnell wiedersehen. Gerade, als ich überlegte, ob ich einfach unter irgendeinem Vorwand ins Lazarett gehen sollte, kam mir ein unvorhergesehenes Ereignis zur Hilfe. Ich landete nach einem routinemäßigen Fallschirmabsprung sehr hart auf dem Boden und verletzte mich ziemlich an der rechten Schulter. Ein Aufenthalt im Lazarett war die Folge. Gespannt wartete ich nach der ärztlichen Versorgung darauf, dass mir Iwonka begegnen würde. Mit meiner Schulterverletzung konnte ich mich im Lazarett und in der Umgebung frei bewegen. Auf einem Gang im Flur der Baracke sah ich sie endlich wieder. Sie hatte eine weiße Schwesternschürze an und war sehr erschrocken, als sie mich erblickte. Verlegen schaute sie zu Boden, nachdem ich sie ansprach. Um uns herum war niemand, sodass ich es wagte, ihr einige Fragen zu stellen. Sie sah mich dabei mit ihren großen, traurigen Augen an und lächelte ein wenig, als ich ihr flüsterte, dass ich mich freuen würde, sie wieder zu sehen. Sie nahm meine Hand, blickte mitfühlend auf meine verbundene Schulter und fragte leise, warum ich verletzt wäre. Ich erzählte ihr kurz von meinem verpatzten Fallschirmabsprung, sagte ihr aber gleichzeitig, dass ich froh wäre hier zu sein, denn sonst hätten wir uns vielleicht nicht wieder getroffen. Noch bevor wir uns trennen mussten, weil eine Schwester am anderen Ende des Korridors erschien, verriet sie mir, dass sie wieder in einer Baracke auf dem Flugplatzgelände mit drei weiteren Polinnen untergebracht wäre, drückte mir die Hand, sah mir dabei hilfesuchend fest in die Augen und ging. Von diesem Augenblick an wusste ich, dass wir uns beide ineinander verliebt hatten, aber keiner von uns ahnte damals, wie diese verbotene Liebe einmal enden würde. In dieser Woche im Lazarett sahen wir uns fast täglich, wenn auch immer nur ganz kurz, denn wir mussten sehr vorsichtig sein. Ganz unverhofft küsste mich Iwonka plötzlich und sagte dann etwas auf polnisch, was ich nicht verstand, dann sagte sie es auf deutsch: ‚Ich liebe dich.'

Es war in meinem Leben eines jener unvergesslichen Momente, ein Zustand höchster Erregung, ein vollkommenes Glücksgefühl, in einer Zeit, in der wir uns beide in größter Gefahr befänden, wenn unsere heimliche Liebe entdeckt worden wäre. Es waren jene Tage, an denen ich dir, lieber Wilhelm, das sorgsam gehütete Geheimnis anvertraute. Als junger, begeisterter Offizier, der sich fest vorgenommen hatte, Karriere bei der Luftwaffe zu machen, geriet ich nun durch meine Liebe zu der jungen Polin in allerhöchste Gefahr. Es war mir bewusst, welche Risiken ich auf mich nehmen würde, je länger unser geheimes Verhältnis gehütet werden müsste, doch so sehr ich mich auch manchmal in schlaflosen Nächten mit dem Gedanken befasste, unsere junge Liebe der Vernunft zu opfern, verwarf ich diese Möglichkeit schnell wieder, denn mein Empfinden, meine Gefühle für diese Frau waren stärker. Einen Tag vor meiner Entlassung aus dem Lazarett, als mein Nachbar im Krankenzimmer, Major Peter Weber, nach einer Blinddarmoperation soeben aus der Narkose erwachte, begab ich mich zur Nachuntersuchung in einen Ärzteraum. Eine Krankenschwester nahm mir gerade den Verband ab, als zwei Mediziner das Zimmer betraten. Der eine davon ging sofort lachend auf mich zu und sagte hocherfreut: ‚Mensch, Werner, wie kommst du denn hierher, was ist passiert?', dabei schüttelte er mir die Hand und umarmte mich herzlich. ‚Warum sind Sie denn hier?' fragte ich zurück, als ich ihm den Grund meines Lazarettaufenthalts genannt hatte. Es entwickelte sich nun ein langes Gespräch. Mein Vater und Dr. Arnulf Hübner studierten einige Jahre nach der Jahrhundertwende an der Universität in Königsberg. Sie wurden Freunde fürs Leben. Auch nachdem beide heirateten, wurde das freundschaftliche Verhältnis gepflegt und auf die Familien ausgedehnt. Mehrmals im Jahr besuchten uns die Freunde aus der Landeshauptstadt auf dem Gut, und oft verbrachten wir gemeinsam in den Sommermonaten die Ferien im Ostseebad Rauschen. Es war für mich immer ein besonderes Erlebnis, wenn die Männer in unseren riesigen Waldungen zur Jagd ritten und ich als Jugendlicher schon mitreiten durfte. Aber noch mehr interessierte mich damals das Angeln in einem der vielen verträumten Seen auf unserem Gutsgelände. Mein Großvater war ein Mensch, der die Liebe zur Natur in mir erweckte, der mich in die große Kunst des behutsamen Angelns einweihte und mir an den stillen Plätzen am See und am Waldrand die schönsten Geschichten erzählte, die ich alle bis heute noch behalten habe. Ich hatte eine sorglose, schöne Kinder- und Jugendzeit.

Obwohl er schon im fortgeschrittenen Alter war, meldete sich Dr. Hübner als überzeugter Patriot freiwillig zum Militärdienst. Seit zwei Tagen war er leitender Oberstabsarzt im Lazarett auf dem Flugplatz. Zu seinem Stab gehörten drei junge Ärzte, ein Dutzend Krankenschwestern und eine Gruppe Hilfskräfte. Als alter Offizier, der schon im Krieg 1914/18 gedient hatte, war er nun im Rang eines Majors und bei den jungen Offizieren sehr beliebt. Sooft der Dienst es zuließ, besuchte ich ihn im Lazarett, oder wir trafen uns in der Offiziersmesse zu einem gemütlichen Plausch. Meistens redeten wir über vergangene Zeiten, die wir gemeinsam mit unseren Familien erlebt hatten, über Erinnerungen aus einer friedlichen Zeit in der Heimat. Sie hätten sich im Studium gut verstanden, erzählte er, er und mein Vater. Sie hätten im Laufe der Jahre eine echte Freundschaft erlebt, deren Grundlagen gegenseitige Achtung und Wertschätzung sind. Der Krieg sei zwar etwas Schreckliches, dennoch nicht mehr abwendbar, doch so, wie wir Polen besiegt hätten, würden wir das riesige russische Reich sicherlich nicht bezwingen. Aber Zweifel am Sieg sollte niemand haben, schon gar nicht öffentlich aussprechen, es gäbe für das Deutsche Reich nur ein Ziel, und das hieße: Sieg!

Diese Gespräche mit ihm überzeugten mich damals restlos, dass wir mit unbändigem Siegeswillen und unvorstellbarer Kampfkraft jeden Gegner, jeden Feind für Führer, Volk und Vaterland besiegen würden. Eine fatale Fehleinschätzung, aber so dachten damals viele Menschen in Deutschland. Inzwischen hatte ich vorsichtig erfahren, in welcher Baracke Iwonka untergebracht war. Unter dem Vorwand, etwas Dienstliches durchführen zu müssen, verschaffte ich mir an einem regnerischen, stürmischen Abend Zugang zur bewachten Unterkunft der Polen. Der Posten ließ mich ohne viel zu fragen passieren. Es war mir bewusst, in welche Gefahr ich mich begab. Seit langem wurde bereits im Führungsstab der Offiziere auf dem Flugplatz gemunkelt, dass der Krieg gegen Russland unmittelbar bevorstehen würde. Für alle Geschwader bestand inzwischen erhöhte Alarmbereitschaft. Der Gedanke, Iwonka längere Zeit nicht mehr zu sehen, sie als Gefangene ihrem Schicksal zu überlassen, quälte mich nun täglich. So wagte ich es, sie noch einmal zu sehen, vielleicht das letzte Mal vor dem Ostfeldzug, denn danach würde es eine ungewisse, lange Trennungszeit geben.

Als ich den fast dunklen Raum mit einem Posten betrat, in dem vier Feldbetten mit einfachen Strohmatratzen und ein Tisch mit zwei Holzschemeln standen, erhoben sich die vier polnischen Frauen sofort und schauten ängstlich und verwirrt zu uns herüber. Iwonka erschrak zuerst, fasste sich aber schnell und versuchte ihre Erregung zu verbergen. Ich befahl dem Posten, draußen zu warten und vergewisserte mich danach, dass niemand außer uns im Zimmer war. In einem unbeobachteten Augenblick, nachdem sich die anderen Frauen wieder auf ihre Pritschen gesetzt hatten, steckte ich Iwonka eine Tüte mit etwas Schokolade, Kommissbrot und Wurst zu, die ich unter meiner Jacke verborgen hatte. Es musste alles sehr schnell gehen, denn es durfte niemand etwas davon mitbekommen. Bevor ich den Raum verließ, flüsterte ich noch leise, dass ich sie morgen im Lazarett aufsuchen würde. Während der Nacht lag ich lange wach und quälte mich mit vielen Gedanken. Was würde aus unserer geheimen, verbotenen Liebe werden, wenn unser Geschwader in den Weiten Russlands zum Einsatz käme, und wo würde Iwonka sein, wenn der Krieg lange dauern würde? Vor dem Angriff auf Russland wollte ich unbedingt noch mit ihr über die Zukunft reden, wollte sie in meine Arme schließen und ihr meine Liebe beteuern, ihr sagen, dass sie tapfer bleiben und auf mich warten solle, denn, wenn der Krieg vorbei wäre, gäbe es sicher eine Zeit, in der ein Deutscher mit einer Polin zusammenleben könnte. In dieser Nacht fasste ich einen verwegenen Plan. Ich musste mit dem Freund meines Vaters, mit dem Vertrauten unserer Familie, reden, ich musste ihn in mein Geheimnis einweihen, denn er würde mein Vertrauen sicherlich nicht missbrauchen. Nach harten Trainingsflügen am nächsten Tag suchte ich Dr. Hübner im Lazarett auf. Ich bat um ein vertrauliches Gespräch unter vier Augen. Als ich ihm dann am Schreibtisch gegenüber saß, verließ mich fast der Mut.

Schließlich schilderte ich ihm ohne Umschweife alles über mein verbotenes Verhältnis mit der Polin. Er sah mich nur lange an und sagte kein Wort. Plötzlich sprang er auf, schlug mit der Faust auf seinen Schreibtisch und brüllte mich laut an. Ob ich denn von allen guten Geistern verlassen und wahnsinnig wäre, schrie er, und ob ich mir nicht der Folgen bewusst wäre, die meine Offizierslaufbahn, mein ganzes Leben, die Familie zerstören würden? Ich muss schon sagen, ich war nach seinem Wutanfall damals ziemlich hilflos und trug mich auch mit dem Gedanken, Iwonka aus meinem Leben zu verdrängen, wenn es mir auch sehr schwer fallen würde. Abgesehen von ein paar flüchtigen Damenbekanntschaften, die ich bisher in meinem jungen Leben hatte, von einigen Jugendfreundschaften, die aber alle nur oberflächlich und bald vergessen waren, hatte ich mich noch nie richtig verliebt. Diesmal aber hatte die erste, wirkliche Liebe mein ganzes Leben verändert, die aufrichtige Liebe zu einem jungen Mädchen, die keine Deutsche, sondern eine Polin war. Es war im Grunde genommen völlig aussichtslos, was ich mir in meiner Verliebtheit alles ausdachte, wenn einmal der Krieg zu Ende wäre, denn im Dritten Reich, in meiner Familie, wäre eine Ehe mit einer Polin undenkbar gewesen. So schob ich einfach alle Bedenken beiseite und dachte gar nicht weiter über die Zukunft nach, denn stärker als jede Vernunft war die Liebe zu Iwonka. Nach einer ganzen Weile, in der Dr. Hübner im Zimmer ständig auf und ab ging und wir nicht geredet hatten, setzte er sich vor mich hin, dabei legte er seinen rechten Arm väterlich auf meine linke Schulter, sah mich mit ernster Miene an und fing langsam an zu reden: ‚Ich hatte während meiner Studentenzeit in Königsberg eine leidenschaftliche, aber unglückliche Beziehung mit einer sehr hübschen, sportlichen Kommilitonin, die aber bereits verlobt war und kurz vor der Hochzeit stand. Wir hatten uns beide unsterblich ineinander verliebt‘, fuhr er fort. ‚Obwohl wir beide wussten, dass unsere Liebe kein glückliches Ende nehmen würde, trafen wir uns heimlich und konnten voneinander nicht lassen. Schließlich heiratete dieses Mädchen doch ihren Verlobten. Für mich brach eine Welt zusammen, doch die Zeit heilt ja bekanntlich alle Wunden. Nach einigen Jahren lernte ich Marion kennen und lieben, wir heirateten und sind heute eine glückliche Familie. Vergessen konnte ich meine große Liebe nie. Sie bleibt mein stilles Geheimnis, das ich dir jetzt anvertraut habe. Verzicht als Folge der Vernunft ist oft besser als ein tragisches Ende einer unerfüllbaren Liebe!'

Nach dieser Offenbarung saßen wir uns eine Zeit lang wortlos gegenüber. Ich spürte, wie er mich fixierte und auf eine Antwort von mir wartete, doch ich war wie gelähmt. Ich hatte wohl bemerkt, was er mir mit diesem Bekenntnis eindringlich sagen, was er mir einreden wollte. Ich sollte einsehen, dass meine Liebesbeziehung zu Iwonka unter den vorherrschenden Umständen einmal tragisch enden und mich in ein tiefes Unglück stürzen würde. Nach einer ziemlich langen Zeit des Schweigens, in der ich ihm ratlos gegenübersaß und oft zu Boden starrte, unterbrach er die erdrückende Stille in seinem Büro, ging bedächtigen Schrittes zum Fenster, drehte sich unverhofft zu mir um und begann mit ruhiger, gefasster Stimme zu reden: ‚Ich habe die junge Polin vor einigen Tagen in einem der Krankenzimmer gesehen. Über ihre Gefangenenkleidung trug sie den weißen Schwesternkittel mit einer Armbinde des Roten Kreuzes und wirkte sehr hübsch und natürlich auf mich. Es fiel mir auf, dass sie gut Deutsch sprach und sich mit zwei deutschen Krankenschwestern um die Kranken bemühte. Natürlich hatte ich bis heute keine Ahnung, dass ausgerechnet du, der hoffnungsvolle Sohn meines guten Freundes, deines Vaters, sich Hals über Kopf in dieses gutaussehende Mädchen verliebt hast. Wenn es keine Polin wäre, würde ich dir ohne lange zu überlegen sagen, heirate sie bald, bevor ein anderer der jungen Offiziere sie dir wegschnappt, so aber kann ich dir nur raten, wie hart es auch für dich wird und wie sehr ein Verzicht, eine Trennung auch weh tut, die Beziehung abrupt zu beenden.' Schwerfällig erhob ich mich von meinem Stuhl. Kaum fähig, klar zu denken, mein Kopf brummte fürchterlich, fragte ich ihn mutig, ob er für mich morgen ein heimliches Gespräch mit der Polin in seinem Dienstzimmer arrangieren würde? Ob ich wüsste, was ich von ihm verlangen würde, entgegnete er. Als Mitwisser käme er, genau wie ich, vor ein Kriegsgericht und hätte ein hartes Urteil als Kollaborateur zu erwarten. Ich würde seine Bedenken verstehen und akzeptieren, doch sollte er mir doch wenigstens die Chance zu einem letzten, kurzen Gespräch mit Iwonka geben. Ich erwartete eine schroffe Absage, stattdessen sagte er resigniert, er würde sehen, was sich machen ließe, ich solle morgen nach meinem Dienst in sein Zimmer kommen. Der Freund meines Vater war überzeugt, dass diese Unterredung das Ende unserer Beziehung sein würde. In Anbetracht der gefährlichen Situation erwartete er eine bedingungslose Entscheidung von mir. Sofort nach meiner Landung brachte mich mein Fahrer zum Lazarett. Aufgeregt ging ich auf dem Flur vor Dr. Hübners Büro auf und ab. Nach einer Weile kam ein Sanitäter auf mich zu, bat mich, ihm zu folgen und führte mich zu Dr. Hübner. Als er wieder gegangen war, erhob sich mit ernster Miene der Freund meines Vaters, öffnete die Tür eines Nebenraums, aus dem ängstlich und verwirrt Iwonka hereingebeten wurde. Mit einer Handbewegung wies er uns zwei Stühle an einem Tisch in einer Zimmerecke zu. Danach sah er uns noch ernster an, sagte unmissverständlich zu mir: ‚Zehn Minuten!' und entfernte sich.

Ich hatte verstanden, war aber so aufgeregt, dass ich wie gelähmt dastand und zunächst kein Wort sagen konnte. Wir hielten uns fest umarmt, Iwonka weinte hemmungslos an meiner Schulter und begann dann als Erste zu reden: ‚Es ist ein schrecklicher Krieg, der mein junges Leben zerstört hat, der mich aus meiner Heimat vertrieb, der mir meine Eltern und meinen Bruder entriss, der mir jetzt ein neues Leid zufügt, denn unsere Liebe ist hoffnungslos und hat keine Zukunft, weil du ein Deutscher, ein Sieger bist, und ich eine Polin, eine Besiegte bin. Unser Volk hat viel gelitten, hat den Krieg verloren, doch unseren Stolz habt ihr nicht gebrochen. Polen ist nicht verloren, so lang ein gerechter Gott über uns ist. Gegen meine Gefühle zu dir habe ich vergeblich angekämpft, und ich glaube, dass man im Leben überhaupt nur einmal so lieben kann, wie ich dich liebe. Ich spüre, wie auch du mich liebst und begehrst, wie du in höchster Gefahr alles unternimmst, um mir in meiner unglücklichen Lage zu helfen, doch eine Zukunft haben wir beide nicht. Es ist schon tragisch, wie alles zwischen uns enden muss, bevor wir überhaupt eine Chance hatten, frei zu leben. Ich bin verzweifelt, wenn ich an die Trennung von dir denke, wenn du von hier wegmusst, und ich dich bestimmt nicht mehr wiedersehe.' Traurig und stumm saßen wir aneinandergeschmiegt. Welch eine tapfere Frau, welch eine Größe zeigte dieser Mensch in meinen Armen. Sollte alles zu Ende sein, die wenigen unvergesslichen Momente voller Sehnsucht, voller Gefühle, bevor wir beide eine Chance hatten, uns als freie Menschen kennenzulernen? Es müsste doch einen Ausweg geben, einen Weg aus den schier unüberwindbaren Schwierigkeiten, denn ich liebte dieses Mädchen sehr.

Unbarmherzig tickte die Uhr. Wir wussten beide, dass wir voneinander nicht lassen würden. Der Krieg gegen Russland wäre unabwendbar, sagte ich jetzt. Ich müsste weg von hier, doch würde ich sie nie vergessen, würde ihr über unseren Freund, Dr. Hübner, Nachricht geben, wie es mir gehen würde und würde ihn bitten zu helfen, so gut er eben könnte. Wir schworen uns, aufeinander zu warten. Die Zeit war um. Ein letzter Kuss, ein letzter Blick, dann ging Iwonka fort. Als Dr. Hübner wieder in den Raum trat, war es mir, als ob ich mit meinem Jagdflugzeug in die Tiefe stürzen würde. Mein junges Leben erschien mir sinnlos, meine Gedanken über unsere tiefe Herzensliebe wühlten mein Innerstes auf und marterten meine Seele. Ich war ratlos. Würde es jemals eine Zukunft für uns geben, für den deutschen Offizier Werner von Falkenstein und die Polin Iwonka Lissek, die aus dem Ort Chorzele als Gefangene verschleppt wurde und für die deutschen Machthaber der Feind war?

‚Das geheime Treffen hier in meinem Büro gab es nie, ich möchte mit dieser Sache nichts zu tun haben', ergriff der Arzt in sachlichem Ton das Wort. Ich gab ihm zum Abschied meine Hand und dankte ihm für seine Hilfe. Es sei eine mutige Entscheidung von ihm gewesen, uns in seinem Zimmer ein letztes Mal reden zu lassen. Ich verabschiedete mich und gab ihm mein Ehrenwort, mit keinem Menschen darüber zu reden und ging. In dieser Nacht konnte ich kaum schlafen. Schon am frühen Morgen hatten wir mit unserem Geschwader eine Gefechtsübung, einen unvorhergesehenen Alarmstart unter Kriegsbedingungen. Die Lufteinsätze dauerten fast den ganzen Tag mit wenigen Unterbrechungen. Der Krieg gegen Russland stand kurz bevor.

Ein letztes Mal suchte ich Dr. Hübner auf und bat ihn, sich doch dafür einzusetzen, dass die Polin als Hilfsschwester im Lazarett arbeiten dürfte. Er wolle alles tun, was in seinem Zuständigkeitsbereich liegen würde und was er verantworten könnte, entgegnete er. Mit väterlicher Geste klopfte er mir auf die Schulter, sah mich dann mit einem warmherzigen Blick an und sagte zu mir: ‚Ich werde dir helfen, wie man einem jungen Freund helfen kann, der blind vor Liebe alle guten Ratschläge in den Wind schlägt, der alles riskiert, obwohl er wissen müsste, dass es kaum ein glückliches Ende nehmen wird.' ‚Ich kann nicht anders handeln', war meine knappe Antwort. Wir tauschten danach unsere Feldpostnummern aus, denn ich wollte ihm schreiben, um so zu erfahren, was mit Iwonka weiter geschehen würde. Aus Sicherheitsgründen vereinbarten wir, dass sie in den Briefen Marion genannt werden sollte. ‚Pass gut auf dich auf, es wird ernst', war der letzte Ratschlag, den er mir mit auf den Weg gab, dann verließ ich mit einem beklemmenden Gefühl sein Dienstzimmer. Schon wenige Tage später wurden wir der Luftflotte 2 unterstellt und nach Warschau-Bielany verlegt. Und es wurde ernst. Am 22. Juni 1941 begann der Krieg gegen die Sowjetunion, der Angriff auf Russland, das Unternehmen Barbarossa. Am Tag davor sprach der Führer im Radio und verabschiedete die deutschen Truppen in einer erhebenden Rede zum Einsatz an der Ostfront.

Die siegesbewusste Rede des Flugplatzkommodores machte uns junge Piloten mächtig stolz. Er sprach von der deutschen ruhmreichen Luftwaffe, von ihrem ehrenvollen Auftrag, von ihren siegreichen Luftkämpfen für Führer und Vaterland. Es ging alles ziemlich euphorisch zu. Die Stimmung unter uns Piloten war angespannt, denn jetzt wurde es ernst. Der Angriff gegen die Sowjetunion erfolgte mit kaum vorstellbarer Heftigkeit. Wir hatten vier Luftflotten mit 1945 Flugzeugen zur Verfügung, von denen allerdings nur 1280 einsatzbereit waren, die in Ostpreußen und auf Plätzen im besetzten Polen stationiert waren. Ziel war das schnelle Erringen der Luftherrschaft. Die deutschen Truppen erzielten anfangs gewaltige Erfolge, konnten die Rote Armee jedoch nicht entscheidend schlagen. In den Kesselschlachten von Minsk, Smolensk, Gomel, Kiev, Bialystok, Mogilev, Brjansk, gerieten hunderttausende Russen in deutsche Kriegsgefangenschaft, darunter auch Stalins Sohn Jakov Dzugasvili. Pausenlose Angriffe wurden von der deutschen Luftwaffe geflogen. Am Erfolg maßgeblich beteiligt waren alle eingesetzten Geschwader von Groß-Schiemanen. Die auf einen Krieg wenig vorbereiteten Russen wurden völlig überrumpelt. Nachrückende Bodentruppen stießen innerhalb weniger Wochen bis tief ins russische Reich vor. Hermann Göring sprach im Radio zum deutschen Volk von einem erfolgreichen, vernichtenden Schlag gegen den Bolschewismus, von siegreichen Kämpfen seiner ruhmreichen Luftwaffe ohne eigene Verluste. So war es auch, zumindest am Anfang des Krieges. Inzwischen wurden unsere Me 109 Geschwader von Polen weiter in die bereits eroberten Teile Russlands verlegt. Der Widerstand der russischen Verteidiger wurde zusehends heftiger. Nach massiven Bombenangriffen unserer Luftwaffe und dauerndem Artilleriebeschuss wurden Minsk und Smolensk eingenommen. Doch der rasche Vorstoß deutscher Truppen bis weit ins Territorium der UdSSR hinein wurde im Dezember 1941 vor Moskau gestoppt. Durch den schnellen Vormarsch war die deutsche Wehrmacht völlig unvorbereitet auf den bevorstehenden harten Winter. In den unendlichen Weiten Russlands kam der Nachschub in diesem außergewöhnlich kalten Winter fast völlig zum Erliegen. In pausenlosen Einsätzen flogen wir Geleitschutz für unsere Transportmaschinen, die die Frontkameraden, so weit es möglich war, unterstützten und versorgten, doch war die Hilfe aus der Luft völlig unzureichend. Vor allen Dingen fehlte es an warmer Winterkleidung, Munition und schweren Waffen. Mit frischen Truppen hatten sich die Russen in Moskau zur entschlossenen Verteidigung festgesetzt. Der verlustreiche Häuserkampf begann. Trotz massiver Angriffe unserer Luftwaffe konnte die Stadt nicht eingenommen werden. Wir verloren in überaus harten Luftkämpfen und durch heftigen Bodenbeschuss einige Maschinen unseres Geschwaders. Der Kampf um Moskau war eine der kriegsentscheidenden Niederlagen.

In einem Feldpostbrief, den ich Weihnachen 1941 auf einem Flugplatz in der Nähe der Stadt Kaluga erhielt, schrieb mir Oberstabsarzt Hübner, dass er jeden Tag damit rechnen würde, in ein Frontlazarett verlegt zu werden. Auf dem Flugplatz in Groß-Schiemanen, weit hinter der kämpfenden Truppe, könne er in Kriegszeiten als Arzt und Patriot nicht bleiben, während sein Dienst in vorderster Linie eine ehrenvolle Aufgabe wäre. Wie nebenbei erwähnte er noch, dass es ‚Marion' gut gehen würde. Ein Teil der Sanitäter und Schwestern würden zum Stab zählen, die mit ihm verlegt würden. Er wolle seine vorgesetzte Dienststelle darum bitten, auch die Hilfskräfte mitnehmen zu dürfen. Er schloss mit den Worten: ‚Pass gut auf dich auf!' Zumindest wusste ich jetzt, dass er Iwonka half, soweit es unter den Umständen überhaupt möglich war. Wenn auch die Sehnsucht nach ihr mich plagte, so gab ich die Hoffnung nicht auf, sie bald wiederzusehen. Nach kurzem Heimaturlaub im Juni 1942, inzwischen als Hauptmann, musste ich mich bei meinem Kampfgeschwader melden, das nun auf einem Flugplatz in der Nähe von Orel lag. Wir wurden dort mit mehreren zusammengezogenen Jagdstaffeln für den Kampf um Stalingrad ausgerüstet und nach kurzer Zeit auf einen Sammelflugplatz ins Dongebiet verlegt. Auf dem Weg dorthin flogen wir bei klaren Sichtverhältnissen im Tiefflug an den in Staub gehüllten Steppenwegen entlang, auf denen endlose Kolonnen Panzer und Soldaten marschierten, die sich auf dem Vormarsch befanden.

Im Kampf um Stalingrad flogen wir Begleitschutz für die He 111 Bomber und für die Stukas, denn die Russen setzten alle verfügbaren Jäger ein, um ihre Bodentruppen vor den gefürchteten Stukas zu schützen. An die Heckflossen unserer Jäger malten wir stolz die Abschüsse. Wir ahnten noch nicht, was auf uns zukommen würde. Schon bald flogen wir nicht mehr Geleitschutz für Stukas und Bomber, sondern mussten nun die Versorgungsflugzeuge schützen, die enorm lange Strecken über Feindgebiet zu fliegen hatten. Große Armeeverbände waren eingeschlossen und wurden durch Transportflieger versorgt. Dieses wurde immer schwieriger, da der Weg von der zurückweichenden Front bis zum Kessel ständig weiter wurde. Die Flugbasis Morosowskaja lag 180 Kilometer vom Kessel entfernt und von der zweiten Basis Tazinskaja waren es sogar 220 Kilometer. Bei der herrschenden Wetterlage konnte eine ausreichende Versorgung der eingeschlossenen Truppenverbände nicht geflogen werden. Selbst bei günstigem Wetter konnten unsere Transportmaschinen von den weit hinter dem Kessel liegenden beiden Flugplätzen täglich nur zwei Flüge durchführen. Für die Flak der Russen waren unsere vollbeladenen Ju's ein leichtes Ziel, da sie selten mehr als 3.000 Meter Flughöhe erreichten. Kurz vor Weihnachten bewegte sich ein kampfstarker Stoßkeil von Panzern durch die Kalmückensteppe über Kotelnikowo und Simowniki auf die Eingeschlossenen zu. Voller Optimismus, dass die Befreiung der 6. Armee gelingen würde, flogen wir Einsatz auf Einsatz. Wir sprachen mit unseren Kameraden über Funk und versuchten, ihnen Mut zu machen. Bei uns Fliegern war die innere Verbundenheit mit den deutschen Landsern in dieser grausamen Lage der Antrieb für höchste fliegerische Leistungen. Jede Landung auf den notdürftig in der Steppe angelegten Plätzen war eine große Belastung, denn diese standen meist unter dem Feuer der Stalinorgel und Artillerie.

Der Weg zu den Feldflugplätzen Pitomnik im Westen und Gumrak im Norden Stalingrads wurde noch weiter, als wir nach Süden in die Kalmückensteppe verlegt wurden, um mit unseren Einsätzen den Einschließungsring um Stalingrad zu sprengen. Jetzt flogen unsere Versorgungsmaschinen nur noch nachts, da wir keinen Begleitschutz mehr fliegen konnten. Wenn ich den Kessel überflog, sah ich immer die feldgrauen Leiber von tausenden deutschen Soldaten dicht zusammengedrängt in den Todesfallen der Erdgräben. Sie waren dem hereinbrechenden Winter mit eisigen Schneestürmen schutzlos ausgeliefert. Eine Katastrophe bahnte sich an, die in einer beispiellosen Tragödie enden sollte. Die sowjetische Großoffensive schloss mit zwei schnellen Vorstößen, die sich bei Kalatsch am Don vereinten, die 6. Armee ein. Auch der letzte Versuch der zur Hilfe eingesetzten 4. Panzerarmee, den Kessel zu sprengen, scheiterte. In der von Ende August 1942 bis Anfang Februar 1943 größten Kesselschlacht bei Stalingrad opferte Hitler durch seinen sinnlosen Durchhaltebefehl zwanzig deutsche und zwei rumänische Divisionen, von denen nur wenige Soldaten überlebten. Ohne Versorgung, ohne Treibstoff und Munition, bei grausamer Kälte verreckten die deutschen Landser haufenweise in ihren Erdlöchern. In dramatischen Rettungsflügen gelang es der deutschen Luftwaffe, noch knapp 34.000 Verwundete und Spezialisten auszufliegen, bevor durch die sowjetische Offensive der Kessel am 25. Januar 1943 in zwei Teile gespalten wurde. Am 31. Januar 1943 kapitulierte General Paulus mit seinem Stab im Südkessel. Zwei Tage später ergab sich General Karl Strecker mit seinen Truppen im Nordkessel. Am 3. Februar 1943 meldete das Führerhauptquartier: ‚Der Kampf um Stalingrad ist zu Ende. Ihrem Fahneneid bis zu letzten Atemzug getreu, ist die 6. Armee unter der vorbildlichen Führung des Generalfeldmarschalls Paulus der Übermacht des Feindes und der Ungunst der Verhältnisse erlegen. Ihr Schicksal wird von einer Flak-Division der Luftwaffe, zwei rumänischen Divisionen und einem kroatischen Regiment geteilt, die in treuer Waffenbrüderschaft mit den Kameraden des deutschen Heeres ihre Pflicht bis zum Äußersten getan haben.‘

Die Schlacht um Stalingrad war verloren. Sie sollte zu einer der kriegsentscheidenden Niederlagen werden. Circa 140.000 Tote und 110.000 Gefangene, von denen nur wenige die Heimat wiedersehen würden, waren die sinnlosen Opfer von Hitlers Durchhaltebefehlen. Nach der verlorenen Schlacht um Stalingrad zogen sich die deutschen Truppen in den Raum Orel-Kursk-Belgorod zurück und formierten sich neu. In der vom 5. Juli bis 23. August 1943 am Kursker Bogen tobenden gewaltigen Schlacht standen sich circa 900.000 deutsche Soldaten mit circa 2.700 Panzern und 200 Flugzeugen und etwa 1.300.000 Sowjets mit 3.600 Panzern und 2.600 Flugzeugen gegenüber. Es wurde die größte Panzerschlacht des Zweiten Weltkrieges. Die Heeresgruppe Mitte mit der 9. Armee und die Heeresgruppe Süd mit der 4. Panzerarmee planten die sowjetischen Truppen durch eine Offensive im Juli 1943 einzukesseln und zu vernichten. Das ‚Unternehmen Zitadelle‘ scheiterte jedoch bereits nach wenigen Tagen am hartnäckigen Widerstand an den tiefgestaffelten sowjetischen Verteidigungslinien. Der Angriff kam zum Erliegen. Die deutsche Luftwaffe war dem übermächtigen Gegner hoffnungslos unterlegen. In dieser hartumkämpften, von beiden Seiten verbissen geführten, mörderischen Schlacht verloren wir in unserem Jagdgeschwader fast die Hälfte der Maschinen, doch am Schlimmsten war der Verlust vieler Kameraden, die nach einem Feindflug nicht mehr zurückkehrten. Wir hatten mit unseren schnellen Jagdflugzeugen dem an Flugzeugen haushoch überlegenen Gegner im Luftkampf enorme Verluste zugefügt, konnten uns aber mit den wenigen Maschinen und aus Treibstoffmangel mit der Zeit nur noch auf Überraschungs- und Störattacken einlassen. Als die sowjetischen Truppen zum Gegenangriff antraten, fielen im Verlauf heftiger Kämpfe am 5. August 1943 Orel und am 23. August 1943 Charkow wieder in russische Hände. Diese gewaltige, verlorene Schlacht am Kursker Bogen leitete den endgültigen Rückzug der deutschen Truppen ein.

Spätestens zu diesem Zeitpunkt war jedem tapfer kämpfenden deutschen Soldaten klar, dass der Krieg verloren war, doch wagte es niemand, dies offen auszusprechen. Wir führten mit letzten Reserven in jenen Tagen verzweifelte Schlachten gegen einen übermächtigen Gegner. Es fehlte an Material, an Treibstoff, an erfahrenen Flugzeugführern, an einem sicheren Nachschub, der die abgekämpften und ausgebluteten Fronttruppen versorgt hätte. Unter den schnell ausgebildeten jungen Piloten waren die Verluste fürchterlich. In die nur mit schwachen Kräften gehaltenen Stellungen stießen die Sowjets rasch vor. Die von den Deutschen angelegten Feldflugplätze wurden pausenlos angegriffen und von Bomben zerpflügt. Viele Maschinen wurden bereits am Boden zerstört. Es wurde immer schwieriger, die dezimierten Staffeln auf geeigneten Landebahnen und Plätzen wieder zusammenzufassen. Auf dem Weg zu unseren gut getarnten Maschinen an einem Waldrand griffen plötzlich russische Jäger unseren Feldflugplatz an. Am Ende der Landebahn, hinter einem mit dichten Büschen bewachsenen Hügel, begann auch sofort die einzige Flugabwehrkanone, kurz 8,8 Flak, aus allen Rohren zu feuern. Von den fünf angreifenden Maschinen wurden zwei abgeschossen, die anderen drehten danach wieder ab. Jetzt galt es, möglichst schnell mit unseren Flugzeugen zu starten, denn mit Sicherheit würde der Iwan mit Verstärkung wiederkommen. Nun kannten sie ja die genaue Lage unseres Flugfelds. Wir erwarteten mit sieben Maschinen unserer Jagdstaffel den erneuten Angriff in einer Höhe von etwa 3.000 Metern. Und sie kamen auch schon bald wie ein Schwarm wilder Hornissen und griffen uns aus allen Richtungen an. Wir waren alle Piloten mit langer Flug- und Luftkampferfahrung und hatten mit der Me 109 einen äußerst schnellen und wendigen Jäger. Aus der Sonne anfliegend stürzten wir uns auf die ersten Angreifer und vernichteten mehrere Maschinen innerhalb weniger Minuten, doch nun wurden wir von der Überzahl von allen Seiten angegriffen. Geschickt wichen wir den Attacken der Russen aus und schossen noch eine Maschine ab, bevor der Pulk sich zurückzog. Aus taktischen Gründen wurde in den nächsten Tagen unsere Jagdstaffel auf einen provisorischen Flugplatz im Hinterland verlegt, denn der an Flugzeugen und anderen Waffen weit überlegene Gegner plante, uns endgültig zu vernichten. Die Treibstoffversorgung wurde immer schlechter. Viele Kameraden aus anderen Verbänden wurden zur Infanterie an die Front versetzt, denn die Luftwaffe verfügte nur noch über wenige einsatzbereite Flugzeuge. Die Lage der aufopfernd und tapfer kämpfenden deutschen Soldaten wurde immer kritischer und aussichtsloser, der übermächtige Feind zwang die deutschen Truppen zu dauerndem Rückzug. Der Krieg an der Ostfront wurde immer dramatischer. Die verlustreichen Kesselschlachten von Stalingrad und Kursk brachten entscheidende Niederlagen. Immer schwieriger wurde jetzt die Versorgung der kämpfenden Truppen.

Ende November 1943 erreichte mich ein Feldpostbrief von Dr. Hübner. Er war inzwischen auf dem Rückzug in einem großen Auffanglazarett nördlich von Kiew, schrieb er. Er würde oft an mich denken, hätte mehrmals an mich geschrieben, aber nie eine Antwort erhalten. Von einem verwundeten Piloten eines Aufklärerverbandes, der auch einmal in Groß-Schiemanen stationiert war, hätte er dann erfahren, dass ich noch am Leben wäre. Er wäre einmal kurz bei seiner Familie gewesen, hätte auch mit meinem Vater telephoniert, der sich große Sorgen um mich machen würde, da auch er schon lange keine Nachricht von mir erhalten hätte. In der Heimat wäre man stolz auf die deutschen Soldaten, die in schweren Kämpfen den Russen große Verluste zugefügt hätten. Adolf Hitler würde bald die kriegsentscheidende Wunderwaffe einsetzen, die dann dem Deutschen Reich den Endsieg bringen würde. Für uns Frontkämpfer waren es alles Nazipropagandalügen. Marion hätte vor einigen Wochen eine Lungenentzündung gehabt, die sie aber mittlerweile auskuriert hätte. Sie wäre inzwischen nicht mehr unter Aufsicht, sondern als Hilfsschwester seinem Verantwortungsbereich zugeteilt worden.

Nach diesem Brief fühlte ich mich etwas besser als in den vergangenen Monaten der Ungewissheit, doch waren meine Gedanken unerträglich, wenn ich an die Zukunft dachte. Kein Frontkämpfer glaubte zu dieser Zeit noch an den Sieg, aber auszusprechen wagte es niemand, drohte ihm doch die sofortige standrechtliche Erschießung. Gegen das Unmenschliche, gegen das sinnlose Blutvergießen, gegen wahnsinnige Befehle aufzubegehren, war äußerst gefährlich. Wir hatten einen Fahneneid auf den Führer geleistet, wir hatten zu gehorchen und nicht nach dem Warum zu fragen, wir hatten zu kämpfen und zu siegen. Ohne Hoffnung, die Heimat noch einmal wiederzusehen, verreckte und verhungerte der deutsche Landser elendig in seinem Erdloch an der Front im kalten Winter in den unendlichen Weiten Russlands. Der ehrenvolle Heldentod tausender Soldaten für Führer und Vaterland, die gerade anfingen ihr junges Leben zu leben, wurde von den gnadenlosen Regimeverbrechern glorifiziert, während unzählige Mütter bittere Tränen um ihre Söhne vergossen, deren Gräber in fremder Erde keine Blumen schmückten. Unaufhaltsam stürmte die Rote Armee mit frischen Truppen und gewaltiger Waffenüberlegenheit die kaum noch geschlossenen deutschen Frontstellungen, überrannte teilweise die nur schwach besetzten Verteidigungslinien und eroberte viele Städte wieder zurück. Die deutschen Truppen mussten sich immer mehr nach Westen zurückziehen. Die Luftunterstützung für unsere Bodentruppen brach nun fast völlig zusammen.

Wir hatten nur noch wenige einsatzbereite Maschinen und für diese kaum noch Treibstoff. Die notdürftig hergerichteten Landeplätze hinter unseren Frontlinien zerpflügten die Bomben des Gegners. Die Lage der Luftwaffe war entsetzlich. In vier Jahren Krieg und fast ununterbrochenem Einsatz, einer endlos langen Zeit, habe ich viele Tote und Sterbende gesehen. Ich sah die Kameraden abstürzen, verbrennen, verbluten und sah einige nie wieder; blutjunge Neue, bei denen das Schicksal sofort zuschlug, und erfahrene Veteranen, die es irgendwann doch erwischte. Trotz hoher Kampfmoral und todesmutiger Entschlossenheit waren wir im Luftkrieg dem Gegner hoffnungslos unterlegen. Auch damals, als wir zwischen unseren Feldflugplätzen und dem Kessel an der Wolga hin und her flogen und die Reichweite unserer Messerschmitt-Flugzeuge ausreichte, war die Landung auf einem winzigen Stück Steppe eine enorme Belastung, denn oft standen diese provisorischen Plätze unter dem Feuer der gefürchteten Stalinorgel und Artillerie.

Ende 1943 wurde ich zum Major befördert, wurde Gruppenkommandeur, erhielt nach meinem 120. Luftsieg die Schwerter zum Eichenlaub des Ritterkreuzes und den Befehl, Jagdkräfte zusammenzufassen und Schwerpunkte zu bilden. Wir hatten nur noch wenige Flugzeuge, die einsatzfähig waren. Ohne Ersatzteile, ohne intakte Funkgeräte oder Bremsen, ohne justierte Waffen ist eine Maschine nicht flugklar. Trotzdem gelang es mir, noch einmal eine Staffel zusammenzustellen. Der rasche Vormarsch der Roten Armee zwang uns jetzt immer häufiger zur Räumung der provisorischen Landeplätze, die in den meisten Fällen durch unzählige Bombentrichter ohnehin unbrauchbar waren. Mitte 1944 standen der Heeresgruppe Mitte mit nur noch 800 deutschen Flugzeugen 5.000 russische Maschinen gegenüber. Wir konnten gegen die sowjetische Übermacht kaum noch etwas ausrichten und flogen nur noch wenige Überraschungsangriffe, um die tapferen Landser, so weit es möglich war, zu entlasten. Bei einem dieser Einsätze erwischte es auch mich. Ein Feuerstoß aus der Bordkanone eines russischen Jägers traf meine Maschine im hinteren Bereich, die sofort außer Kontrolle geriet. Jetzt musste ich blitzschnell handeln und umsetzen, was wir für den Notfall immer wieder geübt hatten. Ich legte meine Messerschmitt auf den Rücken, warf das Kabinendach ab und sprang heraus. Der Fallschirm öffnete sich erst etwa hundert Meter über Grund. Ich schlug ziemlich hart in der Nähe eines kleinen Wasserlaufs auf und merkte erst jetzt, dass ich am rechten Bein getroffen war und stark blutete. Ich entledigte mich des Fallschirms und schleppte mich humpelnd zu einem Gestrüpp, da ich damit rechnen musste, von einem der feindlichen Jäger beschossen zu werden. Aber es geschah nichts. Als ich mein Hosenbein aufgeschnitten hatte, stellte ich fest, dass ich durch einen Streifschuss eine stark blutende Fleischwunde an der Wade hatte. Mit meinem Taschentuch und dem Fliegerschal verband ich mich notdürftig und überdachte meine Lage.

Als erfahrener Flieger prägen sich einem die Geländeformen rasch ein, wenn man sie öfter überflogen hat. So stellte ich auf der Einsatzkarte schnell fest, dass ich mich zum Glück hinter unserer Front befand und es auch nicht allzu weit bis zu einer Landstraße sein dürfte. Auch würden meine heimkehrenden Kameraden gesehen haben, wo mein Fallschirm niedergegangen war und nach mir suchen. Am frühen Nachmittag, als die Wunde zu bluten aufhörte, entschloss ich mich, in Richtung dieser Schotterstraße zu marschieren, die wir als Orientierungshilfe bei unseren Flügen zur Front benutzten. Über diese Straße rollte unser Nachschub. Ich bin sie oft entlang geflogen und wusste so, dass sie direkt an unserem Feldflugplatz vorbei führte. Die wenigen Transporte an die kämpfende Truppe fanden nur nachts statt, da sie tagsüber ein leichtes Ziel für die russischen Flugzeuge wären. Diese Straße musste ich vor der Dunkelheit unbedingt erreichen. Ohne warme Kleidung und nach dem Blutverlust wollte ich nicht die Nacht in der Wildnis verbringen, denn es wurde hier schon ziemlich kalt zu dieser Jahreszeit.

Es war bereits stockdunkel, aber den Schotterweg hatte ich immer noch nicht erreicht. Meine Wunde brannte entsetzlich und meine Kräfte ließen nach. Instinktiv spürte ich aber, dass es bis zur Straße nicht mehr weit sein konnte und schleppte mich durch das unwegsame Gelände weiter. Mit letzter Kraft und völlig außer Atem kam endlich das ersehnte Ziel in Sicht. Der ferne Gefechtslärm wirkte irgendwie beruhigend auf mich, wusste ich doch jetzt, dass es zu meinem Flugplatz näher war als zur Front.

Nach einiger Zeit, ich hatte mich hingesetzt und gegen einen Baumstumpf gelehnt, hörte ich deutlich immer lauter werdende Motorengeräusche. Jetzt war ich hellwach und lauschte in die Nacht hinein. Waren es unsere, oder hatten die Russen bereits die deutsche Front gestürmt und durchbrochen? Ich stellte mich hinter ein Gebüsch und wartete ab. Doch dann sah ich im Scheinwerferlicht eines Wagens, dass es ein deutscher Sanitätstrupp war. Ich trat vor den Konvoi und gab mich zu erkennen. Ein Sanitäter säuberte meine Wunde, verband mich notdürftig und gab mir ein Mittel gegen die Schmerzen. Die Transportfahrzeuge waren vollgestopft mit Verwundeten. Die Schwerverletzten schrien und jammerten entsetzlich vor Schmerzen. Um mich herum herrschte nur Leid und Elend. Einem noch sehr jungen Landser hatte eine Granate den rechten Arm zerfetzt, der in einem blutgetränkten Tuch schlaff herunterhing und im weit hinter der Front liegenden Zeltlazarett sofort amputiert werden musste. Allein die Vorstellung daran ließ mich erschaudern. Dagegen war meine Fleischwunde an der Wade eine Bagatelle, die dennoch wegen der Gefahr einer Blutvergiftung desinfiziert werden musste. Ich war noch einmal davongekommen, hatte noch einmal Glück gehabt. Vor Müdigkeit war ich gerade eingenickt, als unser Konvoi plötzlich anhielt. Nachdem ich von meinem Wagen stieg, erkannte ich im abgedunkelten Scheinwerferlicht zwei Fahrzeuge, die zu meiner Einheit gehörten. Meine Kameraden hatten sofort nach der Meldung meines Abschusses und dem sicheren Absprung mit dem Fallschirm eine Suchaktion gestartet und auch vermutet, dass ich mich zu dieser Straße durchschlagen würde, wenn meine Verletzungen nicht zu schlimm wären. Die Wiedersehensfreude jedoch war getrübt, denn eine weitere Me meines Geschwaders hatte es bei diesem Luftkampf erwischt, aus der mein guter Freund, langjähriger Staffelkamerad und Ostpreuße, Klaus-Peter Kaminski, nicht mehr aussteigen konnte. Krieg, grausamer, unbarmherziger, sinnloser Krieg, in dem jeder Tag, den du erlebst, der letzte sein kann.

Auf meinen ausdrücklichen Wunsch hin wurde ich zu unserem Flugfeld gefahren. Man desinfizierte dort meine Wunde und legte mir einen neuen Verband an. Das kleine Häuflein Bodenpersonal und meine Staffelkameraden bereiteten mir einen herzlichen Empfang. In unserer heiklen Situation, in diesem aussichtslosen Kampf gegen eine gewaltige Übermacht, in ständiger Angst lebend, dass der nächste Feindflug der letzte sein könnte, machten sich oft schnoddrige, sarkastische Reden und makaberer Humor breit. ‚Dein Sprung war vorbildlich, aber die Landung beinahe beim Iwan', lachte mein Staffelkamerad, Gerd Liesker, mit dem ich 1941 in Ostpreußen auf dem Flugplatz Groß-Schiemanen stationiert war und der vom Nordabschnitt vor einigen Wochen zu uns verlegt wurde. ‚Damals die Schulter, jetzt das Bein und wann der Kopf?' Alles lachte, doch wusste jeder der alten Hasen, dass er mit diesem Galgenhumor den jungen Piloten die Angst vor dem nächsten Einsatz nehmen wollte. Unaufhaltsam stürmten die sowjetischen Truppen die deutschen Stellungen und eroberten noch vor Ende 1944 die gesamte Sowjetunion zurück. Unsere Luftwaffe hatte kaum noch etwas entgegenzusetzen. Mit wenigen flugfähigen Maschinen zogen wir uns auf einen zerbombten Platz nördlich von Warschau zurück. Der Endkampf hatte begonnen. Von Oberstabsarzt Hübner hatte ich schon seit Monaten keine Nachricht mehr erhalten. In seinem letzten Brief berichtete er mir, dass er mit seinem gesamten Stab in ein großes Lazarett nach Polen verlegt wurde. Resignierend klagte er über das Fehlen schmerzstillender Mittel und über die große Zahl der Verwundeten. Wie lange wird der Krieg noch dauern, waren jetzt öfter meine Gedanken, und wie werde ich in diesen letzten Kriegswirren je Iwonka finden? Vielleicht floh sie ja bei einer günstigen Situation in Polen, im Chaos der sich ständig im Rückzug befindenden deutschen Truppen? An allen Fronten rückten die alliierten Truppenverbände rasch vor und schnürten das im Bombenkrieg völlig zerstörte Deutsche Reich ein. Die Nachrichten waren vernichtend.

Als die Rote Armee im Spätherbst 1944 mit Panzern und Infanteristen erstmals in Ostpreußen einbrach und in Nemmersdorf fürchterliche Massaker an der Zivilbevölkerung verübte, bei dem 72 Frauen und Kinder bestialisch ermordet wurden, rief Reichspropagandaminister Joseph Goebbels in einem leidenschaftlichen Appell an die Soldaten und an die Bevölkerung zur Vergeltung und Verteidigung der Heimat auf. Deutsche Truppen hatten diesen Ort kurzfristig zurückerobert. Ich machte mir Sorgen um Iwonka, um meine Familie, mein Elternhaus, meine Heimat Ostpreußen.

Im Dezember 1944 wurden wir nach Groß-Schiemanen rückverlegt. Zu diesem Zeitpunkt bestand unsere Flotte noch aus fünf Flugzeugen, drei Mes 109 und zwei Fi 156 (Fieseler-Storch), die unsere Luftwaffe überwiegend für die Luftaufklärung einsetzte. Als wir in Groß-Schiemanen landen wollten, wies uns die Bodenstation an, weit über der Schwelle zu landen, da die russischen Bomber einen Teil der Piste zerstört hatten. Für unsere Störche kein Problem, denn die benötigten bei einer Landegeschwindigkeit von 40 km/h nur eine kurze Strecke, den Piloten der Mes verlangte diese Landung ihr ganzes Können ab. Der Flugplatz war überfüllt mit deutschem Militär, das sich auf dem Rückzug befand. Eine geschlagene Armee, abgekämpft und ohne Hoffnung, die nun eine neue Verteidigungslinie aufbauen sollte. Anfang des Jahres 1945 herrschte im Osten Deutschlands grimmige Kälte, Schneetreiben und eisiger Wind. Die Soldaten wussten, dass der Krieg nicht mehr zu gewinnen war, die Lage der Wehrmacht war katastrophal. Der letzte Akt eines beispiellosen Untergangs hatte begonnen. Der damals für den Russlandfeldzug mit modernsten Flugzeugen und Kriegsmaterial überfüllte Flugplatz wurde durch feindliche Luftangriffe fast völlig zerstört. Unsere nur noch bedingt einsatzfähigen Maschinen tarnten wir im nahegelegenen Wald. Das Feldlazarett war in einer teilweise zerstörten Baracke eingerichtet und total überfüllt. Viele schwerverwundete Landser warteten vergeblich auf einen raschen Transport in die Heimat. Ein Bild des Jammers. Doch wen ich auch von den wenigen Ärzten und Sanitätern in der durch Bomben beschädigten Sanistation ansprach, niemand wusste genau, an welcher Front sich Oberstabsarzt Hübner mit seinem Stab zur Zeit aufhielt. Der letzte Feldpostbrief von ihm erreichte mich vor vielen Monaten aus Warschau.

Am 12. Januar 1945 trat die Rote Armee aus den Weichselbrückenköpfen bei Warschau mit fast zwei Millionen Soldaten, 6.000 gepanzerten Fahrzeugen, 30.000 Geschützen und über 5.000 Kampfflugzeugen zum Sturm auf Ostpreußen an. Mit zehn- bis zwanzigfacher Übermacht überrollten die sowjetischen Truppen die östlichen Frontlinien der deutschen Wehrmacht und überrannten am 20. Januar 1945 die deutsche Grenze südlich von Neidenburg und Willenberg in Masuren. Verbissen kämpften deutsche Einheiten einen heldenhaften Kampf gegen einen übermächtigen Gegner, der nicht mehr aufzuhalten war. Dann kam der sofortige Räumungsbefehl für den Flugplatz Groß-Schiemanen, der vollgepackt mit den Resten der einst ruhmreichen deutschen Wehrmacht war, die sich jetzt nach aufopfernden, aussichtslosen Kämpfen auf deutscher Erde geschlagen immer weiter zurückziehen musste. Der Krieg war verloren. In den müden, ausgemergelten Gesichtern der Frontsoldaten, von denen viele über Jahre in den unendlichen Weiten Russlands tapfer gekämpft hatten, standen grenzenlose Enttäuschung und Bitternis, Angst und Verzweiflung. Wer dem Tod entronnen war, wer die Hölle der gnadenlosen Schlachten überlebte, wollte lieber auf deutscher Erde fallen, als in russische Kriegsgefangenschaft geraten, denn dort erwartete ihn bestialische Vergeltung und Sibirien. Als wir Piloten die getarnten drei Mes unter ständigem Beschuss auf Befehl zur Rückverlegung auf einen Platz in Pommern startklar machten, stand die Rote Armee bereits vor Willenberg. Wir wurden pausenlos beschossen und von russischen Jägern und Schlachtfliegern angegriffen. Die zurückflutenden deutschen Truppen befanden sich in allergrößter Not. Auf dem Flugplatz herrschte unbeschreibliches Chaos. Es gab kaum eine Feuerpause und eine Chance, die Maschinen unbeschädigt zu starten und auf eine bestimmte Flughöhe zu bringen. Mit dem Mut der Verzweiflung befahl ich meinen Staffelkameraden, die Gelegenheit abzuwarten, in der die heftigen Angriffe nachlassen würden. Es war eine äußerst riskante Entscheidung. Inzwischen waren fast alle Truppen abgezogen.

Am Schlimmsten traf die Evakuierung die vielen Schwerverletzten, die nun auf Lastern bei Schneesturm und eisiger Kälte von minus 25 Grad mit der fliehenden Truppe auf Rettung in letzter Minute hofften. Nur wenige kamen durch und überlebten. Als der Flugplatz fast völlig geräumt war, erblickte ich durch mein Fernglas im dichten Schneetreiben aus meinem Unterstand im Wald zwei deutsche Lastfahrzeuge am Flugplatztor. Sie verharrten dort eine Weile und setzten dann ganz langsam zwischen den Bombentrichtern ihre Fahrt auf dem verwüsteten Gelände fort. An der zerstörten Lazarettbaracke hielten die beiden Autos kurz an. Aus dem ersten Wagen stieg nun ein Offizier aus und ging auf einen der Wachposten zu, die den Befehl hatten, alles in letzter Minute zu zerstören und zu sprengen, bevor sie den Platz verlassen sollten. Als sich dieser Offizier in seinem langen Mantel in meine Richtung umdrehte, erkannte ich ihn sofort: Es war Oberstabsarzt Hübner. Ich rannte so schnell ich nur konnte im immer dichter werdenden Schneegestöber über eine ziemlich weite Strecke auf die Gruppe zu und war völlig außer Atem, als ich sie erreichte. Dr. Hübner wollte gerade wieder einsteigen und als ranghöchster Offizier die endgültige Räumung des Platzes befehlen, als er mich erblickte. Wir begrüßten uns überschwänglich, die Freude war riesengroß. Er berichtete kurz, wie es ihm ergangen war und sagte im gleichen Atemzug, dass Iwonka auf einem der Laster wäre, bevor ich ihn danach fragen konnte. Mein Herz begann zu rasen, ich wusste vor Freude nicht, was ich sagen sollte, sondern stand wie gelähmt vor ihm und sah ihn nur an. Er nahm mich am Arm, und wir schritten in den Vorraum des Lazaretts, der noch nicht zerstört war. Er befahl mir, hier zu warten. Es dauerte keine Minute, bis er mit einem alten Landser und Iwonka zurückkam. Ich kann jetzt nicht in Worte fassen, was in diesem Augenblick des Wiedersehens in mir vorging, was mein Herz und meine Seele aufwühlte, als wir uns nach so vielen Jahren plötzlich und unerwartet gegenüberstanden.

Der alte, abgekämpfte Soldat war ein absolut Vertrauter Dr. Hübners, der den Krieg hasste und die Nazis verfluchte, von dem für uns keine Gefahr ausging. Iwonka schaute mich lange an und begann zu schluchzen. Dicke Tränen kullerten über ihr schönes Antlitz, bevor sie auf mich zuging und mich fest umarmte. So standen wir engumschlungen, bis aus der Barackenruine die beiden Männer traten, die uns diese kurze Zeit des unbeschreiblichen Glücks überhaupt ermöglicht hatten. Wir schworen uns ein letztes Mal ewige Treue, aufeinander zu warten und uns nach dem Krieg über das Rote Kreuz zu suchen. Der Abschied war ein sehr trauriger in einer vom Krieg beherrschten chaotischen Zeit. Fest drückte ich die Hand meines väterlichen Freundes, dann verließen die beiden Fahrzeuge mit weiteren Landsern in hektischer Eile das Flugplatzgelände über die Hauptstraße in Richtung Ortelsburg. Es war die letzte Möglichkeit zu fliehen. Uns Piloten blieb nur der Start in letzter Minute mit knappem Treibstoff über eine holprige, zerfurchte Piste. Wird es überhaupt noch aufklaren, damit wir starten können, bevor der Russe hier ist? waren jetzt meine Sorgen. Tatsächlich riss die Wolkendecke plötzlich auf, und es hörte auf zu schneien. In allergrößter Hast rollten wir unsere Mes zur Startbahn und hoben nacheinander ab. Wir flogen noch eine weite Schleife über polnisches Gebiet an der masurischen Grenze, um dann eiligst nach Nordwesten abzudrehen. Unter uns befanden sich endlose Kolonnen der sich zurückziehenden deutschen Wehrmacht. Dahinter die Rote Armee mit weit überlegener Truppenstärke und Kriegsmaterial. Über Funk befahl ich meinen beiden Fliegerkameraden einen schnellen Überraschungsangriff auf vorrückende russische Truppenverbände zu fliegen und dann auf den vereinbarten Kurs abzudrehen. Wir stürzten uns auf die feindlichen Verbände, konnten noch beobachten, dass wir beträchtlichen Schaden angerichtet hatten, als unten am Boden die Hölle losbrach. Aus allen Rohren feuerte nun der Feind auf uns, doch waren unsere schnellen Maschinen zum Glück unbeschadet entkommen.

Als wir fast unsere Flughöhe für den vereinbarten Kurs zu unserem Verlegungsflugplatz erreicht hatten, wurden wir plötzlich von einer großen Anzahl russischer Jäger angegriffen und in einen erbitterten Luftkampf im Raum Willenberg/Groß-Schiemanen verwickelt. Es gelang uns noch, vier feindliche Maschinen abzuschießen, bevor wir uns wie vereinbart zurückzogen und schnell an Höhe gewannen. Aus der Sonne kommend griffen mich urplötzlich zwei Russen an, von denen ich einen noch abschießen konnte. Aber als Letzter der Gruppe erwischte mich doch noch ein Treffer im hinteren Leitwerk. Über Funk teilte ich meinen beiden Kameraden mit, dass ich aussteigen müsste und befahl ihnen, sich auf dem vereinbarten Kurs abzusetzen. Danach sprang ich aus dem Flieger und stürzte in die Tiefe. Erst in letzter Minute zog ich die Reißleine des Schirms, um dem Beschuss durch die feindlichen Maschinen zu entgehen. Der Wind trieb mich mit dem Fallschirm in Richtung Groß-Schiemanen. Ich war zum Glück unverletzt, landete aber ziemlich hart auf der Schotterstraße im Wald bei Klein-Schiemanen, die von Willenberg nach Ortelsburg führt und auf die bereits russische Panzer zurollten. Jetzt galt es erst einmal, Ruhe zu bewahren und sich genau zu orientieren. Ohne Fahrzeug konnte ich unsere Truppen nicht mehr erreichen.

Ich kannte diese Straße, diese Gegend, war ich doch vor dem Russlandkrieg oft in Ortelsburg und Willenberg gewesen. Und ich kannte auch noch die abgelegenen Pfade und geheimen, verschlungenen Waldwege dieser masurischen Wildnis von unseren vielen gemeinsamen Angeltouren. Wir Piloten hatten den ausdrücklichen Befehl, unsere Maschinen zu zerstören, wenn ein Start in letzter Minute durch das schlechte Wetter nicht mehr möglich sein würde. Wir sollten dann mit den Wagen der Feldjäger zur sich absetzenden Truppe aufschließen. Als dann aber der Schneefall aufhörte, gelang uns damals doch noch der äußerst riskante Start in allerletzter Minute auf einer Bahn, auf der die Bombentrichter nur notdürftig zugeschüttet waren.

Iwonka hatte mir beim Abschied vor wenigen Stunden noch zugeflüstert, dass sie bei irgendeiner günstigen Situation fliehen würde. Von hier bis zu ihrem Heimatort Chorzele war es nicht sehr weit. Ich warnte sie eindringlich davor, denn die aufgehetzten und meistens stark betrunkenen russischen Soldaten würden im Siegesrausch auch polnische Frauen vergewaltigen, oder sie würde im Feuer zwischen den Fronten umkommen. Doch ich konnte sie durch meine Bedenken von ihrem riskanten Plan in der Eile des Aufbruchs kaum abbringen. Im wirklich allerletzten Augenblick, bevor sich unsere Wege trennten, flüsterte ich ihr noch ins Ohr, sie solle nach einer gelungenen Flucht einen ihr vom Arbeitseinsatz im Wald bekannten schmalen Schotterweg zur Kutzburger Mühle nehmen, die völlig einsam und versteckt abseits der Straße von Willenberg nach Neidenburg und Fröhlichshof liegt. Dort sollte sie in jedem Fall so lange warten, bis die russische Front tiefer in Ostpreußen eingedrungen wäre. Im Stillen hoffte ich aber, sie würde diesen gefährlichen Plan wieder aufgeben.

Am 21. Januar 1945, einem bitterkalten, schneereichen Wintertag – russische Truppenverbände hatten die ostpreußische Grenze bei Willenberg überschritten, Groß-Schiemanen eingenommen und marschierten unaufhaltsam auf die Kreis- und Garnisonsstadt Ortelsburg zu – schleppte ich mich hungrig und halberfroren auf unwegsamen, einsamen Pfaden durch den tief verschneiten Winterwald Richtung Kutzburger Mühle. Ob mich aber nun wirklich einer der schmalen, kaum sichtbaren Trampelwege dorthin bringen würde, wusste ich nicht sicher. Es packte mich eine fürchterliche Angst, dass ich irgendwann auf Russen stoßen würde. Es hatte sich bei allen Fronttruppen herumgesprochen, dass die Rotarmisten die gefangenen deutschen Soldaten sofort erschießen würden. Etwa drei Stunden stapfte ich durch das dichte Gehölz im tiefen Schnee, der bei der sibirischen Kälte unter meinen Stiefeln knirschte, als ich mitten im Wald eine kleine Wegkreuzung erreichte, die mir bekannt vorkam. War das hier nicht die Stelle, die ich noch vom Angeln kannte? Gabelten sich hier nicht die schmalen und verwachsenen Waldwege zum Paterschobensee, nach Fröhlichshof, nach Kutzburg und zur Kutzburger Mühle? Es musste die Stelle sein. Ein Fünkchen Hoffnung in meiner verzweifelten Lage. Ich war nach meinem Fallschirmabsprung hinter die russische Front geraten und hatte keine Chance mehr, zu unseren Truppen durchzukommen. Eine fatale, aussichtslose Situation, aus der es kein Entrinnen gab. Früher oder später würde mich der Feind entdecken, sofort erschießen oder nach Sibirien in eines der berüchtigten Arbeitslager verschleppen.

Langsam neigte sich der Tag seinem Ende zu. Der starke Gefechtslärm wurde schwächer, je tiefer ich in die wildnisähnlichen Wälder eindrang und je mehr ich mich von der Hauptstraße von Willenberg nach Ortelsburg entfernte. Die Russen mussten die schwachen Verteidigungslinien des letzten Aufgebots der Deutschen überrannt haben. Bald würden sie auch über die kleinen Nebenstraßen überall eindringen und in den Dörfern erste Rache und Vergeltung an der nicht rechtzeitig geflohenen masurischen Landbevölkerung verüben. Ein schrecklicher Gedanke, der mich hier in der Einsamkeit fast erdrückte. Aus der Vogelperspektive hatte ich diese Gegend in unmittelbarer Nähe um den Flugplatz Groß-Schiemanen noch in ziemlich guter Erinnerung. Viele Male bin ich damals bei unzähligen Platzrunden und Übungsflügen über die grüne Lunge Masurens, über das Meer von Bäumen und Gestrüpp, über einsame Moorlandschaften, verträumte Seen und Flüsschen geflogen und hatte mich, wieder am Boden, immer sehr nach unseren Angeltagen gesehnt. Doch am meisten beeindruckte und faszinierte mich der langsam dahinfließende Omulef mit seinem glasklaren Wasser und seinem Fischreichtum. Jetzt, in meiner schier ausweglosen Situation, dachte ich unentwegt an jenes unvergessliche Erlebnis, als wir an einem heißen Sommertag mit dem alten Kahn deines Vaters flussaufwärts immer weiter ruderten, bis wir an eine versteckte Stelle kamen. Nach einem langen Fußmarsch gelangten wir dann an das geheimnisvolle alte Haus am Omulef, das deiner Sippe seit vielen Jahrzehnten als Unterschlupf in dieser unzugänglichen Wildnis, als sicheres Versteck in Kriegszeiten diente.

Vielleicht finde ich die weit abgelegene Kutzburger Mühle, überlegte ich instinktiv. Von dort könnte ich mich dann in einer Nacht über die hartgefrorene Moorlandschaft bis zum alten Haus am Omulef durchschlagen. Meine einzige Chance wäre, mich dort eine Zeit lang zu verstecken, bis die ersten Frontwellen der Sowjets vorübergezogen wären. Nur, wie sollte es dann weitergehen, was sollte ich danach unternehmen? Dort auf ein Wunder zu warten, wäre der sichere Hungertod, von Russen oder Polen entdeckt zu werden, bedeutete Tod durch eine brutale Hinrichtung. Sich zu den deutschen Truppen durchzuschlagen, wäre unmöglich. Meine Lage war aussichtslos. Aber vielleicht ist Iwonka die Flucht gelungen. Sie kannte die Kutzburger Mühle und die abgelegene, einsame Waldregion auch. Sollte sie wirklich geflohen sein? Würde sie dann aber auch den schwierigen Weg zur Mühle finden? Es waren verzweifelte Gedanken, an die ich mich in meiner verhängnisvollen Situation klammerte. In meiner Notlage, fern jeglicher Realität, wollte ich diese Gedanken nicht aus meinem Hirn verdrängen und alles dem Schicksal überlassen. Ich war bereit, bis zum letzten Atemzug zu kämpfen. Als es schon fast ganz dunkel war, lichtete sich der Wald.

Im schwachen Mondlicht erblickte ich in einem Wiesengelände die Umrisse eines Gehöfts. Der Hof schien verlassen zu sein. Aus der Nähe erkannte ich das Anwesen sofort. Es war die Kutzburger Mühle. Ich war froh und erleichtert darüber, denn ich war am Ende meiner Kräfte. Ganz langsam schritt ich nun auf das Gebäude zu, das das Wohnhaus sein musste und erblickte durch ein winziges Fenster im schwachen Schein einer alten Petroleumlampe eine über den blankgescheuerten Holztisch gebeugte Person, die aus einem dicken Buch zu lesen schien. Vorsichtig klopfte ich erst leise, dann lauter an die Haustür, doch niemand schien mein Klopfen zu hören. Auch als ich durch die unverschlossene Tür in das Zimmer eintrat, bemerkte mich die alte Frau erst, als ich vor ihr stand. Nach meinem Gruß bot sie mir einen alten Holzschemel an und bat mich, am Tisch Platz zu nehmen. Sie hätte mein Klopfen nicht vernommen, denn sie wäre schwerhörig und schon sehr alt. Dann öffnete sie eine laut knarrende Holztür zu einem Nebenzimmer, in dem ihr noch älterer Mann schwer krank im Bett lag. Sie waren vor Tagen nicht mit ihren Kindern geflohen, sie wollten beide die geliebte Heimat nicht verlassen und hier begraben werden. Sie hätten im Leben nie jemandem etwas angetan, und die Russen wären ja auch nur Menschen, die alten Leuten nichts tun würden. Welch ein verhängnisvoller Irrtum.

Die gute Frau merkte, dass ich hungrig und halberfroren war und tischte mir nun eine Kanne voll heißer Milch mit Honig, selbstgebackenes Bauernbrot und Eier mit Speck auf. Welch eine Wohltat, nach einem Tag, an dem ich im Bordwaffenfeuer nach meinem Abschuss und Fallschirmabsprung sicher, aber schon hinter den russischen Stellungen landete und stundenlang bei bitterster Kälte durch die tief verschneite, einsame masurische Wildnis irrte. Ihr schwerkranker Mann, der sich kaum noch auf den Beinen halten konnte, setzte sich zu uns und aß auch ein wenig. Sie wollten hier nicht weg, sie wollten nicht fliehen, komme was da wolle. Ihr Sohn und ihre Schwiegertochter mit den beiden Enkelkindern hätten gebettelt und gefleht, mit ihnen zu flüchten, aber sie wollten die alte Mühle, in der sie ein Leben lang gelebt und hart geschuftet hatten, das Land der Väter, die geliebte Heimat nicht mehr verlassen. Gott würde seine schützende Hand über sie halten, wie bisher, so auch jetzt im hohen Alter. Welch ein Gottvertrauen, welch einen unerschütterlichen Glauben müssen diese alten Menschen haben, dachte ich, die hier mitten im Wald sitzen und nicht ahnen, was innerhalb kurzer Zeit über sie hereinbrechen wird.

Nachdem ich wirklich nichts mehr in meinen ausgehungerten Körper hineinstopfen konnte, wurde mir eine Schlafstelle direkt neben der winzigen Küche an einem wärmenden Kachelofen angeboten. Ich sei doch sicher sehr müde, nach all meinen Erlebnissen, denn ich hatte den beiden inzwischen alles über meinen harten Weg bis hierher berichtet.

Die Russen ständen schon vor Ortelsburg und würden morgen, spätestens übermorgen hier sein. Als deutscher Soldat müsse ich versuchen, mich irgendwo zu verstecken, bis die ersten Wellen der feindlichen Truppenverbände weiter vorgerückt wären, denn nur so hätte ich vielleicht eine kleine Chance, mein Leben zu retten, erklärte ich ihnen meine Lage. Die alten Leute hörten sich alles an. Dann schlug die abgearbeitete Greisin die Bibel auf, faltete andächtig die zerfurchten Hände und las leise einige tröstende Worte, die mit dem Satz endeten: ‚In wie viel Not hat nicht der gnädige Gott über dir Flügel gebreitet!‘ Danach legten wir uns zur Ruhe, doch ich konnte lange nicht einschlafen; zu angespannt waren meine Nerven. Ich war traurig und verzweifelt, hatte ich doch nun die endgültige Gewissheit, dass der Krieg für Deutschland verloren war. Mein junges Leben könnte schon bald zu Ende sein, bevor es überhaupt richtig begonnen hatte, meine Heimat, meine Familie, Iwonka, meine große Liebe, würde ich vielleicht nie wiedersehen. Ich war traurig und verzweifelt. Entfernter Kanonendonner und Gefechtslärm weckten mich am frühen Morgen nach einer unruhigen Nacht. Wilde Gedanken jagten durch meinen Kopf. Ich war entschlossen, mich zu erschießen, wenn der Russe plötzlich hier auftauchen sollte, denn ich hatte noch meine geladene Pistole bei mir. Aber noch vernahm ich in der Stille der tief verschneiten Waldregion keine mir bekannten Geräusche heranrückender Truppen. Beim Frühstück erzählte ich den gläubigen Menschen von meiner verzweifelten Liebe zu einer Polin, die sich nun in den Wirren der Ereignisse vielleicht irgendwo zwischen den Fronten befinden würde. In meiner seelischen Not und im Vertrauen zu den Alten musste ich es einfach erzählen. Still und ergriffen hörten sie mir zu. Beide rieten mir, noch bis zum Abend zu bleiben, denn vielleicht hätte Iwonka doch fliehen können und würde wie vereinbart hierher kommen. In der Nacht könnte ich dann bei Vollmond in Richtung Omulef weiterfliehen.

Die alten Menschen verstanden nicht viel von dem, was ich ihnen über mein Leben und über meine Kriegserlebnisse als Pilot eines Jagdgeschwaders in Russland berichtete. Sie hätten hier in der Abgeschiedenheit kaum bemerkt, dass wieder Krieg war, wenn ihnen nicht ihr Sohn davon erzählt hätte, der nicht eingezogen wurde, weil er nach einem Unfall im Wald als Holzfäller gehbehindert war. Sie lebten seit Generationen völlig einsam und zurückgezogen als Eremiten in dieser baufälligen, alten Mühle von einer kleinen Landwirtschaft, vom Fischfang, von ein paar Bienenstöcken und von den Früchten des Waldes. Früher wurde in der Mühle auch noch das Korn von den Bauern der umliegenden Dörfer gemahlen, doch das wäre schon lange her. ‚Der Herrgott hat immer für uns gesorgt, selbst in schlimmen Zeiten, wenn wir ihn im Gebet um Hilfe anriefen. So der Tag, so die Kraft.' Ja, es waren gläubige, überzeugte Christen, denen ich in jenen verzweifelten Tagen begegnet war, die mir in meiner Angst und Furcht, in meiner Hoffnungslosigkeit neue Kraft und Mut zum Kampf ums Überleben gaben.

Diese kurze, warmherzige Begegnung gab mir neue Zuversicht für meine äußerst gewagte Flucht. Gegen Mittag nahm der Gefechtslärm zu. Starke feindliche Truppenverbände bewegten sich nun sicher auf der Chaussee von Willenberg nach Gedwangen. Aus dieser Richtung jedenfalls vernahm ich Maschinengewehrfeuer und Kanonendonner, während am Himmel russische Bomberverbände vorüberflogen. Gut, dass ich meinen Kompass retten konnte, der nun eine zuverlässige Hilfe für die grobe Richtungsbestimmung war. Durch den schnellen Vorstoß der Roten Armee von Willenberg nach Ortelsburg und jetzt auch von Willenberg nach Gedwangen befand ich mich in diesem Dreieck in der Falle. Wie sollte ich, ohne entdeckt zu werden, über die mit russischen Truppen vollgestopfte Straße kommen, an Fröhlichshof vorbei zum Omulef und dann weiter zum alten Haus am Fluss gelangen? Würde ich überhaupt die im hohen Schilf verborgene Hütte finden, und wie sollte es dann weiter gehen? Irgendwie würde ich schon durchkommen, machte ich mir Mut. Ich wollte leben, für mich und meine große Liebe Iwonka. Wie ist es ihr wohl ergangen? Ist ihr die Flucht geglückt? Sind die Flüchtenden, die in letzter Minute Groß-Schiemanen verließen, noch dem schnellen Vorstoß der Russen entkommen? Wo immer sie sich jetzt auch befand, war sie in größter Gefahr.

Bis zum Einbruch der Dunkelheit wollte ich noch warten und mich dann in das dichte Unterholz des nahen Waldes und in Richtung Omulef absetzen, denn die Russen konnten jeden Moment hier sein. Ich verspürte große Unruhe in mir und hatte ein mulmiges Gefühl. Inzwischen entledigte ich mich meiner Fliegeruniform und verbrannte alles im Ofen. Die alten Leute gaben mir zivile, warme Sachen, die mir auch einigermaßen passten. Besonders freute ich mich über eine lange Schafsfelljacke, die mir bei meiner Flucht noch gute Dienste leisten sollte. Meine Erkennungsmarke und meine Pistole wollte ich unbedingt mitnehmen. Nach einer kräftigen Erbsensuppe mit Speck kramte der alte Mann einen alten, verschlissenen und verstaubten Rucksack unter seinem Bett hervor, der von der guten

Frau mit Brot, einer Speckseite, Wurst und mit selbstgemachter Butter gepackt wurde. Sie hätten selbst nicht mehr viel Essbares, aber die Russen würden bestimmt sowieso alles plündern, sagte sie, wenn sie hier ankommen würden.

Es mag etwa zwei oder drei Uhr am Nachmittag gewesen sein, als ich am Waldrand eine Gestalt entdeckte, die unentwegt den gesamten Hof nach menschlichem Leben absuchte und dann langsam auf die Mühle zukam. Mein Herz raste vor Angst und Erwartung, denn unter dem um den Kopf und Hals gewickelten Schal war das Gesicht verborgen. Ich lehnte mich an die Wand einer alten Scheune, entsicherte meine Pistole und wartete ab. Als die Person den zugefrorenen Mühlenbach überquert hatte und auf das Haus zukam, erkannte ich, dass sie unbewaffnet war und ihr auch niemand folgte. Mit einem Sprung verließ ich mein Versteck und eilte dem wankenden Menschen entgegen, denn ich erkannte ihn nun: Es war Iwonka. Trotz meiner Zivilkleidung erkannte sie mich auch sofort. Wir fielen uns in die Arme und weinten bitterlich. Sie war mit ihren Kräften am Ende. Als wir gemeinsam die warme Stube betraten, erhob die alte Frau ihren Blick von der vor ihr liegenden Bibel und rief Iwonka ein herzliches Willkommen zu. Sie hätte gestern Abend lange für uns beide gebetet, nachdem ich ihr alles über unsere große Liebe erzählt hätte, und nun hätte Gott ihr Gebet, ihr Flehen erhört. Gottes Wege würden wir Menschen oft nicht verstehen und begreifen. Ein Wunder war geschehen; wir hatten uns wieder, das Unglaubliche war eingetreten, es war einfach unfassbar. Iwonka war bei mir. Lange saßen wir auf einer Bank am wärmenden Kachelofen und sprachen kaum ein Wort. Die Kälte hatte meiner tapferen Polin arg zugesetzt. Sie war völlig erschöpft und hungrig.

Es gab nicht viel Zeit zum Kräftesammeln, denn wir spürten die Gefahr, in der wir uns befanden: Die russische Front kam rasch näher. In großer Eile berichtete uns Iwonka alles über ihre Flucht, nachdem sie die heiße Suppe und einige belegte Brote gierig verschlungen hatte. ‚In einem Waldstück vor Ortelsburg wurden unsere Fahrzeuge von Tieffliegern angegriffen. Es gab viele Tote und Verwundete. Militär- und Flüchtlingsfahrzeuge wurden von Bomben getroffen und brannten lichterloh. Danach griffen die Tiefflieger die hilflosen Menschen mit ihren Bordwaffen an. In diesem Chaos und Inferno konnte niemand mehr den getroffenen Menschen helfen. Der erste Sanitäterwagen hatte einen Volltreffer erhalten und brannte völlig aus. Keiner der Insassen, mit denen ich an der Front vielen Verwundeten helfen konnte und in vorderster Linie oft schwierige Zeiten durchgestanden hatte, überlebte. Auch der zweite Wagen wurde von Bordwaffentreffern durchlöchert und kippte brennend im Straßengraben um. Ich saß in diesem Auto und blieb wie durch ein Wunder unverletzt.

Als ich aus dem umgestürzten Wagen gekrochen war, in dem sich auch viele Tote befanden und Schwerverwundete um Hilfe schrien, kamen am Ende der langen, geraden Straße die ersten russischen Panzer um die Kurve und beschossen sofort das deutsche Militär. Danach hörte ich drei oder vier heftige Detonationen und sah in der Ferne einige der anrückenden Panzer lichterloh brennen und explodieren. Die Russen zogen sich sofort wieder zurück, als noch ein Panzer von den Deutschen wohl durch eine Panzerfaust vernichtet wurde. Wie von Sinnen rannte ich dann mit einer blutjungen deutschen Schwester zwischen Toten, brennenden Militärfahrzeugen und zerschossenen Flüchtlingswagen in die Richtung, in der ich Dr. Hübner in einem Kübelwagen mit zwei weiteren Offizieren vermutete.

Als wir wieder von Fliegern beschossen wurden, flüchtete ich in den Wald und klammerte mich voller Angst und Schrecken an eine mächtige Tanne. Die junge Schwester hatte ich in den Trümmern der brennenden Fahrzeuge aus den Augen verloren. Das war die entscheidende Situation, in der ich mich zur Flucht entschloss, denn noch war ich in einem Gelände, das ich von Waldarbeiten als Kriegsgefangene ganz gut kannte. Einen warmen Schal und eine dicke Winterjacke nahm ich mir noch aus dem Führerhaus eines zerstörten Lkws, in dem ein toter Fahrer lag. So schnell ich im tiefen Schnee laufen konnte, lief ich weiter und weiter in den Wald hinein. Nur weg von der Hauptstraße und weg von den erbitterten Kämpfen, die nun entbrannten, denn nur so hatte ich eine kleine Chance dem Feuergefecht zu entkommen, zu überleben. Ich musste es bis zur Kutzburger Mühle schaffen, um bei dieser grimmigen Kälte nicht zu erfrieren. Stunde um Stunde verging. Ich irrte schon fast hoffnungslos im immer dichter werdenden Wald umher, als ich frische Fußspuren im knietiefen Schnee entdeckte, die in eine Richtung führten, die mir bekannt vorkam. So beschloss ich, diesen Spuren zu folgen, die mich weiter vom Kampfgeschehen zu bringen schienen.

Eine sternklare Nacht brach herein. Es war bitterkalt. Geisterhaft leuchtete der Vollmond durch die im klirrenden Frost erstarrten Zweige. Der tiefe Schnee knirschte bei jedem Schritt laut unter meinen Füßen, die ich kaum noch spürte. Immer wieder sagte ich mir, du musst weiter, immer weiter laufen, wenn du nicht erfrieren willst. So schleppte ich mich im Mondlicht durch die ganze Nacht, immer den Spuren folgend, ohne zu wissen, wohin sie mich führen würden. Als es dann endlich wieder hell wurde, aß ich mein letztes Stück Brot aus meiner Jackentasche und stopfte mir eine Handvoll Schnee gegen den starken Durst in den Mund, bevor ich weiter lief. Nach einiger Zeit öffnete sich vor mir der Wald. Vor mir lag dieses Gehöft. War dies tatsächlich die Kutzburger Mühle? Sollte ich wirklich zu Tode erschöpft, fast erfroren und völlig verzweifelt diese Nadel im Heuhaufen, diese einsame Mühle in einem unendlich großen Wald gefunden haben, oder war ich ganz woanders? Unentschlossen stand ich lange im dichten Unterholz, bevor ich mich vor Kälte zitternd dem Anwesen näherte. Niemals hatte ich die Hoffnung aufgegeben, dass wir uns nach dem grausamen Krieg, nach all dem schmerzvollen Geschehen, nach all den Erniedrigungen und Demütigungen, die ich als Kriegsgefangene durchmachen musste, eines Tages wiedersehen würden. Aber dich wirklich wohlbehalten und unverletzt hier wiederzufinden, ist für mich so schnell nicht zu begreifen, denn es ist für mich ein großes Wunder. Gott hat uns zusammengeführt, nichts wird uns mehr trennen. Wir mussten beide Schlimmes durchmachen. Der Krieg wird bald zu Ende sein. Dann werden wir endlich ein friedvolles Leben führen können.‘

Woher nahm diese junge Frau die Kraft, diese ungebrochene Zuversicht, diesen Mut, obwohl sie genau wusste, in welch großer Gefahr wir uns jetzt befanden? Ahnte sie vielleicht nicht, wie ausweglos, eigentlich hoffnungslos unsere Lage war? Hier, mitten im erbarmungslosen Krieg, rechts und links waren die russischen Truppen an uns vorbei, lag die Hauptfront schon weit vor uns – hier war wirklich ein großes Wunder geschehen.

Ein letztes Mal aßen wir gemeinsam mit den alten Menschen ein kräftiges Mahl, dann wurde es für uns allerhöchste Zeit zum Aufbruch, denn ich spürte instinktiv, dass die Russen von Kutzburg nun auf die Mühle zumarschierten. Iwonka hatte noch zwei oder drei Stunden fest geschlafen. Die Frau hatte mir vorher noch ganz grob auf einen alten, vergilbten Zettel die geheimen Pfade und Wege durch den Wald skizziert, Iwonka einen warmen Pullover und einen Stoffbeutel mit Brot und Wurst gegeben. Dann kam der tränenreiche Abschied von Menschen, die mir durch ihren Glauben Kraft und Mut gaben, die mir so vertraut wurden. Menschen, die ich niemals vergessen werde. Lautlos verschluckte uns der tief verschneite Wald. Unsere verräterischen Spuren wollte die gute alte Frau noch schnell beseitigen. Nach kurzer Zeit vernahmen wir den Lärm heranrückender Panzer aus der Richtung, aus der wir vor gut einer Stunde aufbrachen.

Bald darauf hörten wir einen lauten Knall und mehrere Schüsse, die Böses ahnen ließen. Niedergeschlagen flüchteten wir so schnell uns unsere Füße trugen ins Ungewisse. Dabei war uns die grobe Aufzeichnung der Waldwege und Pfade eine gute Hilfe, besonders dann, wenn diese sich verzweigten und in verschiedene Richtungen führten. Der Frost hatte etwas nachgelassen. Leichter Schneefall setzte am späten Nachmittag ein, als wir im dichten Unterholz inmitten vieler Wachholderbüsche völlig erschöpft eine kurze Rast machten. An dieser Stelle eröffnete ich Iwonka meinen Plan über die weitere Flucht. Die Aussicht heil durchzukommen war äußerst gering, doch wollten wir auf keinen Fall den bolschewistischen Horden in die Hände fallen, die uns racheerfüllt und in blindem Hass sofort erschießen würden. Nächtelang habe ich wach gelegen und überlegt, wo ich mich vielleicht verstecken könnte, bis der Krieg zu Ende wäre. Dass wir uns beide so wiederfinden würden, habe ich zwar immer gehofft, aber doch nicht für möglich gehalten. Aber diese Fügung, dieses unerwartete, wundervolle Geschehen, gab mir nun die Kraft, für uns beide um unser Leben zu kämpfen und niemals aufzugeben.

Wir mussten die Landstraße von Willenberg nach Gedwangen, auf der ich immer noch russische Truppen als Nachschub für die weiter vorn liegende Front vermutete, mitten in der Nacht überqueren, denn nur so könnten wir in der Wildnis am Omulef untertauchen, und mit viel Glück würde ich auch das alte versteckte Haus am Fluss finden, das ich in friedlichen Zeiten zweimal beim Angeln besucht hatte. Bei fast völliger Dunkelheit näherten wir uns äußerst vorsichtig der Landstraße. Die letzten hundert Meter kroch ich auf dem Bauch liegend vor und beobachtete links von mir in einiger Entfernung eine Kolonne Russen mit ihren Panjewagen, die laut grölend um ein großes Feuer stand. Die meisten von ihnen waren so besoffen, dass sie dauernd in den Schnee fielen, sich wieder aufrappelten, um dann mit ihren Kalaschnikows in die Luft zu schießen. Nicht allzu weit machte die Straße eine leichte, übersichtliche Kurve. Überall reichte der Wald bis zur Straße, an deren Rand in kurzen Abständen dicke Bäume standen. Eine der herrlichen Alleen in Ostpreußen, die dieses Land so einzigartig machen. Trotz großer Kälte verharrten wir noch lange in unserem Versteck. Als der letzte Russe volltrunken im Panjewagen verschwand, entschlossen wir uns zur Überquerung, indem wir liegend bis zu einem dicken Baum am Straßenrand krochen, uns dahinter versteckten und, auf ein Zeichen von mir, auf die andere Seite liefen, um uns dort wieder hinter einem Baum zu verstecken. Nichts regte sich.

Zu unserem großen Glück setzte nun starker Schneefall ein, der unsere Spuren verdeckte. Ab jetzt konnte uns nur mein Kompass helfen, den Omulef in dieser verschneiten Einöde zu finden. Die Kälte setzte uns arg zu. Wie gut, dass uns die alten Leute noch warme Sachen schenkten, sonst hätten wir sicher schon unter Erfrierungen und Unterkühlung gelitten. Ständige Angst vor den Russen trieb uns voran. Wir irrten im dichten Schneetreiben durch eine zugefrorene Moor- und Sumpflandschaft und verloren völlig die Orientierung, je weiter wir uns von der Chaussee entfernten. Auch gab es bald weder Waldwege noch verwachsene Pfade, die wir hätten gehen können. Durch das viele terrestrische Fliegen über dieses Gebiet, das ich damals als junger Pilot in Groß-Schiemanen fast täglich absolvierte, wusste ich, dass es zwischen Willenberg und Neidenburg und bis weit hinter die Grenze Polens nur riesige Waldungen, Moore, Seen, den Omulef und viele kleine Wasserläufe ohne Straßenverbindungen gibt. Alles ist fast unberührte Wildnis. In der Morgendämmerung kamen wir an eine freie Stelle im Wald, die trotz knietiefen Schnees und hartgefrorenen Bodens als Moorwiese zu erkennen war, durch deren Mitte gewöhnlich ein kleiner Bach floss, der jetzt bis auf den Grund zugefroren war. Wir mussten das Einzugsgebiet des Omulefs erreicht haben. Um uns herum stiegen in einiger Entfernung pechschwarze Rauchwolken aus dem Wald in den stahlblauen Himmel. Waren es die Dörfer Großwalde und Fröhlichshof, die von den Russen besetzt und nun niedergebrannt wurden? Wenn das stimmen sollte, dann müssten wir bald den Omulef erreichen. In der Ferne hörten wir vereinzelt Schüsse und Motorengeräusche, die aber immer leiser wurden. Wir waren völlig erschöpft und todmüde, fühlten uns hier aber ziemlich sicher.

Immer wieder munterte ich Iwonka auf, die sich mit letzter Kraft durch den tiefen Schnee schleppte. Stunde um Stunde bewegten wir uns in die Richtung weiter, in der ich den Omulef vermutete. Auch dieser Tag ging langsam zu Ende. Und plötzlich standen wir am Fluss, am Omulef. Er musste es sein, denn alle anderen Wasserläufe dieser Region waren nur kleine Bäche und natürliche Abflussgräben. Aber an welcher Stelle des Flusses befanden wir uns jetzt? Mit einer festen Schnee- und Eisdecke sah alles ganz anders aus als damals, als wir bei herrlichem Sommerwetter beinahe lautlos mit dem Kahn auf seiner klaren Oberfläche dahinglitten. Wo aber steht das im Schilf versteckte alte Haus, jene geheimnisvolle Hütte, an der wir damals waren, die im Leben der Vorfahren, der Sippe der Jondrals aus Wessolowen, jahrhundertelang Zufluchtsort und Rettung in bösen Kriegszeiten war? Es gab zwar nur die Möglichkeit, den Fluss aufwärts oder ihn abwärts zu gehen, doch der falsche Weg würde uns nicht nur weiter von dem Haus entfernen, sondern auch in den Bereich des russischen Vormarsches führen. Selbst dann, wenn wir den Irrtum noch rechtzeitig bemerken würden, wären unsere Spuren im Schnee verräterisch.

Wir mussten unbedingt eine Bleibe für die Nacht finden, denn es war bitterkalt und es dämmerte bereits. So schleppten wir uns todmüde weiter durch den tiefen Schnee. Meine tapfere, mutige Begleiterin war am Ende ihrer Kräfte angelangt, und auch ich war völlig erschöpft. Plötzlich fiel sie einfach lautlos in den Schnee und blieb liegen. Ich richtete sie wieder auf, legte ihren Arm um meine Schulter, nahm ihren Rucksack auf meine freie Seite und redete ermutigend auf sie ein. Schon nach kurzer Zeit merkte ich, dass wir so nur ganz langsam vorwärts kamen und beschloss, an einer Stelle mit vielen dichten Wacholderbüschen ein Lager für die Nacht einzurichten. Es war äußerst riskant, ein Lagerfeuer in dieser stockdunklen Nacht zu entfachen, doch wir hatten keine andere Wahl, wenn wir bei dieser Eiseskälte überleben wollten. Der Schein der Flammen war glücklicherweise nach allen Seiten durch hohes Wacholdergestrüpp gut verdeckt. Auch hielten wir die Flamme möglichst klein und verbrannten nur dürres, trockenes Holz und Reisig, damit kein Rauch entstand. Dicht zusammengedrängt saßen wir auf unseren Rucksäcken um das wärmende Feuer und dösten in der dunklen, kalten Januarnacht so vor uns hin, als wir plötzlich durch knackende Geräusche in unmittelbarer Nähe aus unserem Halbschlaf gerissen wurden. Was war das? Da, schon wieder das gleiche Geräusch. Sind wir von Partisanen entdeckt worden, die uns gleich überfallen werden, oder haben versprengte Russen unser Feuer doch gesehen? Ich entsicherte meine Pistole. Hinter einem Wacholderbusch versteckt beobachteten wir eine Zeitlang gespannt die Umgebung, aus der die knackenden Geräusche gekommen waren, die sich jetzt aber wieder von uns zu entfernen schienen. Vorsichtig schlich ich mich ins dichtere Unterholz.

Zum Glück fand ich dort frische Spuren im Schnee, die von einem größeren Tier stammten, wie von einem Hirsch oder Elch, der, nachdem er unsere Witterung aufgenommen hatte, sich schleunigst aus dem Staub machte. Erleichtert kehrte ich zu unserer Feuerstelle zurück. Iwonka kam mir entgegen und schmiegte sich zitternd an mich. In diesem Augenblick bemerkte ich erst, dass sie eine Pistole in ihrer Hand hielt. Sie hatte sie bisher in ihrer Jackentasche verborgen und sagte mir nun, dass sie die Waffe einem toten deutschen Soldaten weggenommen hätte, als sie geflohen war. Mit ihr hätte sie sich das Leben nehmen wollen, wenn sie die Kutzburger Mühle nicht gefunden und mich nicht wiedergesehen hätte. Dieses ehrliche Bekenntnis, dieser unerschütterliche Glaube an unsere Liebe, hat mich damals sehr berührt. Wir befanden uns in einer entsetzlichen Lage, waren durch die unmenschlichen Strapazen am Ende unserer Kräfte und wussten nicht einmal, wohin wir fliehen sollten, denn der Feind war überall. Die eigenen Landsleute würden sie und mich sofort erschießen, denn eine Polin, die sich mit einem Deutschen abgab, war für Rotarmisten, Partisanen und polnische Milizen eine Verräterin. Als der Morgen graute, hörten wir wieder in der Ferne starken Gefechtslärm und sahen große Verbände feindlicher Flugzeuge am stahlblauen Himmel. Die russischen Truppen überrannten unaufhaltsam Ostpreußen.

Ein jahrhundertealtes deutsches Land versank im Chaos, eine beispiellose Tragödie nahm ihren Lauf. Erst Jahre nach dem verlorenen Krieg sollte das ganze Ausmaß der Katastrophe, das furchtbare, brutale Schänden und Töten unschuldiger Zivilisten, das von blindem Hass erfüllte Morden an Kindern, Frauen und Greisen durch die wilden Horden der Rotarmisten bekannt werden.

Die Suche nach dem alten Haus am Omulef ging weiter. Über den in der Ferne liegenden Dörfern ragten dunkle Rauchwolken in den klaren Januarhimmel. Die Russen werden die Orte plündern und niederbrennen. Wie ist es wohl meiner Familie ergangen? Konnten sie rechtzeitig fliehen? Lebten meine Eltern, meine Schwester, mein Bruder überhaupt noch, der zuletzt mit Resten einer Panzereinheit im Kampf um Ostpreußen eingesetzt wurde? Diese Gedanken quälten mich ohne Unterlass. Meine tapfere Begleiterin hatte ihre Eltern und den jüngeren Bruder schon vor Jahren beim Einmarsch der deutschen Truppen in Polen verloren. Stockend erzählte sie mir über ihr Leben, ihre Familie, ihre Freunde, ihre Träume, die sie als junges Mädchen einmal hatte, und wie dieser sinnlose Krieg plötzlich alles zerstörte. Warum nur? Sie konnte nie begreifen, warum Völker, die friedlich nebeneinander lebten, plötzlich Krieg führten? Warum unschuldige Zivilisten für Hitlers Vernichtungswahn jetzt so furchtbar büßen müssen? Anfangs hätte sie als Polin, als Kriegsgefangene tiefen Hass gegen alle Deutschen gehabt, aber nach der ersten Begegnung mit mir wich ihre stille Wut allmählich aus ihrem Herzen. In der schier aussichtslosen Lage, in der wir uns nun auf der Flucht befanden, war sie bereit, bis zum Äußersten zu kämpfen, zumal das Leben nach all den grässlichen Erlebnissen nur mit mir gemeinsam für sie überhaupt noch lebenswert wäre.

Welch ein Mensch! Was für eine Größe. Ich nahm sie in die Arme, sie schluchzte und weinte, denn sie spürte die Gefahr, die uns übermächtig umgab und erdrücken wollte. Sie hatte Frostbeulen an beiden Füßen, war zum Skelett abgemagert, hatte eine verkrustete Wunde am Bein, die sie sich nach dem panikartigen Absprung aus dem getroffenen Lastwagen zugezogen hatte, war am Ende ihrer Kräfte. Mutig und tapfer verdrängte sie still ihre Leiden und folgte meinen tiefen Spuren im Schnee. Wieder näherte sich ein Tag seinem Ende.

Im letzten Licht entdeckte ich eine Stelle am Fluss, an die ich mich irgendwie noch erinnern konnte. Hier mündete in einer Flussbiegung ein kleiner Bach in den Omulef. Es musste der Wasserlauf sein, an dem, versteckt im Schilf und Weidengestrüpp, die verfallene Hütte, das alte Haus am Omulef, lag. Aber war das wirklich der richtige Seitenzufluss? Diese Entdeckung erweckte in unserer verzweifelten Lage neue Hoffnung und Kräfte. Wir hatten plötzlich ein Ziel, an das wir uns jetzt klammerten, einen Zufluchtsort, an dem wir uns von den unmenschlichen Strapazen etwas erholen und aufwärmen könnten. So schleppten wir uns mühsam auf dem zugefrorenen Bach durch hohe Schneewehen, durchquerten moorige Flächen mit vielen Büschen und hohem Schilf und standen urplötzlich im hellen Mondlicht vor der düsteren Silhouette einer kleinen Hütte. Es war das alte Haus am Omulef. Nichts deutete darauf hin, dass jemand hier war. Dunkel, ja drohend und abweisend, geheimnisvoll im Vollmondschein, mitten im Schilf und Gestrüpp, wirkte das verfallene Haus beängstigend auf uns. Als wir die vom Schnee halb zugedeckte Tür entriegelten und vorsichtig öffneten, schlug uns ein modriger Geruch entgegen. Auf einem alten, grobgezimmerten Holztisch standen zwei beinah abgebrannte Kerzen, mehrere emaillierte Trinkbecher und einige Schachteln Streichhölzer. Nachdem ich die Kerzen entzündet hatte, steckte ich auch den steinernen Herd an, um etwas Wärme in das ausgekühlte Innere zu kriegen. Erst jetzt sah ich, dass jemand aus der verfallenen Hütte eine provisorische, aber dichte Behausung gezimmert hatte, in die man fliehen und sich verstecken konnte. Die morschen Balken hatte man durch neue ersetzt, die Löcher in den Wänden verbrettert, zwei winzige Fenster eingebaut und das Dach geflickt. Aus der verrotteten Bretterbude hatte wohl die Familie Jondral aus Fröhlichshof einen Zufluchtsort hergerichtet, in dem man sich sicher eine Zeit lang aufhalten konnte. Aber warum war niemand hier? War die Rote Armee schneller als erwartet in Fröhlichshof einmarschiert? Wir hatten auf dem langen Fußmarsch hierher und auch um das Haus herum keine Spuren entdeckt. Sie wollten sich hier verstecken, denn wir fanden Vorräte im Haus, eine Petroleumlampe und einen großen Kanister mit Petroleum. Was war geschehen, warum waren sie nicht hier? Ich hatte eine schlimme Ahnung, aber ich hoffte weiterhin, dass sie rechtzeitig fliehen konnten.

Wir waren überglücklich, endlich ein Dach über dem Kopf zu haben, doch mussten wir hier sehr vorsichtig sein und Geräusche wie starken Rauch, der über ein verrostetes Ofenrohr ins Freie geleitet wurde, unter allen Umständen vermeiden. Nachdem wir etwas gegessen hatten und ein wenig aufgewärmt waren, schliefen wir auf den Holzpritschen ein, auf denen einfache Strohsäcke lagen. In der Nacht hatte es leicht geschneit, sodass unsere verräterischen Spuren verdeckt waren. Ich sammelte trockenes Holz, als Iwonka noch fest schlief. Auch nachdem ich wieder in die Hütte eintrat, war sie nicht erwacht. Ich setzte mich auf einen groben Schemel und betrachtete ihr schönes, blasses Gesicht, ihre zarten Hände, die von jahrelanger Arbeit als Kriegsgefangene und von der grimmigen Kälte rissig und aufgesprungen waren. Sie hatte in ihrem jungen Leben viel mitgemacht und floh jetzt mit einem deutschen Soldaten nach Polen, in das Land, das er mithalf im Krieg zu zerstören. Je mehr ich darüber nachdachte, desto auswegsloser kam mir alles vor, denn in ihrem Land erwartete mich die Rache der Sieger; der sichere Tod oder die Verschleppung nach Sibirien. Auch für sie bestand eine große Gefahr, wenn uns Russen oder polnische Milizen entdecken würden.

Als Iwonka die Augen öffnete, bemerkte ich, dass sie am ganzen Körper zitterte. Sie weinte still vor sich hin. Die schrecklichen Erlebnisse des Krieges, die entsetzlichen Qualen in der Gefangenschaft, die furchtbaren Strapazen auf der Flucht ließen sie verzweifeln. Ich redete beruhigend auf sie ein und versuchte, ihr wieder Mut zu machen. Plötzlich sagte sie zu mir: ‚Hoffnung? Was für ein Wort! Ich habe es jetzt lange genug gehört. Von den armen Mithäftlingen im Lager, von den Verwundeten im Lazarett, von deutschen Landsern, die schwerverletzt in meinen Armen starben und von dir, den ich sehr liebe. Und doch bin ich traurig, weil mich große Sorgen Tag und Nacht plagen. Mut? Es gehört viel Mut dazu, sich eine Kugel in den Kopf zu jagen, aber noch mehr Mut, in russische Gefangenschaft zu gehen, denn diese wird weit schlimmer sein als der Tod.‘ Nach diesen Worten hielten wir uns an den Händen und schwiegen. Für wenige Augenblicke ließ mich das Lächeln einer jungen Frau die Hoffnungslosigkeit vergessen. Wir beschlossen, noch eine Zeit lang hier zu bleiben, denn unter allen Überlegungen schien uns dieser Beschluss vorerst der sicherste zu sein. Ferner Geschützdonner aus der Richtung des Frontverlaufs war immer noch zu hören, doch wurde dieser von Tag zu Tag leiser. Durch den raschen Vormarsch der sowjetischen Truppen entfernte sich die Front immer weiter von uns.

Die Angst in unserem Versteck von polnischen Milizen oder Partisanen entdeckt zu werden, war ständig vorhanden und wurde immer größer, je länger wir uns hier aufhielten. Die eingelagerten Vorräte machten uns das Leben etwas leichter, wenn auch die Kartoffeln durch den starken Frost, trotz einer Abdeckung mit alten Säcken, erfroren waren. Angespannt lauschten wir in alle Richtungen auf jedes Geräusch, doch es blieb vorerst ruhig um unseren Zufluchtsort. Nach einigen Tagen im verborgenen alten Haus am Omulef, es muss mittlerweile Anfang Februar gewesen sein, wurde es merklich wärmer. Ich wurde immer unruhiger und nervöser. Nach langem Überlegen fasste ich einen verwegenen Plan, den ich meiner Leidensgefährtin sofort unterbreitete. Wir sollten bald versuchen, uns nachts durch die Wälder bis zu ihrem Heimatort Chorzele durchzuschlagen und einige Tage in ihrem Elternhaus bei ihrem älteren Bruder oder bei Verwandten von ihr untertauchen, bis keine russischen Truppen mehr dort wären. Dann sollten wir es wagen, bei einsetzendem Tauwetter über den Narew und die Weichsel in einem Kahn, Boot oder auf einem Floß durch die Fronten bis nach Danzig durchzustoßen. Nur während der Nacht und mit dem schnellen Hochwasser treibend, könnte uns ein Durchbruch mit viel Glück gelingen. Danzig und Gotenhafen, aber auch die Halbinsel Hela würden die deutschen Truppen sicher lange verteidigen, bis möglichst viele der Flüchtlinge aus Ostpreußen gerettet würden. Für mich war dieser verzweifelte Plan die einzige Hoffnung zu überleben, und mit viel Glück könnten wir noch in letzter Minute mit einem der Evakuierungsschiffe in den Westen Deutschlands gerettet werden. So einigten wir uns nach langem Beraten, doch noch ein paar Tage hier zu bleiben. In dem alten Haus am Omulef, in ständiger, zermürbender Ungewissheit, in dauernder Angst vor Entdeckung, lernte ich etwas Polnisch. Bei einer plötzlichen Konfrontation mit polnischen Milizen sollte ich so wenig wie möglich reden. Ich sollte ihr Bruder sein, der mit ihr aus einem Lager in Ostpreußen abgehauen wäre, aber krank sei und schwer gelitten hätte. Kaum vorstellbar, dass die Polen oder Russen in so einem Fall nichts merken würden, dachte ich, klammerte mich aber daran, dass es in meiner zerrissenen Zivilkleidung klappen könnte. Wenn etwas schief laufen würde, hätte ich ja noch meine Pistole, sagte ich zu ihr, worauf sie entgegnete: ‚Ich auch!‘

Der Aufbruch ins Ungewisse war ein unkalkulierbares Wagnis, doch verspürte ich an jenem Februarmorgen den unbändigen Drang in mir weiterzuziehen, wenn mein utopischer Plan noch gelingen sollte. Wir mussten es durch das Bett eines Baches schaffen, der in das Flüsschen Orschütz mündet, der dann fast parallel mit dem Omulef nach Südosten und Süden fließt und teilweise der Grenzfluss zwischen Masuren und Polen ist. Nur in seinem noch zugefrorenen Flussbett konnten wir Chorzele erreichen. Eine solch heikle Strategie entwickeln nur Menschen, die sich in einer auswegslosen Situation befinden, die sich in ihrer Angst an jeden Strohhalm klammern. Wir versuchten das kaum Machbare und baten Gott um seinen Beistand. Was sollten wir in dieser äußerst gefahrvollen Lage, in unserer großen Not auch anderes tun, als nach Auswegen zu suchen, auch wenn sie noch so wahnsinnig waren?

Gegen Abend hörten wir erst leise, dann immer lauter werdende Fahrgeräusche. Unaufhörlich rollte der russische Nachschub auf der Hauptstraße von Willenberg nach Neidenburg, die wir bald an irgendeiner Stelle überqueren mussten. Der Himmel war bewölkt, hin und wieder setzte leichter Schneeregen ein. Es war nasskalt und es dunkelte rasch. Ein schiefer Wegweiser zeigte den Weg nach Reuschwerder, als wir uns vorsichtig der Hauptstraße nach Neidenburg näherten. Etwas westlich von diesem Dorf kamen wir an dem Bach, durch den wir weiter bis zum Orschütz gelangen wollten. Wir warteten stundenlang in der Dunkelheit und überquerten die Straße erst, als der letzte russische Lastwagen hinter einer Kurve verschwand. Außer Atem versteckten wir uns unter der kleinen Brücke über dem Bach und dann im dichten Gestrüpp am Waldrand. Jegliche Geräusche vermeidend, liefen wir die ganze Nacht hindurch im Bachbett, in dem Schnee und Eis langsam zu tauen begannen. Im Schutz der Dunkelheit schlichen wir uns gegen Morgen an dem Dorf Neufließ vorbei. Aus der Ferne sahen wir rauchende Gehöfte, doch sonst umgab diesen Ort geisterhafte Stille.

Einige Kilometer weiter, wir mussten bereits die polnische Grenze überschritten haben, vereinigte sich der Bach mit dem Flüsschen Orschütz, der sich im ersten Licht des neuen Tages durch eine einsame Wald- und Heidelandschaft schlängelte. Der nasse Schnee hatte unsere Schuhe aufgeweicht. Wir froren fürchterlich. Aber hier ein Feuer anzuzünden war zu gefährlich. So liefen wir im Flussbett mit entsetzlichen Schmerzen an den Füßen weiter. Mitten in der Heidelandschaft standen in einer kleinen Senke zwei Heuschober, die beide mit einem Bretterunterstand verbunden waren. Zwar hatte es schon seit Stunden nicht mehr geschneit oder geregnet, doch war die Nässe durch unsere Kleidung gedrungen. Auch waren wir völlig erschöpft. ‚Lass uns eine Pause machen, denn ich kann nicht mehr weiter gehen', sagte Iwonka zu mir. Vorsichtig näherten wir uns dieser Stelle. Fußspuren entdeckten wir nicht, dafür aber eine Vielzahl von Wildfährten, besonders in der Nähe der Schober. Hier hatte wohl ein Förster eine Futterstelle für das Schalenwild in Notzeiten angelegt. Jetzt sollte es für einige Stunden unser Unterschlupf werden. Gerade als ich die mit einem groben Holzkeil verschlossene Tür der rustikalen Bretterbude entriegeln wollte, flog aus dem alten Gebälk mit lautem Gekrächze und wildem Flügelschlag ein riesiger Vogel dicht an meinem Kopf vorbei und verschwand im nahen Wald. Es war eine große Eule, die wir in ihrem Schlaf gestört hatten, die mir einen mächtigen Schrecken eingejagte und sich nun als Nachtjäger einen anderen Schlafplatz suchen musste. Es war äußerst gefährlich hier zu rasten, denn die dumpfen Geräusche der ganz in der Nähe verlaufenden wichtigen Hauptstraße von Warschau über Chorzele nach Willenberg und weiter nach Ortelsburg, über die der gewaltige russische Nachschub rollte, drangen bis zu uns. Es musste auch nicht mehr allzu weit bis Chorzele sein, der Kleinstadt, in der Iwonka lebte, bis deutsche Truppen sie verschleppten. Seit über fünf Jahren hatte sie diesen Ort, ihre Heimat, nicht mehr gesehen. Was waren wohl jetzt ihre Gedanken? Trotz Kälte und Übermüdung spürte ich, dass sie angespannt war. Was erwartet uns dort und was würde geschehen, wenn wir wirklich ihren älteren Bruder finden würden und sie ihm plötzlich mit einem Deutschen gegenüberstehen würde, dessen Landsleute die Eltern und den jüngeren Bruder beim Bombenangriff auf Polen töteten? Ich hatte keine Antwort darauf. Sie schien meine Gedanken zu erraten, als sie mich unerwartet fragte: ‚Würdest du auf meinen Bruder schießen, wenn er eine Waffe gegen dich richten würde? Würdest du ihn töten, um dein Leben zu retten?'

Ich sah sie lange an, bevor ich ihr antwortete. ‚Ich weiß es nicht, ob ich es tun würde, aber ich glaube es nicht.' Sie lächelte. Nach einer Weile sagte sie zu mir: ‚Vielleicht ist er tot oder ganz woanders, ich habe ja so viele Jahre überhaupt keine Nachricht von ihm erhalten. Er ist das Ebenbild meines Vaters, ein guter Mensch und Christ. Wenn er den Krieg überlebt haben sollte, wird er uns helfen, wenn er von mir erfährt, was du für mich bist und was du für mich getan hast.' Das Schneewasser hatte unsere Schuhe vollkommen aufgeweicht und verformt. Mit Blasen an beiden Füßen hatte sich Iwonka ohne zu klagen stundenlang geplagt. In ihrem rechten Schuh war die Socke blutgetränkt, an den Fersen hing die Haut in Fetzen herunter. Darunter kam rohes, blutiges Fleisch zum Vorschein. Ein Bild des Jammers. Wie konnte sie überhaupt noch gehen? Als ihr vor Schmerz ein paar Tränen über die bleichen Wangen rollten, nahm ich sie tröstend in meine Arme. Notdürftig umwickelte ich mit einer Binde die schlimmsten Stellen, die uns die gute, alte Frau von der Mühle noch kurz vor dem Abschied mit den Worten in den Rucksack steckte: ‚Ihr werdet sie bestimmt noch brauchen.' Wie recht sie doch hatte. Ein altes Unterhemd zerriss ich dann in mehrere Streifen und umwickelte mit diesen Lappen die geschundenen Füße. Wir zogen unsere nassen Sachen aus, hingen sie unter dem Dach der Bude zum Trocknen auf und verkrochen uns im Heu, nachdem wir unsere Ersatzwäsche anzogen hatten, die uns die alten Menschen in der Kutzburger Mühle gaben. Vor Übermüdung fielen wir sofort in einen tiefen Schlaf. Irgendein dumpfes Geräusch ließ uns plötzlich hochfahren. Was war das? Hellwach lauschten wir in die Stille des frühen Winterabends hinein, doch es war nichts mehr zu hören. In alle Richtungen spähte ich vorsichtig durch die Latten des Heuschobers, aber es blieb auch nach einer guten Weile ruhig. Vor uns legten wir nun die entsicherten Waffen ins Heu und versuchten wieder zu schlafen, doch die große nervliche Anspannung hielt uns davon ab. Auch als wir vor dem Weitermarsch nach Einbruch der Dunkelheit alles um den Heuschober herum absuchten, um vielleicht einen Hinweis auf das zu entdecken, was uns so aufgeschreckt hat, fanden wir nichts. Etwa gegen Mitternacht kamen wir in die Nähe der Hauptstraße nach Chorzele. Aus sicherer Entfernung beobachteten wir den wichtigen Nachschubweg, auf dem ununterbrochen große Truppenverbände nach Norden zur russischen Front rollten. Wir mussten schon ganz in der Nähe von Chorzele sein. Würden wir es schaffen, unbemerkt über die Straße zu kommen? Eine unerträgliche Spannung machte sich breit.

Ihr Elternhaus, in dem sie ihren Bruder zu finden hoffte, sei im Westen von Chorzele, direkt am Stadtrand. Hier kannte sie sich aus, denn in friedlichen Zeiten war sie als kleines Mädchen oft mit ihrem Vater zum Pilzesammeln durch die großen Wälder gegangen und hatte im Winter auch mit den Brüdern beim Holzmachen helfen müssen. Und dort, an einer dicken, uralten Eiche hätten sie mit der ganzen Familie im Sommer im Schatten der mächtigen Krone gerastet, erzählte sie mir wehmütig, als wir an einer markanten Stelle des Waldes standen. Über einen matschigen Weg entfernten wir uns von der lebhaften Straße und gingen wieder tiefer in den

Wald hinein. Leichter Schneefall setzte ein, der aber bei Temperaturen über dem Gefrierpunkt in Regen überging. Je mehr wir uns dem Stadtrand näherten, desto vorsichtiger schlichen wir durch den immer lichter werdenden Wald. Iwonka zitterte jetzt vor Aufregung. Ich fühlte mich als ihr Wegbegleiter und Vertrauter ziemlich hilflos und konnte meine Nervosität vor ihr kaum verbergen. Mit jeder Minute, mit jedem Schritt, den wir auf den Ort zugingen, wuchs die Angst und nervliche Anspannung. Es war beinahe stockdunkel in der Stadt. Im Scheinwerferlicht vereinzelter durch die Straßen fahrender Autos ragten geisterhaft die dunklen Häuserruinen in den Nachthimmel. Auf dem Rückzug der deutschen Wehrmacht fanden in Chorzele noch heftige Kämpfe statt. Von Groß-Schiemanen flogen wir Mitte Januar mit den letzten noch einsatzfähigen Maschinen Entlastungsangriffe auf russische Verbände. Um die Stadt wurde verbissen gekämpft, bis sie schließlich von den Deutschen aufgegeben wurde. Der Ort wurde beinahe völlig zerstört. Äußerst langsam, nach allen Seiten Ausschau haltend, näherten wir uns der Straße, in der Iwonka ihr kleines Elternhaus vermutete. In den Trümmern der Ruinen, in den Bergen von Schutt und Asche konnte man in der Dunkelheit kaum noch ein unbeschädigtes Haus erkennen. Plötzlich standen wir vor einem aus Backsteinen gemauerten Torbogen, hinter dem die Reste einer Mauer mit Teilen eines Schindeldaches in den langsam grauenden Morgen bizarr emporragten. Von dem linken Nachbarhaus war nur ein riesiger Krater übrig geblieben, aber zur rechten Seite hin standen noch Mauerreste mit einem durchlöcherten Dach, das schräg obenauf lag. Das war ihr Elternhaus. Tief erschüttert standen wir eine Weile stumm davor.

Als wir entfernte Schritte vernahmen, reichte mir Iwonka ihre Hand und zog mich hinter den Torbogen über eine kleine Treppe in ein Kellerloch. Der Raum unter dem Schutt war leer. Ein beißender, feuchter Geruch schlug uns entgegen, als wir ihn betraten. ‚Hier hatten meine Eltern die Vorräte aus den endlosen Wäldern um Chorzele für den langen Winter gelagert. Als der deutsche Angriff auf unser Land die Menschen in der Grenzregion völlig überraschte, und ein Bombenteppich auf Teile von Chorzele fiel, befanden sich mein Vater, meine Mutter und mein jüngster Bruder mitten in der Stadt. Wir fanden nach dem Luftangriff noch nicht einmal Reste ihrer Körper. Meinem älteren Bruder und mir blieb keine Zeit zum Trauern. Schon wenige Stunden nach dem Luftangriff besetzten deutsche Truppen die Stadt. In diesem Chaos, in diesem Inferno beschwor mich mein Bruder, sofort mit ihm in die Wälder zu fliehen und nur das

Notwendigste aus dem Elternhaus mitzunehmen. Er redete unaufhörlich auf mich ein, doch ich konnte mich einfach nicht von dem Haus, von den vielen Erinnerungen, von der Stätte meiner Väter trennen. Ein verhängnisvoller Fehler. Buchstäblich in letzter Minute sprang mein Bruder aus dem hinteren Küchenfenster und floh in Richtung Wald. Ich sah ihn noch einmal winken, danach verschwand er im dichten Gestrüpp am Stadtrand. Dann kamen deutsche Soldaten, umstellten die Häuser und verschleppten alle Menschen, die noch arbeiten konnten.' An diesem regnerischen Morgen hockten wir nun in einem kalten, winzigen Keller. Wir hatten kaum noch etwas zum Essen und nur noch wenig Trinkwasser. Iwonka weinte still vor sich hin. Was sollten wir jetzt machen? Wo sollte sie ihren Bruder suchen? Sie hatte jahrelang nichts von ihm gehört. Ob er noch am Leben war? Auch als Polin, als Befreite, war es zu gefährlich, den russischen Frontsoldaten, den wilden Horden der rachegelüstigen Rotarmisten in die Hände zu fallen. Wer viele Jahre in deutscher Kriegsgefangenschaft war und noch lebte, galt als Verräter, mit dem man kurzen Prozess machte. Lautes Gegröle zu den Klängen eines Akkordeons aus der Richtung eines großen Feuers drang bis zu uns herüber. Die Russen feierten wieder die ganze Nacht eine ihrer zügellosen Eroberungsorgien mit viel Wodka, vielen Salven aus ihren Kalaschnikows und wüsten Ausschweifungen. Als es hell wurde, verließ Iwonka unser nasskaltes Kellerversteck, um in den nachbarlichen Ruinen nach Überlebenden zu suchen. Sie hatte ihr Kopftuch tief in die Stirn gezogen und den Kragen ihrer verschlissenen Jacke hochgestellt, damit man ihr Gesicht nicht sofort erkennen konnte. Wir hatten vereinbart, dass sie spätestens gegen Mittag wieder zurück sein sollte. Die Nachschubverbände der Russen verließen nach und nach die Stadt und zogen auf der Straße nach Willenberg weiter. Es wurde deutlich ruhiger, beinahe geisterhaft still. Immer wieder blickte ich verstohlen durch ein breites Loch im Mauerwerk des Kellers auf die benachbarten Häuserruinen und in beide Richtungen auf die durch Bomben und Granaten völlig zerstörte Straße. Eine alte Frau schleppte nicht weit von meinem Versteck einen Eimer Wasser in eine Ruine. Da sie aus den Trümmern nicht wieder zurückkam, musste sie dort auch irgendwo wohnen. Etwas später überquerte eine bewaffnete Gruppe Zivilisten mit einer roten Armbinde die Straße. In einiger Entfernung peitschten Schüsse in den Ruinen. So weit ich es erkennen konnte, waren es Partisanen oder polnische Milizen.

Stunde um Stunde verging. Als Iwonka gegen drei Uhr am Nachmittag noch nicht zurück war, wurde ich immer unruhiger. Was war geschehen?

Wirre Gedanken gingen mir durch den Kopf, die mir fast den Verstand raubten. Zudem plagten mich in meinem nasskalten Verließ gewaltiger Hunger und Durst. Ich konnte in meiner Lage nichts anderes unternehmen, als zu warten. Endlich kam sie. Für mich war es wie eine Erlösung. Ich sah sie schon von Weitem. Sie schaute sich immer wieder um, ob sie nicht verfolgt würde. Auch ging sie zuerst an dem Keller in den Ruinen vorbei, in dem ich sehnsüchtig auf sie wartete. Ein gutes Stück weiter verschwand sie in den aufgehäuften Trümmerbergen und kam dann plötzlich über die hinter dem Keller liegenden Mauerreste zu mir. Ein Stein fiel mir vom Herzen. Sie war wieder bei mir und begann zu erzählen: ‚In unserer Straße fand ich niemanden in den Trümmern. So lief ich einfach weiter in eine Richtung am Stadtrand, in der ich noch Häuser sah. Zum Marktplatz in der Mitte der Stadt traute ich mich nicht, denn dort waren sicher noch Russen oder polnische Widerstandskämpfer. Die Straßen waren alle zerstört und menschenleer. Erst ganz am Ende der Häuserreihe öffneten mir zwei alte Menschen die Tür und baten mich herein. Ich erzählte ihnen, dass ich hier vor Jahren ganz in der Nähe aufgewachsen bin und nannte meinen Namen. Sie kannten die Straße, wussten aber mit dem Namen Lissek nichts anzufangen. Nach und nach, als ich sicher war, dass mir von ihnen keine Gefahr drohte, berichtete ich ihnen über mein Schicksal und dass ich meinen Bruder suchen würde. Sie hatten beim Einfall deutscher Truppen bereits Ende 1939 ihren einzigen Sohn verloren, waren beide von schwerer Krankheit gezeichnet, hatten unter den Deutschen beim Vormarsch und beim Rückzug sehr gelitten. Die Russen hätten sie mehrmals ausgeplündert und immer schlecht behandelt. Sie wären verhungert, wenn sie nicht von Verwandten aus dem Dorf Liwki Mehl, Kartoffeln und Kohl aus ihrer kleinen Landwirtschaft erhalten hätten. Die Leute hatten viel mitgemacht und waren froh, dass nun der fürchterliche Krieg bald zu Ende wäre. Als ich mich von ihnen verabschiedete, gab mir die alte Frau noch ein ganzes Brot, ein paar Möhren, etwas durchwachsenen Speck und eine Kanne voll Wasser und fragte mich, wohin ich denn gehen würde; ich könnte ja bei ihnen übernachten. Vielleicht käme ich wieder, antwortete ich, bedankte mich für alles und ging. Ich hatte mich lange bei ihnen aufgehalten und dabei vieles über die Kriegszeit in meiner Heimat erfahren. Eine Zeit lang lief ich noch in die Richtung der Stadt, wo ich das Haus meiner Tante vermutete. Als ich aber eine Gruppe von bewaffneten Zivilisten sah, kehrte ich wieder um, machte einen großen Umweg zu unserem Versteck und verspätete mich deshalb. Nun bin ich ja wieder bei dir.‘

Erleichtert atmete ich auf. Wir waren wieder vereint. Gierig verschlangen wir etwas von dem Mitgebrachten und stillten den mächtigen Durst. Ich berichtete ihr von meiner Beobachtung während ihrer Abwesenheit; von der alten Frau, die einen Eimer Wasser schleppte und nicht weit von hier in den Ruinen verschwand. Diese Frau wollte Iwonka nun sofort suchen, denn von ihr erhoffte sie sich, etwas über ihren Bruder zu erfahren. So beschlossen wir, dass sie in der Dämmerung auf die Suche gehen sollte. Der Wind peitschte im Halbdunkeln heftige Regenschauer über die geisterhaft emporragenden Mauerreste und Gesteinstrümmer, als sie vorsichtig unser Versteck verließ und in den dunklen Ruinen verschwand. Schon nach nicht allzu langer Zeit kehrte sie ziemlich aufgeregt zurück. Sie hatte die Frau in einer Hausruine in den Trümmerbergen entdeckt, in der noch ein einziges Zimmer bewohnbar war. Als sich die beiden Frauen gegenüberstanden, erkannten sie sich sofort. Es war ihre damalige Nachbarin. Ihren Mann und auch ihren einzigen Sohn hätten die Deutschen nach dem Einmarsch in Chorzele gefangengenommen und verschleppt. Seitdem hätte sie von ihnen nichts mehr gehört. Die enge Straße, in der sie Nachbarn waren, ist erst beim Rückzug der Deutschen durch Bomben und heftigen Artilleriebeschuss völlig zerstört worden. Viele Tote und Verwundete hätte es gegeben. Die ganze Stadt sei tot, ein Trümmerhaufen, ohne Licht und Trinkwasser, ohne Lebensmittel und ärztliche Versorgung, ausgeplündert von Russen und einheimischen Banden und überall lägen Leichen, die niemand beerdigen würde.

Zu dieser Nachbarin hatte Iwonka absolutes Vertrauen, und so erzählte sie ihr auch gleich nach der ersten Wiedersehensfreude alles, was sie selbst durchgemacht hatte. Als sie ihr aber von mir erzählte, dass sie mit mir auf der Flucht sei, erschrak die Nachbarin, sah sich in dem fensterlosen Raum nach allen Seiten um und flüsterte leise: ‚Ihr müsst sofort aus dieser Stadt, denn polnische Partisanen suchen jeden Tag nach versprengten deutschen Soldaten in den Ruinen und erschießen sie ohne Rücksicht an Ort und Stelle. Auch wenn der Deutsche so viel für dich getan hat, ihr seid in höchster Gefahr. Versucht in der Nacht noch bis zu dem Dorf Budziska durchzukommen, das am Orzyc liegt und in dem deine Großeltern doch einen kleinen Hof bewirtschaften. Vielleicht könnt ihr euch dort so lange verstecken, bis der Krieg vorbei ist und die russischen Truppen wieder abgezogen sind. Von deinem Bruder weiß ich nur, dass er nach seiner Flucht zu den Partisanen ging und als einer ihrer Anführer zuletzt in Warschau gesehen wurde.‘

‚Lass uns in der Dunkelheit schnell von hier weg gehen, bevor man uns in diesem Keller entdeckt, ich habe große Angst um dich. Ich denke, wir kommen bis zum Morgengrauen durch die Wald- und Heidelandschaft sicher nach Budziska zu meinen Großeltern, die hoffentlich noch am Leben sind, denn sie waren damals schon sehr alt. Da der Fluss mitten durch Chorzele fließt, müssen wir einen großen Bogen um die Stadt machen und uns dann durch den Wald dem Fluss wieder nähern. Es wird gefährlich sein, unentdeckt aus der Stadt bis zum Wald zu kommen', plante meine mutige Gefährtin. Es war deutlich wärmer geworden. Der Schnee begann langsam zu schmelzen. Der aus Westen einsetzende Regen fegte mit heftigen Sturmböen über die kahlen Heideflächen, als wir uns bei völliger Dunkelheit aus den Ruinen fortgeschlichen hatten. Ein kleiner, halbverhungerter Hund lief uns noch ein Stück hinterher, blieb dann aber im nassen Schnee sitzen, bellte noch einmal leise, legte sich zur Seite und stand nicht mehr auf. Wir blieben stehen und betrachteten das arme Wesen noch eine Zeit lang traurig, doch es regte sich nicht mehr. So ist es mit dem Leben, dachte ich, ein Tier hat entkräftet aufgegeben, in einer trostlosen, kaputten Welt ohne Hoffnung auf Hilfe seines Kameraden, dem Menschen. Ein Deutscher, dessen Land den Polen so unendlich viel Leid zugefügt hat, eine Gefangene, die jetzt befreit war und sich mit ihrem Feind in tödliche Gefahr begibt. Diese Frau glaubt voller Zuversicht an eine gemeinsame Zukunft, obwohl sie instinktiv fühlen muss, dass es keine gibt. Auch in dieser nasskalten, stürmischen Nacht kämpfen wir uns durch Schnee- und Regenschauer. Wir hatten es geschafft, ohne nennenswerten Zwischenfall durch die Wälder und bis zum Orzyc zu kommen. Nur einmal kam uns ein alter Pole entgegen, der genauso erschrak wie wir, als wir uns plötzlich in der Dunkelheit gegenüberstanden. Er hatte auf dem Lande um Lebensmittel gebettelt, erzählte er Iwonka, denn seine Frau wäre dem Hungertod nahe und sehr krank. Schweigend gingen wir nach kurzer Zeit auseinander. Er hatte vor lauter Angst nicht gemerkt, dass ich kein Pole war, denn ich hatte mir die Mütze tief in die Stirn gezogen und während der kurzen Unterhaltung nur mit dem Kopf genickt. In dem matschigen Schnee kamen wir nur langsam voran.

Auf dem Eis des Flusses stand das Schneewasser knöcheltief, und an einigen Stellen war das Eis bereits brüchig. Wir mussten uns aber an diesem kleinen Wasserlauf orientieren, um uns nicht zu verlaufen. Stunde um Stunde quälten wir uns, immer in Ufernähe mit nassen Füßen durch eine einsame Heidelandschaft mit vielen Wacholderbüschen, mit der ständigen

Angst im Nacken, Russen oder polnischen Banden in die Arme zu laufen. Gegen Morgen stellte Iwonka resigniert fest, dass wir erst etwas mehr als die Hälfte der Strecke nach Budziska bewältigt hätten und uns nun in der Nähe einer kleinen Ansiedlung namens Zadziory befinden würden, einem kleinen Ort, der inmitten einer ausgedehnten Moorlandschaft liegt und den man nur über ganz schmale Feldwege erreicht. Dort wäre sie mit ihrer Großmutter schon einmal gewesen, die damals bei einem Korbflechter eine Gans gegen mehrere Weidenkörbe und Matten getauscht hätte. ‚Lass uns eine Pause machen, ich kann nicht mehr weiter, meine Füße sind wund und bluten', bat mich Iwonka, und ließ sich mit schmerzverzerrtem Gesicht auf einem Baumstumpf nieder. Sie hatte seit ihrer Verschleppung, und jetzt auf unserer Flucht, soviel Furchtbares und Grauenvolles durchgemacht, war nach unmenschlichen Strapazen im bitterkalten Winter zum Skelett abgemagert, hatte nie über ihr schweres Los geklagt, doch nun war diese außergewöhnliche, tapfere junge Frau mit ihren Kräften am Ende, zu Tode erschöpft. Auch ich fühlte, dass meine physischen und psychischen Kräfte zunehmend schwanden, doch ich versuchte es mir nicht anmerken zu lassen. Inzwischen waren wir regelrecht verwildert, schliefen in nassen Hausruinen und Erdlöchern, in Heuschobern oder irgendwo im Wald. Aber das Schlimmste war die ununterbrochene nervliche Belastung. Allein der Gedanke, dass sich in diesen eisigen Wintertagen meine Heimat im Todeskampf befand, dass Ostpreußen unterging, machte mich beinahe wahnsinnig. Wir hatten bei unserem Vor- und Rückmarsch in Russland und Polen verbrannte Erde hinterlassen und den Völkern viel Unrecht und Leid zugefügt. Der russische Frontsoldat wurde fortwährend durch die Hetzpropaganda des Schriftstellers Ilja Ehrenburg zu gnadenloser Rache und Vergeltung nicht nur gegen den gegnerischen Soldaten, sondern gegen jeden Deutschen aufgefordert. Erst nach meiner Gefangenschaft musste ich später erfahren, dass der tiefe Hass verheerende Folgen für die schuldlose deutsche Zivilbevölkerung, für wehrlose Frauen, Mütter und Kinder, für Alte, Schwache und Kranke hatte und erfuhr mehr über das ganze Ausmaß der Greueltaten und über die sinnlose Verwüstung meiner geliebten Heimat.

Entmutigt und ohne Zukunft fiel ich in ein tiefes Loch. Es packte mich Wut und Zorn auf den verdammten Krieg, auf die skrupellosen Verbrecher, auf Hitler und die Nazischweine, die unser schönes, blühendes deutsches Vaterland in Schutt und Asche verwandelten. Warum nur ist der

Führer bei dem Attentat nicht umgekommen? Dann wären wir vielleicht nicht in diese fatale, grausame Lage geraten.

Von der russischen Front überrollt, mit einer Polin auf einer schier aussichtslosen Flucht, in ständiger Gefahr, von polnischen Freiheitskämpfern gefasst und als deutscher Offizier sofort hingerichtet zu werden, von unsagbarem Leid und Entbehrungen gezeichnet, abgemagert und halbverhungert, war ich in meiner Verzweiflung fest entschlossen, meinem Leben ein gewaltsames Ende zu setzen. Es war das erste Mal nach all den harten Zeiten im Einsatz als Pilot und erfahrener Frontflieger, der den Tod täglich vor Augen hatte, dass ich aufgeben wollte. Wir hatten die geschundenen Füße meiner tapferen Wegbegleiterin notdürftig verbunden, die letzten trockenen Strümpfe darübergestülpt und die aufgeweichten Schuhe mit Papier ausgepolstert. Vor Schmerz rollten ihr ein paar Tränen über ihr schönes Gesicht. Ich spürte, dass ihr jeder weitere Schritt Höllenqualen bereiten würde. In dieser Phase der Ratlosigkeit und Verzweiflung umarmte ich sie und verriet ihr ruhig und gefasst meine Absicht zu einer auswegslosen Tat. Ich wollte ihr dabei unbedingt klarmachen, dass die Lage für mich in Polen aussichtslos wäre, und dass sie ohne mich nach dem Ende des Krieges in ihrem Land, nach anfänglich harten Zeiten, irgendwann auch wieder eine Zukunft hätte. Entsetzt schaute sie mich lange an. Gleich darauf schüttelte sie ein Weinkrampf. Am ganzen, ausgezehrten Körper zitternd sprang sie plötzlich auf, öffnete ihren Rucksack, holte ihre versteckte Pistole hervor, drückte sie in meine Hand und schrie mich an: ‚Töte uns beide, wenn du keine Hoffnung mehr hast, keinen Ausweg mehr siehst, denn ohne dich möchte ich nicht weiterleben. Wir haben gemeinsam so viele Gefahren überlebt, haben gefroren, gehungert und gedürstet, haben es nach harten Strapazen mit Gottes Hilfe, voll Zuversicht und voller Hoffnung bis hierher geschafft, und du willst jetzt aufgeben? Du, dem ich unablässig für den heldenhaften Mut dankbar bin, den du in all den Jahren hattest, der mir Kraft gab, mein schweres Los zu ertragen, für den ich durch die Kraft der Liebe alles auf mich nahm und jetzt bereit bin, mein Leben zu opfern, du willst nicht mehr weiter und mich allein lassen? Wir haben beide unzählige Gefahren überlebt, warum glaubst du nicht an uns, und gibst uns keine Chance, warum kämpfst du nicht um unser Leben? Ich will für unsere Liebe bis zum letzten Atemzug kämpfen.‘ Beschämt blickte ich zu Boden. Die Aussichtslosigkeit, in der wir uns tatsächlich ununterbrochen befanden, aber auch die nüchterne Überlegung unserer Chancen hatten mich so mutlos und verzweifelt gemacht. Ihre zu allem entschlossene Bereitschaft, mit mir zu leben oder zu sterben, gab mir neue Kraft und neuen Lebensmut.

Nach diesem absoluten Tiefpunkt in meinem Leben beschlossen wir, auf dem schnellsten Weg nach Budziska zu den Großeltern zu marschieren, oder vielmehr zu humpeln, denn auch meine Zehen waren inzwischen überall blutig. Es war schon fast dunkel, als wir vollkommen erschöpft im Ort ihrer Großeltern ankamen. Rechts und links der langen Straße, die durch die kleine Ansiedlung führte, erkannten wir im Halbdunkel schemenhaft noch ein paar düstere Holzhäuser, in denen aber kein Licht brannte. Nur das Bellen eines Hundes unterbrach die geisterhafte Stille. Jemand öffnete nicht weit von uns knarrend die Haustür, trat über die Schwelle hinaus, schaute kurz in unsere Richtung und verschwand wieder im Inneren der ärmlichen Holzhütte. Etwas außerhalb, am anderen Ende des Dorfes sollte sich das kleine Anwesen der Großeltern befinden. Da sich im Ort nichts regte, beschlossen wir, in der Dunkelheit geradewegs zu unserem ersehnten Ziel zu laufen. Wir hatten schon die meisten Hütten hinter uns gelassen, als uns fast am Ende des Ortes unverhofft zwei Gestalten entgegenkamen. Je näher wir ihnen kamen, desto stärker wurde die innere Anspannung. Aber Gott sei Dank waren es nur zwei alte Frauen mit dunklen Kopftüchern, die wir auf Polnisch grüßten, bevor wir weitergingen. Doch schon nach wenigen Schritten blieb Iwonka stehen und drehte sich zu den Frauen um. Auch eine der Frauen war stehengeblieben und blickte sich zu uns um. Während ich wartete, ging nun Iwonka langsam wieder zurück. Ich sah, wie sich die Frauen die Hand gaben, sich immer wieder umarmten und aufgeregt redeten, wovon ich kaum etwas verstand, doch hörte ich mehrmals die Worte ‚mój Boże kochany, mój Boże kochany', was übersetzt ‚mein lieber Gott, mein lieber Gott' heißt. Ich ahnte sofort, dass es ihre Großmutter sein musste, die sie so herzlich begrüßt hatte. Kurz darauf begrüßte ich die alte Frau auf Polnisch und reichte ihr meine Hand. Danach schritten wir den Weg zurück, den sie gekommen war. Während ich gar nichts sagte, redete Iwonka ununterbrochen mit ihr; ich verstand davon nur einige Wörter. Auch hier im Dorf musste viel Schreckliches geschehen sein, soviel hatte ich doch mitbekommen. Auf dem letzten Teil des Weges sprach niemand mehr ein Wort.

Mitten in einem weiten Wiesengelände, etwas abgelegen vom Dorf, umgeben von vielem Gebüsch, hinter dem dunklen Wald, lag die ärmliche Holzhütte. Um das kleine Anwesen der Großeltern zog sich ein alter, ziemlich morscher Staketenzaun mit einem aus groben Brettern gezimmerten Eingangstor, das beim Öffnen laut knarrte und quietschte. Ich war froh hier zu sein, doch gleichzeitig wuchs die innere Anspannung. Die alte Frau zündete eine Kerze an, stellte sie mitten auf den groben Holztisch und ging dann in einen kleinen Raum nebenan, der die Küche sein musste, denn kurz darauf hörte ich sie Iwonka fragen, ob sie ihr heißes Wasser für ein warmes Fußbad oder lieber erst etwas zu essen machen soll. Wir waren sehr hungrig und baten zuerst um das Essen. Viel hätte sie nicht, aber auch das Wenige würde sie mit uns teilen. Während sie in der Küche hantierte, erzählte mir Iwonka, dass ihr Großvater vor zwei Jahren verstorben war. Er wurde beinahe 82 Jahre alt, als er ganz unerwartet eine schwere Lungenentzündung bekam. Ohne ärztliche Versorgung und ohne Medizin war er in wenigen Tagen tot. Für ihre Großmutter war das ein schwerer Schlag. Allein auf sich gestellt, damals auch schon achtzig Jahre alt und kränklich, blieb die kleine Landwirtschaft brach liegen. Um zu überleben, hielt sie sich ein paar Hühner, Enten, Gänse und eine Kuh.

Zum Glück lag das Dorf weit ab von allen Hauptverkehrsstraßen, doch wurde es dauernd von versprengten Soldaten, von Deutschen und Russen, aber auch von polnischen Banden geplündert. Heute hätte sie nur noch wenige Hühner und die Kuh, die aber kaum noch Milch geben würde, weil sie zu alt wäre. Unsere Augen wurden immer größer, als die alte Frau mit einem riesigen Topf Pellkartoffeln, einem Blechnapf mit heißer Milch und einer Pfanne mit Eiern aus der Küche ins Zimmer kam. Von mächtigem Hunger getrieben, stürzten wir uns wie hungrige Wölfe auf die unerwarteten Reichtümer und verschlangen sie gierig. Für wenige Augenblicke fühlten wir uns wie im Schlaraffenland, doch die ständige Angst konnten wir nicht verdrängen, wenn wir uns auch in diesem abgelegenen Dorf etwas sicherer fühlten, als in den zurückliegenden Tagen. Von der Unterhaltung der beiden Frauen bekam ich nur wenige Brocken mit. Die Großmutter hörte Iwonka ergriffen zu und sagte kein Wort. Irgendwann hatte ich das Gefühl, dass über mich geredet wurde, denn nun sah mich die alte Frau eindringlich und lange an. Plötzlich stand sie auf, ging langsam in der kleinen Stube hin und her, murmelte leise immer wieder auf Polnisch die Worte ‚mein Gott, mein Gott‘ und setzte sich danach wieder zu uns an den ärmlichen Holztisch. Jetzt wusste sie also, dass ich ein deutscher Offizier bin und sich ihre Enkelin in großer Gefahr befand. Nachdem Iwonka ihr unsere ganze Geschichte berichtet hatte, wurde eine Weile nicht geredet. Wie eine schwere Last erdrückte mich das lange Schweigen, die Ratlosigkeit, denn ich spürte, dass wir, aber besonders ich, für die alte Frau einfach unlösbare Probleme brachten. Sie hatte Angst, große Angst vor den eigenen Landsleuten, vor grausamer Vergeltung durch Partisanen oder Milizen, denn jede Hilfe für den Feind wurde hart bestraft. Aber auch zwei ausgehungerte Menschen bedeuteten für sie eine ungeheuere Belastung, denn sie hatte selbst nicht mehr viel zum Überleben.

Es wurde Mitternacht. Die beiden Frauen unterhielten sich in ihrer Sprache über den fürchterlichen Krieg, der soviel Leid und Elend über ihr Volk gebracht hatte. Beim Einmarsch der deutschen Truppen hatten die Großeltern in dieser abgelegenen Sumpf- und Moorlandschaft sehr gelitten. Doch nun wäre der Krieg ja bald vorbei, hatte sie im Dorf erfahren. Aber selbst aus diesem abgelegenen Ort wären alle Männer von den Deutschen verschleppt worden, wären im Krieg gefallen oder zu den Partisanen gegangen und untergetaucht. Niemand wäre zurückgekommen.

Um nicht zu verhungern, mussten die Felder von meist alten Frauen und Männern bestellt werden. Es waren schlimme Jahre. Jahre der Unterdrückung, Erniedrigung und Armut. Schließlich war das Mitleid stärker als die Angst. Wir sollten hier bleiben bis der Krieg zu Ende wäre. Wie es allerdings danach mit uns in Polen weitergehen sollte, wusste keiner von uns. Und in der Tat war die Zukunft für uns beide mehr als düster. Es musste etwas geschehen. Es musste einen Ausweg aus unserer schrecklichen Lage geben, doch vorerst wollten wir uns hier versteckt halten. Der kleine Hof lag immerhin nicht weit vom Wald. Falls nötig, würden wir mit wenigen Schritten dorthin fliehen können. Vorsichtshalber schlief ich auf dem Heuboden über dem Kuhstall, der schnell durch einen Bretterverschlag erreichbar war. Tagsüber blieben wir im Haus. Durch ein winziges Fenster konnten wir jede Bewegung auf der langen Dorfstraße beobachten. Bei drohender Gefahr könnten wir so schnell reagieren. Wir vereinbarten, dass ich in meinem Versteck bleiben sollte, während die Frauen die polnische Miliz oder die russischen Soldaten durch ein Gespräch ablenken sollten, falls sie hier auftauchen würden. Für den Notfall entschieden wir uns für den Wald, denn dort war es sicherer, als im Haus in der Falle zu sitzen. Wir hatten nun wenigstens ein Dach über dem Kopf, eine warme Stube und hier und da eine bescheidene Mahlzeit, doch wuchs von Tag zu Tag die ständige Angst entdeckt zu werden. Oma Anna, denn so hieß die gute Seele, bettelte im Dorf und brachte manchmal etwas mit nach Hause.

In diesen Tagen hatten wir uns beide etwas erholt und kamen auch langsam wieder zu Kräften. Es war still im Ort. War es die trügerische

Ruhe vor einem plötzlichen Überfall durch Partisanen, durch polnische Banden oder Milizen? Ich zerbrach mir ununterbrochen den Kopf über unsere weiteren Fluchtmöglichkeiten, machte Pläne und verwarf sie als undurchführbar wieder. Es war zum Verzweifeln. Wie lange konnten wir uns hier noch verstecken? Und wohin sollten wir danach fliehen? Wie weit die sowjetischen Truppen aber bereits Ende Februar 1945 auf ostpreußischen Boden vorgedrungen waren, wie die Front augenblicklich verlaufen würde, konnten wir nicht wissen, denn auf der Flucht gab es für uns ja keine Abhörmöglichkeit des Rundfunks. Anna hatte zwar gehört, dass die Russen Teile Ostpreußens erobert hätten, aber Genaueres wusste sie auch nicht. Nur der Mann ihrer jüngeren Freundin, der aus einem deutschen Gefangenenlager geflohen war, erzählte im Dorf, dass im Norden Ostpreußens erbitterte Kämpfe stattfänden, und dass die siegreichen sowjetischen Truppen unaufhaltsam den Osten Deutschlands überrennen würden. In diesem abgelegenen Ort an der Grenze Masurens, in dieser ärmlichen Gegend gab es weder Radio noch Telephon. Die Bevölkerung war bettelarm, hatte in den Kriegsjahren schwer unter den deutschen Besatzern gelitten und wurde nun von den Befreiern restlos ausgeplündert, bei denen die Versorgung der rasch vorrückenden Fronttruppen miserabel sein sollte. Der Hass auf alles Deutsche war grenzenlos. Milde von den Russen hatte kein deutscher Soldat zu erwarten und auch die polnischen Partisanen gingen erbarmungslos mit den Gefangenen um. Je mehr ich in der letzten Zeit darüber nachgedacht hatte, desto mehr reifte in mir der Plan, den Fluchtweg zu ändern. Doch sooft ich mir auch den Kopf zerbrach, immer musste ich alle Pläne als undurchführbar wieder verwerfen. Jetzt nur nicht in Panik geraten, redete ich mir immerzu ein, denn der kleinste Fehler, die geringste Unachtsamkeit hätte für uns schlimme Folgen. Um Anna nicht weiter zu gefährden, konnten wir uns hier nicht mehr lange verstecken, denn wenn wir entdeckt würden, hätte die alte Frau eine harte Bestrafung zu erwarten. Wenn wir nicht mehr rechtzeitig fliehen könnten, würden wir sicher auf der Stelle erschossen. Durch ihre selbstlose, aufopfernde Hilfe war Anna in größter Gefahr.

Wie an jedem Morgen stand einer von uns beiden am Fenster Wache, während die anderen am einfachen Holztisch saßen und frühstückten. Viel war ja nicht da, doch auch das kleinste Stück Brot wurde aufgeteilt. Plötzlich wurde die Stille im Dorf durch laute Motorgeräusche unterbrochen. Ich stürzte zum Fenster und erkannte am Ende der langen Dorfstraße zwei Militärfahrzeuge, aus denen jeweils drei bewaffnete Zivilisten mit roten

Armbinden sprangen und in die ersten Häuser stürmten. Unmittelbar darauf hörten wir laute Schreie und vereinzelte Schüsse. Leichenblass und zitternd eilte die Großmutter auf Iwonka zu. Ihre Worte überschlugen sich, ihr Gesicht war voller Angst. Ich hatte die heikle Situation sofort erkannt. Hastig lief ich in gebückter Haltung über den Hof in den Hühnerstall und von dort in die Scheune. Wir hatten in Heu und Stroh einen Unterschlupf gebaut, in dem ich mich jetzt verstecken konnte. Man musste ein Brett an der einen Scheunenseite mit geschicktem Dreh lösen, um dort hinein zu kommen. Wir hatten vorher vereinbart, dass das zum Stall gerichtete Zimmerfenster ein wenig offen bleiben sollte, damit ich im Ernstfall hören konnte, was im Haus passierte. Bei einer Bedrohung wollte sich Iwonka mit der Pistole zur Wehr setzen, die unter einem Holzhaufen am Herd in der Küche versteckt war. Beim ersten Schuss, der fallen würde, sollte ich den Frauen zu Hilfe kommen. Es dauerte eine Weile, da fuhr nur eines der beiden Fahrzeuge vor das Haus der Großeltern und hielt direkt vor der Tür, wie ich es durch einen schmalen Spalt in der Bretterwand der Scheune beobachten konnte. Dann stiegen aus dem Lieferwagen nicht zwei oder drei Männer, sondern nur einer, der ein Gewehr in der Hand hielt und ruhig auf das Haus zuging. Bis zum Äußersten gespannt wartete ich nun im Stall auf irgendwelche Geräusche im Haus, aber es blieb ruhig. Kurz danach glaubte ich sogar Wortfetzen zu hören, als würden sich Menschen begrüßen, die sich kannten, aber schon lange nicht gesehen hatten. Jedenfalls war alles ruhig im Haus. Es blieb mir nichts anderes übrig, als gespannt abzuwarten, was in naher Zeit geschehen würde.

Nach etwa einer halben Stunde verließ der Fremde wieder das Haus, sprang in den Wagen und fuhr zurück zu seinen Kameraden, die mitten im Dorf vor dem zweiten Auto saßen, laut grölten und eine Flasche in ihrem Kreis herumreichten. Vorsichtig verließ ich nun nach einem Wink von Iwonka mein Versteck und schlich mich ins Haus. Die beiden Frauen waren völlig aufgelöst und weinten, aber es waren Tränen der Freude, wie ich sogleich bemerkte. Was war geschehen? Was war der Grund ihrer Freude? Ich nahm meine Iwonka in die Arme und dann erzählte sie mir, was sie und ihre Großmutter gerade erlebt hatten: ‚Der Fremde, der vor wenigen Minuten das Haus verließ, ist mein älterer Bruder, den ich viele Jahre nicht mehr gesehen habe, von dem ich nicht wusste, ob er überhaupt noch am Leben ist. Er ist schon lange der Anführer einer Partisanengruppe, die sich im besetzten Polen in den riesigen Sumpfgebieten und Wäldern versteckt hielt. Da sie nur unzureichend bewaffnet waren, beschränkte sich ihr

Kampf gegen die deutschen Besatzer auf Störaktionen und Sabotageakte. Mit viel Glück hat er überlebt, muss jetzt aber im bettelarmen Polen mit seinen Kameraden auf dem Land plündern, um sich und seine Freiheitskämpfer zu versorgen. Russische Truppen hätten bereits fast ganz Ostpreußen überrannt und besetzt. Um die Stadt Königsberg, die von Hitler zur Festung erklärt wurde, und im Kessel von Heiligenbeil am Frischen Haff toben heftige Kämpfe. Eine starke sowjetische Panzereinheit würde sich in diesen Tagen auf die alte Hansestadt Danzig zu bewegen. Die langen Jahre im entbehrungsreichen Untergrundkampf haben meinen Bruder sichtlich verändert. Er kommt gleich wieder. Wir müssen jetzt schnell handeln. Ich werde meinem Bruder alles erzählen, was du für mich getan hast, wer du für mich bist, dass wir uns lieben und unzertrennlich sind. Er wird uns bestimmt helfen, denn zwischen ihm und mir bestand immer eine starke Bindung.'

Es blieb uns nicht viel Zeit zum Überlegen, zu entscheiden, was wir in dieser kritischen Situation tun sollten. Sie war vor dem Krieg für ihren Bruder das kleine Mädchen, das er behütete, beschützte und gegen böse Kinder verteidigte. Sie hätten sich damals prächtig verstanden und gemeinsam viel unternommen. Von meiner Existenz hatte sie bisher nichts erwähnt, doch glaube sie fest daran, dass er nicht auf mich schießen würde, nachdem sie ihm erzählt hätte, was ich für sie getan habe. Ich erwiderte, dass alle Partisanen gegen die Deutschen einen unbarmherzigen Hass hätten, dass der Krieg in der Endphase brutal und rücksichtslos wäre. Sie entgegnete, dass sie einfach fest daran glaubt, dass ihr Bruder mich verschonen, uns sogar helfen würde. Wir suchten verzweifelt nach einem anderen Ausweg aus unserer gefährlichen Lage, aber es gab ihn nicht. So entschieden wir uns mit klopfendem Herzen für die Konfrontation und warteten. Sollte allerdings ihr Bruder nicht allein zurück kommen, dann müsste ich blitzschnell wieder in mein Versteck. Es dauerte Stunden, bis ihr Bruder wieder mit dem Wagen vorfuhr. Er war allein. Mit schweren Schritten ging er auf das Haus zu, öffnete die Tür, erblickte mich an der Seite seiner Schwester und stutzte. Iwonka stand auf und ging auf ihren Bruder zu. Sie versuchte ihm alles hastig zu erklären. Nach nur kurzer Diskussion schob er sie barsch zur Seite, zog seine Pistole, richtete sie auf mich und schrie mich mit zornerrötetem Gesicht an. ‚Faschist', brüllte er immer wieder. Blitzschnell stellte sich Iwonka zwischen uns, schlug mit beiden Fäusten auf ihren Bruder ein, schrie ihn an und hielt ihn fest umschlungen von mir fern.

Nach kurzem Gerangel folgte eine äußerst heftige Auseinandersetzung, deren Worte ich kaum verstand. Oma Anna weinte laut, bekreuzigte sich mehrere Male, jammerte und schluchzte. Ihr Bruder war angetrunken, was ihn in dieser Situation noch unberechenbarer für mich erscheinen ließ. Bis zum Äußersten angespannt stand ich nun ganz langsam auf, zeigte ihm, dass ich unbewaffnet war und ging auf die beiden zu. Ich streckte ihm meine Hand entgegen. Er aber ergriff sie nicht, sondern schimpfte weiter und stieß dabei die schlimmsten polnischen Flüche gegen mich aus. Iwonka redete ununterbrochen auf ihn ein. Sie flehte ihn an, nicht auf mich zu schießen und stellte sich schützend vor mich. An ihren Gebärden sah ich, dass sie ihm begreiflich machen wollte, dass sie nur mit mir gemeinsam weiterleben wollte. Ich stand jetzt unmittelbar vor ihm. Es wäre ein Leichtes für ihn gewesen auf mich zu schießen, aber er tat es nicht. Langsam senkte er die Waffe und steckte sie schließlich in einen Halfter unter seiner Jacke. Schweren Schrittes ging er an das gegenüberliegende Ende des Holztisches, ließ sich auf einen alten Schemel fallen und vergrub sein Gesicht in beiden Händen. Niemand sagte ein Wort.

Nach einer Weile stand Iwonka auf, setzte sich zu ihrem Bruder und schlang ihren Arm um seinen Hals. Sie hatte die ganze Zeit nah an meiner Seite gesessen. Beide vergossen Tränen der Wiedersehensfreude und redeten nun ohne Unterlass. Ich verstand davon nur einige Worte, merkte aber, dass der Bruder ihr immer wieder klarmachen wollte, in welch großer Gefahr sie sei, wenn sie einem deutschen Offizier bei der Flucht helfen würde. Auch die Großmutter hatte sich beruhigt, doch war die Aufregung für die alte Frau zu viel, denn plötzlich sackte sie in sich zusammen und fiel vom Stuhl. Wir sprangen beide auf, ihr Bruder und ich, um der bewusstlosen Frau zu helfen. Ganz dicht, Auge in Auge, standen wir uns für einen Augenblick gegenüber, ich, der Feind, der seine Schwester liebt, und er, der mitleidslose Widerstandskämpfer, dem der Krieg so unendlich viel Leid brachte, seine Familie zerbrach und sein Land zerstörte, der den schrecklichen Krieg als Widerstandskämpfer erlebt hatte. In seinen Augen sah ich Hass und Zorn, Vergeltung und Rache, aber auch grenzenlose Angst um seine geliebte Schwester. So gut es eben ging hatten wir die alte Frau versorgt und auf ihr Bett gelegt. Es war ein Schwächeanfall nach der großen Aufregung, es war zu viel für die 85-jährige Frau. Als sie nach kurzer Zeit ruhig einschlief, verließen wir die Kammer und setzten uns wieder an den Tisch. Nach einer langen Pause ergriff Iwonka als Erste das Wort. Sie und ihr Bruder unterhielten sich über vergangene Tage, über ihre Kindheit und dann über den Krieg, der ihrer Familie großes Leid brachte. Begleitet von bösen Flüchen und üblen Verwünschungen, die er öfter gegen mich, gegen Hitler und alle Deutschen richtete, fand anfangs das Gespräch statt. Iwonka versuchte ihn fortwährend zu beruhigen. Erst als sie ihn energisch anschrie, er möge ihr doch endlich zuhören, beruhigte er sich etwas.

Da ich nicht viel Polnisch verstand, aber einzelnen Worten entnehmen konnte, dass sie ihm jetzt ruhig und gefasst unsere tragische Geschichte von Liebe und Flucht erzählte, stand ich nach einer Weile vom Tisch auf und ging in die Kammer der Großmutter. Als ich wieder zurückkehrte und Iwonka sagte, dass die Oma friedlich schlafen würde, blickte mich ihr Bruder das erste Mal nicht mehr voller Hass an. Ich hatte das Gefühl, dass die Worte seiner Schwester allmählich seine Wut auf mich, seinen Feind, verringerten, denn er fluchte jetzt auch nicht mehr.

Nach unserem ersten Aufeinanderprallen und nach einer ungeheueren Zeit der Anspannung war nun eine spürbare Erleichterung eingetreten, vielleicht der erste Schritt einer kleinen Versöhnung in einer von Rache und Vergeltung geprägten Endphase des Krieges. Danach erhob sich Januscz, so hieß ihr Bruder, eilte zum Wagen und fuhr zu seinen Leuten, die in irgendeinem Haus untergekommen waren. Iwonka begann zu erzählen: ‚Seit dem Einmarsch der deutschen Wehrmacht in Polen hat sich Januscz mit polnischen Untergrundkämpfern zusammengetan und verstecken müssen. Der Tod unserer Eltern und unseres jüngeren Bruders, meine Verschleppung nach Deutschland, die Demütigung des polnischen Volkes, die ständige Angst getötet zu werden, all die grausamen, harten Schicksalsschläge machten ihn zu einem entschlossenen Widerstandskämpfer. Mit Gottes Hilfe und mit viel Glück hat er die schlimmen Jahre der Besatzungszeit überlebt. Viele seiner Kameraden wurden von den Deutschen gefangengenommen und hingerichtet. Gute Freunde von ihm wurden in den berüchtigten und gefürchteten Konzentrationslagern umgebracht. Trotz allem glaube ich, dass er dich nicht mehr hasst, dir nichts antut, nachdem er von mir erfahren hat, dass du dein Leben für mein Leben, für unsere Liebe eingesetzt hast. Er will seine Kameraden von hier wegschicken und noch ein oder zwei Tage bleiben, denn er macht sich große Sorgen um uns, natürlich besonders um mich. Die russischen Truppen haben als Befreier überall in Polen die Macht und sind zu unserem bettelarmen Volk ungerecht und oft auch sehr rücksichtslos. Wenn irgendjemand dieses Treffen mit uns, die streng verbotene Hilfe für den Feind, polnischen

Milizen oder russischen Politfunktionären melden sollte, müssen wir alle, auch mein Bruder, mit dem Schlimmsten rechnen.‘

Es dämmerte bereits, als Januscz wieder mit dem Auto zurückkam. Er war über zwei Stunden fort gewesen, eine endlos lange Zeit. Ohne viel Umschweife begann er ruhig und gefasst mit seiner Schwester zu reden. Innerlich äußerst erregt übersetzte sie mir wortgetreu jeden Satz. Ihr Bruder hatte einen Plan gefasst, der mir am Ende des Gesprächs sehr gefährlich und gewagt vorkam, sich aber mit meinen vielen Überlegungen vergangener Tage und Nächte ziemlich deckte. Er hatte beschlossen uns zu helfen. Heute Nacht wollte er uns in seinem Lieferwagen bis zur Weichsel bringen und das Ballungsgebiet um Warschau weiträumig umfahren. Ziel sollte eine geheime Stelle hinter Thorn sein. Diese große Stadt hatten die Russen besetzt, nachdem die deutschen Truppen in der Nacht vom 30. zum 31. Januar erfolgreich ausgebrochen waren. Die Eroberung dieses enorm wichtigen Eisenbahn- und Straßenknotenpunkts sei ein großer Erfolg der siegreichen Roten Armee, erzählte Januscz, und dort war er mit seiner Partisanentruppe noch vor ein paar Tagen gewesen. Doch die Russen hätten sie nicht gut behandelt. Nach einem Störeinsatz seiner Gruppe mit zwei Ruderbooten kurz hinter Thorn hätten sie diese am morastigen Ufer der Weichsel im dürren Schilf gut versteckt. Von dort aus sollten wir im Schutze der Dunkelheit mit einem dieser Boote auf den Fluten des Hochwasser und Treibeis führenden Stroms nach Danzig durchbrechen, das von deutschen Truppen noch gehalten würde. Wir hatten keine andere Wahl. Hier konnten wir nicht mehr länger bleiben. Früher oder später würde man uns fassen, umbringen oder nach Sibirien verschleppen. Andere Überlegungen mit ihrem Bruder wurden sofort wieder verworfen. Weil ich der verhasste Feind war, konnten wir in Polen nicht bleiben. Januscz beschwor seine Schwester, sich jetzt von mir zu trennen. Nach Kriegsende sollten wir uns suchen, wenn sich die Lage in Deutschland und Polen wieder normalisiert hätte. Auch ich redete eindringlich auf sie ein, sie möge doch auf den gutgemeinten Rat ihres Bruders hören und auf mich warten, ich würde schon mit der Hilfe ihres Bruders durchkommen, doch sie schüttelte nur wiederholt energisch den Kopf. Sie würde sich auf keinen Fall von mir trennen, was auch immer geschehen mag.

Schließlich gaben wir Männer es auf, sie umstimmen zu wollen und berieten über die verwegenen Fluchtpläne. Wenn diese auch enorm viele Gefahren und Risiken bargen, so war es die einzige Möglichkeit, mit viel Glück und Gottes Hilfe über die Weichsel die deutschen Verteidiger im

Kampf um Danzig zu erreichen. Eine waghalsige Flucht von einer Gefahr in die andere, ein verzweifelter Versuch, unser Leben zu retten. Es war unsere einzige Chance. Was uns blieb, war die Hoffnung. Nochmals versuchte ich Iwonka zu überzeugen, dass sie hier in Polen bleiben und auf mich warten sollte, doch sie blieb bei ihrem Entschluss. Iwonka hatte einen Ausweis, ein amtliches Schreiben des Oberkommandos der Heeresgruppe Mitte. Darin wurde ihr bescheinigt, dass sie sich als Hilfsschwester an der Ostfront im Lazarett von Oberstabsarzt Hübner mehrere Jahre als zuverlässige, ‚germanisierte' Kriegsgefangene im Dienst für das siegreiche Großdeutsche Reich eingesetzt, verbündet und bewährt hatte. Weiter hieß es in diesem Schreiben: ‚Unter Aufsicht der verantwortlichen Dienststelle kann die Polin Iwonka Lissek weiter als Hilfsschwester im Sanitäterbereich an der Front eingesetzt und entsprechend behandelt werden.' Dieses Schreiben würde uns sicher hilfreich sein, wenn wir tatsächlich unsere Fronttruppen erreichen sollten. Bei einem Scheitern der Flucht aber würde es den sicheren Tod bedeuten. Januscz hatte uns wieder verlassen.

Als er nach einiger Zeit zurückkam, hatte er den Lieferwagen mit Stroh und alten Kisten beladen und einige Lebensmittel für uns organisiert. Wir setzten uns zum letzten Mal mit der Großmutter an den schweren Holztisch. Sie hatte den Schwächeanfall und die Aufregung der letzten Tage einigermaßen überstanden. Bis ins letzte Detail sprachen wir dann über die möglichen Risiken der gefahrvollen Fahrt zur Weichsel. Dann kam der traurige Abschied. Die alte Frau umarmte schluchzend ihre Enkelkinder, drückte meine Hand, sprach ein stilles Gebet und steckte uns noch ein halbes Brot zu. Danach schlichen wir uns vorsichtig zum Wagen. Mir wurde von Januscz ein Platz hinten im Lieferwagen unter Heu und Stroh zugeteilt, auf dem alte Bretter und Kisten lagen. In eine kaum einsehbare Ecke sollte ich mich auf ein Zeichen von ihm verkriechen, wenn plötzlich Gefahr durch eine Straßenkontrolle drohen sollte. Es war kurz vor Mitternacht, als wir das Dorf verließen. Bruder und Schwester saßen vorn im Wagen. Sie redeten kaum miteinander, zu groß war nun die nervliche Anspannung. Ohne Zwischenfall hatten wir uns über eine Woche bei der Großmutter verstecken können, die durch uns noch ärmer geworden war, deren selbstlose Hilfe uns am Leben erhielt. Sie musste nun nach unserer Abreise nicht mehr in ständiger Angst leben. Bis zum Einsatzort am Fluss waren es über 200 Kilometer. Auf Nebenstraßen und Feldwegen wollten wir die größeren Orte Przasnysz, Mlawa, Rypin weiträumig umfahren und um die Großstadt Thorn einen großen Bogen machen. Zwei Nächte sollte die Fahrt dauern, denn die Straßen waren fast alle von den vorrückenden russischen Panzern so stark beschädigt, dass sie kaum noch befahrbar waren. Tagsüber wollten wir uns in abgelegenen, einsamen Waldungen verbergen.

Das mächtigste Problem aber wären riesige russische Militärverbände, Truppenansammlungen in und um Thorn, meinte Januscz, doch er würde in dieser Gegend eine Menge geheimer Waldwege kennen, die er während der deutschen Besatzungszeit mit seiner Partisanengruppe benutzt hatte. Wider Erwarten kamen wir ohne Zwischenfälle in den ersten Stunden der Nacht ziemlich schnell voran. Durch einen Spalt in der Wand zum Führerhaus hatte ich hinten im Wagen die Möglichkeit, die Straße vor uns zu beobachten. Noch vor der kleinen Stadt Mlawa, die wir gerade umfahren wollten, wurden wir durch eine Straßensperre zum Anhalten gezwungen. Blitzschnell verschwand ich in meinem winzigen Versteck. Es dauerte nicht lange, bis man uns weiterfahren ließ. Auf ein Klopfzeichen hin durfte ich wieder aus meinem Versteck kriechen. Durch das Loch in der Wand berichtete mir Iwonka, dass es polnische Milizen waren, die uns angehalten hatten. Als sie aber die rote Fahne vorn am Fahrzeug und die roten Armbinden bei Januscz und ihr gesehen hätten, wurden sie nicht mehr weiter kontrolliert. Ihr Bruder hatte dem Anführer der Gruppe noch ein Schreiben des russischen Stadtkommandanten von Warschau vorgezeigt, das ihn als Widerstandskämpfer auswies. Danach durften sie endgültig weiterfahren.

Die erste heikle Situation war gerade erst überstanden, die Angst, die Aufregung ein wenig überwunden, als Januscz plötzlich auf einer kleinen Anhöhe am Rand eines dunklen Waldes anhielt, das Licht am Wagen ausschaltete und uns leise aufforderte, äußerste Ruhe zu bewahren. Irgendetwas hatte ihn misstrauisch gemacht. Als Untergrundkämpfer hätte er überhaupt die zurückliegenden harten Kriegsjahre nur überlebt, weil er im Laufe der Zeit ein feines Gespür für drohende Gefahren entwickelt hätte und stets sehr vorsichtig war, flüsterte er leise seiner Schwester zu, die mir seine Worte übersetzte. Wir wären jetzt in der Nähe von Zuromin, einem Ort und Straßenknotenpunkt, der von den Russen als Nachschubweg manchmal stark befahren wäre. Diese Straßenkreuzung würde er auf Feld- und Waldwegen umfahren und im Dorf Poniatowo über eine alte Brücke den Fluss Wkra überqueren, denn sie wäre nicht von den deutschen Truppen auf dem Rückzug gesprengt worden. Eine Zeit lang sprach niemand ein Wort. Januscz war auf einen zerschossenen und ausgebrannten Lastwagen gestiegen, um Ausschau nach verdächtigen Scheinwerferlichtern russischer Nachschubkolonnen zu halten.

In dieser Nacht aber war alles dunkel und still. Wir bogen in einen Feldweg ab. Dieser war schon nach kurzer Strecke durch das einsetzende Tauwetter fast unbefahrbar geworden. Der Boden war aufgeweicht, und in den tiefen Löchern hatten sich große, schlammige Pfützen gebildet. Wir kamen nur ganz langsam weiter, blieben oft stecken und befanden uns in ständiger Angst, überrascht und entdeckt zu werden. Gegen Morgen erreichten wir die Brücke über den Wkra im Dorf Poniatowo. Januscz lenkte den Wagen hinter eine halb zerfallene Scheune und befahl uns, dort zu warten. Eine geisterhafte Stille und völlige Dunkelheit lag über diesem Ort. Es kam mir wie eine Ewigkeit vor, bis Januscz endlich wieder zurückkam. Die Brücke wäre in einem jämmerlichen Zustand. Er hätte in aller Eile einige Balken herbeigeschleppt und damit versucht, schadhafte Stellen provisorisch auszubessern. Der Fluss wäre hier noch nicht sehr breit, und es gäbe in der Nähe keine andere Brücke, die noch befahrbar wäre. Als Iwonka und ich die Brücke zu Fuß überschritten hatten, lief ich noch einmal zurück, um Januscz zu helfen, denn es gab noch einige Stellen, die äußerst kritisch und tückisch waren. Jemand kam aus einem Haus, schaute im Halbdunkel zur Brücke und ging wieder hinein. Knarrend fiel eine schwere Holztür ins Schloss. Es dauerte ziemlich lange, bis wir den Wagen mit viel Geschick und Glück auf der anderen Seite des Flusses hatten. Ein Stein viel mir vom Herzen, wir hatten es wieder einmal geschafft.

Die nächsten Kilometer brachten wir ohne Probleme schnell hinter uns. Dann wurde das Gelände immer schwieriger. Endlich gelangten wir über verwilderte, einsame und verschlungene Pfade nach einer langen, halsbrecherischen Fahrt über Stock und Stein an einen stillen See, der mitten in einem dichten Buschwald lag. Vorsichtig steuerte Januscz den Wagen über einen Knüppeldamm am sumpfigen Ufer zu einer kleinen verfallenen Hütte. Hierhin hätten sich seine Leute und er selbst in gefährlichen Zeiten stets zurückgezogen, wenn es für sie zu heiß wurde. Wir waren völlig erschöpft und hatten großen Hunger. Hier wollten wir uns ein wenig für die nächste Nacht ausruhen und den weiteren Plan gründlich besprechen. Auf dem grünlich schimmernden, tauenden Eis des kleinen, versteckten Sees standen große Wasserlachen, in denen sich die ersten Sonnenstrahlen des neuen Morgens brachen. Wie von Geisterhand herbeigezaubert umhüllten dampfende Nebelschwaden das Schilf und die Büsche am nahen Ufer. Genau wie in meiner Heimat, wie in jedem Frühling bei uns zu Hause, wie damals in meiner Jugendzeit in Ostpreußen, dachte ich. Januscz legte sich auf eine Pritsche und schlief vor Müdigkeit sofort ein. Er hatte eine aufregende, anstrengende Nachtfahrt mit seinem klapprigen Lieferwagen hinter sich, der bereits in die Jahre gekommen war, aber durchaus zuverlässig lief und uns nicht im Stich ließ. Wir hielten abwechselnd Wache. Der See liegt in der Nähe des Dorfes Skrwilno. Aus ihm entspringt ein kleiner Fluss namens Skrwa, der kurz hinter Plock in die Weichsel mündet. Während ihr Bruder fest schlief, erzählte mir nun Iwonka, dass Januscz während der Fahrt beinahe den Plan unserer weiteren Flucht geändert hätte. Auch an der Mündung dieses Flüsschens hatten er und seine Kameraden ein Boot gut versteckt, mit dem wir hätten weiterfliehen können. Da die Weichsel aber mitten durch Wloclawek und durch Thorn fließt, sei ihm das Risiko zu groß geworden. Er wolle uns doch, wie abgesprochen, in der kommenden Nacht bis hinter Thorn bringen. In dieser wildnisähnlichen Gegend kannte Januscz wirklich jeden Weg, jeden noch so schmalen verborgenen Pfad, durch den man mit dem Wagen gerade noch durchkam. Schon bei Einbruch der Dunkelheit machten wir uns auf. Wir mussten einen weiten Umweg um die kleine Stadt Rypin machen, fuhren von Skrwilno über die kleinen Dörfer Sadlowo, Michalki, Dlugie, Wapielsk, Szafarnia bis kurz vor den Marktflecken Golub-Dobrzyn, der an einer wichtigen Straßenkreuzung und an dem Fluss Drweca liegt.

Kurz nach Mitternacht hielten wir in einem Wald vor den Toren der Stadt. Bis hierher war alles gut gegangen. Januscz erklärte uns, dass es nur eine einzige Brücke in dieser Region gäbe, die nicht gesprengt wurde und über die wir müssten. Die Überquerung würde er erst gegen Morgen wagen, wenn auf der Brücke vielleicht wenig Betrieb wäre. Bis dahin wollte er hier warten und die Lage beobachten. Wenn wir diese sehr gefährliche Stelle geschafft hätten, müssten wir noch die große Stadt Thorn weiträumig umfahren. Starker Sturm und heftige Regengüsse peitschten gegen die Frontscheibe des Wagens, als wir etwa um vier Uhr morgens langsam auf die Brücke zufuhren. Eingepfercht in mein Versteck schlug mein Herz vor Aufregung bis zum Hals. Später erzählte mir Iwonka, was bei einer Kontrolle an der stark beschädigten Auffahrt zur Brücke geschehen war: ‚Januscz wollte gerade die Überfahrt wagen, als aus einem russischen Fahrzeug zwei Soldaten sprangen, sich mit ihren Kalaschnikows im Anschlag drohend vor unseren Wagen stellten und uns zum Anhalten und Aussteigen zwangen. Beide waren total betrunken. Barsch verlangten sie nach unseren Papieren. Januscz zeigte ihnen die Bescheinigung des russischen

Stadtkommandanten von Warschau, die ihn als Widerstandskämpfer auswies, aber sie konnten diese in ihrem Suff nicht mehr lesen. Als sie uns dann nach vielen nervenaufreibenden Fragen endlich befahlen weiterzufahren, atmeten wir hörbar auf. Es war eine äußerst gefährliche, kritische Situation, die leicht hätte eskalieren können, denn alkoholisierte Rotarmisten wären auch polnischen Partisanen gegenüber unberechenbar, sagte mir Januscz. Nur gut, dass er ihre Sprache sprach, so kontrollierten sie uns nicht weiter.' Wir mussten uns jetzt beeilen. Überall, wo wir durchkamen, waren nichts als Trümmer, ausgebrannte Fahrzeuge, zerstörte Panzer, verkohlte Pferdekadaver und gefallene Soldaten, die man teilweise noch nicht begraben hatte. Ein bestialischer Leichengeruch erfüllte die Luft über dem verwüsteten Land. Ein Bild des Grauens. Selbst in abgelegenen Dörfern mussten schwere Kämpfe stattgefunden haben, denn es stand kaum noch ein Haus oder Stall.

Schon von einer Anhöhe erblickten wir in der Ferne gegen Morgen die Weichsel. Es dauerte aber noch über eine Stunde, bis Januscz den kleinen, schmalen, überwucherten Weg zum Fluss fand. Erst beim zweiten Mal waren wir an der richtigen Stelle. Nicht weit davon entfernt lagen die beiden Ruderboote am sumpfigen Ufer im dichten Schilf verborgen. Ich hatte nicht geglaubt, dass Januscz sie überhaupt so schnell wieder finden würde. Die Weichsel führte enormes Hochwasser und hatte die Ufer weit überschwemmt. In der schnellen Strömung trieben dicke Eisschollen und eine Menge Treibholz. Das Tauwetter und der anhaltende Regen hatten die großen Schneemassen beinahe vollständig wegschmelzen lassen. Wenn wir nur einen Tag länger in unserem Versteck bei der Großmutter geblieben wären, dann wären wir sicher mit unserem Wagen nicht mehr durchgekommen, sondern in dem aufgeweichten, morastigen Boden der Feld- und Waldwege überall steckengeblieben. Bis zum Einbruch der Dunkelheit versteckten wir den Wagen im dichten Ufergestrüpp und schliefen abwechselnd ein paar Stunden im Auto. Wer Wache hielt, stand am Ufer auf einem angeschwemmten Treibholzhaufen, um bei Gefahr die beiden Schlafenden rechtzeitig zu warnen. Nach meiner Landung mit dem Fallschirm Ende Januar hinter der Front und dem unglaublichen Wiedersehen mit Iwonka im Waldgebiet zwischen Groß-Schiemanen und Fröhlichshof lagen nun viele Wochen einer erbarmungslosen, gefahrvollen Odyssee.

Im Versteck am Omulef, im alten Haus, überlebten wir eisige Wintertage, ohne Hilfe ihrer Großmutter wären wir verhungert und ohne Januscz nicht bis zur Weichsel gekommen, hätten nicht mehr weiter gewusst, vielleicht aufgegeben. Der polnische Untergrundkämpfer, der die deutschen Besatzer hasste und gegen sie kämpfte, setzte nun sein Leben aufs Spiel. Jegliche Hilfe für den Feind galt als Verrat und wurde mit dem Tode bestraft. Was ging wohl in ihm vor, warum tat er das alles? Gewiss, er war ein mutiger junger Mann, der seine Schwester abgöttisch liebte und uns half, weil sie ihm alles über unser gefährliches Verhältnis während des Krieges erzählt hatte. Nun standen wir am schlammigen Ufer der Weichsel und schauten auf das trübe Wasser des Flusses, der schon oft in vergangener Zeit zum Schicksalsfluss zwischen den verfeindeten Nationen wurde, der nun die letzte Hoffnung für uns war. Der Regen hatte nachgelassen. Wolkenfetzen jagten über uns hinweg, und die Märzsonne zeigte sich hin und wieder. Im weiten Umkreis sahen wir nichts Verdächtiges und hörten auch keine Motorgeräusche. Nur das dumpfe Grollen der schweren Geschütze der weit flussabwärts verlaufenden Front mischte sich unter das Rauschen und Gurgeln der dahinfließenden Weichsel.

Zwischendurch hatte ich mir die beiden alten Ruderboote genauer angesehen und festgestellt, dass nur eines, und davon auch nur ein Ruder noch brauchbar waren. Not macht erfinderisch. Januscz hatte zum Glück eine Zange und einen Hammer im Wagen. Mit Hilfe von Brettern und herausgezogenen Nägeln bauten wir am Bootsende eine Heckruderanlage, mit der ich das Boot von hinten manövrieren konnte. Zum Anlanden konnte ich das Ruder aus der Verankerung wieder lösen und mit dem grob zusammengebauten zweiten Ruder einsetzen. Ohnehin war das Rudern nicht nötig, wohl aber das sichere Steuern auf dem Strom. Als wir das Boot zu Wasser ließen, hatte der Sturm seine Kraft verloren. Zwischen der aufgerissenen Wolkendecke zeigte sich hin und wieder der Vollmond. Wir standen eng beieinander und umarmten uns. Niemand redete ein Wort. Ich hatte das Gefühl, als ob mir jemand die Kehle zuschnüren, als ob eine unsichtbare Macht mich erwürgen würde. Januscz streckte mir das erste Mal seine Hand entgegen. Als ich sie ergriffen hatte und ihm fest in die Augen sah, spürte ich, dass er mich nicht mehr hasste, sondern mir voller Zuversicht seine geliebte Schwester anvertraute.

In dieser allergrößten Not, in der das Vertrauen größer war als blinder Hass verfeindeter Nationen, wurden wir zu Verbündeten. Nach einer Weile des Schweigens begann Januscz wieder zu reden. Seine unvergesslichen Worte übersetzte Iwonka, denn ich hatte nur einen Teil davon verstanden. ‚Hier hast du meine Schwester, das Wertvollste, was mir geblieben ist, mein eigen Fleisch und Blut. Noch während der äußerst gefahrvollen Fahrt hierher spielte ich mit dem Gedanken, uns alle zu töten, denn ohne meine Iwonka wollte ich nicht weiterleben. Der äußerst wagemutige Plan wird nur mit viel Glück gelingen, denn er ist kaum durchführbar, doch der feste Glaube von euch beiden an eine gemeinsame, friedliche Zukunft, die unzertrennbare Liebe, der Entschluss miteinander zu leben oder zu sterben, hat mir gezeigt, dass meine warnenden Ratschläge bei meiner zu allem entschlossenen Schwester ohne Erfolg blieben. Ihr werdet durch die Hölle der Front müssen. Eure Chancen sind sehr gering, Gott beschütze euch! Lasst euch nur nachts treiben und achtet an den zerstörten Brücken auf russische Pioniere. Schon bald werdet ihr die Stadt Bromberg passieren. Die Weichsel fließt dort etwas außerhalb der Stadt vorbei. Die Festung Graudenz kapitulierte am 6. März. Verbissen hatten sich deutsche Truppen unter General Major Fricke gegen die zehnfache Übermacht der Sowjets bis zur letzten Patrone verteidigt. Ich erfuhr, dass die Russen in Graudenz an der Zivilbevölkerung und an den Wehrmachtskrankenschwestern Vergewaltigung und Mord begangen hätten. Fast die gesamte Festungsbesatzung von über 5.000 Mann wäre gefallen.

Der Vormarsch der russischen Armeen ist vorerst nach heftigem Widerstand der deutschen Verteidiger gestoppt worden. Die Front würde nun von Weißenberg an der Weichsel entlang der Nogat bis Elbing verlaufen. Dort würden verbissene Kämpfe toben, das habe ich noch vor kurzem im Radio gehört. Gotenhafen und Danzig sollen unter allen Umständen gehalten werden, damit noch möglichst viele Soldaten und Flüchtlinge aus dem Raum Königsberg über die Frische Nehrung und über die Ostsee evakuiert werden können. Gott helfe euch zur Flucht in den Westen mit einem dieser Schiffe.‘ Mit Seilen verzurrten wir nun die wenigen Habseligkeiten im Kahn. Januscz gab uns noch eine Zeltplane zum Schutz gegen Regen und nächtliche Kälte, die wir zwischen die Querverbindungen steckten. Den wenigen Proviant, den er noch besaß, steckte er seiner Schwester zu. Wir hatten nicht mehr viel Zeit.

Januscz berichtete noch, dass die sowjetischen Truppen auf ihrem unaufhaltsamen Vormarsch bereits tief in Pommern eingedrungen wären. Um die Frische Nehrung, das Weichselmündungsgebiet, Danzig, Gotenhafen und die Halbinsel Hela würde noch verbissen gekämpft, doch der Widerstand der Verteidiger gegen die zehn- bis zwanzigfache Übermacht wäre aussichtslos. Die Front kann sicher nicht mehr lang gehalten werden. Sobald die Russen die Verteidigungslinien an Weichsel und Nogat überschreiten, wird der Ring um Danzig und Gotenhafen immer enger werden.

Was er da über den Frontverlauf erfahren hatte, war wie ein Schock für mich und doch ein Fünkchen Hoffnung, denn wenn wir es bis zu den deutschen Stellungen am linken Weichselufer schaffen würden, bestünde vielleicht doch noch die letzte Möglichkeit, über die Ostsee mit einem der Kriegsschiffe gerettet zu werden. Je enger die Umzingelung würde, desto schwerer würde das Durchkommen durch die feindlichen Linien sein. Aber wo verlief die Front nun wirklich und wie lang würden die tapferen Verteidiger sie gegen die massiven Angriffe der Übermacht noch halten können? Die schwierigste, heiß umkämpfte Stelle am Fluss ist sicher Weißenberg, da, wo die Nogat nach Nordost als Weichselarm abzweigt, denn dort wird ein Durchkommen fast unmöglich sein. Ein ungeheuerlicher Druck lastete auf mir, aber wir hatten keine andere Wahl. Wir mussten es wagen, wenn auch die Chancen, zu unseren Truppen durchzukommen, äußerst gering waren. Je nach Lage des Kampfgeschehens wollten wir versuchen, weit vor den Fronten am linken Ufer der Weichsel anzulanden. Aber die Chancen, bis zu den Stellungen der Wehrmacht durchzukommen, waren äußerst gering. Es war mir klar, es würde einem Himmelfahrtskommando gleich sein. So steigerte sich die Anspannung jetzt bis ins Unerträgliche.

Noch einmal bildeten wir einen kleinen Kreis, fassten uns fest an die Schultern und sprachen ein stilles Gebet. Bruder und Schwester umarmten sich weinend. Januscz kniete nieder, küsste die Erde seines Vaterlandes, bekreuzigte sich als gläubiger Katholik, drehte sich schweigend zur Seite und sagte danach nur ein Wort: ‚Geht.‘ Traurig und bedrückt schauten wir uns noch einmal um und gingen schweren Schrittes zum Ufer der Weichsel, dem Schicksalsfluss, auf den wir nun all unsere Hoffnungen setzten. Langsam wurden wir von der Strömung erfasst und mitgenommen. Januscz rief uns noch etwas zu, das wir aber nicht mehr verstanden haben. In mondheller Nacht trieben wir stromabwärts auf der Hochwasser führenden Weichsel zwischen Treibholz und unzähligen Eisschollen. Ich orientierte mich im schwachen Licht der Vollmondnacht an den flachen Ufern und versuchte das Boot mit dem Ruder in der Mitte des Flusses in einer geraden Linie zu halten. Krachend schlugen die Schollen gegen das Blech am Bug des Bootes, das wir mit Januscz noch schnell vor der Abfahrt als Verstärkung angebracht hatten. Iwonka kauerte unten im Boot neben dem wenigen, gut verzurrten Gepäck, und ich duckte mich so tief es eben ging, um ein Kentern möglichst zu vermeiden.

Mit etwa 15 Kilometern in der Stunde trieben wir an den flachen, vom Hochwasser überfluteten Ufern vorbei. Schon nach wenigen Flusskilometern landeten wir an einer kleinen, mit Weidenbüschen zugewachsenen Insel an. Bei dieser rasanten Fließgeschwindigkeit hätten wir bereits lange vor Mitternacht den Stadtrand von Graudenz erreicht. Das wäre zu gefährlich gewesen. Den Kahn versteckten wir im hohen Uferschilf. Unter der schützenden Plane versuchten wir ein wenig zu schlafen, doch trotz Übermüdung schliefen wir kaum mehr als eine knappe Stunde. Ein bedrückendes Gefühl marterte mich schon seit Stunden und übertrug sich auch auf meine tapfere Kameradin. Wir sprachen kaum miteinander. Iwonka schmiegte sich immer enger an mich. In ihren fragenden Augen bemerkte ich Angst und Verzweiflung. Jeder Versuch, sie ein wenig aufzuheitern, misslang schon im Ansatz. Sie war nervlich am Ende, wollte es mir aber nicht zeigen. Ich tröstete sie und sagte ihr immer wieder, dass die nächsten Tage zwar alles entscheiden würden, aber wenn wir sie glücklich hinter uns gebracht hätten, wären wir den Russen entkommen. Im gespenstischen Vollmondlicht, bei klarem Himmel, wirkten die Uferbüsche bedrohlich und angsteinflößend. Wir mussten in einem großen Sumpfgebiet sein, in den Weichselauen, die nun vom Hochwasser überflutet waren. In friedlichen Zeiten sicherlich ein Naturparadies für viele Wasservogelarten und andere Tiere, für uns Versteck und Unterschlupf bei Gefahr. Nur aus weiter Ferne hörten wir hin und wieder Geräusche menschlichen Lebens, denn es gab in dieser Gegend kaum einen Weg.

Aber dann wurde es schlagartig anders, als wir uns weiter treiben ließen und nach ungefähr zwei Stunden die wenigen Lichter der zerstörten Stadt Bromberg erblickten. Mein Adrenalinspiegel stieg gewaltig an. Es galt jetzt, die erste Schlüsselstelle unbemerkt zu passieren. Der Fluss macht hier eine scharfe Biegung nach rechts und fließt dann vor den Toren der Stadt weiter. Iwonka legte sich flach auf den Kahnboden, ich duckte mich tief herunter und ließ das Boot lautlos treiben. Es mag wohl so zwischen zwei und drei Uhr in der Nacht gewesen sein, als wir unbemerkt um zerstörte Brücken herum gerudert waren und uns dann wieder mit den Fluten treiben ließen. Niemand hatte uns auf dem Fluss entdeckt, niemand hatte uns vom Ufer aus gesehen. Nur aus weiter Ferne, aus den Ruinen der Innenstadt, drangen noch Motorgeräusche bis zu uns auf dem Fluss, und vereinzelt hörten wir auch Schüsse aus einer Kalaschnikow. Die Russen feierten den Sieg über die Verteidiger der Stadt. Dann verschluckte uns die dunkle Nacht, denn inzwischen bedeckte sich der Himmel ein wenig und über den Wassern der Weichsel stiegen vereinzelte Nebelfelder auf.

Stunde um Stunde verging. An den Ufern regte sich nichts. Nur das monotone Gurgeln und Plätschern der strömenden Wassermassen und das dumpfe Poltern der Eisschollen gegen die Bootswand unterbrachen die nächtliche Stille. Je länger wir trieben, desto deutlicher hörten wir weiter flussabwärts fast ununterbrochenen Kampflärm. Als der Mond nur noch ab und zu zwischen den Wolken zum Vorschein kam, in seinem diffusen Licht die Eisschollen wie glitzernde Kristalle funkelten und die Nebelschwaden über der Wasseroberfläche die Flusslandschaft in eine Geisterwelt verwandelten, beschlossen wir noch in dieser Nacht im Schutz der günstigen Situation, uns bis hinter die Stadt Graudenz treiben zu lassen.

Durch den immer dichter werdenden Nebel drang laute Musik und noch lauteres Gegröle der Sieger aus den Ruinen der Stadt. Wir wagten kaum zu atmen. Unwillkürlich dachte ich an meine vielen Kameraden, die hier sicherlich im aussichtslosen Kampf um die Festung Graudenz ihr junges Leben lassen mussten oder den grausamen Weg in die Gefangenschaft antraten, aus der nur wenige in die Heimat zurückkehren würden. Der Nebel war unser Verbündeter. Bis zu dieser Stelle hatten wir sicher viel Glück gehabt, doch ab jetzt erwartete uns die Hölle. Als es anfing hell zu werden, versteckten wir uns wieder auf einer kleinen Insel mit vielen Büschen mitten im Fluss. Nur langsam lichtete sich der Nebel. Strahlender Sonnenschein erwärmte uns ein wenig, wir trockneten unsere klammen Sachen und schliefen vor Übermüdung eng zusammengekauert in unserem unter Gestrüpp versteckten Boot sofort ein. Meine treue Gefährtin schreckte immer wieder aus dem Schlaf auf und drückte sich danach noch fester an mich. Nach meiner groben Schätzung waren wir etwa 15 Kilometer hinter Graudenz und in einem Gebiet, das ich einige Male bei Übungsflügen überflogen hatte. Ich erinnerte mich, dass es hier im Umkreis kaum Straßen gab. Dieses Gebiet würde die Rote Armee auf ihrem Vormarsch sicher umgehen. Aber nicht zu wissen, wo wir uns wirklich befanden und wie viele Flusskilometer es noch sein könnten, bis wir es weit vor der Front wagen könnten, zu den deutschen Stellungen am linken Weichselufer durchzubrechen, machte mich zusehends unruhiger. Das schöne, warme Wetter ließ die Eisschollen immer kleiner werden. Schon nach wenigen Stunden Schlaf saßen wir wieder auf dem Rand des Bootes und dösten in der angenehm wärmenden Märzsonne. Auch durch die Strömungsgeräusche des Wassers hörten wir noch beinahe ununterbrochen das dumpfe Grollen schwerer Geschütze. Über uns, am tiefblauen Himmel, dröhnten die Motoren der russischen Kampfflugzeuge.

Die deutsche Luftwaffe konnte sie nicht mehr gefährden, es gab sie nicht mehr. Voller Begeisterung, Überzeugung und Enthusiasmus war ich einst als Freiwilliger mit der ruhmreichen deutschen Luftwaffe Hermann Görings in den Krieg gezogen und musste nun um mein und das Leben meiner Kameradin kämpfen. Eine ohnmächtige Wut stieg in mir auf. Erst durch Januscz hatte ich mehr über die berüchtigten Konzentrationslager in Polen erfahren, über die grausamen, unmenschlichen Morde an der jüdischen Bevölkerung in den Vernichtungslagern, über viele Verbrechen des nationalsozialistischen Regimes in Russland und Polen. Von diesen Greueltaten bekam die kämpfende Truppe an der Front nur wenig mit. Bei Kriegsausbruch waren wir jung, voller Idealismus, als sich viele von uns freiwillig zu den Waffen meldeten. Doch schon bald wich die Begeisterung der Erkenntnis, dass wir jungen Menschen von den deutschen Machthabern, von einem besessenen Diktator und seinen skrupellosen Schergen, durch fanatische, sinnlose Befehle an der Front geopfert und verheizt wurden. Spätestens nach der verlorenen Schlacht um Stalingrad, nach dem wahnsinnigen Durchhaltebefehl Hitlers, erkannten viele von uns, dass dieser Krieg gegen Russland, gegen die alliierte Übermacht, nicht mehr zu gewinnen war. Und doch mussten wir bereit sein, für Führer und Vaterland, für den Endsieg den Heldentod zu sterben. Wir hatten einen Fahneneid geleistet, hatten Befehle auszuführen, hatten zu gehorchen und zu kämpfen und nicht nach dem Warum zu fragen. Jeder deutsche Landser an der Ostfront kämpfte tapfer und verbissen bis zur letzten Patrone, um nicht in die Hände der Russen zu fallen. Grenzenloser Hass, geschürt von der russischen Propaganda, löste eine unvorstellbare, grausame Welle der Vergeltung aus, als die Rote Armee mit unglaublicher Gewalt und Brutalität in Ostpreußen, im Osten des deutschen Reichs einbrach und furchtbare Rache an der wehrlosen Zivilbevölkerung nahm. Über diese grauenhaften Geschehnisse erfuhr ich erstmals nach meiner Entlassung aus englischer Kriegsgefangenschaft. Es war jener warme Märztag, an den ich mich mein Leben lang erinnern werde. Während wir auf den Einbruch der Nacht warteten, plagten mich ununterbrochen viele Gedanken, viele Erinnerungen. Ich musste an meine wohlbehütete Kindheit, an viele Erlebnisse in meiner sorglosen Jugendzeit in meinem von strenger Ordnung und Sitte geprägten Elternhaus, an die unvergesslichen Angeltage an den stillen, verträumten masurischen Seen denken, die ich wohl niemals mehr wiedersehen werde.

Ich wusste aus langer Kampferfahrung, dass ein Durchbruch zu den deutschen Stellungen, auch im Schutze der Dunkelheit, so gut wie aussichtslos war. Zwischen das Feuer der Fronten zu geraten war schon immer mit das Schlimmste, was einem Soldaten passieren konnte. Wir hatten keine andere Wahl, wir mussten es wagen. Mit eisernem Willen und aufkommender Zuversicht wollten wir das Unmögliche schaffen. Die Last der Verantwortung für diese mutige und tapfere Frau an meiner Seite, für die Frau, die ich liebe, machte mich innerlich stark und voll Hoffnung auf einen glücklichen Ausgang dieses äußerst gefahrvollen Durchbruchversuchs. Gegen Abend hatte der Wind gedreht und wehte nun in entgegengesetzter Richtung. Wider Erwarten hörten wir kaum noch die Front. Auch am Fluss und in unmittelbarer Nähe sahen wir nichts Verdächtiges, obwohl wir aus unserem sicheren Versteck die Gegend ständig beobachteten. Es war alles zu still, bedrückend ruhig und kaum zu glauben, dass vor uns ein erbitterter Krieg tobte, der nun über Ostpreußen hinwegfegte und unendlich viel Leid hinterließ. Ich konnte nur ahnen, was damals in meiner Heimat geschah, wie viel Schreckliches meine Landsleute durchmachen mussten, denn erst später erfuhr ich alles über dic furchtbaren Greueltaten der Roten Armee.

Vor dem Dunkelwerden verzehrten wir noch ein wenig von unseren kargen Resten. Instinktiv spürte ich, dass meine treue Kameradin sehr nachdenklich und traurig war. In ihren Augen spiegelte sich Angst. Ich versuchte ihr Mut zu machen, indem ich wiederholt bis ins Detail den Plan für die äußerst gefährliche Aktion besprach. Unverhofft packte sie meine Hände, schaute mich dabei liebevoll an und begann ruhig zu reden: ‚Mein geliebter Freund und Kamerad, mein treuer Helfer in einer schweren Zeit, meine einzige Hoffnung, die mir geblieben ist, mein Feind, dem ich mein Leben bedingungslos anvertraue, bewahre diese Worte in deinem Herzen, was immer auch geschehen mag. In der Stunde der größten Gefahr bete ich zu Gott: Vater im Himmel, hilf uns. Wenn es dein Wille ist, oh Herr, so wird uns nichts geschehen. Wenn wir aber nach deinem Willen in dieser allergrößten Gefahr umkommen, dann nimm uns beide zu dir, damit im Himmel das in Erfüllung geht, was uns auf der Erde versagt blieb.‘ Wir waren vor dem Boot niedergekniet und hatten unsere Hände aufeinander gelegt. Als streng gläubige Katholikin betete sie auch für ihren Bruder, ohne dessen Hilfe wir es kaum bis hierher geschafft hätten. Ihre Worte hatten mich tief berührt und innerlich aufgewühlt. Was sprach aus diesem Herzen einer liebenden Frau, was bewegte sie zu diesen Worten, die für immer in meiner Seele festgeschrieben bleiben? Trotz der trügerischen Stille wuchs die nervliche Anspannung von Stunde zu Stunde. Flussabwärts erwartete uns ein Inferno und flussaufwärts gab es kein zurück. Ich war bereit, bis zum letzten Atemzug um unser Leben zu kämpfen.

Die wochenlange Flucht voller Leiden, Entbehrungen, unmenschlichen Strapazen und ständigen Gefahren rückte in den Hintergrund, wenn sie auch unvergessen blieb. Hilfsbereite Menschen teilten das letzte Stück Brot mit uns, halfen uns selbstlos so gut sie konnten in der Kutzburger Mühle, als wir völlig erschöpft und halberfroren im tief verschneiten Winterwald herumirrten und uns dort wie durch ein Wunder wiederfanden. Das alte Haus am Omulef war Unterschlupf und Schutz vor sibirischer Kälte und bewahrte uns vor dem sicheren Hunger- und Erfrierungstod. Und schließlich die Begegnung mit ihrem Bruder, die für mich auch tödlich hätte enden können. All diese unglaublichen Erlebnisse bestärkten uns in unserem Glauben an eine höhere Macht, die uns auch in den schwersten Stunden der Angst und Bedrängnis beistehen wird.

Als die Sonne blutrot am Abendhimmel hinter dem Horizont verschwand und die Nacht den warmen Frühlingstag ablöste, zogen wir den Kahn zu Wasser und ließen uns in Ufernähe im langsamer fließenden Wasser treiben. Die Eisschollen auf dem Fluss wurden weniger und kleiner. Die Weichsel war noch breiter und schneller geworden, da der Wasserspiegel durch das einsetzende Tauwetter beträchtlich angestiegen war. In dieser Nacht, in der der Mond nur noch selten aus dem wolkenverhangenen Himmel schaute, war die Sicht auf dem Fluss sehr gering. In dem schnellen Wasser gerieten wir mehrere Male um Haaresbreite in Schwierigkeiten, wenn die Weichsel sich verzweigte und in engen Armen um kleine Inseln floss, die oft durch Treibholzstapel blockiert waren. Aber irgendwie kamen wir immer wieder ohne zu kentern durch. Wir machten durch die rasante Fahrt enorm viele Flusskilometer, waren einfach zu schnell. Unaufhaltsam näherten wir uns der Front schneller als wir glaubten, von der wir hofften, dass sie noch so verlaufen würde, wie es Januscz vor wenigen Tagen in Erfahrung gebracht hatte. Schon kurz nach Mitternacht sahen wir die hellen Mündungsfeuer schwerer Geschütze und hörten immer lauter den ununterbrochenen Gefechtslärm harter Kämpfe.

Nach meiner Einschätzung waren die Kampfhandlungen ungefähr dreißig bis vierzig Kilometer von hier entfernt. Das bedeutete, dass wir uns ab diesem Zeitpunkt mehr am linken Weichselufer halten und äußerst vorsichtig treiben lassen mussten. Das Hochwasser der Weichsel würde uns zwar schneller durch die allerschlimmste Gefahrenzone bringen, doch würde ein plötzlich notwendiges Anlanden, je nach Uferbeschaffenheit, schwierig oder gar unmöglich werden. So hoffte ich nur, dass wir gegen Morgen einen sicheren Platz finden würden, um dann zu entscheiden, wann wir die Fahrt durch die Fronten wagen könnten. Und wir fanden ihn auf einer Insel in der Nähe des linken Flussufers, auf der sogar einige Laubbäume standen. Es sollte der letzte Tag vor dem entscheidenden Frontdurchbruch in dunkler Nacht werden, unsere einzige Chance, die wir noch hatten, bevor die Russen Weichsel und Nogat überschreiten würden, bevor sich unsere Truppen in Richtung Danzig und Weichselmündungsgebiet zurückziehen müssten.

Am Nachmittag bestieg ich den höchsten Baum auf der Insel, um so den Flussverlauf von oben, und auch das Gelände vor uns auszukundschaften. Bei klarem Wetter konnte ich weit flussabwärts auf der linken Seite der Weichsel hin und wieder aufflackerndes Abwehrfeuer vereinzelter Geschütze der deutschen Verteidiger ausmachen, während von der rechten Seite die gefürchteten Stalinorgeln beinahe ohne Unterbrechung heulten. Es musste wohl Marienwerder sein, was ich rechts von mir in der Ferne erblickte, denn aus den rauchenden Trümmern der Stadt bewegten sich endlose Fahrzeugkolonnen auf der Straße nach Marienburg. Was ich damals nicht wissen konnte und erst später erfuhr, war, dass Marienburg bereits in den Händen der Roten Armee war und um den Brückenkopf bei Dirschau seit dem 12. März 1945 erbitterte Kämpfe stattfanden. Die deutsche Wehrmacht hatte damals aufopfernd das Weichseldelta verteidigt, um den vielen Flüchtlingen und den Verwundeten aus dem Königsberger Raum noch die Flucht in den Westen in letzter Minute über die Frische Nehrung nach Danzig und Gotenhafen zu den Evakuierungsschiffen zu ermöglichen. Die Rote Armee war bereits im Westen in Richtung zur Halbinsel Hela vorgestoßen und hatte im Osten Elbing erobert. Die deutschen Truppen mussten sich mehr und mehr zurückziehen, der Ring der Einschließung wurde immer enger. Der Beschuss der deutschen Stellungen durch die russische Artillerie am linken Weichselufer dauerte ohne Unterbrechung fast den ganzen Tag und ließ erst in der Dämmerung ein wenig nach.

Offensichtlich planten die Russen mit ihrer großen Übermacht an Mensch und Material den Brückenkopf sturmreif zu schießen, um dann in einem Großangriff Danzig, Gotenhafen und alle wichtigen Kriegseinrichtungen der Marine in der Danziger Bucht einzunehmen. Würde es unter diesem mörderischen Granatenfeuer noch den Hauch einer Chance geben, lebend durchzukommen? Gab es überhaupt noch eine geschlossene Front der deutschen Verteidiger? Konnte der übermächtige Gegner noch aufgehalten werden, und wenn ja, wie lange noch? Wie tief waren die sowjetischen Truppen bereits in das Weichselmündungsgebiet eingedrungen? Gab es für uns tatsächlich noch eine kleine Chance? Niemand konnte mir darauf eine Antwort geben. Der Gedanke, dass es reiner Selbstmord sei, sich durch dieses Inferno in einem kleinen Boot auf der Weichsel treibend zu wagen, beschäftigte mich den ganzen Tag über und machte mich zeitweise ziemlich mutlos. Aber was sollten wir in dieser schrecklichen Lage sonst machen? Sich zu ergeben, wäre wohl der sichere Tod gewesen, denn die Russen machten an der Front keine Gefangenen. Sich in Polen einer sowjetischen Kommandantur zu stellen, würde sichere Verschleppung in ein berüchtigtes Arbeitslager in Sibirien bedeuten. Mit Kollaborateuren machten Polen und Russen kurzen Prozess. So blieb uns nichts anderes übrig, als mit dem Mut der Verzweiflung, mit viel Gottvertrauen und Zuversicht in dieser Nacht in einem alles entscheidenden, äußerst gefahrvollen Unternehmen den Durchbruch zu den deutschen Truppen zu wagen. Den ganzen Tag über beschlich mich ein sehr bedrückendes, mulmiges Gefühl. Meine Kameradin sprach mir Mut zu, sagte, dass wir es schaffen würden, doch konnte sie ihre innerliche Unruhe vor mir nicht verbergen. Spürte sie vielleicht nun mehr als ich die fürchterlichen Ereignisse, die in den nächsten Stunden über uns hereinbrechen würden?

Gegen Abend bewölkte sich der Himmel zusehends. Böenartige Winde mit heftigen Regengüssen peitschten über den aufgewühlten Fluss. Am gegenüberliegenden Ufer der Insel teilten sich plötzlich die Büsche. Gott sei Dank war es nur ein Rudel Rotwild, das uns einen mächtigen Schrecken einjagte. Die Tiere stillten ihren Durst, vorsichtig nach allen Seiten äugend, doch als sie unsere Witterung aufgenommen hatten, flüchteten sie in wilden Sprüngen durch das dichte Ufergehölz. Die den ganzen Tag über dauernden Luftangriffe der russischen Schlachtflugzeuge hatten nun wegen der schlechten Sicht aufgehört. Langsam wurde es dunkel. Der Regen hatte nachgelassen, und der Wind war auch nicht mehr so stark wie am späten Nachmittag. Wir beschlossen, noch zu warten und erst dann loszufahren, wenn das Wetter vielleicht noch etwas besser werden würde, denn die Sicht in der Dunkelheit war äußerst schlecht. Einerseits waren diese Bedingungen für unser Wagnis sehr günstig, doch andererseits hatte ich große Bedenken, dass wir die Gefahren auf dem Fluss und die feindlichen

Stellungen am Ufer viel zu spät ausmachen würden. So warteten wir unter der Regenplane noch eine Zeit lang, sprachen noch einmal im Detail über alle möglichen zu erwartenden Gefahrenpunkte und versprachen uns, fest zusammenzustehen, möge kommen, was da kommen mochte. Als der pausenlose Beschuss der russischen Geschütze nachließ und schließlich fast ganz aufhörte, zogen wir unser Boot an den Rand der schnellfließenden Weichsel, stiegen ein und ließen uns treiben.

Das Wetter wurde zusehends besser. Es regnete nur noch selten und hörte dann ganz auf. In dieser wolkenreichen, dunklen Nacht betrug die Sicht nur wenige Meter. Wir mussten uns in Ufernähe halten und höllisch aufpassen, um nicht mit treibenden Gegenständen und Eisschollen zu kollidieren. Trotzdem hatten wir auf dem schnellen Wasser kurz nach Mitternacht mehr als die Hälfte der geschätzten Strecke bis zur Front zurückgelegt. Ab jetzt wurde es ernst, sehr ernst, denn wir trieben direkt in den Schlund der Hölle, zwischen die Fronten der kämpfenden Truppen beider Nationen, die in diesen Stunden eine kleine Feuerpause eingelegt hatten. Jetzt mussten wir durch, eine andere Möglichkeit gab es nicht. Vor uns hörten wir einzelne Schüsse und das Geratter von zwei oder drei Maschinengewehren. Gespenstisch beleuchtete der Mond die Flusslandschaft, wenn die Wolkendecke hin und wieder aufriss. Unaufhaltsam wurde jetzt unser Boot auf dem schnellen Wasser mitgerissen. Bisher wurden wir nicht entdeckt. Waren wir bereits mitten im Kampfgebiet? Wenn das Mondlicht die nächtliche Szene für kurze Augenblicke erhellte, konnte man deutlich die schweren russischen Geschütze am rechten Ufer der Weichsel erkennen. Es gab wohl eine kurze Feuerpause. Tief im Boot kauernd, vor Angst und nervlicher Anspannung zitternd, trieben wir nun auf die Schlüsselstelle der Front zu, denn das Feuergefecht wurde wieder stärker.

Danach überschlugen sich die Ereignisse. Auch von der linken Seite der Weichsel wurde die Front der Verteidiger unter Feuer genommen. Deutlich erkennbar waren die leuchtenden Geschosse der unverwechselbaren Stalinorgel. Die Rotarmisten mussten wohl auch schon links der Weichsel weit vorgedrungen sein. Es war mir nicht möglich, die militärische Lage zu beurteilen, ich hatte überhaupt keine Anhaltspunkte über den Verlauf der Kampfhandlungen, über die Front, wusste nicht, wo meine Kameraden tapfer kämpften und wo der Feind war. Erst später erfuhr ich, dass die deutschen Verteidigungslinien zu diesem Zeitpunkt quer über die Weichsel verliefen und ständig zurückgezogen werden mussten. In raschem Tempo trieben wir weiter durch die dunkle Nacht. Nur schemenhaft erkannten wir im letzten Moment die Reste einer gesprengten Brücke. Schwere Eisenteile ragten drohend aus dem schäumenden Fluss, die wir in der Dunkelheit viel zu spät erkannten. Unser Boot krachte gegen ein Gewirr von Eisen und Stahl, drohte zu kentern, drehte sich um die eigne Achse und blieb quer zur Strömung an einem Pfeiler hängen. Vom rechten Steilufer richtete jemand einen Scheinwerfer auf uns. Verzweifelt versuchte ich, das Boot wieder freizubekommen. Man brüllte auf Russisch etwas zu uns herunter, was wir aber nicht verstehen konnten. In höchster Not versuchten wir mit vereinten Kräften, das Boot aus den gesprengten Stahl- und Betonteilen zu lösen, bevor es voll Wasser schlagen und kentern würde. Als wir es dann wieder flott und im abfließenden Wasser hatten, eröffneten die Rotarmisten das Feuer auf uns. Ich schrie Iwonka gerade zu, sich flach auf den Boden im Boot zu werfen, als sie plötzlich von mehreren Kugeln getroffen in sich zusammensackte, zur linken Seite des Bootes fiel, in der Dunkelheit sofort über die nasse, glitschige Bordwand kippte und zwischen treibendem Holz und einzelnen Eisschollen in den düsteren Fluten der Weichsel versank. Das Blut erstarrte in meinen Adern. Mein Herz schien still zu stehen. Zu Tode erschrocken versuchte ich mit aller Kraft, gegen die Strömung zu rudern, doch ich schaffte es nicht und wurde immer weiter von der Stelle des Flusses abgetrieben, an der meine tapfere Kameradin, meine große Heldin in den dunklen Strudeln versank. Verzweifelt suchten meine tränenerfüllten Augen in der Dunkelheit die Wasseroberfläche ab, doch ihr Körper tauchte nicht mehr auf. In der dunkelsten Stunde meines Lebens, in der mir das Liebste entrissen wurde, versanken all unsere gemeinsamen Träume, unsere unerschütterliche Hoffnung auf ein glückliches Leben nach dem schrecklichen Krieg. Die schwarzen, reißenden Fluten der Weichsel gaben sie nicht mehr frei. Der Fluss wurde ihr Schicksal.

Wir hatten verbissen um unser Leben, unser Glück gekämpft und doch verloren. Es war die bitterste Stunde meines Lebens, eine unermessliche menschliche Tragödie. Tief erschüttert, wollte ich nicht mehr leben, wünschte mir in diesen entsetzlichen Minuten, dass auch mich eine Kugel tödlich treffen würde. Schüsse peitschten über das Wasser, doch sie verfehlten mich in der Dunkelheit. Mein Boot trieb nun unaufhaltsam in der Hauptströmung. Auf der linken Uferseite erkannte ich als Silhouette ein leicht ansteigendes Steilufer. Ich war inzwischen von der gesprengten Brücke etwa einen Kilometer abgetrieben worden und befand mich wohl zu diesem Zeitpunkt mitten im Kampfgebiet. Nebel hüllte das Wasser in ein gespenstisches Licht. Es war mir gleichgültig, was jetzt geschehen würde. Ich ließ mich einfach weiter durch die grausame Nacht treiben. Flussabwärts nahm der Beschuss von beiden Seiten der Weichsel stark zu. Doch dann wurde plötzlich auch flussaufwärts geschossen. Ich musste nun zwischen den Fronten treiben. Es war mir vollkommen klar, dass ich mich jetzt im unmittelbaren Bereich der verbissen geführten Abwehrkämpfe meiner Kameraden befand. Ich musste mich irgendwie zu erkennen geben und zu den vordersten Verteidigungslinien durchbrechen. Wenn man mich nicht früh genug identifizieren würde, würde ich sicher im Kugelhagel der eigenen Landsleute sterben. Wenn mich russische Scharfschützen entdecken sollten, war ich auch ein toter Mann.

Bevor es wieder hell würde, musste ich anlanden und im Schutz der Dunkelheit einen Schützengraben in der Nähe der Weichsel finden. Instinktiv spürte ich, dass sich unsere Front in Kürze weiter zurückziehen und eine neue Verteidigungslinie im Hinterland errichten würde, denn das Feuer der Verteidiger wurde schwächer, und der massive Artilleriebeschuss der Russen wieder stärker. Ich hatte nicht mehr viel Zeit, musste schnell handeln, um überhaupt noch eine Chance zum Überleben zu haben. Lieber sterben, als den Russen in die Hände zu fallen. Diese Angst vor grausamer Kriegsgefangenschaft gab mir neue Kraft, um, zu allem entschlossen, um mein Leben zu kämpfen. Die Strömung trieb mich ziemlich rasch in die Mitte des Flusses und wechselte dann zum linken Ufer gegen eine Steilwand, die ich im äußerst schwachen Licht des Mondes erkennen konnte. Plötzlich fielen von beiden Seiten Schüsse. Sie verfehlten mich nur knapp. Ich war nun wohl direkt vor den deutschen Verteidigungslinien. So laut ich nur konnte schrie ich mehrere Male: ‚Kameraden, nicht schießen, deutscher Soldat!‘ Vergeblich, niemand hatte mich gehört. Da ich immer weiter in der dunklen Nacht abgetrieben wurde, hörte allmählich auch der Beschuss auf. War ich bereits hinter der Front der Verteidiger? Ich verhielt mich ruhig und ließ mich weiter treiben. Doch schon hinter der nächsten Flussbiegung wurde ich erneut aus einer Stellung am linken Steilufer beschossen. Deutlich erkannte ich das typische Rattern eines MGs 42, eines leichten Maschinengewehrs. Schon die nächste Salve zerfetzte meine linke Bootswand. Splitterndes Holz verletzte mich im Gesicht und an der Hand. Zum Glück wurde ich selbst nicht getroffen. Wieder versuchte ich mit lautem Schreien auf mich aufmerksam zu machen, aber auch diesmal hatte mich niemand gehört.

Das beschädigte Boot lief langsam voll Wasser, neigte sich zur Seite und schlug schließlich um. Kieloben trieb der Kahn ganz langsam in den kalten Fluten der Weichsel, an den ich mich verzweifelt klammerte. Meine Kraft schwand rapide, meine Glieder erlahmten und wurden steif. Ich musste schnell aus dem eiskalten Wasser. Wie weit ich so getrieben war, wusste ich nicht, aber es musste schon ein gutes Stück gewesen sein. Langsam manövrierte ich das kieloben treibende Boot in eine kleine Bucht am linken Steilufer. Ich musste schnell aus meinem nassen Zeug, um einer Unterkühlung zu entgehen. Am ganzen Körper zitternd, zog ich mit letzter Kraft das beschädigte Boot so weit ich konnte an Land. Danach brach ich völlig erschöpft zusammen. Ich musste unbedingt meine nassen Sachen wechseln, war aber dazu nicht in der Lage. Beinahe willenlos lag ich so eine Zeit lang nur da, bis ich mich mühsam erhob und aus dem beschädigten Boot einen festgezurrten Eimer losband, in dem wir am Anfang der Flussfahrt noch einige Sachen wasserdicht verstaut hatten. Als ich zurückblickte, lag der Feuerschein der Kampfhandlungen in einiger Entfernung hinter mir. War ich in dieser Nacht bereits durch die Fronten getrieben? War ich mit unvorstellbarem Glück tatsächlich durch das Nadelöhr der kämpfenden Linien geschlüpft? Unentwegt marterte und verfolgte mich das entsetzliche Geschehen vor wenigen Stunden. Warum nur, warum schlug das Schicksal so grausam zu, warum nur verlor ich auf so tragische Weise einen Menschen, der bedingungslos seinen Bruder, seine Heimat aufgab, um mit mir trotz höchstem Risiko voller Vertrauen, voller Hoffnung, eine gemeinsame Zukunft aufzubauen? Ich fühlte mich elend, innerlich ausgehöhlt, ausgebrannt, übel, allein und verlassen. Tief erschüttert plagten mich ununterbrochen all die unmenschlichen, furchtbaren Erlebnisse unseres langen, entbehrungsreichen Fluchtweges.

Wir hatten uns über Jahre während des fürchterlichen Krieges die Treue gehalten, hatten in Zeiten der allergrößten Gefahren eine unerschütterliche Liebesbeziehung, hatten verbissen um unser Leben gekämpft und am Ende doch verloren. Der plötzliche, schnelle Tod meiner geliebten Gefährtin war für mich eine grausame Tragödie. Schlagartig hatte sich mein ganzes Leben verändert. Der Schmerz riss große, tiefe Wunden in meine aufgewühlte Seele.

Über meine trockenen Sachen zog ich noch einen Teil der nassen an, bevor ich mich am Flussufer auf eine kleine Anhöhe wagte, um zu erkunden, so weit es in der Dunkelheit überhaupt möglich war, in welchem Abschnitt der Kriegshandlungen ich mich bewegte. Ich lauschte nach allen

Seiten auf jedes Geräusch und bewegte mich über eine Stunde nicht von der Stelle. Meiner äußerst ungenauen Einschätzung nach befand ich mich kurz hinter einer Stadt, um die gerade erbitterte Kämpfe tobten. War es Dirschau an der Bahnstrecke Elbing, Marienburg, Danzig? Ich holte meinen Kompass aus der Hosentasche und versuchte, mich ein wenig zu orientieren, was natürlich ohne Karte, ohne Anhaltspunkte kaum möglich war. Die Ostsee lag nördlich von hier, wo ich aber jetzt war, wusste ich nicht. Doch eines wurde mir bewusst, je länger ich mein Umfeld beobachtete, ich war zwischen die vordersten und etwas zurückgezogenen Kampflinien der deutschen Stellungen geraten. Vorsichtig kroch ich aus dem Gebüsch und bewegte mich in gebückter Haltung langsam ins Landesinnere. Jeder Schritt fiel mir sehr schwer. Ich war völlig erschöpft, hatte in dieser Nacht soviel Schlimmes und Trauriges erlebt und nicht eine Minute geschlafen. Meine Kräfte schwanden zusehends, ich war physisch und psychisch am Ende. Immer wieder hämmerte ich mir die Worte ein, wenn du überleben willst, musst du kämpfen. Ich mag wohl mit letzter Kraft einige hundert Meter gekrochen sein, dann brach ich bewusstlos zusammen. Als ich wieder kurz zu mir kam, glaubte ich, nicht allzu weit von mir Stimmengeflüster vernommen zu haben. Trotz wieder neu entflammten Gefechtslärms hörte ich deutlich jemanden in deutscher Sprache reden. Ich bäumte mich noch einmal auf und rief in die Richtung der vernommenen Worte: ‚Kameraden, helft mir, nicht schießen!' Danach fiel ich wieder in eine tiefe Bewusstlosigkeit.

Als ich aus meiner erneuten Ohnmacht erwachte, lag ich vor Kälte zitternd auf meinem Rucksack in einem feuchten Schützengraben. Ein altgedienter Feldwebel kümmerte sich um mich, erzählte mir, dass seine abgekämpften, übermüdeten Soldaten beinahe auf mich geschossen hätten, da ich auf eine Rückfrage nicht mehr geantwortet hätte. Schließlich hätten sie mich gefunden und unter feindlichem Beschuss in den Graben gezogen. Ich nannte meinen Namen und Dienstrang, stammelte noch ganz kurz etwas über meinen Abschuss hinter der russischen Front und brach wieder zusammen. Irgendwie rappelte ich mich noch einmal auf und hörte nun den niederschmetternden Lagebericht des Kompanieführers: ‚Die Stellungen hier zwischen Stüblau, Güttland und Mühlbanz werden auf Befehl sofort aufgegeben und geräumt. Die Kompanie wird in die ausgebauten Schützengräben nach Hohenstein verlegt. Nachdem bereits Anfang März die Nogat- sowie die Marienburgfront dem starken Druck der Sowjets nicht standhalten konnten und aufgegeben werden mussten, wird nun der

Rückzug in das Weichseltief eingeleitet. Auf höchsten Führerbefehl soll die Verbindung zwischen der Frischen Nehrung, Danzig, Gotenhafen und der Halbinsel Hela gehalten werden. Herr Major, in Hohenstein wird es vielleicht noch einen Sanitätsdienst geben, der Ihnen wieder auf die Beine hilft. Dort wird man sich auch bei der Kommandantur um ihre Einkleidung und den Einsatz an der Front kümmern. Wir haben nach tagelangem Trommelfeuer viele Tote und Verwundete. Halten Sie sich an mich, wir haben nicht mehr viel Zeit, der Iwan greift wieder an.'

Bis zum Tagesanbruch waren es noch knapp zwei Stunden. Es war höchste Eile geboten. Unaufhaltsam rollte auf breiter Linie der Angriff der Roten Armee mit schweren Panzern und gestaffelter Infanterie auf uns zu. ,Hier, ziehen Sie sich doch die Jacke und den Stahlhelm unseres jungen Leutnants an, der gestern an vorderster Front gefallen ist', wandte sich der alte Frontkämpfer an mich, warf mir die blutverschmierten Sachen zu und gab dann den Befehl zum Aufbruch an seine Leute weiter.

Verwundete stöhnten, schrien verzweifelt nach Hilfe, doch es konnte niemand mehr helfen. In diesem Dauerfeuer wäre selbst der Versuch der sichere Tod gewesen. Aus allen Gräben und Erdlöchern krochen nun die abgekämpften Landser, robbten durch Schlamm und Erdreich und rannten nach einigen hundert Metern um ihr Leben. Auf dem Bauch kriechend versuchte ich, dem Feldwebel zu folgen, doch meine Kräfte ließen immer mehr nach, und schon bald verlor ich ihn im Halbdunkel aus den Augen. Er schrie mir etwas zu, kam zurückgekrochen, brüllte mich an, ich solle mich zusammenreißen, denn der Russe wäre uns dicht auf den Fersen. Ich bäumte mich innerlich auf und folgte ihm mit allerletzter Kraft. Wir erhoben uns und liefen dann in gebückter Haltung so schnell wir nur konnten in eine vor uns liegende Talsenke. Der neue Tag war angebrochen.

Im Morgengrauen erblickte ich um mich herum eine Kraterlandschaft, mit viel zerschossenem Kriegsmaterial und vielen gefallenen Landsern. Hier mussten mörderische Kämpfe getobt haben. Ich stolperte und schleppte mich weiter von Trichter zu Trichter. Hilfloses Rufen und schauriges Gurgeln drang aus blutenden Kehlen der Schwerverletzten. Aus den blutverschmierten Leibern der gefallenen Kameraden krabbelten Schwärme schwarzer Fliegen und aus dem zertrümmerten Schädel eines Landsers sickerte das Gehirn heraus. Unaufhaltsam rückten die sowjetischen Panzer immer näher. Plötzlich gab es mehrere Detonationen. Unsere Leute hatten mit der Panzerfaust die vordersten angreifenden Panzer gesprengt. Danach wurde der Beschuss auf uns geringer. Nun feuerte auch unsere Pak und vernichtete mehrere Panzer des Gegners. Der Angriff wurde erfolgreich zurückgeschlagen. Wir nutzten die Feuerpause und erreichten völlig erschöpft die Schützengräben bei Hohenstein. Dort brach ich bewusstlos zusammen. Ich hatte in den letzten 48 Stunden kaum geschlafen und gegessen, hatte viel Schmerzvolles durchgemacht und übermenschliche körperliche und nervliche Anstrengungen hinter mir, einen totalen psychischen und physischen Kollaps. Nur mit eisernem Überlebenswillen und kameradschaftlicher Hilfe hatte ich es bis hierher geschafft, hatte das Angriffsinferno des Gegners überlebt und wurde Gott sei Dank auch nicht während des Rückzugs verwundet. Als ich aus meiner Ohnmacht erwachte, lag ich in einem fast dunklen Kellerraum auf einer einfachen Pritsche. Ich fror entsetzlich, hatte Hunger und fürchterlichen Durst. Jemand kam laut polternd die hölzerne Treppe herunter.

'Oberleutnant und Kompanieführer Petersen. Heil Hitler, Herr Major. Feldwebel Grabowski berichtete mir Unglaubliches über Sie. Wie haben Sie es nur bis zu den Unsrigen geschafft? Sie werden bei Einbruch der Dunkelheit mit den Verwundeten nach Danzig gebracht. Dort haben Sie sich unverzüglich beim Heeresgruppenkommando zum Kampfeinsatz zu melden. Bei diesem Dauerbeschuss und den ständigen Fliegerangriffen der Russen ist ein Durchkommen tagsüber nicht möglich. Mit seiner Überlegenheit an Artillerie, Pak, Granatwerfern, Salvengeschützen und Panzern konnte der Feind im freien Gelände Dank unserer tapferen Gegenwehr nur langsam Erfolge erringen. Seine Infanterie hat nur mäßigen Kampfwert, da sie überwiegend aus kampfungewohnten, unerfahrenen Soldaten besteht. Allerdings, bedingt durch andauernden Munitionsmangel, ist unsere eigene Artillerie nur noch selten einsatzbereit und erfolgreich. Links von uns kämpft die 83. Division in Höhe Klempiner Berg bis Hohenstein. Auf der Höhe 121 sind vorgeschobene Beobachter unserer Schweren Kreuzer, die uns mit ihren Geschützen aus dem Ostseeraum wirkungsvoll unterstützen. Nördlich von Groß Trampken liegen rechts von uns die Regimenter der 11. und 34. Division in ihren Stellungen. Trotz heftigster Gegenwehr gingen die beiden wichtigen Orte Dirschau am linken und Putzig am rechten Flügel am 13. März verloren. Gotenhafen und Zoppot liegen unter schwerem Artilleriebeschuss des Feindes. Königsberg und Danzig wurden von unserem Führer Adolf Hitler zu Festungen erklärt.' Dieser Bericht über unsere Lage war niederschmetternd.

In Danzig war ich das letzte Mal 1939 nach dem Polenfeldzug. Damals erstrahlte diese wunderschöne Hansestadt an der Ostsee blumengeschmückt im Sonnenschein und feierte die heimkehrenden Soldaten. Heute, über fünf Jahre später, lag die Stadt unter Dauerbeschuss der Roten Armee. Keiner von uns Freiwilligen hätte je daran gedacht, dass es einmal so weit kommen würde. Danzig, diese ehrwürdige, stolze Stadt des Deutschen Ordens und der Hanse, verblutete nun im Endkampf.

Als das Trommelfeuer auf Hohenstein in der Dämmerung weniger wurde, wagte ich mich aus dem Keller. Der ganze Ort brannte lichterloh. Auch das bäuerliche Anwesen, in dem ich untergebracht war, wurde zum größten Teil zerstört. Die Leute, die hier lebten, wären erst vor drei Tagen geflohen, berichtete mir ein Sanitätsgefreiter, der mir etwas zu essen brachte und den Befehl hatte, mich nach Danzig zu fahren. Mit zwei Fahrzeugen, vollgepackt mit Verwundeten, verließen wir gegen Mitternacht Hohenstein. Auf einem dritten Fahrzeug lagen mehrere Männer. Ihr Anblick ließ mich erschaudern. Bei Zweien rann rotes Blut aus den Hälsen, und ihre Köpfe waren zerrissen. Einem fehlte ein Bein. Er war verblutet. Ein Kamerad lag mit blutgetränktem Verband und nacktem Oberkörper auf der Ladefläche und einem hatte ein Geschoss den Kopf zu einem unkenntlichen Brei aus Blut und Gehirn geformt.

Die Straße nach Danzig war an vielen Stellen voller Löcher und kaum noch befahrbar. Sie verläuft parallel zur Eisenbahnstrecke von Dirschau nach Danzig und wurde daher als wichtige Verbindung ständig durch Bomben und Granaten angegriffen. Gegen Morgen brachte man mich zunächst in einen Bunker in der Nähe des Krantors, der als Lazarett behelfsmäßig eingerichtet war. Er war mit Verwundeten überfüllt, die auf ihren Transport mit einem Lazarettschiff in den Westen warteten. Man wies mir eine Pritsche zu, von der ich in dem Raum das ganze Elend vor Augen hatte. Nach einigen Stunden erschien ein völlig übermüdeter Stabsarzt, der sich kurz nach mir erkundigte und mir gleichzeitig sagte, dass ich mich bis zum Abend in einem Bunker des Generalkommandos zu melden hätte. Die Lage um Danzig wäre kritisch, alle Kräfte würden zur Verteidigung der Stadt gebraucht. Ich solle sehen, wie ich wieder auf die Beine komme, er wüsste nicht, wie lange die Stadt noch verteidigt werden könne, wie lange sie dem ungeheuerlichen Druck des übermächtigen Gegners noch standhalten würde. Danzig war eine brennende Ruinenstadt und fast völlig zerstört.

Am 24. März hatte Marschall Rokossovskij Flugblätter mit einer bedingungslosen Kapitulationsaufforderung abwerfen lassen. Als die Verteidiger diese Aufforderung nicht erfüllten, wurde die Altstadt in der Nacht zum 25. März und am darauffolgenden Tag von schweren Luftangriffen heimgesucht und in Schutt und Trümmer gelegt. Besonders unter den vielen Flüchtlingen, die sich hier sammelten und nicht weiter konnten, die noch in letzter Minute auf ein Schiff gelangen wollten, waren die Verluste enorm hoch.

Schon am Nachmittag meldete ich mich beim Generalkommando, das den Befehlsstand in einem Kellergewölbe unterhalb der Ruine der Sankt Marien Kirche hatte. Stadtkommandant war Generalmajor Gaedicke. Von dort wurde ich als Luftwaffenangehöriger in der allgemeinen Hektik unverzüglich angewiesen, mich im Abschnitt Mitte zwischen Emaus und Wonneberg bei der 12. Luftwaffenfelddivision unter Generalleutnant Weber zu melden. Wir hatten klares, sonniges Wetter, was natürlich der Feind den ganzen Tag über für weitere Luftangriffe nutzte. Erst als diese nachließen, wurde ich mit einem Kübelwagen zum Gefechtsstand der 12. Luftwaffenfelddivision gefahren. Ein junger Offizier führte mich zu einem Raum in einen Unterstand in unmittelbarer Nähe des Befehlsbunkers und wies mich an, dort zu warten. Es dauerte keine zehn Minuten, als sich die Tür öffnete und ich hereingebeten wurde. Vor einem primitiven Holztisch stand ein Oberstleutnant der Luftwaffe. Irgendwie kam er mir bekannt vor. Nachdem ich ihn vorschriftsmäßig gegrüßt hatte, drehte er sich zu mir um und stutzte. Zunächst sah er mich ziemlich verwundert an, doch dann veränderte ein breites Grinsen seine ernste Miene. ‚Verdammt noch mal, Falkenstein, sind Sie es, oder sind Sie es nicht? Wie sehen Sie denn nur aus? Sie sind ja ein wandelndes Skelett. Wo zum Teufel haben Sie sich denn die ganze Zeit herumgetrieben? Kommen Sie, setzen Sie sich, ich hol uns etwas zu trinken. Die Versorgungslage ist zwar beschissen, aber wir haben auf dem Rückzug aus dem Keller eines verlassenen Bauernhofs noch ein paar nützliche Dinge organisieren können, die das Leben in diesem verdammten Krieg etwas erleichtern.‘

‚Danke, Herr Oberstleutnant‘, erwiderte ich, wollte noch was sagen, aber er war schon in den angrenzenden Raum gegangen. Ich hatte ihn auch erkannt. Wir hatten uns vor Jahren in der Ausbildungszeit zum Luftwaffenpiloten einige Male auf verschiedenen Flugplätzen im Reich getroffen. Auch in Groß-Schiemanen flogen wir damals eine Zeit lang vor dem Russlandfeldzug im gleichen Jagdgeschwader und waren dem Luftwaffenkommando Ostpreußen unterstellt. Danach verloren wir uns aus den Augen. Klaus-Dieter Cossart stammte aus Königsberg und hatte sich damals wie ich freiwillig zur Luftwaffe gemeldet. ‚Scheiß auf den Oberstleutnant, auf den Piloten ohne Flieger, auf all die jugendlichen Illusionen, auf den verdammten Krieg, der so gut wie verloren ist, nur darf man das nicht sagen, sonst wird man noch in den letzten Kriegstagen hingerichtet. Komm her, setz dich zu mir und sei vorsichtig, wenn du dich aus diesem Loch wagst, der Iwan mag uns überhaupt nicht und deckt uns pausenlos mit seiner Stalinorgel ein. Die 12. Luftwaffenfelddivision besteht aus wenigen alten Hasen. Die jungen Piloten werden hier an der Ostfront verheizt. Sie werden zu keinem Lufteinsatz mehr kommen, denn wir haben keine Maschinen und keine Flugplätze mehr. Der Verlust in ihren Reihen ist entsprechend hoch, sie haben am Boden keine Kampferfahrung und sind unzureichend ausgebildet. Wir sitzen hier im Dreck, ohne Versorgung, ohne Sprit für die Fahrzeuge, ohne Munition für die wenigen noch intakten Panzer und für die anderen schweren Waffen, ohne Hoffnung auf eine Wende. Die Front wurde überall durchbrochen. Auf dem schmalen Streifen, den wir noch halten, stauen sich endlose Flüchtlingskolonnen aus dem Königsberger Raum, die noch in letzter Minute über die Frische Nehrung fliehen wollen. Aber jetzt erzähl mal, was mit dir geschehen ist, du siehst ja in deiner blutverschmierten Jacke fürchterlich aus, bist nur noch Haut und Knochen, du musst ja schlimme Zeiten erlebt haben. Fast hätte ich dich nicht wiedererkannt.' Wir drückten uns kameradschaftlich die Hände. ‚Ich freue mich, dass du auch noch lebst. Dich gerade hier zu treffen grenzt schon an ein Wunder.'

Ich setzte mich auf den angebotenen Schemel, trank einen kräftigen Schluck aus der Cognacflasche, verschlang gierig zwei, drei Scheiben Kommissbrot mit selbstgemachter Wurst aus dem verlassenen Hof und berichtete kurz über meine Zeit im Osten, über die verlustreichen Einsätze in Stalingrad und danach über den ständigen Rückzug. Wir hatten nicht mehr viel Zeit zum Reden, denn vor uns und um uns tobten erbitterte Kämpfe. Man kann es hinterher auch nicht beschreiben, was uns beiden an jenem Tag das unverhoffte Wiedersehen nach so vielen Jahren bedeutet hat. Viele Staffelkameraden waren gefallen, der grausame Krieg zerstörte unsere Jugendträume, riss brutal Familien und Freunde auseinander. Damals völlig unerwartet einem Freund zu begegnen, dem man vertrauen konnte, war für mich, nach allem was ich durchgemacht hatte, eine riesengroße Freude. Und dann erzählte ich ihm kurz einiges über meinen Fallschirmabsprung hinter den Fronten, über meine harte Flucht mit einem Menschen, den ich auf so grausame Weise verloren hatte. ‚Es ist eine unglaubliche Geschichte, die du mir gerade erzählt hast. Dem Himmel sei Dank, dass du noch lebst. Die tragischen Ereignisse werden dich sicherlich ein Leben lang verfolgen, wenn du diesen schmutzigen Krieg überleben solltest. Du hast mir etwas anvertraut, das hinreichend für eine standrechtliche Erschießung ausreichen würde, wenn es in die falschen Ohren kommen würde. Ich werde dein Vertrauen nicht missbrauchen, darauf hast du mein Ehrenwort. So schlimm und tragisch auch alles für dich ist, dir bleibt nicht viel Zeit darüber nachzudenken, wir sitzen hier in der Falle, in einer aussichtslosen Lage gegenüber einem übermächtigen Feind. Der Iwan hat bereits Pommern überrannt und marschiert auf Berlin zu.‘

So offen konnte man in jener turbulenten Zeit nur mit einem echten Freund reden, der die Aussichtslosigkeit des sinnlosen Krieges genauso sah wie ich. Der sein junges Leben wie viele andere Kameraden der ruhmreichen deutschen Luftwaffe verschrieb und nun resigniert feststellen musste, dass alles umsonst war. Der einem Regime diente, das uns junge Menschen bitter enttäuschte, innerlich zerstörte. Danach erzählte er mir, dass er im Afrikakrieg viele Einsätze geflogen hatte und mit letzten Reserven in einer entscheidenden Phase des Krieges vom 21. Juni bis 13. Juli 1943 an der Abwehrschlacht um Sizilien in einem Jagdgeschwader mit Kommodore Johannes Steinhoff beteiligt war, in der es unter den viel zu schnell ausgebildeten jungen Piloten fürchterliche Verluste zu beklagen gab.

Er wurde verwundet, zum Major befördert, erhielt Heimaturlaub und flog noch 1944 als Kommodore mit den letzten Resten der Luftwaffe äußerst riskante und gefährliche Einsätze an der Westfront. Es wurde immer schwieriger, die Staffeln auf den von Bomben zerpflügten Landebahnen zusammenzufassen, erzählte er mir. Die fliegenden Festungen anzugreifen wurde ständig verlustreicher, denn sie wurden von gegnerischen Jagdfliegerschwärmen hervorragend geschützt. Im Herbst 1944 verlegte man die Reste seines Geschwaders in die Nähe von Königsberg, später, mit nur noch wenigen Jagdflugzeugen, weiter auf den zerbombten Feldflugplatz Junkertroylhof, der nun aufgegeben werden musste. Danach wurden alle Luftwaffenangehörigen der 12. Luftwaffenfelddivision unter das Kommando von Generalleutnant Weber gestellt. ‚Der Endkampf um Danzig wurde nach dem 25. März mit heftigem Artilleriebeschuss und starken Luftangriffen eingeleitet. Die 7. Panzerdivision und die 32. Division konnten zunächst noch einige Angriffe an der Westfront auf Gotenhafen abwehren. Der Großangriff auf Danzig erfolgte mit über hundert Panzern westlich der Straße Zoppot-Danzig, wobei der Kurort Oliva verloren ging.

Das 19. Grenadier Regiment wurde aus dem Raum um Wonneberg auf die Höhen von Emaus verlegt und unserer 12. Luftwaffenfelddivision direkt unterstellt. An unserem Südflügel und bei der 4. Panzerdivision toben konzentrierte Abwehrkämpfe im Raum Pietzkendorf - Emaus - Schidlitz - Jäschkental - Langfuhr - Brentau. Bei der 4. Panzerdivision war am Abend des 26. März kein Panzer mehr einsatzbereit. Sie musste auf Jäschkental südlich von Langfuhr ausweichen. Starke Feindkräfte schoben sich von Brösen kommend auf unsere Stellungen in Neufahrwasser vor. Die Lage ist, gelinde gesagt, beschissen.‘

Der Bericht meines Freundes war erschütternd. Hinter und neben dem Befehlsbunker schlugen ununterbrochen ganze Serien von feindlichen Granaten ein. Mir wurden in aller Eile eine verschlissene Luftwaffenuniform, ein Stahlhelm und eine Maschinenpistole zugeteilt. In diesem Trommelfeuer der Russen zogen wir uns mit der 12. Luftwaffenfelddivision und dem 19. Grenadier Regiment bei einbrechender Dunkelheit langsam immer weiter zurück. Am 30. März bezogen wir neue Stellungen auf der Schwarzen Lake. Der Himmel war an diesem Tag bedeckt und es fing an zu regnen. Der Iwan gönnte uns eine Feuerpause.

Die Lage um Danzig spitzte sich immer mehr zu. Bereits am Abend des 28. März hatte der Russe mit starken Kräften im Westen und Süden Gotenhafen angegriffen und eingenommen. Am 31. März verteidigten wir uns erfolgreich südlich von Heubude, bei Sandweg und an der Schwarzen Lake gegen heftige Angriffe der Sowjets, mussten uns aber nach erbitterten Kämpfen an der Danziger Weichsel hinter die Schwarze Lake zurückziehen. Inzwischen tobten verbissene Straßenkämpfe im Stadtkern von Danzig, an der Mottlau, im Stadtteil Neufahrwasser an der Toten Weichsel und am Durchstichkanal bei Schiewenhorst. Anfang April begannen die Endkämpfe auf der Frischen Nehrung und in der Weichselniederung. Die 2. Armee hatte den obersten Befehl, die Stellungen in der Danziger Bucht und auf der Frischen Nehrung solange wie möglich zu halten, die Verbindung zur Armeegruppe Samland und zur 4. Armee herzustellen und die Verbände der 2. weißrussischen Front zu binden, damit die Evakuierung der Flüchtlingsmassen auf der Binnennehrung über Hela erfolgen konnte. Pausenlos liefen von der Reede Hela die Transporte über die Ostsee mit Verwundeten und Flüchtlingen. Um die Stellungen der Binnennehrung, den Danziger Stadtforst, die Oxhöfter Kämpe, den Danziger Werder und die Frische Nehrung entwickelten sich verbissen geführte Kämpfe. Ab dem 3. April zogen wir uns nach schweren Verlusten auf die Stellungen zwischen Neufähr und Quellberg zurück. Trotzdem konnten wir den kleinen Brückenkopf Maschinenhaus und Fort Neufähr einige Tage halten. Was sich damals an heldenhaften Kämpfen zugetragen hat, wird niemals bekannt werden, da nur wenige diese Endkämpfe überlebt haben.

Für die eingeschlossenen Flüchtlinge aus Ostpreußen, Danzig und Westpreußen, die aus Angst vor der anrückenden Roten Armee erst in letzter Minute ihre Heimat verließen, wurde die Ostsee zu einem ‚Meer der Hoffnung'. Frauen, Kinder und alte Menschen warteten auf Rettung mit einem der Handels- und Kriegsschiffe, die vor Hela auf Reede lagen. Tausende wurden mit kleinen Booten und Prähmen zu den Schiffen befördert, solange der schmale Streifen vor der Ostseeküste von unseren Truppen noch gehalten werden konnte. Viele von ihnen erreichten den rettenden Westen nicht und fanden ihr Grab in den eisigen Fluten der Ostsee. In der größten Rettungsaktion der Seegeschichte evakuierte die deutsche Kriegsmarine über zwei Millionen Menschen. Verantwortlicher Chef der Seeleitstelle Hela für die Verschiffung von Verwundeten, Soldaten und Flüchtlingen war Major im Generalstab Udo Ritgen.

Es wurde die größte Rettungsaktion in der Geschichte der Seefahrt. Dem Armeeoberkommando Ostpreußen auf Hela blieb nicht mehr viel Zeit, die Halbinsel zu räumen. Noch klappte der Fährbetrieb zwischen Hela und Schiewenhorst trotz Beschuss und Luftangriffen. In verlustreichen, zermürbenden Abwehrkämpfen wurde um jeden Meter Boden gerungen. Wir kämpften auf verlorenem Posten, es galt jetzt nur noch, so viele Flüchtlinge, Verwundete und Kameraden wie möglich in den Westen zu evakuieren. Was damals von den deutschen Soldaten geleistet wurde, war aufopfernder, heldenhafter Einsatz bis zur letzten Patrone gegen einen übermächtigen Feind. Mit den Resten von fünf Infanterie- und einer Panzerdivision, vor allem aber auch wegen Treibstoff- und Munitionsmangel, war das Ende der Kämpfe abzusehen. Die 1. und 2. Weißrussische Front hatten bereits die Reichshauptstadt Berlin eingeschlossen. Am 29. April 1945 ernannte Hitler Großadmiral Karl Dönitz zu seinem Nachfolger als Staatsoberhaupt und nahm sich am folgenden Tag im Führerbunker in Berlin das Leben. Tief erschüttert wurde uns Offizieren der heldenhafte Tod des Führers durch Generalleutnant Richert im Divisionsgefechtsstand bekannt gegeben. Wir empfanden kaum Bestürzung oder gar Erschütterung, sondern Befreiung von einem grausamen Diktator.

Die 12. Luftwaffenfelddivision unter Generalmajor Schlieper sollte nun in den nächsten Tagen zur Verteidigung der Putziger Nehrung verlegt werden, doch dazu kam es nicht mehr. Danach erhielten wir den Befehl, dass wir in Kürze nach dem Gesamträumungsplan mit den nächsten Schiffen in den Westen abtransportiert würden. Unser Abschnitt sollte von der 35. oder 558. Division übernommen werden. Die Führung der Roten Armee drängte nun auf eine schnelle Entscheidung und warf alle verfügbaren Kräfte an die Front zum Sturm auf die noch von uns gehaltenen Stellungen im Weichseldelta, auf Hela und auf der Frischen Nehrung. Dort gingen die Kämpfe der 4. Panzerdivision, der 7. Division und des 19. Grenadierregiments um Kahlberg in ganzer Härte weiter. Vor den Booten und Prähmen drängten sich tausende von Flüchtlingen, warteten Verwundete, verstümmelte Menschen auf die Rettung in letzter Minute, auf einen Platz auf einem der Dampfer und Kriegsschiffe, die vor Hela auf Reede lagen. Angst und Schrecken verbreiteten sich immer mehr, jeder spürte, dass es nicht mehr lange dauern würde, bis auch die allerletzte Hoffnung auf eine Flucht vorbei wäre und die Russen den heldenhaften Widerstand der deutschen Verteidiger gebrochen hätten. Nachdem bereits Ende März die beiden großen Häfen Danzig und Gotenhafen von sowjetischen Truppen besetzt wurden, liefen die letzten Flüchtlingstransportschiffe aus dem ostpreußischen Hafen Pillau, von den kleinen Häfen auf der Frischen Nehrung und von Schiewenhorst am Weichseldurchstich die Halbinsel Hela an. Hier entstand der größte Notverbandsplatz für verwundete Soldaten und ein riesiges Flüchtlingssammellager, obwohl es dort weder Lazarette noch nennenswerte, menschenwürdige Unterkünfte gab. Die sowjetischen Luftangriffe auf die Frachter und Kriegsschiffe in den beiden kleinen Häfen der Halbinsel nahmen immer mehr zu, als am 9. April die Festung Königsberg kapitulierte. An diesem Tag gingen dort 92.000 Soldaten, 1819 Offiziere und vier Generäle in sowjetische Gefangenschaft, aus der nur wenige heimkehren sollten.

Inzwischen war die 252. Division nach Bornholm verschifft worden und dort auch ohne Schaden angelangt. Als nächste Division sollte nun die 12. Luftwaffenfelddivision folgen, doch dazu war es nicht mehr gekommen. Nach schweren Luftangriffen und pausenlosem Artilleriebeschuss fanden noch in den letzten Kriegstagen viele meiner Kameraden den Tod. Mein Freund Klaus-Dieter Cossart wurde schwer verwundet nach Hela transportiert. Seine Verletzungen müssen äußerst schlimm gewesen sein, das erfuhr ich noch von einem anderen Kameraden, der mit ihm in einem Bunker war, der einen Volltreffer erhielt. Was weiter mit ihm geschehen ist, weiß ich nicht. Da ich zum rückwärtigen Dienst der 12. Luftwaffenfelddivision und zum Vorauskommando gehörte, wurde ich doch noch mit der Ib-Staffel nach Hela gebracht. Es war der 8. Mai 1945, der letzte Tag des Zweiten Weltkriegs. Deutschland hatte kapituliert. Nach 24 Uhr sollten alle Waffen schweigen, es war Frieden. An diesem letzten Tag des Krieges befanden sich noch viele kleine Schiffe, Landungsboote, Fischkutter und andere Wasserfahrzeuge vor Hela. Jeder versuchte, noch vor den Russen zu entkommen. Alle Schiffe, die vor Mitternacht die westliche Ostsee hinter Swinemünde nicht erreicht hatten, mussten den nächsten russisch besetzten Hafen anlaufen. Mit über vierhundert Soldaten des Vorauskommandos der Luftwaffenfelddivision und vollgepackt mit Flüchtlingen verließen wir gegen Abend mit den Tankern Julius Rüttgers, der kleineren Lieselotte Friedrich und zwei Artillerieträgern die Reede vor Hela. Kurz nach 24 Uhr meldete der Wachoffizier dem Kapitän auf der Brücke, dass wir mit voller Beleuchtung fahren müssten. Kapitän Grewe nahm die Meldung stumm entgegen, ließ aber so weiter fahren, solange mit russischen Angriffen zu rechnen war. Eine reine Vorsichtsmaßnahme, auch wenn der Krieg zu Ende war. Eigentlich rechnete auch niemand mehr mit Angriffen sowjetischer Flugzeuge oder durch U-Boote.

Der nächste Morgen brach an. Ein sonniger Maitag mit einer leichen Brise aus Südwest. Wir hatten bereits ein gutes Stück hinter uns gebracht. Vor uns kam die Insel Bornholm in Sicht. Der Anblick der von der Morgensonne angestrahlten Insel war überwältigend. Jeder von uns Soldaten glaubte nun wirklich, dass wir Frieden hätten. Gegen Mittag am 9. Mai trat Kapitän Grewe vor die Soldaten und verlas den letzten Wehrmachtsbericht: ‚In Ostpreußen haben deutsche Divisionen noch gestern, am 8. Mai, die Weichselmündung und den westlichen Teil der Frischen Nehrung tapfer verteidigt, wobei sich die 7. Division besonders auszeichnete. Dem Oberbefehlshaber, General der Panzertruppe von Saucken, wurde in Anerkennung der vorbildlichen Haltung seiner Soldaten das „Eichenlaub mit Schwertern und Brillanten zum Ritterkreuz des Eisernen Kreuzes" verliehen.' Später erfuhren wir, dass Großadmiral Dönitz General von Saucken mit einem Flugzeug von Hela abholen lassen wollte. Dieser habe die Maschine mit Verwundeten beladen lassen und heimgeschickt. Er blieb bei seinen Truppen und ging mit ihnen in russische Gefangenschaft. Seine Kommandeure erhielten am gleichen Tag einen versiegelten Befehl mit folgendem Wortlaut: ‚Heute um 23 Uhr kapituliert bedingungslos das Armee-Oberkommando Hela vor der russischen Wehrmacht. Der Oberbefehlshaber dankt allen Soldaten, Unteroffizieren und Offizieren für die bewiesene Tapferkeit. Der Kampf ist zu Ende.'

Doch plötzlich hörten wir das altbekannte Brummen von Flugzeugen. Von der Brücke brüllte der Kapitän: ‚Fliegeralarm, alles in Deckung! So eine Schweinerei, der Krieg ist doch zu Ende.' Aus der Sonne stürzten sich die Bomber mit dem roten Stern auf die Schiffe. Die Flugzeuge flogen so tief an, dass die Abwehr sie kaum noch erfassen konnte. Aus allen Rohren schossen die Flak und die Artillerieträger mit ihren 8,8 cm-Geschützen. In den Höllenlärm mischten sich Detonationen und die prasselnden Einschläge der Bordwaffengeschosse gegen den Splitterschutz der Brücke.

Die Bomber hatten kaum abgedreht, als von der Brücke der Ruf ‚Torpedos' kam. Man sah die silbernen Aale auf das Wasser fallen und auf die Julius Rüttgers zukommen. Der Kapitän reagierte sofort, als er die Torpedolaufbahn sah und befahl: ‚Hart Backbord!' Langsam drehte sich der Tanker und die Torpedos verfehlten ihr Ziel. Danach detonierten noch Bomben im Kielwasser, die das Schiff mit einem mächtigen Satz nach vorne warfen. Dann war alles vorbei, die Flugzeuge waren verschwunden. Der Splitterschutz auf der Brücke war durchlöchert wie ein Sieb, doch niemand war verletzt. Aber die Lieselotte Friedrich war schwer getroffen worden, bäumte sich noch einmal auf und begann zu sinken. Die Schiffbrüchigen wurden von den beiden Artillerieträgern aus der See gefischt, zweihundert Gerettete wurden der Julius Rüttgers übergeben und sofort unter Deck gebracht. Die Kapitänskabine wurde zum Operationsraum für Schwerverletzte hergerichtet, denn es musste schnell reagiert werden. Alle Verwundeten kamen durch, niemand starb. Am Morgen des 10. Mai blieben plötzlich alle Schiffsmaschinen stehen. Wir hatten keine Kohle mehr und befanden uns kurz vor Kiel. Nach einiger Zeit kam ein Schlepper, nahm uns auf den Haken und schleppte uns in den Hafen von Kiel. Dort wurden die Schwerverwundeten abgeholt und in ein Lazarett gebracht. Über sechshundert Menschen verließen das Schiff. Wir hatten die Hölle von Danzig und Hela überlebt. Der Krieg war zu Ende.

An diesem 10. Mai 1945 mussten über 150.000 Soldaten der Armee Ostpreußen mit ihrem Befehlshaber General Dietrich von Saucken und mehr als 200.000 Kameraden der Kurlandfront den weiten Weg nach Sibirien antreten. Die meisten von ihnen werden die Heimat und ihre Angehörigen nie wiedersehen.

Das letzte Schiff, das Hela verließ, war der Dampfer Rugard. Kurz darauf wurden wir in Kiel von den Engländern gefangen genommen und in ein Sammellager in die Lüneburger Heide gebracht. Es folgten endlose Verhöre und lange Zeiten eines harten Lagerlebens. Danach wurden wir in Bremerhaven eingeschifft und nach England zur Zwangsarbeit transportiert. Ich kam mit vielen Gefangenen in ein großes Lager in der Grafschaft Kent. Man behandelte uns Offiziere fair, ließ aber keinen Zweifel aufkommen, dass wir POWs (Prisoners Of War), Kriegsgefangene, waren. Wir arbeiteten auf dem Felde und wurden zum Straßenbau eingesetzt, wobei wir Offiziere gegenüber den Mannschaften kleine Privilegien hatten.

Eines Tages traf ich in diesem Lager einen Schulfreund von mir, der noch in den letzten Tagen der Ardennenoffensive ziemlich schwer verwundet wurde, inzwischen aber so gut wie genesen war. Mehrere Granatsplitter mussten ihm aus dem ganzen Körper herausoperiert werden und sein linker Oberarm hatte einen Durchschuss erhalten. Für uns beide war dieses Wiedersehen, nach dem was wir durchgemacht hatten, von unschätzbarem Wert. In der Gefangenschaft hatten wir nun am Abend genug Zeit, alte Geschichten aus der Jugendzeit wieder aufzufrischen. So vertraute ich mich ihm irgendwann an und erzählte ihm alles über meine verbotene Liebe zu der Polin und über unsere brutale, verhängnisvolle Flucht, die in einer Tragödie endete. Seit jenem Tag würde ich mir schwere Vorwürfe machen, denn schließlich würde Iwonka noch leben, wenn sie auf den Rat ihres Bruders gehört hätte, wenn sie in Polen geblieben wäre und nicht mit mir weiter über die Weichsel geflohen wäre. Schon damals war Heinz Pawellkas eher ein zurückhaltender, stiller Schüler, der oft mit mir durch die Wälder streifte und an den verträumten Seen und gemächlich dahinströmenden kleinen Bächen und Flüssen angelte. Wir schmiedeten einst Zukunftspläne, besuchten gemeinsam viele Feste in unserer Gegend und verbrachten auch zweimal die Sommerferien gemeinsam im Ostseebad Cranz. Als ich mich freiwillig zur Luftwaffe meldete und der Krieg ausbrach, verloren wir uns aus den Augen. Er wurde eingezogen, kämpfte an mehreren Fronten im Westen und wurde wenige Monate vor Kriegsende schwer verwundet. Bei einem der letzten schweren Luftangriffe auf Hamburg, kam seine junge Braut ums Leben, erzählte er mir traurig. Er erhielt die schreckliche Nachricht noch bevor er in englische Kriegsgefangenschaft geriet. Mit einem guten Freund über diese Dinge zu reden, tat uns beiden unermesslich gut. Wir hatten jeder ein schweres Leid, ein tragisches Schicksal zu ertragen, die Heimat verloren und wussten nicht, was mit unseren Lieben daheim geschehen war. Der seelische Schmerz riss tiefe Wunden in unser junges Leben. Der grausame Verlust einer großen Liebe war für mich in dieser Zeit in einem fremden Land schlimmer als der Tod, doch über gemeinsame Schicksale zu reden, tat gut. So verging die Zeit im Arbeitslager in der Grafschaft in Kent.

Monate später wurde ich in ein Lager nach Wales verlegt. Heinz Pawellkas reichte mir zum Abschied die Hand, klopfte mir auf die Schulter und sagte mit fester Stimme: ‚Das Leben wird für uns irgendwann wieder besser. Wir werden zwar beide das Geschehene niemals vergessen können, aber mit der Zeit werden auch die tiefen Wunden heilen.' Es war für mich ein wertvoller Trost eines Freundes in harter Kriegsgefangenschaft, in einer Zeit der Mut- und Hoffnungslosigkeit, den ich in das neue Lager nach Wales mitnahm, in dem ich noch über ein Jahr bis zu meiner Entlassung war. An einem diesigen, regnerischen Aprilmorgen wurden wir Entlassenen aus einem englischen Truppentransporter in Bremerhaven ausgeschifft. Die meisten von uns wussten nicht, wohin sie nun gehen sollten. Deutschland war ein einziger Trümmerhaufen. Viele Angehörige in den großen Städten waren im Bombenhagel umgekommen, das Land in vier Besatzungszonen aufgeteilt, und es herrschte immer noch eine große Hungersnot. Wir Soldaten aus den Ostgebieten waren heimatlos, besitzlos, verzweifelt, denn niemand konnte uns etwas über das Schicksal unserer Familien sagen. Die Sowjetunion hatte die gesamten Ostgebiete besetzt und viele Menschen nach Sibirien verschleppt. Es drangen kaum Nachrichten aus dieser Besatzungszone in den Westen, und so blieb nur die hoffnungsvolle Suche nach den Angehörigen über das Rote Kreuz. In den ersten Wochen fand ich eine Unterkunft auf einem kleinen Bauernhof in der Nähe von Wilsede in der Lüneburger Heide. Ein Kriegskamerad, der mit mir im selben Lager in Wales war, nahm mich dorthin mit zu seinen Eltern und Geschwistern. Der Vater war noch in den letzten Tagen im Endkampf um Berlin gefallen. Seine Mutter bewirtschaftete nun die kleine Landwirtschaft mit ihren beiden Töchtern, so gut es eben ohne Pferde und Geräte ging, um in der Notzeit überhaupt zu überleben.

Natürlich war das Wiedersehen mit ihrem Sohn für die Mutter und für die Geschwister eine große Freude. Alle wollten auch, dass ich vorerst auf dem Bauernhof bleibe, doch fühlte ich mich als Fremder in der Enge des kleinen Hauses eher als eine Belastung. Auch als Frau Petersen immer wieder beteuerte, es würde schon irgendwie gehen und ich solle doch bleiben, entschied ich mich, nach der Frühjahrsbestellung von dort fortzugehen, denn ich merkte, dass ich für die ältere der Töchter nicht nur irgendein Mann war. Hella war als ehemalige Nachrichtenhelferin die Verlobte eines Marineoffiziers, der im März 1944 von einer Feindfahrt im Atlantik nicht mehr zurückkehrte. Ich fand sie sehr sympathisch und auch hübsch, war aber zu einer neuen Beziehung nicht fähig. Helge Petersen überredete mich dann aber doch zu bleiben. Auch nach den Frühjahrsarbeiten gab es noch genügend Arbeit in der Landwirtschaft. Da ich ohnehin nicht wusste, wohin ich gehen sollte, blieb ich bis über den Sommer und half in der Erntezeit auch noch auf einem größeren Bauernhof in der Nachbarschaft. Es waren glückliche Tage in der Heidelandschaft, die mich so sehr an meine Heimat erinnerte, an mein Elternhaus, das auch inmitten von Wald und Heide lag. Wo aber waren meine Eltern, meine Großeltern, mein Onkel und meine Tante, meine Schulfreunde geblieben und wie ist es meinem mutigen Helfer Dr. Hübner ergangen? Diese zermürbende Ungewissheit quält mich ohne Unterlass. Nach langem Suchen erhielt ich endlich in der vorigen Woche die freudige Nachricht, dass ihr die Flucht überlebt hattet und nun in Todendorf auf der Insel Fehmarn wohnen würdet. Gleich danach verabschiedete ich mich von der Familie Petersen, die mich in einer schweren Zeit nach meiner Entlassung so freundlich aufgenommen hatte und mir mittlerweile sehr ans Herz gewachsen war. Ich versprach, mich sofort bei ihnen zu melden, sobald ich irgendwo untergekommen wäre. Es fiel mir sehr schwer zu gehen, doch ich musste zu euch.‘

An diesem Morgen hatten wir keinen Hecht erwischt, wohl aber eine erschütternde Geschichte gehört, die ich in meinem Leben niemals mehr vergessen werde. Werner von Falkenstein offenbarte seinem alten Freund Wilhelm sein Leben, sein schweres Schicksal, sein Herz, und ich wurde als junger Mensch Zeuge einer unvorstellbaren menschlichen Tragödie. Nun begriff ich auch, warum mein Vater bisher noch nicht einmal meiner Mutter etwas über die verbotene, gefährliche Liebe seines Angelfreundes zu einer Polin erzählte. Erst nach dem verlorenen Krieg durfte nun wieder offen über dieses Geheimnis geredet werden. Es sollte bis zum Tode meines Vaters noch unzählige Male darüber gesprochen werden. Viele Jahre danach erzähle ich nun über jenes gewaltige Drama, jenes unglaubliche Kriegsgeschehen aus einer schlimmen Zeit.

Am Nachmittag zog mein Vater doch noch einen kapitalen Hecht aus dem Wasser. Danach aber machten wir uns auf den Heimweg. Die Männer sprachen noch eine Zeit lang über Masuren, über die Heimat, über die unvergessenen Angelerlebnisse und auch über den Krieg, doch über den Tod von Iwonka, über das tragische Ende einer großen Liebe, wurde nicht mehr gesprochen.

Werner von Falkenstein blieb noch ein paar Tage bei uns. Beim Abschied flossen dicke Tränen. „Ich werde diese wertvollen Stunden bei euch nie vergessen, ich werde mich zeitlebens daran erinnern, dass ich bei guten Freunden war, die mir Mitgefühl, Wärme und aufrichtige ostpreußische Gastfreundschaft schenkten. Danke für alles. In der Nähe von Münster in Westfalen hat ein Cousin meines Vaters ein Gut. Dort werde ich hinfahren, um zu sehen, wie es denen ergangen ist. Vielleicht erfahre auch etwas über meine Eltern."

Wir hatten uns auf dem Bahnhof in Burg auf Fehmarn von einem Freund meines Vaters verabschiedet, einem Ostpreußen, dem der unselige Krieg sein junges Leben zerstörte und die geliebte Heimat raubte, der auf einer dramatischen, brutalen, unglaublichen Flucht im eiskalten Winter in den Fluten der Weichsel seine große Liebe verlor. Gott hatte ihn in vielen Gefahren beschützt, doch das Liebste hatte er ihm genommen. Er überlebte den unerbittlichen, verlustreichen Luftkrieg, die harten Einsätze im weiten Russland, die grausame Flucht auf der Weichsel, das unfassbare Drama, den gnadenlosen Endkampf um Danzig, wurde mit einem der letzten Evakuierungsschiffe in den Westen gebracht und entging damit der sicheren russischen Gefangenschaft in Sibirien, und doch hatte er alles verloren. Erst als die schwarzen Qualmwolken der Lokomotive hinter der letzten, fernen Schienenkurve langsam am Horizont verblassten, verließen mein Vater und ich nachdenklich den kiesbedeckten Bahnsteig.

Das Drama in Königsberg

Es war inzwischen wieder Winter geworden. Über die flache Insel fegte ein eisiger Nordostwind und wirbelte den Schnee durch die menschenleere Dorfstraße. Jeder verkroch sich in der warmen Stube hinter dem Ofen. Brennmaterial gab es kaum auf der unbewaldeten Insel, die mit Flüchtlingen überfüllt war. So heizten die meisten Heimatlosen mit getrockneten Kuhfladen und Kohlstrünken. Mit meinem Vater und meinen Cousins stach ich im Sommer im Norden der Insel Torf. Wir stellten die backsteingroßen Portionen pyramidenähnlich zum Trocknen in der Sonne auf und schleppten sie danach in Säcken kilometerweit heim. Wir gruben die Baumstümpfe, die Stubben und Wurzeln der gefällten, dicken Eschen aus und hatten so auch ein wenig Brennholz. Als ich eines Tages um die Mittagszeit aus der Schule kam, saß bei uns am kleinen Tisch in der engen Stube ein fremder Mann, der wohl gerade eingetreten war, denn er rieb sich seine kalten Hände über der glühendroten Herdplatte. Er hatte einen ungepflegten Bart, sah ziemlich abgemagert aus und trug eine alte, verdreckte Uniform, die nur aus vielen zusammengeflickten Lumpen bestand. Seine tiefliegenden Augen erhellten sich ein wenig, als er mich sah. Er erhob sich müde, ging langsam auf mich zu und streckte mir die Hand entgegen. „Ich bin Karl, dein Schwager, erkennst du mich nicht? Das ist ja auch kein Wunder, so wie ich aussehe. Du bist ein großer Junge geworden. Erst vor ein paar Tagen hat man mich aus russischer Kriegsgefangenschaft in den Westen entlassen. Über Tante Auguste in Gelsenkirchen erfuhr ich, wo ihr seid und habe mich sofort per Anhalter zu euch auf den Weg gemacht."

Ich reichte ihm die Hand und lächelte verlegen. Das war also mein Schwager, der stolze Pilot, der damals in seiner schicken Luftwaffenuniform auf mich einen starken Eindruck machte. Heute saß er als gebrochener Mann vor uns, der verzweifelt seine Frau und seine Kinder suchte. Im letzten Kriegsjahr hatten wir uns nicht mehr gesehen. Grete schrieb uns damals, im letzten Brief aus Königsberg, und berichtete uns auch von Karl, wenn sie mal wieder einen Feldpostbrief von ihm erhalten hatte. Von Mai bis Anfang Dezember 1944 hatte sie auch nichts mehr von ihm gehört. Er galt als vermisst. Doch dann hätte er plötzlich vor der Tür gestanden. Er wäre verwundet gewesen, hätte einen Schulterdurchschuss und schwere Kopfverletzungen gehabt. Er wäre von einem Feindflug nicht mehr zurückgekehrt, hätte aber den Abschuss überlebt und sich zur 16. Armee der Heeresgruppe Nord im Raum westlich von Nevel durchgeschlagen. Er wäre in ein Lazarett nach Mitau in Lettland gekommen und hätte danach drei Wochen Genesungsurlaub erhalten.

Während seines Urlaubs wurde Königsberg ständig durch die russische Luftwaffe bombardiert und war seit dem schweren Luftangriff der Alliierten mit sechshundert viermotorigen britischen Bombern im August 1944 zu neunzig Prozent zerstört. In einem Ergebnisfeststellungsbericht des „Air Staff Intelligence" an „Bomber-Harris" vom 5. September 1944 heißt es dann später: „Königsberg, die bösartige Brutstätte der arroganten Militärkaste, eine Stadt, die sechshundert Jahre unbeschadet überstanden hat, ist zum Wohle der Menschheit über Nacht ausgelöscht worden." Karl hätte sich einen Tag nach Weihnachten wieder an der baltischen Front melden müssen. Am selben Tag wäre Sohn Siegfried im Kellerlazarett eines zerbombten Hauses zur Welt gekommen. Es war das dritte Kind meiner Schwester nach der Tochter Ingrid, die im Mai 1940 geboren wurde und dem Sohn Manfred, der im Dezember 1941 zur Welt kam. Dies alles beschrieb der letzte Brief von ihr, der uns noch am Silvestermorgen 1944 in Eschenwalde erreichte. Über diesen Brief und über die furchtbaren Ereignisse jener Tage unterhielten wir uns jetzt. „Im Januar 1945 wurden die Reste meiner Einheit an der Memel von den Russen gefangengenommen. Wir kamen danach in ein großes Sammellager bei Schaulen in Litauen. Alle Verwundeten, die den langen Fußmarsch nicht antreten konnten, wurden sofort erschossen. Unterwegs starben viele Kameraden an Entkräftung oder Erfrierung. Dort angekommen, wurden wir bei eisiger Kälte in unbeheizten, zerstörten Lagerhallen brutal behandelt, erhielten oft tagelang kaum etwas zu essen und mussten bis zur Erschöpfung schuften. Jeden Tag hatten wir viele Tote im Lager, die einfach draußen im Schnee liegenblieben und erst später bei Tauwetter in Massengräbern verscharrt wurden. Nicht selten wurden Kameraden bei den täglichen grausamen Verhören durch die Lagerkommandantur zu Tode geprügelt oder erschlagen. Schon nach wenigen Wochen war fast die Hälfte der Insassen dieses Lagers tot. Vor der Aufräumarbeit in der völlig zerstörten Stadt mussten wir im Lager antreten, um von einem der russischen Offiziere die neuesten Nachrichten über die unaufhaltsamen Erfolge der siegreichen Sowjetunion zu hören, die immer mit den Worten: ‚Hitler kaputt‘ endeten.

Eines Tages nach der Kapitulation von Königsberg am 10. April 1945 suchten die russischen Offiziere Dolmetscher in unserem Lager. Obwohl ich die russische Sprache nicht allzu gut beherrsche, meldete ich mich sofort, hoffte ich doch, etwas über das Schicksal meiner Familie zu erfahren. Noch vor Weihnachten hatte ich Grete beschworen, von Pillau aus mit einem der letzten Evakuierungsschiffe in den Westen zu fliehen. Aber kurz vor der Niederkunft hatte sie nicht die Kraft und den Mut zur Flucht. Wäre sie doch schon im Herbst 1943 mit unseren Kindern zu meiner Oma nach Mecklenburg gezogen; doch Grete wollte von Königsberg nicht weg, sie liebte diese schöne Stadt und wollte es nicht wahrhaben, dass es einmal so weit kommen würde. Kurz darauf wurde ich als Dolmetscher einem sowjetischen Major zugeteilt. Das Lager in Schaulen wurde zum größten Teil aufgelöst, doch noch als Durchgangslager für weitere Gefangene aus dem baltischen Raum notdürftig erhalten. Meine halbverhungerten Kameraden traten den langen Weg nach Sibirien an. Mit einer Gruppe russischer

Kommissare und dem Major ging es Ende April nach Memel und kurz danach nach Königsberg. Nach der Einnahme war die Stadt nur noch Schutt und Asche. Ich musste nun die Offiziere als ihr Fahrer und Dolmetscher begleiten. Zwischen dem Major und mir war es nach anfänglichen Schikanen und harten Auseinandersetzungen inzwischen zu einem erträglichen Miteinander gekommen, das nach und nach kleinere Erleichterungen brachte. Jede nur mögliche Gelegenheit nutzte ich, um in den Bergen von Trümmern nach Grete und den Kindern zu suchen. Unsere Wohnung in dem Vorort in Königsberg-Metgethen fand ich leer vor, das Haus stark beschädigt und die wenigen in den Ruinen hausenden armen Gestalten konnten mir nichts über den Verbleib meiner Familie sagen. In der Stadt herrschte grausame Not. Man hatte den geschundenen Menschen alles weggenommen, Frauen und blutjunge Mädchen vergewaltigt und die alten Männer erschossen oder erschlagen. Überall das gleiche, schreckliche Bild der Rache und Vergeltung an wehrlosen Zivilisten.

Als Deutschland am 8. Mai 1945 kapitulierte, kamen wir mit der Gruppe der Kommissare erneut zurück in das Lager nach Schaulen in Litauen, das wieder mit deutschen Gefangenen vollgestopft war. Es waren meistens Kameraden der 16. Armee der Heeresgruppe Nord, die sich fast alle in einem jämmerlichen Zustand befanden. Oft wurde ich bei den tagelangen Verhören, an denen ich als Dolmetscher zugegen war, verdächtigt, bewusst die Aussagen der Verhörten unvollständig zu übersetzen, um meinen Landsleuten zu helfen. Man drohte mir sogar, dass ich in ein sibirisches Lager käme, wenn man mir eine Begünstigung nachweisen würde. In den kommenden Wochen wurden die Kommissare und ihr Vorgesetzter, Major Andrej Andrejewitsch Ziolkowskij, zurück nach Königsberg beordert. Wieder nahm man mich mit. Der Major erlaubte mir, erneut nach meiner Familie zu suchen, doch mussten mich zwei seiner Soldaten als Bewacher mit ihren Kalaschnikows begleiten. Nach höchstens zwei Stunden wurde die Suche in verschütteten Kellern und fensterlosen Hausruinen ohne Erfolg eingestellt. Ich war todtraurig und verzweifelt. Hatte Grete mit den kleinen Kindern die wochenlange Belagerung, die schweren Bombenangriffe und den Sturm auf die Stadt überhaupt überstanden? Und was war nach dem Inferno, nach dem Einmarsch der Rotarmisten, aus meiner Familie geworden, wenn sie alle noch am Leben sein sollten? Hatte meine Frau wirklich eine Chance gehabt, durchzukommen, hatte sie das schreckliche, brutale Vergeltungsmassaker der unmenschlichen roten Horden mit

Siegfried, einem erst zwei Wochen alten Säugling und den beiden anderen, Manfred und Ingrid, wirklich überlebt?

Nach einer Woche fuhren wir wieder nach Litauen. Viele Gefangene waren inzwischen mit verdreckten, verlausten Güterzügen nach Sibirien abtransportiert worden, doch kamen immer wieder neue dazu. In diesem riesigen Lager starben die armen Landser elendig an mangelnder Ernährung, an Seuchen und Erschöpfung. Es war ein Bild des Grauens. Nur wenige Tage später kam ich wieder mit den russischen Offizieren nach Königsberg. Die Russen hatten inzwischen die zum Skelett abgemagerten obdach- und elternlosen Kinder aus den Kellerruinen gesammelt und in einer Werkshalle untergebracht, um sie dann nach Russland zu deportieren. Als wir diese Halle ohne Dach betraten, stockte mir der Atem. Ich hatte viel Elend, viel Grausames im Krieg erlebt, was ich aber nun erblickte, überstieg meine Vorstellungskraft und ließ mich zutiefst erschaudern. Hunderte fragende, suchende, glanzlose Kinderaugen schauten uns verängstigt an. Einige konnten sich vor Schwäche nicht mehr auf den Beinen halten und streckten uns apathisch und leise vor sich hin weinend ihre spindeldürren Arme bettelnd entgegen. Die Gruppe der Russen grinste nur hämisch. Einer der Kommissare sah mich verächtlich an: ‚Alles Kinder von Nazi.'

Am folgenden Tag bat ich den Major um Brot für die armen Kinder. Er brüllte mich an und sagte, er wüsste nicht woher er das nehmen sollte, seine eigenen Landsleute hätten selbst kein Brot. Dann folgte die übliche üble Beschimpfung, dass wir ja den Krieg angefangen hätten und dafür nun auch büßen müssten. Als er sich wieder beruhigt hatte, nahm er mich zur Seite und sagte streng: ‚Jegliche Hilfe und Sympathie für den Feind ist strengstens verboten und wird mit aller Härte bestraft. Vor Kurzem erst wurde Genosse Major Lew Kopelew degradiert und aller Ämter enthoben, weil er als Oberinstrukteur für die Arbeit unter den Truppen des Gegners beim Einmarsch der siegreichen Roten Armee in Ostpreußen gegenüber der besiegten Feindbevölkerung nicht mit der nötigen Härte vorging und damit die Moral der kämpfenden Truppen schädigte und eine Wehrzersetzung förderte. Genosse Kopelew wartet nun selbst in einem Lager auf seine Aburteilung und Bestrafung.'

Das erbärmliche Bild der deutschen Kinder muss ihn doch innerlich berührt haben, denn er schickte mich am nächsten Morgen mit einem Bewacher und zwei Säcken getrocknetem Brot wieder dorthin. Erneut bot sich mir das jämmerliche Bild kleiner, abgemagerter Gestalten, die gerade vor der Halle mit verrosteten Konservendosen in der Hand in einer langen

Reihe geduldig zum Essensempfang angetreten waren. Aus einem großen Kübel wurde jedem Kind in den Napf mit einer Kelle ein Schlag einer wässrigen Kohlsuppe zugeteilt. Dazu erhielten nun alle noch ein Stück knochenhartes, teilweise schon angeschimmeltes Brot. Plötzlich scherte eines der zerlumpten Kinder aus der langen Reihe aus und rief: ‚Papa, Papa!' Ich drehte mich überrascht und etwas erschrocken um und hielt wenige Augenblicke später meine kleine Tochter Ingrid in den Armen.

Mein Bewacher versuchte, uns mit vorgehaltener Waffe noch während der innigen Umarmung und der überwältigenden Wiedersehensfreude zu trennen, doch ich hielt mein Kind fest umschlungen. Ich gab ihm mit dem Mut der Verzweiflung zu verstehen, dass ich die Erlaubnis von seinem obersten Vorgesetzten hätte, meine Familie zu suchen, worauf er seine Kalaschnikow wieder senkte, mich verächtlich ansah und vor mir auf den Boden spuckte. Ingrid, inzwischen fünf Jahre alt und in einem erbärmlichen körperlichen Zustand, erzählte mir nun unter Tränen auf kindliche Art, dass ihre kleinen Brüder Siegfried und Manfred nicht mehr leben würden und dass sie wüsste, wo ihre Mama arbeiten würde. Die furchtbare Nachricht, dass meine kleinen Söhne tot waren, schmerzte entsetzlich. Auch was ich nun in meinen Armen hielt, meine kleine Tochter, war ein Häufchen Elend, ein wandelndes Skelett mit einer zerbrochenen Kinderseele. Die Bitte, mit meiner Tochter meine Frau suchen zu dürfen, lehnte der Soldat barsch ab. So mussten wir uns trotz Bitten und Bettelns unter Tränen trennen. Ich versprach, so schnell wie nur möglich wiederzukommen. Mein armes Kind klammerte sich an mich, weinte und schrie herzzerreißend, wollte mich nicht mehr loslassen, aber es half nichts. Ich werde den Anblick nie mehr vergessen, als ich mit meinem Bewacher in den Wagen stieg und mein kleines Mädchen auf der Eingangstreppe kraftlos zusammensackte. Noch einmal bat ich den Russen, uns zu helfen, doch seine knappe Antwort war immer nur ‚njet'. In dieser Nacht konnte ich auf meiner kargen Pritsche in einem vergitterten, abgeschlossenen Raum nicht einschlafen. Von einem der Bewacher erhielt ich mein dürftiges Essen, bekam es aber trotz großen Hungers einfach nicht runter, denn meine Gedanken waren bei meinen toten Kindern, bei meiner bedauernswerten, abgemagerten Tochter und bei meiner Frau, die sicherlich irgendwo in den Häuserruinen die kalte Nacht hungrig und frierend verbringen würde. Der furchtbare Krieg hatte mir meine Söhne genommen, unsere Familie auseinandergerissen, unser Leben zerstört und jede Hoffnung auf eine gemeinsame Zukunft geraubt. Wie sollte es weitergehen, wie sollte ich Grete und Ingrid als Kriegsgefangener helfen, der zwar als Dolmetscher kleine Privilegien gegenüber den inhaftierten Kameraden hatte, aber sicher schon bald wie alle anderen in ein russisches Lager kommen würde, sobald man ihn nicht mehr brauchte.

Am nächsten Tag hatte ich die Erlaubnis, nach Grete zu suchen. Mit dabei waren zwei Offiziere und ein Soldat als Fahrer, die mir der Major zugeteilt hatte. Als Ingrid mich und die beiden Russen sah, fing sie sofort an zu weinen und wollte nicht zu uns in den Wagen steigen. Erst als ich ihr sagte, dass wir jetzt zu ihrer Mutter fahren würden und sie ja nur wüsste, wo sie zu finden sei, stieg sie ängstlich ein. Sie hätte große Angst vor den Russen, flüsterte sie mir zu, denn sie würden alle deutschen Frauen nur schlagen und hätten ihr ihre Mutter weggenommen. Wir fuhren nur eine kurze Strecke durch die Ruinen und Schuttberge, da klopfte mir meine Tochter auf die Schulter und deutete mit der anderen Hand auf eine Gruppe von zerlumpten Gestalten, die mit verbeulten Eimern ohne Henkel, mit Körben und alten Holzkisten auf den Knien oder in gebückter Haltung die Trümmerberge von der Straße räumten. Wir hielten an und stiegen aus. Die beiden Offiziere redeten mit einem der Posten und kamen dann zum Wagen zurück. Ingrid umklammerte ängstlich mein Bein und zitterte am ganzen Körper. Man gab mir nun zu verstehen, dass ich zu dem Häuflein der schuftenden Frauen gehen dürfe. Mit Ingrid an der rechten Hand gingen wir zwischen den Bergen von Schutt umher und hielten Ausschau nach Grete. Plötzlich ließ Ingrid meine Hand los und lief auf eine Frau zu, die sich gerade mit letzter Kraft bemühte, eine bis zum Rand mit Trümmern gefüllte, schwere Holzkiste zu einem großen Haufen zu schleppen. Ich kam näher und erblickte eine von unsagbarem Leid und körperlichen Qualen gebrochene junge Frau, aus deren glanzlosen Augen unaufhaltsam Tränen über die hohlen Wangen herunterrannen. Aus meiner jungen, hübschen, gesunden, lebensfrohen Frau war innerhalb weniger Monate ein menschliches Wrack geworden. Die schrecklichen Erlebnisse voller Elend, Angst und Not standen in ihrem Gesicht geschrieben. Kraftlos lag sie in meinen Armen und weinte hemmungslos.

Was ich jetzt von Grete hastig erzählt bekam, war eine einzige Tragödie: Beim Einmarsch in Königsberg hätten die Russen das Zudeckchen aus dem Kinderwagen von Siegfried genommen und sich damit die Füße umwickelt. Er erfror in kurzer Zeit. Manfred sei wenig später vor Hunger, Kälte und völliger Entkräftung gestorben. Täglich wären Rotarmisten über die Frauen und jungen Mädchen hergefallen und hätten sie vergewaltigt.

Jetzt trennte man brutal die Mütter von den noch lebenden Kindern, um sie nach Russland zu deportieren, um sie in kommunistischen Lagerheimen umzuerziehen. Bei der Trümmeraufräumung müssten nun alle noch arbeitsfähigen Frauen Schwerstarbeit leisten. Nur einmal am Tag gäbe es eine Wassersuppe und das nicht regelmäßig. Sie hauste mit vielen leidgeprüften Frauen in den Kellern der Ruinen, durfte am Abend für kurze Zeit zu ihrer Tochter und sei am Ende ihrer Kräfte. Alle würden brutal und menschenunwürdig behandelt, geschlagen und vergewaltigt. Wir hatten nicht mehr viel Zeit füreinander. Ein Aufseher kam grinsend auf uns zu, sah uns verächtlich an, packte mich am Arm und zerrte mich brutal von Grete weg. Ohnmächtig musste ich alles über mich ergehen lassen, hilflos musste ich mit ansehen, wie meine geschundene Frau wieder gnadenlos zu den anderen armen Gestalten getrieben wurde.

Unbändige Wut kam in mir auf. Machtlos musste ich zusehen, wie die Sieger die Besiegten unmenschlich quälten. Wir waren wehrlos, rechtlos und gnadenloser Rache ausgesetzt. Mit jedem Deutschen konnten die Sieger machen, was sie wollten. In ihrer verzweifelten Lage wählten viele den Freitod. Ich nahm meine weinende Tochter an die Hand und rief Grete noch zu, dass ich bald wiederkommen und ihr helfen würde. Danach musste ich meine Tochter in die Halle zu den anderen armen Kindern bringen. Todtraurig trennte ich mich von ihr und verließ völlig mutlos und niedergeschlagen mit den Russen den Ort des Grauens. Noch einmal hatte ich in den nächsten Tagen die Erlaubnis, meine Lieben zu sehen, dann ging es mit den Russen wieder nach Litauen. Noch einmal konnte ich den bedauernswerten Überlebenden meiner Familie etwas Brot und ein Stück harten Käse zustecken, den mir einer der Offiziere heimlich gab. Mehr konnte ich als Kriegsgefangener der ruhmreichen Sowjetunion für meine Frau und mein Kind nicht tun, als zu hoffen, bald wieder nach Königsberg zurückzukehren. Es dauerte nicht sehr lange, bis ich wieder mit den Russen nach Königsberg fuhr. Mein erster Weg war gleich zu der maroden Werkshalle, in der ich Ingrid zu finden hoffte. Doch die Halle war inzwischen geräumt worden. Es war ein Schock für mich. Hatte man tatsächlich die armen Kinder nach Russland deportiert, und wo sollte ich nun Grete suchen? Nach langer, vergeblicher Suche mit einem russischen Begleiter legte ich mich niedergeschlagen auf ein Feldbett in einem fensterlosen, feuchten Keller, den man mir im selben, halbwegs unbeschädigten Haus zugewiesen hatte, in dem die Militärverwaltung untergebracht war. Sollte ich jetzt auch noch meine Frau und meine Tochter verloren haben?

Schon früh am Morgen führte man mich in das Büro des Majors. Er schien gutgelaunt zu sein. In einem beinahe freundlichen Ton erzählte er mir, dass die Kinder aus der Werkshalle vorläufig in ein Haus in der Marienstraße gebracht wurden. Er wollte sich dieses Heim persönlich ansehen. So fuhren wir dann auch gegen Mittag auf kaum passierbaren Straßen und durch das Meer von Schutt und Asche zu dem russischen Heim mit deutschen Kindern, von denen die meisten elternlos waren. Als wir das Haus betraten, war gerade Essensempfang in einer Baracke vor dem Heim. Auf den ersten Blick hatte sich die Anzahl der armen Wesen gegenüber der Belegung in der Werkshalle mehr als verdoppelt. Man hatte die Kinder von anderen Sammelstellen sicherlich auch hierher gebracht. So sehr ich aber auch unter den vielen verängstigten, ausgehungerten Geschöpfen suchte, ich fand meine Tochter unter den freudlosen Gesichtern nicht. Doch gerade als ich die Suche enttäuscht aufgeben wollte, sprach mich ein etwas älteres Mädchen ängstlich an und erzählte mir, dass Ingrid vor ein paar Tagen von hier zu ihrer Mutter abgehauen wäre. Sie war ihre beste Freundin und hatte mich wiedererkannt. Flüchten wollte sie nicht. Sie wüsste auch nicht wohin und zu wem, denn ihre Eltern seien beim Einmarsch der Russen vor ihren Augen ermordet worden. Ich blickte in die leeren, hilfesuchenden Augen eines Kindes, in denen die ganze Tragik jener grauenvollen Tage geschrieben stand.

Zum ersten Mal hatte ich das Gefühl, dass der russische Major ein wenig Mitleid mit mir hatte, denn er erzählte mir noch während der Fahrt zu seiner Dienststelle, dass er daheim eine gute Frau und drei Kinder hätte, die er sehr vermissen würde. Er hätte sie nun schon über ein Jahr nicht mehr gesehen. Wir aber hätten ja den Krieg gegen die Sowjetunion angefangen und müssten dafür jetzt auch büßen. Auch die deutschen Soldaten wären auf ihrem Vormarsch rücksichtslos gegenüber seinen Landsleuten gewesen. Krieg sei furchtbar und ohne Gnade. Er erlaubte mir, weiter nach Grete zu suchen. Ich fuhr zu unserer fast völlig zerstörten Wohnung in dem Vorort Metgethen und fand dort tatsächlich in den Ruinen in unserem Garten meine Tochter Ingrid mit einem weiteren kleinen Mädchen. Sie hatten sich mit ihren Blechnäpfen in den Johannisbeersträuchern versteckt und warteten nun darauf, dass man ihnen vielleicht ein wenig Suppe aus einer russischen Feldküche geben würde, wenn die Soldaten nach dem Essensempfang abgezogen wären. Meistens würden sie umsonst betteln, erzählte mir Ingrid nach der innigen Umarmung und Wiedersehensfreude, doch manchmal würde man ihnen doch wenigstens die Küchenreste geben.

Die Mama käme immer müde und hungrig von der schweren Arbeit nach Hause und würde sich dann freuen, wenn sie etwas zu essen erbettelt hätte. Diesmal wüsste sie nur, dass ihre Mutter irgendwo in der Stadt mit vielen anderen Frauen Kriegsschäden aufräumen musste. So lange könnte ich nicht warten, erklärte ich Ingrid, denn ich müsste gleich wieder zu den Russen in die Kaserne, doch morgen würde ich gegen Abend wieder kommen. Sie lebten noch. Mit dieser Gewissheit und großer Freude darüber entschloss ich mich unverzüglich, alles in meiner Macht stehende zu tun, um das Leben der beiden in der von Hunger und unermesslichem Elend geplagten Stadt ein wenig erträglicher zu machen. Da ich wusste, dass wir schon in Kürze wieder zurück nach Litauen verlegt würden, bat ich mutig um ein Gespräch mit dem Major. Man wollte mich schroff abweisen und gab mir auch unmissverständlich zu verstehen, dass ein deutscher Kriegsgefangener dazu nicht befugt wäre. Doch ich ließ nicht locker und verwies darauf, dass ich nach der Genfer Konvention als deutscher Offizier ein Recht darauf hätte.

Nach einiger Zeit ließ man mich dann doch noch zu ihrem Vorgesetzten. Der Major blickte hinter seinem Schreibtisch kurz zu mir auf, fragte mich in einem barschen Ton, warum ich ihn sprechen wollte und sagte im gleichen Atemzug, dass er nichts mehr für mich tun könnte, bevor ich überhaupt ein Wort gesagt hatte. Ich merkte sofort, dass er getrunken hatte und begann sehr vorsichtig, mein Anliegen, meine Bitte vorzubringen. Zunächst erzählte ich ihm, dass ich meine Tochter lebend wiedergefunden hätte, meine Frau aber nicht getroffen hätte, weil sie als Zwangsarbeiterin bei Aufräumarbeiten noch bis zum Einbruch der Dunkelheit arbeiten müsste. Dann bedankte ich mich bei ihm für seine Hilfe. Gelangweilt hörte er sich alles an und verzog keine Miene. Nun kam ich auf den eigentlichen Grund der Unterredung zu sprechen. Ich fragte ihn in einem äußerst ruhigen und gefassten Ton, ob ich meine Frau und mein Kind mit nach Litauen nehmen dürfte, da sie dort auf dem Land eine größere Chance zum Überleben hätten als hier im völlig zerstörten Königsberg. Mit hochrotem Kopf und äußerst wütend sprang daraufhin der Major von seinem Stuhl auf, stürmte auf mich zu und brüllte mich an: ‚Sie sind wohl wahnsinnig geworden, Sie elender Faschist. Ihr habt den Krieg gewollt, ihr habt den Krieg verloren, ihr habt das russische Volk über Jahre unterdrückt und ausbluten lassen, und jetzt kommen Sie elender, verdammter Faschist zu mir und bitten um Gnade. Zum Teufel mit euch Nazis, denn ihr seid allein an allem schuld.‘ Danach folgte eine ganze Serie von wüsten Flüchen und

Beschimpfungen, ehe er sich völlig erschöpft wieder auf seinen Stuhl fallen ließ. Nach einer kleinen Pause wagte ich noch einmal einen Vorstoß mit meiner Bitte, ich bettelte und flehte ihn sogar an, aber er blieb bei seinem strikten ‚njet'. Doch als ich den Raum verlassen wollte, rief er mich noch einmal zu sich. ‚Also gut, ihre Frau und ihr Kind dürfen nicht mit uns nach Litauen. Wenn sie es aber alleine bis dorthin schaffen sollten, dann dürfen Sie ihnen im Rahmen der Möglichkeiten helfen. Fahren Sie morgen zu Ihrer Frau und nehmen Sie Ihren Angehörigen dieses Kommissbrot und ein Stück getrocknetes Fleisch mit, und jetzt verschwinden Sie.' Dabei holte er aus einem alten Wehrmachtsschrank einen kleinen Sack hervor, rief seinen Adjutanten und befahl ihm, mich unverzüglich und unbehelligt in meinen Kellerraum zu bringen. Am nächsten Abend sah ich Grete und Ingrid wieder. Sie hausten jetzt in einem Zimmer ohne Licht, Wasser und ohne Heizung, in einem halbzerstörten Haus ohne Dach, in dem es keine Tür gab.

Ich kann kaum beschreiben, in welch einem katastrophalen körperlichen Zustand Grete war. Die tägliche Schwerstarbeit und die dauernde Unterernährung hatten grausame Spuren hinterlassen. Für die harte Schufterei von Sonnenauf- bis Sonnenuntergang bekam sie zweihundert Gramm Brot am Tag, das sie dringend zum Leben für sich und Ingrid brauchte. Sie hatte Fürchterliches durchgemacht, war zum Skelett abgemagert, am Ende ihrer Kräfte und krank. Aber jetzt zählte nur eins: Wir hatten uns wiedergefunden. Welch ein Glück, welch eine Freude, aber auch welch eine Tragödie, denn ich musste fort, musste sie wieder allein lassen. Hilflos flehte sie mich an, Ingrid und sie mitzunehmen, sie nicht allein hier in der Hölle zu lassen, doch sie wusste gleichzeitig, dass es unmöglich war. Ich beschwor sie beim Abschied, sich noch in diesem Sommer irgendwie nach Schaulen in Litauen durchzuschlagen, denn dort auf dem Land wäre es vielleicht alles nicht so schlimm wie hier in der zerstörten Stadt, und ich könnte ihnen besser helfen. Schweren Herzens trennten wir uns an diesem Abend. Schon bald wurde das Sammellager bei Schaulen in Litauen aufgelöst. Der Major und sein Stab waren bereits Tage vorher abgereist. Man brachte die Kriegsgefangenen in verschiedene Lager in Russland zur Zwangsarbeit. Wer viel Glück hatte, kam nicht nach Sibirien in die berüchtigten Gulags, in die grausamen, unmenschlichen Straflager der Sowjetunion. Ich kam in das Lager Velikie-Luki, das an einer Hauptverkehrsstraße zwischen Riga und Moskau lag. Hier wurden wir in der zerstörten Stadt zu Aufräum- und Straßenarbeiten eingesetzt. Nach drei Jahren

Kriegsgefangenschaft und schwerster Zwangsarbeit hatte ich dann mit wenigen Kameraden das unerwartete Glück, als einer der ersten Heimkehrer nach Deutschland zu dürfen. Von einem russischen Offizier, der mir irgendwie bekannt vorkam, wurden mir im Lagerbüro die Entlassungspapiere überreicht. Er schaute von seinem Schreibtisch zu mir auf, als er meinen Namen las. Vielleicht erinnerte er sich auch an mich. ‚Sie sprechen ja unsere Sprache, Sie verstehen ja Russisch. Genosse Ziolkowskij hat sich wohl für Ihre vorzeitige Entlassung eingesetzt. Sie hatten Glück.'

In den Jahren bis zu meiner Entlassung erfuhr ich nicht, was inzwischen mit meiner Frau und meiner kleinen Tochter geschehen war. Konnten sie allein auf sich gestellt aus Königsberg überhaupt nach Litauen fliehen und wenn, haben sie diese Strapazen ohne Nahrungsmittel und ohne warme Kleidung in ihrem schwachen körperlichen Zustand überleben können? Hat man sie vielleicht unterwegs aufgegriffen, Grete in ein Arbeitslager verschleppt und Ingrid in ein russisches Kinderheim? Diese Gedanken quälten mich Tag und Nacht während der dreitägigen Bahnfahrt in die Freiheit, den Westen; zusammengepfercht mit vielen Kameraden in einem Viehwaggon. Sollte ich wirklich alles verloren haben?

Als ich von Tante Auguste erfuhr, dass ihr lebt und auf die Insel Fehmarn geflüchtet seid, hielt mich nichts mehr, ich musste so schnell wie möglich zu euch, denn ich hoffe, dass ihr etwas über Grete und Ingrid erfahren habt."

Doch wir konnten Karl nichts Erfreuliches berichten. Weder von Grete und Ingrid noch von anderen Familienangehörigen hatten wir bis zu diesem Tag eine Nachricht, irgendein Lebenszeichen. Niedergeschlagen saßen wir bis spät in die Nacht in der kleinen Stube und redeten über die Flucht und die schönen, unvergesslichen Jahre in der Heimat. Karl blieb noch eine Zeit lang bei uns. Meine Mutter flickte so gut es ging noch seine zerrissenen Sachen, nähte ihm aus einer alten Pferdedecke eine Winterjacke und steckte ihm auch etwas zu essen zu, damit er wieder zu Kräften kam. Dann verabschiedeten wir uns wehmütig von einem traurigen Menschen, der voller Hoffnung zu uns kam, von dem wir Schreckliches über Grete und die Kinder erfuhren. Wir wussten, wie es Grete und den Kindern nach dem Einmarsch der Russen in Königsberg ergangen war und was sie nach dem Krieg Schreckliches erdulden musste. Ihr weiteres Schicksal aber blieb ungewiss.

Im Hunsrück

Im Frühjahr 1950 erfuhren wir Flüchtlinge, dass wir in ländliche Gegenden im Nachkriegsdeutschland umgesiedelt würden, die bisher noch keine Menschen aus den verlorenen Ostgebieten aufgenommen hatten. Unter bestimmten Voraussetzungen konnte man in Schleswig-Holstein bleiben. Da nun das Land, besonders aber auch die Insel Fehmarn, mit Flüchtlingen vollgestopft war und es für alle nicht genügend Arbeit gab, beschlossen die heimatlosen ostpreußischen Familien Kapteina und Jondral, sich in die französische Besatzungszone umsiedeln zu lassen. Mir als 15jährigem, der mittlerweile in den fünf wichtigen Entwicklungsjahren seines Lebens viele, gute Freunde hatte, der die riesigen, goldgelben, leuchtenden Rapsfelder, die endlosen, kaum überschaubaren, wogenden Ährenmeere, die geheimnisvollen Moorseen im Norden und Westen der Insel, die bunte Vielzahl verschiedener Wasservögel, das raue Klima, den Wind und das Meer liebgewonnen hatte, fiel der Abschied sehr schwer. Wir hatten hier anfangs die härtesten Hungerjahre nach der Flucht durchlitten und haben uns in der Not gegenseitig geholfen, wir haben viele Einheimische mit einem guten Herzen kennengelernt, die das Brot mit uns Flüchtlingen teilten, die uns Fremde in ihren Häusern und Hütten aufnahmen. Menschen, die ich nicht vergessen werde.

Anfang Juni 1950 wurde dann mit der großen Umsiedlung der Flüchtlinge begonnen. Die beiden treuen Pferde meines Onkels, Erna und Lotte, unsere Lebensretter auf der grausamen Flucht, blieben beim Bauern Scheel und erhielten auf dem Hof ihr Gnadenbrot. Auf dem Bahnhof in der Stadt Burg stand ein langer Zug bereit, der aus alten Eisenbahnwaggons der deutschen Reichsbahn zusammengestellt war. Fast jede Familie bekam ein Abteil zugeteilt, in dem auch die wenigen Habseligkeiten Platz hatten. Unser ganzes Gepäck bestand aus einer mittelgroßen Kiste und einem Koffer aus Sperrholzplatten, den mein Vater mit primitiven Mitteln gefertigt hatte. Als sich die fauchende und schnaubende Dampflokomotive am späten Nachmittag in Bewegung setzte, standen viele weinende Menschen auf dem Bahnsteig. Der Abschied von der Insel, von unserem Zufluchtsort in höchster Not und Bedrängnis, von Menschen, die sich liebgewonnen hatten und jetzt wieder auseinandergerissen wurden, war bewegend und traurig. Es spielten sich herzzerreißende Szenen ab, besonders wenn zarte Bande einer jungen Liebe getrennt wurden. Ich freute mich auf diese lange Reise in den Südwesten Deutschlands, in eine neue Welt, die ich nur von der Landkarte her kannte. Aber es war nicht gerade leicht für mich, hier alles zu verlassen, was mir inzwischen so vertraut war. Es war bereits dunkel, als wir durch Lübeck fuhren und noch nicht hell, als wir Hamburg passierten. Die Müdigkeit hatte mich übermannt, dabei wollte ich unbedingt wach bleiben, um mir die fremden Großstädte aus dem Zug anzusehen. Wir dampften mit langsamer Fahrt über Bremen, Osnabrück und Münster weiter in Richtung Süden, hatten oft lange Aufenthalte in verschiedenen Bahnhöfen und erreichten das Ruhrgebiet, als es wieder langsam dunkel wurde. Im letzten Licht der untergehenden Sonne ragten geisterhaft die grauen Ruinen in den gelbroten Abendhimmel. Die verheerenden Bombenangriffe der Alliierten hatten die einst großen, wichtigen Industriestädte in Schutt und Asche gelegt.

Nachdem ich wieder wach wurde, dampfte und stampfte der Zug mit den erwartungsvollen Umsiedlern durch das Rheintal. Es muss irgendwo zwischen Koblenz und Bingen gewesen sein, als ich durch das Abteilfenster das erste Mal in meinem jungen Leben gewaltige Berge erblickte. Abgesehen von wenigen Hügeln ist mein Heimatland Ostpreußen flach wie ein Tisch. Auch während der langen, entbehrungsreichen Flucht im Planwagen entlang der deutschen Ostseeküste bis nach Fehmarn kamen wir nur durch Flachland, und die Insel selbst hat keine nennenswerten Erhebungen. Die hohen, steilen Berge mit vielen stolzen Burgen, der geschichtsträchtige Fluss, der sich seinen Weg in Jahrmillionen durch Fels und Schiefer bahnte und in seinem tiefen Bett im lieblichen Tal der Reben mit schneller Strömung an vielen schmucken Orten vorüberzieht und sich bei St. Goarshausen durch die engen Felsen der Loreley zwängt, beeindruckten mich gewaltig. Durch das geöffnete Abteilfenster atmete ich die frische Morgenluft in tiefen Zügen ein, die so ganz anders roch als die Seeluft der Insel. Ja, am Rhein war es schön, anders schön als in meiner Heimat und auch auf Fehmarn, dachte ich. Solche mächtigen Berge hatte ich noch nie gesehen, die himmelhoch ragten und an manchen Engstellen über den Zug zu fallen drohten. Das Tal wurde etwas weiter, wir hielten in Bingerbrück. An der Mündung der Nahe in den Rhein erblickte ich einen Angler, der gerade einen recht kapitalen Fisch vom Haken löste und in einem Kescher verschwinden ließ. Mein Vater legte seinen Arm um mich und sagte: ‚Hier gibt es bestimmt noch andere Fischarten als bei uns in Ostpreußen in den stillen Seen und im langsam dahinfließenden, strömungsarmen Omulef. In den Bächen des Hunsrücks gibt es sicher auch Forellen, die an der Angel viel mehr kämpfen als die meisten Friedfische.“

Ich nickte zustimmend, weil ich das irgendwo einmal gelesen hatte und schloss das Fenster. Für den Anstieg aus dem Rheintal in den Hunsrück erhielt der lange Zug der Umsiedler in Bingerbrück eine zweite Lokomotive. Eine schwarze Rauchwolke hinter sich herschleppend erreichten wir am Nachmittag die Kreisstadt Simmern. Hier war für viele Umsiedler Endstation, während wir nach einigem Aufenthalt nach Kirchberg gebracht wurden. Auf der langsamen, mehrere Stunden dauernden Bahnreise über Langenlonsheim und Rheinböllen hatte sich die Landschaft gegenüber dem Rheintal sehr verändert. Sanfte, bewaldete Höhenrücken wechselten sich mit bunten, hügeligen Feldern und saftigen Wiesen ab. War das der Hunsrück mit dem rauen Klima aus den Geschichtsbüchern, die ich las? War das die wilde Gegend, wo einst Schinderhannes hauste, jener berüchtigte Räuberhauptmann einer Straßenräuberbande, der im Jahre 1803 mit 19 Gefährten in Mainz hingerichtet wurde? Gewiss, es war eine ganz andere Landschaft als die, die ich bisher gesehen hatte.

Auf dem Bahnhof Kirchberg, der Stadt auf dem Berg, erwarteten uns einige Behördenvertreter und ein Seelsorger der evangelischen Kirchengemeinde. Pfarrer Johannes begrüßte uns Flüchtlinge herzlich, hielt eine bewegende, kurze Ansprache, in der sich Worte brüderlicher Hilfe, christlicher Liebe und Barmherzigkeit wiederholten. Aller Anfang sei schwer, doch gemeinsam und mit Gottes Hilfe würde der Neubeginn sicher gelingen. Vor dem Bahnhof standen in einer langen Reihe viele Fuhrwerke der Haus- und Hofbesitzer aus den umliegenden Dörfern, die nun die zugewiesenen Flüchtlinge, die Umsiedler, in ihren Häusern unterbringen mussten. Die einheimischen Abholer waren nicht gerade froh über uns Fremde, mussten sie doch alle eine Zwangseinquartierung widerspruchslos hinnehmen. Selten sah ich ein freundliches Gesicht, ein Lächeln. Niemand im Hunsrück hatte noch fünf Jahre nach Kriegsende mit Flüchtlingen gerechnet, mit Heimatlosen aus dem Osten, aus der kalten Heimat, aus der Walachei, wie man damals einfältig und in Unkenntnis über die verlorenen Ostgebiete spöttisch redete. Aber wer wusste hier schon, dass diese Länder vor dem Krieg zu den wirtschaftlich fortschrittlichsten des Deutschen Reichs gehörten? Wir waren damals Menschen, die niemand wollte, die keiner gerne aufnehmen mochte.

Auf einem Ochsenkarren der Familie August Creutzer aus Unzenberg nahmen wir mit unseren wenigen Habseligkeiten Platz, der von zwei alten Kühen gezogen wurde. So ein Gespann hatte ich vorher noch nie gesehen, denn in meiner Heimat und auch auf Fehmarn wurden ausschließlich Zugpferde vor einen Wagen gespannt. Gemächlich trotteten die Rinder auf der staubigen Schotterstraße und brachten uns nach etwas mehr als vier Kilometern endlich zu unserem neuen Domizil. Aber gerade weil diese Reise auf dem Ochsenkarren beinahe im Zeitlupentempo verlief, konnten wir uns die reizvolle Umgebung an einem wunderschönen, sonnigen Sommertag in aller Ruhe ansehen. Der Hunsrück begrüßte seine neuen Bewohner mit wortkargen Menschen, doch mit einer Fülle von überwältigenden Eindrücken einer melancholischen Landschaft. Wilhelmine Creutzer war Kriegerwitwe, hatte eine kleine Landwirtschaft, zwei Kinder zu versorgen und ein altes Fachwerkhaus, in das wir nun in einen Raum einzogen, der auch tagsüber ziemlich dunkel war, weil direkt vor unserem einzigen Fenster die hohe Wand der Nachbarscheune stand und die beiden Gebäude nur durch eine schmale Gasse getrennt wurden. Doch in jener harten Zeit waren wir froh und glücklich, überhaupt ein Dach über dem Kopf zu haben. In Todendorf auf Fehmarn lebten wir über fünf Jahre in einem noch kleineren Zimmer und waren daher nicht gerade verwöhnt.

Schon recht bald merkte ich, dass die Menschen hier auf dem Lande meistens sehr arm waren, selbst nicht viel zum Leben hatten, und mit uns Mittellosen kamen nun neue Probleme auf sie zu. Es waren ja auch nicht gerade Reichtümer, die beiden Kühe, zwei Schweine und die wenigen Hektar Land, die Creutzers besaßen, aber genug zum Leben war immer da. Nun begriff ich auch den frostigen Empfang am Bahnhof und hatte für das Verhalten einiger Leute Verständnis. Ich glaube, dass wir im umgekehrten Fall ähnlich menschlich reagiert hätten. Jedenfalls waren wir bei Creutzers gut untergekommen. Als Kriegerwitwe hatte Wilhelmine ein schweres Los. Sie lebte mit ihren beiden fleißigen Kindern, August und Ruth, und mit Oma Lenchen von der kleinen Landwirtschaft, schuftete und rackerte bei jedem Wetter von früh bis spät auf dem Feld und hatte für uns Heimatlose immer ein freundliches Wort übrig. Mina, so wollte sie genannt werden, hatte ein gutes Herz und half uns schon in den ersten Wochen so gut wie sie nur konnte über die Runden. Mit ihrer christlichen Nächstenliebe erleichterte sie uns den schweren Neuanfang. Schon in diesem ersten Sommer halfen mein Vater und ich der Witwe bei Erntearbeiten auf den Feldern am Dielsbach hinter dem Friedhof und im Herbst bei der Kartoffelernte auf dem Zachberg unmittelbar hinter dem Haus. Danach konnte ich kaum abwarten, bei Oma Lenchen am reichlich gedeckten Tisch zu sitzen und nach harter Feldarbeit in gesunder Hunsrücker Luft ein kräftiges, kalorienreiches Mahl zu verschlingen. Als ausgehungerter, heranwachsender Junge hatte ich ständig großen Hunger. Eingebettet in saftige Wiesen und hügelige Felder liegt das Dorf in einem weiten Tal mit dunklen Waldungen, durch das sich der schmale Kauerbach schlängelt, der, damals noch naturbelassen, friedlich dahinplätscherte.

In dieser ländlichen Idylle fühlte ich mich schnell wohl. Der Freundeskreis nahm stetig zu, die Hunsrücker Mädchen und Jungen waren gar nicht so verschlossen und stur, wie man ihnen nachsagte. Nicht nur durch den Fußballverein Heinzenbach/Unzenberg und durch die Begegnungen mit den umliegenden Vereinen lernte ich sehr schnell die neue Heimat kennen, sondern auch durch Unternehmungen mit den neuen Freunden, mit denen ich oft stundenlang durch Feld und Flur stromerte und manchmal auch meiner Mutter einen Strauß Kornblumen heimbrachte, damit sie etwas weniger mit mir schimpfte, wenn es schon einmal ein bisschen später oder gar dunkel wurde. Ruth und August, die Creutzer Kinder, waren für ihre Mutter eine große Hilfe. August, zwei Jahre jünger als ich, musste in der Landwirtschaft den Vater ersetzen, der 1943 in Russland gefallen war, und Ruth nahm schon mit neun Jahren der überlasteten Mutter viele Arbeiten im Haushalt ab. In der Freizeit war August oft mein Gefährte bei gewagten Streifzügen durch geheimnisvolle, wilde Schluchten und Wälder, in denen wir nach verborgenen Höhlen und Schätzen von Johannes Bückler, dem Schinderhannes, suchten, der sich damals auch irgendwo im Kauerbachtal versteckt haben soll. Der Dritte im Bunde war Karl-Heinz Stumm, ein Junge in meinem Alter, dessen Eltern ganz in der Nähe einen größeren Bauernhof besaßen. Ich glaube, es war nach einem gewonnenen Fußballspiel, als wir in der Kneipe bei Dämgen die ersten Stubbis mehr als nur probierten, was uns hinterher einigen Ärger bei den Eltern einbrachte. Leisten konnten wir uns das Bier eigentlich nicht, aber es gab da zum Glück auch ältere Jungs, die berufstätig waren und daher auch etwas Geld hatten, die uns schon mal eine Flasche spendierten. So wurden wir Flüchtlingsjungen recht bald in alle Sitten und Rituale der einheimischen Dorfjugend eingeweiht und in die Gemeinschaft aufgenommen.

Ja, ich fühlte mich richtig wohl in Unzenberg, in diesem kleinen Hunsrücker Dorf im Kreis Simmern, in dem ich eine herrliche Jugendzeit verlebte. Unvergesslich sind die vielen kleinen Abenteuer auf dem Schlehenberg geblieben, der mich immer wieder magisch anzog. Es waren aber nicht die Schlehen, sondern die zuckersüßen, wilden Kirschen, überhaupt die kleine Wildnis, für die ich mich begeisterte.

Es gab damals kaum Autos auf den Straßen und auch nur wenige Motorräder im Ort. Natürlich konnten wir Flüchtlinge uns diesen teuren Nachkriegsluxus nicht leisten, aber nach und nach hatten die älteren Berufstätigen in Unzenberg dann auch einen Feuerstuhl, ein Motorrad. Mein größter Wunsch wurde jedoch erst wahr, als ich mich mehr und mehr mit Rudi Martin anfreundete, der sich eine nagelneue 250er BMW angeschafft hatte. Rudi war zehn Jahre älter als ich, hatte einen verantwortungsvollen Posten beim Landratsamt in Simmern und sicher etwas Mitleid und ein Herz für einen Flüchtlingsjungen, der darauf brannte, den Hunsrück, die Mosel und den Rhein kennenzulernen. Es waren herrliche, unvergessliche Entdeckungsfahrten durch die ländliche Idylle der Hunsrücker Landschaft, Fahrten, bei denen ich nicht nur die reizvolle Gegend bewunderte, sondern auch die schmucken Orte kennenlernte, deren Häuser mit den Schieferdächern so ganz anders aussahen als die Holzhäuser in meinem Dorf in Ostpreußen oder die Backsteinhäuser auf Fehmarn. Aber auch an eine anstrengende Fahrradtour auf klapprigen Drahteseln ohne Gangschaltung mit meinem Freund Günter Graf, einem fast gleichaltrigen Flüchtlingsjungen aus Pommern, werde ich mich immer gerne erinnern.

An einem wunderschönen, sonnigen Sommermorgen fuhren wir beide in Richtung Kirchberg los. Aus dem Kauerbachtal ging es ziemlich anstrengend zu der Stadt auf dem Berg, dann in rasanter Fahrt wieder hinunter in das Kyrbachtal bei Nieder-Kostenz und weiter auf der B 50 in Richtung Sohren. Nur selten begegneten uns knatternd Motorräder oder gar Autos. Die erste kurze Rast machten wir mitten im Wald an einem Obelisken, der die Grenze der Kreise Bernkastel und Simmern markierte.

Weiter ging es über Sohren und Büchenbeuren zur B 327, der Hunsrückhöhenstraße. Weit hinter uns über Wäldern, Wiesen und Feldern erblickten wir nun bei klarem Wetter und guter Fernsicht die wie gemalt wirkenden Umrisse von Kirchberg mit dem prägnanten Wasserturm und der hell in der Sonne leuchtenden Michaelskirche. Gegen Mittag erreichten wir den Stumpfen Turm, eine mittelalterliche Ruine an der Hunsrückhöhenstraße bei Hinzerath. Von hier hat man einen herrlichen Blick auf die bewaldeten Kammlinien vom Idar Wald und auf den 746 Meter hohen Idar Kopf. Auf unserer Rastwiese unterhalb des Turms summten und brummten zahllose Bienen, Hummeln und Fliegen. Zeit zum Träumen. Von der Hunsrückhöhenstraße ging es nun bergab über Longkamp nach Bernkastel. Zum ersten Mal in meinem Leben erblickte ich die Mosel, einen lieblichen Fluss von beachtlicher Breite, der sich seit Menschengedenken in vielen Windungen seinen Weg durch die steilen Weinberge bahnt. Der Eindruck war überwältigend. Von der Schönheit der lieblichen Landschaft fasziniert, radelten wir nun weiter durch das wunderschöne Moseltal, machten in reizenden Moselorten kurze Pausen, um die vielen Sehenswürdigkeiten zu bestaunen, und stellten plötzlich fest, dass es schon spät geworden war, als wir in der Kreisstadt Zell eintrafen. Vor uns lag nun der schwere Anstieg aus dem Moseltal, der unendlich lange Zeller Berg. Ich glaube, dass wir ziemlich müde ungefähr einen Kilometer der Bergstrecke bewältigt hatten, als wir hinter uns in den Serpentinen das immer lauter werdende Brummen eines schwerbeladenen Lastwagens vernahmen. Es war ein Lkw mit einem Anhänger, der Kies geladen hatte und nun sehr langsam den Zeller Berg hinaufkroch. Ein Geschenk des Himmels. Der Wagen fuhr so langsam, dass wir uns ohne viel Mühe, der eine rechts, der andere links, am Griff seiner Ladefläche festhalten konnten, um uns so den langen Berg mit wenigem Tempo hochziehen zu lassen. Dummerweise hielten wir uns noch am Anhängergriff fest, als der Lkw auf ebener Strecke wieder beschleunigte. Zu spät! Der eine landete rechts, der andere links im Straßengraben, nachdem wir uns wieder vom Laster getrennt hatten und ins Schleudern geraten waren. Uns beiden war nichts geschehen, jedoch das Vorderrad von Günters Rad hatte eine schöne Acht. Irgendwie bekamen wir es doch noch notdürftig repariert und erreichten bei völliger Dunkelheit unser Dorf. Wir hatten mit unseren alten Rädern ohne Gangschaltung von morgens um sieben bis abends um zehn Uhr eine Berg- und Talstrecke von etwa 120 Kilometern bewältigt, hatten an diesem wunderschönen Sommertag im Hunsrück die Vielfalt der verschwenderischen Natur erlebt und das liebliche Moseltal lieben gelernt. Die berechtigte Schelte der besorgten Eltern war heftig, aber die überwältigenden Erlebnisse auf dieser ersten harten Entdeckungsfahrt werden wir wohl beide niemals vergessen.

Nach nicht viel mehr als anderthalb Jahren zogen wir in die alte Schule mitten im Ort um, nachdem die Gemeinde ein neues Schulhaus gebaut hatte. Hier hatten wir mit zwei Räumen zwar mehr Platz als bei Creutzers, doch fehlte uns anfangs der inzwischen so vertraute familiäre Umgang. In dieser Zeit suchte mein Vater wiederholt nach Grete. Beinahe ununterbrochen schrieb er an das Deutsche Rote Kreuz. Die Antwort von dort war immer die gleiche. Sie und Ingrid blieben vermisst. Diese quälende Ungewissheit setzte ihm arg zu, machte ihn zunehmend verzweifelt und niedergeschlagen. Sollte er, so lange er noch lebte, seine Tochter und seine Enkelin, die beide so viel Schreckliches durchgemacht hatten, wirklich nicht mehr wiedersehen? Sollten Grete und Ingrid nicht mehr leben, eines grauenvollen Todes gestorben sein? Sollte er in seinem Leben voller Schmerz, Unglück und Leid nun auch die beiden Vertrauten für immer verloren haben? Hatte er in all den Jahren nicht schon genug ertragen müssen? Warum nur, fragte er sich, hat es in meinem Leben nur soviel Trauriges gegeben, soviel Kummer und nicht enden wollendes Leid? Auch Karl hatte unaufhörlich nach seiner Familie gesucht, doch leider immer wieder ohne Erfolg, sie blieben verschollen. Alle Nachforschungen waren vergeblich. Grete und Ingrid galten als vermisst. Vom Hunger gezeichnet, krank, wehrlos, der dauernden Willkür der Russen ausgesetzt, zu Zwangsarbeiten nach Sibirien verschleppt, hätten sie kaum eine Chance zu überleben, schrieb er uns in seinem letzten Brief. Er hatte ja in Königsberg miterlebt, wie brutal die Sieger mit den Besiegten umgegangen waren. Nun lebte er in Düsseldorf, nahm einige Gelegenheitsarbeiten an und schlug sich so durch. Anfangs schrieben wir uns noch oft, doch mit der Zeit wurde es immer weniger. In jenen harten Nachkriegsjahren versuchte jeder, irgendwie durchzukommen. Werner von Falkenstein schrieb meinem Vater regelmäßig. Über das Schicksal seiner Eltern hatte er trotz verzweifelten Suchens noch keine Nachricht. Er hatte vorübergehend Arbeit auf dem Gut seines Cousins im Münsterland gefunden. Diese inhaltsvollen Briefe gab mir mein Vater immer zum Lesen. Je älter ich wurde, desto mehr begriff ich, welche tragischen Schicksalsschläge jeder dieser beiden Männer durchgemacht hatte.

Doch ich spürte, dass die Kräfte meines Vaters nach einem Leben voller Leiden und Sorgen mehr und mehr schwanden, dass er oft nur noch dasaß, seine uralte Pfeife rauchte und geistesabwesend aus dem Fenster schaute. Wenn ich ihn dann unverhofft nach seinem Befinden fragte, erhielt ich immer die gleiche Antwort: „Es geht mir besser, als du denkst.“ Er klagte nie, auch dann nicht, wenn es ihm miserabel ging. So war er eben. Neben der alten Schule, die wir jetzt bewohnten, erhob sich eine imposante Anhöhe. Zu der Spitze des Glockenbergs zog es mich im Sommer öfter, denn von da oben hat man einen weiten Rundblick auf das liebliche Kauerbachtal. Dort setzte ich mich meistens in das hohe Wildgras und ließ meinen Blick gedankenverloren auf die fernen, bewaldeten Höhen des Hunsrücks schweifen. In dieser Stille dachte ich häufig an meine Heimat, meine sorgenlose Kindheit, meine vielen Erlebnisse mit meinem Vater und meinem Großvater in einer traumhaft schönen Landschaft, die so ganz anders war als der Hunsrück. Indes stellte ich mir damals schon vor und träumte davon, dass irgendwann die Zeit kommen würde, in der ich das weite Land, die unermesslichen, gewaltigen Meere, überhaupt die ganze Welt hinter diesen melancholischen Hunsrückhöhen kennenlernen würde. Erst als meine Mutter laut zum Abendbrot rief, wurde ich aus meinen kühnen Träumen geweckt und kletterte nachdenklich den Berg hinunter. In jenen Jahren verschlang ich viele Bücher über den Hunsrück, über die Gegend zwischen Rhein, Nahe, Saar und Mosel. Es interessierte mich beinahe alles über meine neue Heimat, besonders aber begeisterten mich alte Erzählungen und Geschichtsbücher. Ich wollte einfach mehr wissen über den Teil des rheinischen Schiefergebirges, in dem die frühesten Spuren menschlichen Lebens bis zu einer Million Jahre zurückreichen, in dem die Kelten lebten und über den einst römische Legionen hinwegzogen. Auf der ständigen Suche nach derartigem Lesestoff, erhielt ich eines Tages ein Buch über Land und Leute während der Römerzeit im Hunsrück und an der Mosel, genauer gesagt, über das Leben des Decimus Magnus Ausonius, der circa zwischen 310 und 393 n. Chr. lebte und von Kaiser Valentinian I. um 365 in die Residenzstadt Trier berufen wurde. Einige Spuren dieser Zeit gibt es noch im Hunsrück. Je mehr ich mich in dieses Buch vertiefte, desto neugieriger wurde ich. Es wurde meine Zeit der Entdeckungen.

Im frühen Morgennebel überquerte ich hinter Kirchberg den munter fließenden Kyrbach auf der Suche nach Spuren der Römer und gelangte gegen Mittag in den Dillholzwald. Hinter diesem stillen Wald soll einst zwischen den lichten Baumgruppen ein römischer Wachturm an dem Ausonius Weg gestanden haben, der vom Rhein über die Höhen des Hunsrücks verlief. In jenen Tagen fand ich noch nicht einmal Ruinenreste davon. So trugen mich meine Füße hinunter in das Tal nach Dill, wo ich auf einem Hügel die imposante Burgruine bestaunte, die am Rande der kleinen Ortschaft auf einer Schiefergesteinskuppe thront. Eilig machte ich mich ein wenig enttäuscht auf den langen Heimweg, denn ich wollte vor Einbruch der Dunkelheit wieder daheim sein.

Völlig überraschend besuchte uns eines Tages Karl. Er hatte inzwischen Arbeit und eine Wohnung in Düsseldorf gefunden, aber von Grete und Ingrid immer noch keine Nachricht, obwohl er immer wieder über das Rote Kreuz nachgeforscht hatte. Sie blieben verschollen. Fast acht Jahre nach Kriegsende galten sie weiter als vermisst. Für ihn stand nun fest, dass seine Frau und seine Tochter nicht mehr lebten. Nach seiner Einschätzung hätten beide in ihrer äußerst bedauernswerten, schlechten körperlichen Verfassung den bitterkalten Winter nicht überlebt, der damals nach dem letzten Treffen mit ihnen in Königsberg herrschte. Karl wollte nun seine Frau für tot erklären lassen, um wieder heiraten zu können, denn er lebte inzwischen mit einer anderen Frau zusammen. Er hatte die Hoffnung aufgegeben. Für meinen Vater war das wieder ein schwerer Schlag. Er hatte die Hoffnung auf ein Wiedersehen mit seiner Tochter und seiner Enkelin niemals aufgegeben, und nun sollte er diese Erklärung mit unterschreiben, sie beide für tot halten und den letzten Funken Hoffnung aufgeben? Nein, das wollte er nicht, er wollte weiter hoffen und suchen, er unterschrieb nicht. Meine Mutter war der gleichen Meinung und bestärkte meinen Vater in seinem Entschluss. Von diesem Moment an spürte ich, dass mein Vater mit seinem Schwiegersohn gebrochen hatte.

Drei Jahre nach dem Umzug nach Unzenberg zog es mich beruflich nach Frankfurt am Main. Ich war mittlerweile 18 Jahre alt und bereitete mich mit aller Macht auf das Erwachsensein vor. Anfangs erdrückte mich der ganze Trubel in dieser großen, schönen Stadt am Main. Ich hatte Heimweh nach meinen Eltern, meinen Freunden, nach der stillen ländlichen Flur des Hunsrücks. Dann setzte ich mich einfach am Wochenende in den Zug und stand zur großen Freude meiner Eltern unverhofft vor der Haustür.

So vergingen die Jahre. 1956 wanderte Werner von Falkenstein nach Kanada aus. Er lebte jetzt in Vancouver in Britisch Kolumbien, in einer traumhaften Stadt und Landschaft am Pazifik. Die Bilder von diesem Traumland, die er meinem Vater in seinen Briefen schickte, faszinierten mich ungeheuerlich. Er hätte am Anfang jeden Job angenommen, der ihm angeboten wurde, schrieb er. So arbeitete er monatelang hart als Holzfäller in den Rocky Mountains, ging auf verschiedenen Trawlern auf Lachsfang, jobbte auf einer riesigen Farm in der Nähe von Williams Lake und verdiente auch zeitweise sein Geld als Kellner in einem Ausflugslokal. Er hatte eine neue Heimat in einer traumhaft schönen, beinahe menschenleeren Provinz Kanadas gefunden. Hier wollte er von den grausamen Schicksalsschlägen Abstand gewinnen, hier wollte er vergessen und einen Neuanfang versuchen, in einem Land mit unendlichen Weiten und unberührter Natur.

Im gleichen Jahr besuchte Karl uns wieder. Diesmal unterschrieb mein Vater schweren Herzens ein Schreiben, in dem er Grete und Ingrid als vermisst bestätigte und aller Wahrscheinlichkeit nach für tot hielt. Es war eine seiner traurigsten und schwersten Entscheidungen, die er in seinem

Leben getroffen hatte, aber er wollte den Heiratsplänen seines jungen Schwiegersohns nicht mehr im Wege stehen.

Seit diesem Tag verschlechterte sich der Gesundheitszustand meines Vaters zusehends. Noch einmal führte ich ihn in das sommerliche, liebliche Kauerbachtal an eine Stelle, die er besonders liebte. Als die blutrote Sonne hinter den Bergen verschwand, ahnte ich, dass ich ihn nicht mehr lange bei mir haben würde. An diesem lauen Sommerabend holte mein Vater ein letztes Mal seine alte, verstaubte Gitarre hinter dem Schrank hervor. Mühevoll schleppte er sich zu einer kleinen, windgeschützten Mulde, die auf halber Höhe des Glockenbergs hinter dem Haus liegt. Und hier begann er dann noch einmal sein Lieblingslied zu singen, das ich heute noch in Erinnerung habe, als ob es gestern gewesen wäre. Es ist ein Lied voll zärtlicher Sehnsucht und Melancholie:

Es haben zwei Blümlein geblühet
in einem stillen Tal.
Sie sind in der Nacht verwelket,
kein Auge sah sie einmal.
Es haben sich Zweie geliebet,
so innig verschwiegen und stumm.
Sie sind in der Nacht gestorben
und niemand fragte – warum?

Den dritten und vierten Vers habe ich leider im Laufe der vielen Jahre wieder vergessen. Nur soviel weiß ich noch, dass unerfüllte Liebe, Bitterkeit und Enttäuschung darin vorkamen. Es überlief mich eiskalt, als mich mein Vater nach einer langen Pause unverhofft ansah und dann sagte, dass sich in diesem Lied viel Trauriges aus seinem Leben widerspiegeln würde. Umgeben von vielen Wildblumen blieben wir noch eine Weile dort. Gedankenverloren dachte ich zurück an meine Heimat, an das schöne Land Ostpreußen, an die unvergesslichen Kindheitserlebnisse in Masuren. Ich setzte mich ganz nah zu ihm. Seine rechte Hand zitterte mehr als sonst, als er mir damit leicht über mein Haar strich: „Ich werde die Heimaterde niemals mehr berühren, ich werde meinem jungen Freund Werner von Falkenstein wohl niemals mehr die Hand drücken dürfen, denn ich spüre, dass es mit mir bald zu Ende geht. Das Leben hat es nicht immer gut gemeint mit mir. Ich habe schon früh meine erste Frau, meine besten Jahre, meine geliebte Heimat und jetzt auch noch meine Tochter und meine Enkelin verloren. Dennoch war ich niemals unzufrieden, denn Gott gab mir wieder eine gute, treusorgende Frau, die mir einen Sohn schenkte, mit dem ich viele schöne Jahre erleben durfte.“ An diese nachdenklichen Worte dachte ich fortwährend auf der langen Zugreise nach Frankfurt und in den folgenden Tagen. Ich hatte Angst, ihn für immer zu verlieren, ihn, der mich bisher so wunderbar durchs Leben führte, dem ich so viel zu verdanken habe. Und doch ahnte ich, dass uns nicht mehr viel Zeit blieb.

Im Oktober 1958 verstarb mein Vater in fremder Erde, mein Freund, mein Kamerad, mein Wegbegleiter, mein Vertrauter und mein Verbündeter nach einem Leben voller Schmerz und Leiden, voller Entbehrungen und grausamen Schicksalsschlägen. Es war ihm nicht mehr vergönnt, die geliebte Heimat, seine Tochter und seine Enkel wiederzusehen. Möge die kalte Erde ihm leicht sein, denn sein Leben war schwer genug für ihn.

... doch sie überlebten

14 Jahre nach Kriegsende, im März 1959, ein halbes Jahr nach dem Tod meines Vaters, teilte uns das Rote Kreuz mit, dass Margarete Scharping, geborene Jondral, mit ihrer Tochter Ingrid in Jelgavas in Lettland leben würde. Es war jammerschade, dass mein Vater das nicht erleben durfte. Wie hätte er sich gefreut; doch es war ihm leider nicht mehr vergönnt. Gretes Mann, der mittlerweile wieder verheiratet war, hatte das schon vor uns erfahren. Da wir aber seit seinem letzten Besuch in Unzenberg im Sommer 1956 keinen Kontakt mehr miteinander hatten, wollte er uns diese überraschende, unerwartete Nachricht wohl nicht unverzüglich mitteilen. Wir waren froh und glücklich darüber, dass sie nicht nach Sibirien verschleppt wurden. Aus diesen berüchtigten Arbeitslagern kehrte kaum jemand wieder heim. Voll freudiger Erwartung schrieben wir sofort nach Lettland. Doch wir mussten noch Wochen warten, bis dann endlich der lang ersehnte Brief eintraf. Der unbeschreiblichen Freude darüber folgte schnell die Erkenntnis, dass man aus einem kommunistisch besetzten Land nur wenig darüber schreiben konnte, wie schlimm wirklich alles nach Kriegsende war und wie unendlich viel Leid die deutschen Zivilisten damals wehrlos ertragen mussten. In jener Zeit wurden die Briefe zensiert, die in den verhassten Westen gingen und brauchten Wochen und Monate, bis sie den Empfänger erreichten. Die Nachricht, dass Vater bereits im Oktober 1958 verstorben war, traf Grete besonders schmerzvoll und hart. Sie

wollte es einfach nicht wahrhaben, dass sie ihn nun niemals wiedersehen würde.

So erfuhren wir in den ersten Jahren nach dem Beginn des regelmäßigen Briefverkehrs nur andeutungsweise etwas über die katastrophale Not in Lettland, was damals nach dem letzten Treffen mit Karl in Königsberg wirklich alles geschehen war, und unter welchen dramatischen Umständen Grete und ihre kleine Tochter nach Lettland kamen. Erst viel später hörten wir die ganze Wahrheit über die schrecklichen Jahre nach dem verlorenen Krieg, über die Odyssee und das unbeschreibliche Martyrium der beiden. Wir mussten versuchen, den Armen zu helfen, nur wie? Jeder Brief war ein Aufschrei einer gequälten Seele, eines langsam Sterbenden, dessen letzte Hoffnung unsere Hilfe war. Was hatten doch all diese unschuldigen Menschen für barbarische Gewalttaten durch die Rote Armee erleiden müssen, und wie armselig und in bitterster Not mussten sie jetzt noch in einem fremden Land dahinvegetieren, während wir zwanzig Jahre nach Kriegsende bereits den Anfang des Wirtschaftswunders erlebten? Wir, die Davongekommenen, hatten im Westen eine neue Heimat gefunden, diejenigen aber, die den Russen in die Hände fielen, zahlten den höchsten Preis für den Wahnsinn, für den schrecklichen Krieg, den wohl kaum jemand in meiner Heimat gewollt hat.

Die einzige Möglichkeit, ein Paket nach Lettland zu senden, bestand damals nur über den Bundesverband der Arbeiterwohlfahrt in Bonn. Diese Pakete brauchten viele Wochen, bis sie den Empfänger erreichten und durften nur ganz bestimmte Waren enthalten, für die im Voraus erhebliche Zollgebühren bezahlt werden mussten. Hinzu kam, dass sie oft geplündert wurden. Diese Lebensmittelpakete halfen in jener Zeit, die große Not ein wenig zu lindern.

Erst 1992, als sich nach dem Mauerfall die politische Lage entspannte, konnten meine Frau Edith, meine Tochter Anette und ich die Reise nach Lettland wagen. Man kann es nicht wiedergeben, welche Anspannung, welch freudige Erwartung, welch unbeschreibliches Glücksgefühl mich befielen und innerlich aufwühlten, als wir dann endlich nach zwei Stunden Flug in Riga landeten. In meinem Handgepäck hatte ich die letzten beiden Bilder von Grete und Ingrid, die sie uns im vorigen Jahr geschickt hatten. Seit 1944 hatte ich meine Schwester nicht mehr gesehen. Damals war sie 28 Jahre jung, lebte sorglos mit ihrer kleinen Familie in einem wunderschönen Vorort von Königsberg und hatte mit ihrem Mann Karl hoffnungsvolle Zukunftspläne. Doch es kam alles anders.

Endlose Leiden

Die erste Begegnung nach 48 Jahren, nach einem weiten Weg in einem langen Leben, erschütterte mich tief. Im Überschwang der Gefühle erstickte ein ganzes Tränenfeld die freudigen Worte des Wiedersehens. Nach so vielen Jahren lagen wir uns nun weinend in den Armen. Welch eine unermessliche Freude, aber auch welch ein trauriger Augenblick. Der Mensch, der vor mir stand, war keine gealterte Frau, sondern ein menschliches Wrack, meine todkranke Schwester, deren Körper von grausamen Erlebnissen zerstört war. In ihren glanzlosen Augen spiegelte sich Enttäuschung und Bitterkeit, Wehmut und Resignation. Sie hatte Schreckliches durchgemacht. Die barbarischen Gewalttaten hatten dauerhafte Spuren hinterlassen. „Ja, es war schlimm, als die Russen damals in Ostpreußen wüteten", erzählte Ingrid, denn Grete war so gut wie taub und blind. „Die russischen Soldaten haben die Frauen immer brutal vergewaltigt. Sie wurden misshandelt und unerbittlich mit dem Gewehrkolben geschlagen, wenn sie sich wehrten und nicht sofort mit ihnen mitgingen." Erschüttert saßen wir in dem ärmlichen Haus und hörten von Ingrid und Grete die ergreifende, wahre Geschichte über das grausam zerstörte Leben einer jungen Familie, der es nicht rechtzeitig gelang, aus Königsberg zu fliehen. Auf eine Tafel schrieb ich nun in übergroßen Buchstaben die Fragen, auf die meine Schwester während des Gesprächs antwortete. Aber meistens redete Ingrid. Grete nickte nur zustimmend.

„Als die sowjetischen Truppen erstmals deutschen Boden betraten, übten sie gnadenlose Rache an wehrlosen Zivilisten. Jede deutsche Frau, die den Rotarmisten in die Hände fiel, wurde brutal vergewaltigt, missbraucht, erniedrigt, entehrt. Ende Januar 1945 kamen die ersten Russen in den Vorort Metgethen. Wir sahen sie aus unserem Fenster im zweiten Stock mit Kalaschnikows und Gasmasken durch die Straßen rennen und auf alle schießen, die aus den Häusern kamen. Sie schlugen die Haustür ein und stürmten zu uns nach oben. In der Wohnung zerschlugen sie mit ihren Gewehren unser Radio, die Spiegel und die Möbel. Im Kleiderschrank und unter den Betten suchten sie nach Spionen. Als sie nichts fanden, wollten sie meine Mutter vergewaltigen. Wir weinten beide und schrieen aus Leibeskräften. Einer der Russen bemerkte wohl, dass unser Siegfried gerade geboren und Mama noch Wöchnerin war. Da ließen sie sie in Ruhe. Sie nahmen uns alles Essbare weg und schlugen Mutter mit dem Gewehrkolben ins Gesicht, bevor sie weggingen. Die nach Alkohol und Schweiß stinkenden russischen Soldaten drangen brutal in die Häuser ein und fielen über die Frauen her. Unter uns wohnte Mamas Freundin Anna, ein hübsches, blutjunges Mädchen. Sie war noch keine 13 Jahre alt. Die Soldaten schleppten sie sofort in unser Kinderzimmer und vergewaltigten sie. Anna schrie fürchterlich. Diese Schweine standen vor dem Zimmer Schlange. Blutüberströmt, mehr tot als lebend, kam Anna nach langer Zeit weinend aus dem Zimmer. Sie wollte sich selbst töten, sich aufhängen, doch Mama konnte sie ein wenig beruhigen und trösten. Anna hatte große Schmerzen und schrie die ganze Nacht, doch niemand konnte helfen. In unserer Nachbarschaft wohnte noch eine Frau mit ihrer 13-jährigen Tochter. Zuerst wurde die Mutter auf brutalste Weise vergewaltigt. Dann erschien ein Russe und zerrte das Mädchen an den Haaren in ein Zimmer. Das Kind schrie und sträubte sich, mitzugehen. Da zog der Soldat seine Pistole und drohte, alle zu erschießen, die dem Mädchen helfen wollten. Jeder wusste genau, dass er von seiner Waffe Gebrauch machen würde.

Das Kind verblutete, nachdem es von weiteren Russen vergewaltigt wurde. Nicht weit von unserem Haus wurde eine ganze Familie von zwei völlig betrunkenen Russen hingerichtet. Der Vater wehrte sich gegen die Vergewaltigung der Frauen und wurde sofort erschossen. Die Frauen fingen an zu weinen und zu beten. Dann riefen sie den Soldaten zu, er solle sie auch erschießen. Ohne zu zögern richtete der eine Russe seine Waffe gegen die Mutter und eine Tochter und erschoss sie kaltblütig. Die andere Tochter zerrten sie danach in das Schlafzimmer und vergewaltigten sie, nachdem sie ihr die lange Hose brutal vom Leib gerissen hatten. Bevor sie gingen, schoss der eine noch in den Kinderwagen und tötete das Baby. Einen Tag später erhängte sich die geschändete Frau. In einem halbzerstörten Haus hielten sich die Russen in den Wohnräumen junge Mädchen und Frauen wie Sklavinnen, die tagsüber in den Ruinen Schutt wegräumen mussten. Ohnmächtig hörten wir ihre nächtlichen Hilferufe und Schreie. Irgendwann wurde es still und nach dem Hellwerden lagen Frauen vor dem Haus im Schnee, die sich verzweifelt gewehrt hatten.

Es war ein bitterkalter Winter. Wir hatten nichts mehr zu essen. Mama hatte auch keine Milch für den Säugling. Dann kamen die Russen wieder und jagten uns aus dem Haus. Nun stand Mama mit drei kleinen Kindern und Anna in den Häuserruinen. Im Kinderwagen lag das Baby, darüber legten wir ein Brett, auf dem der kleine Manfred saß. Ich klammerte mich an den Wagen und weinte. Weine nicht, sagte meine Mama, ich helfe dir, wir werden schon was finden, wo wir bleiben können. Doch wir kamen nicht weiter. Der Kinderwagen blieb im tiefen Schnee stecken. Erst als Anna den kleinen Manfred auf den Kinderschlitten nahm, ging es langsam voran. Nur wohin? Ab und zu schliefen wir hungrig und völlig übermüdet ein paar Stunden in nasskalten Häusern ohne Fenster, in Ruinen, zerstörten Lagerhallen und alten Scheunen. Eines Nachts kamen die Russen wieder und nahmen alle jungen Frauen mit. Auch Anna wurde mitgenommen. Wir haben sie nie wiedergesehen. Nun stand Mama mit den drei kleinen Kindern alleine da. In dieser großen Not beschloss sie, aus Metgethen zu fliehen und zu Fuß aufs Land nach Litauen zu wandern. Es lag tiefer Schnee und es war sehr kalt. Hungrig und durstig liefen wir Tag und Nacht. Wenn wir um ein Stückchen Brot bettelten, schrie man uns entgegen, ihr seid ‚Nemez' (Deutsche). Man hätte euch längst erschlagen sollen. Als wir eines Tages wieder aus einem zerstörten Haus vertrieben wurden, kam uns eine Panzerkolonne entgegen. Das laute Rasseln und Dröhnen hörten wir schon von Weitem. Plötzlich waren sie da, riesenhaft, unheimlich. Wir mussten in aller Eile in den Chausseegraben ausweichen. Der Schnee reichte mir bis unter die Arme. Ich hatte fürchterliche Angst und fror entsetzlich, doch ich konnte nicht weinen. Ein eisiger Wind fegte über die verwehte Landstraße. Die Russen hielten an und klauten den Menschen die letzte Habe. Alle mussten sich in der Kälte ausziehen, auch Mama. Aus dem Kinderwagen von Siegfried nahmen sie die kleine Decke, zerrissen sie und umwickelten sich damit ihre Füße. Am Abend war Siegfried erfroren.

In einem verlassenen Haus nahmen wir aus einer Kommode eine Schublade. Dort legten wir meinen kleinen, toten Bruder hinein und beerdigten ihn in einem Strohhaufen, da der Boden hartgefroren war. Wir standen noch lange an dieser Stelle und weinten. Dann verabschiedeten wir uns für immer von ihm. Halberfroren zogen wir weiter. Auf einem Wagen lagen zwei oder drei verwundete Männer. Sie wurden von den vollkommen besoffenen Russen angeschossen. Einer von ihnen war ein Gutsbesitzer. Er hatte mit seiner geschändeten Tochter versucht, eines seiner Enkelkinder im Wald zu verscharren. Den Verwundeten durfte nicht geholfen werden. Sie starben in der bitterkalten Nacht. Dann, endlich sahen wir ein unzerstörtes, offenbar noch bewohntes Haus. Als wir eintraten, bot sich uns ein unvorstellbares Bild des Grauens: überall Tote. Sie hingen über den Stühlen, saßen auf dem Sofa, lagen in blutgetränkten Betten. Alles war mit Blut bespritzt. Wir flüchteten wieder ins Freie. Plötzlich rief uns eine Greisin aus dem zusammengeschossenen Nachbarhaus und ließ uns zu sich in einen Kellerraum. In einer Ecke kauerte verängstigt und weinend eine Rote-Kreuz-Schwester. Sie wurde aus dem Treck herausgeholt und von einem Dutzend Russen vergewaltigt. Wir blieben hier über Nacht. Die alte Frau hatte aus dem Nachbarhaus die Reste des verschütteten Essens zusammengekehrt und zu uns in den Keller gebracht. Am nächsten Morgen zog die Schwester mit uns weiter.

Auf dem Weg von Königsberg nach Tilsit trieben die Russen alle Deutschen zusammen. Es waren nur halbverhungerte, alte Leute, Frauen und Kinder. Wir sollten in Tilsit die gesprengte Königin-Luise-Brücke über die Memel wieder aufbauen, die einst die schönste und berühmteste Ostpreußens war. Dank seiner geographischen Lage war Tilsit schon seit der Ordenszeit ein bedeutender Schnittpunkt wichtiger Handelswege in den baltischen Raum. Kranke und Alte, die nicht mehr laufen konnten, wurden erschossen und blieben am Wegrand liegen. Die Straßen waren voller Leichen. Dann kamen wieder Panzer, die einfach über die Menschen, über die Kinderwagen und die Kinder hinwegfuhren. Alle Leute schrien, weinten, aber die Russen lachten nur und fuhren grölend weiter. Uns half niemand, wir waren wehrlos, keine Menschen, die Rechte hatten, nur noch lebende Leichen, wandelnde Gespenster. Manfred hatte Hunger, weinte und schrie, aber Mama konnte uns nichts geben. Ich war müde, völlig erschöpft und hungrig und fragte immer wieder die Mama, wo mein Bett wäre. Es gab kein Essen.

Auf dem Land klauten wir Futterrüben, die hartgefroren waren, und lutschten an herausgebrochenen Stücken. Auch die Reste aus den Schweinetrögen würgten wir gierig runter und bekamen danach alle Durchfall. Wir hatten uns schon wochenlang nicht mehr waschen können. Einige hatten Läuse und Krätze. Wen sie beim Klauen erwischten, der wurde sofort erschossen. Alle Frauen wurden in Tilsit ohne Essen und warme Kleidung zum Brückenbau gezwungen. Wir Kinder warteten in den Kellern der zerstörten Häuser, bis die Mütter bei Einbruch der Dunkelheit völlig erschöpft wieder zu uns kamen. Mama konnte sich nach der schweren Arbeit kaum noch auf den Beinen halten. Der Hunger trieb uns Kinder tagsüber auf die Felder. Dort lagen viele tote Kühe und Pferde, deren Leiber aufgedunsen waren. Granaten und Bomben hatten sie während des Krieges getötet. Aus diesen stinkenden Kadavern schnitten wir uns große Stücke heraus, die die älteren Kinder auf einem kleinen Feuer brieten. Gierig verschlangen wir das halbrohe Fleisch und versorgten damit abends unsere Mütter. Doch eines Tages kam Mama heim und weinte. Durch die schwere Arbeit an der Brücke war sie nur noch Haut und Knochen. Wir beschlossen, zu fliehen und wieder zurück nach Königsberg zu gehen. So sind wir dann mit einer weiteren Familie in dunkler Nacht geflüchtet, die schon größere Kinder hatte. Die russischen Bewacher hatten das bemerkt und nach uns geschossen. Glücklicherweise wurde niemand getroffen. Wie lange wir uns auf dem Rückweg befanden, weiß ich heute nicht mehr, jedenfalls wurde es wärmer und der Schnee war schon geschmolzen, als wir wieder in Metgethen ankamen. Vor unserem Haus stand jetzt die russische Feldküche.

Unsere Wohnung war leergeräumt. Alle Türen und Fenster hatten die Russen in der Küche verheizt. Draußen fand ich noch eine Puppe von mir, die mich wehmütig an meine sorglose Kindheit erinnerte, doch nach dieser schönen Zeit gab es für mich nur noch grausame Erlebnisse, gab es nur noch Leid und Tod. Wenige Tage später erschien bei uns ein russischer Kommandant, der gut Deutsch sprach. Er durchsuchte mit seinen Soldaten die Keller und Hausruinen. Jeder, der noch arbeitsfähig war, wurde zu Aufräumarbeiten und Trümmerbeseitigung eingeteilt. Auch Mama musste mitgehen. Jetzt waren wir Kinder wieder allein und hatten nichts zu essen, denn inzwischen waren alle Katzen und Hunde, die den wochenlangen Beschuss und die pausenlosen Bombenangriffe überlebt hatten, gegessen worden. Zu Tode erschöpft, körperlich am Ende, kam Mama von der schweren Arbeit und brachte jedes Mal halbverhungerte Kinder mit, deren Eltern umgebracht worden oder an Erschöpfung und Hunger gestorben waren. Die Häuser waren voller Leichen, an denen die armen Kinder weinend saßen und nach Hilfe schrien. Wir alle verzweifelten, doch wer sollte uns helfen, uns, den halbtoten Kindern der verhassten Deutschen? Wir mussten gnadenlos alles ertragen, denn wir waren wehrlose Kreaturen, mit denen die Sieger machen konnten, was sie wollten.

Mama bekam für die unmenschliche Schwerstarbeit täglich zweihundert Gramm hartes Brot, das sie immer mit uns teilte. Wir Kinder bettelten bei den Soldaten der russischen Küche um etwas Suppe, doch wurden wir meistens mit Schlägen und ordinären Flüchen verjagt. Über die Köpfe der Faschisten-Kinder gossen sie oft das Essen und grölten dann zynisch, wenn wir von dem dreckigen Erdboden die Speisereste aufhoben und hungrig verschlangen. Aber es gab auch einen guten Soldaten, einen Koch, der hatte eine ganz dunkle Hautfarbe. Einen solchen Menschen hatten wir alle noch nie vorher gesehen. Der sagte uns, wir sollen nach der Mittagszeit zu ihm kommen, wenn die Soldaten weg wären. Sooft er konnte versteckte er für uns Kinder ein bisschen Suppe in einem Johannisbeerstrauch in unserem Garten. Er hatte Mitleid mit uns, doch wenn er dabei erwischt worden wäre, hätten die Russen ihn bestimmt erschossen. Mit dieser heldenhaften Tat rettete er uns vor dem Verhungern. Mutter brachte abends immer mehr Kinder mit, die ohne Eltern waren. Jetzt reichte das sowieso schon karge, erbettelte Essen nicht mehr aus. Mama fragte nun den Kommandanten, was man mit den vielen elternlosen Kindern machen sollte, doch dieser grinste nur und zuckte die Schultern. Einige Tage später wurden die Kinder abgeholt und in ein Lager, ein Kinderheim, nach Königsberg gebracht. Es war ein schwerer Abschied. Alle kleinen Kinder weinten und schrien: ‚Tante, verlass uns nicht, lass uns nicht im Stich.' Doch Mama konnte nicht helfen, konnte nichts für die bedauernswerten Kleinen tun, denn sie war selbst nur noch Haut und Knochen, musste sich um Manfred und mich kümmern und von früh morgens bis in die Nacht schwer in den Trümmern arbeiten. So gut es ging versorgte ich meinen kleinen Bruder ab und zu mit ein bisschen Suppe aus dem Johannisbeerstrauch, die der gute Mann mit der dunklen Haut für uns versteckt hatte. Mein Bruder wurde trotzdem von Tag zu Tag schwächer und konnte auch nicht mehr laufen. Sein magerer Körper blähte sich immer mehr auf, seine Beine waren geschwollen, und er bekam hohes Fieber. Mama bettelte bei den Russen um Medizin, aber es gab keine. Niemand konnte ihm mehr helfen. Als die Schwellung sein kleines Herz erreichte, starb mein Bruder Manfred. Nun war ich ganz allein, denn Mama wurde weiter zur Arbeit gezwungen. Was sollte ich als kleines Mädchen nur machen? Kurz darauf holten die Russen uns aus unserer Wohnung und brachten Mama nach Königsberg, wo sie wieder in den Ruinen schwer arbeiten musste.

Ich kam in ein Kinderlager, das nicht weit weg war von dem Ort, an dem meine arme Mama jeden Tag mit vielen anderen Frauen schuften musste. Als man uns trennte, zeigte mir meine Mutter noch schnell eine Ruine, in der sie nun hausen musste. Fast alle Kinder in dem Heim hatten keine Eltern mehr, weinten den ganzen Tag vor Hunger und wurden oft brutal misshandelt. Ich weinte um meine Mama meist in der Nacht und hoffte, dass sie mich schnell wieder zu sich holen würde, denn das hatte sie ja versprochen. Eines Tages öffnete sich die große Hallentür in unserem Heim. Russische Soldaten traten ein und mit ihnen mein Vater. Als ich ihn sah, rannte ich schreiend auf ihn zu. Es war ein unbeschreibliches Wiedersehen. Vor lauter Freude konnte ich kaum noch reden und stammelte immer wieder nur, dass Mama nicht weit von hier in den Trümmern arbeiten würde und wir ganz schnell zu ihr müssten. Mein Vater bat den Soldaten um Erlaubnis, dorthin fahren zu dürfen, der es ihm schließlich gestattete. Da ich genau wusste, wo das war, durfte ich mitfahren. Als wir Mama fanden, weiß ich nur noch, dass mein Papa sehr geweint hat, Mama herzte und küsste und ständig schluchzend ausrief: ‚Was hat man nur aus euch gemacht.' Wir hatten nicht viel Zeit. Mama erzählte meinem Vater all das Schreckliche, das wir durchgemacht hatten, und dass Siegfried und Manfred tot wären. Mein Vater weinte nun hemmungslos und bat den russischen Posten, noch ein paar Minuten bei uns bleiben zu dürfen, doch der blieb bei seinem schroffen ‚njet'. So mussten wir uns trennen und fuhren zurück zu meinem Heim. Unterwegs erzählte mir mein Papa noch, dass er als Kriegsgefangener in einem Lager in Litauen wäre. Weil er die russische Sprache nun ganz gut beherrschen würde, hätte ihn der Lagerkommandant zum Fahrer für seine Offiziere gemacht. Dadurch würde es ihm etwas besser gehen als den Gefangenen im Lager in Schaulen. Dieser Ort ist nur sechzig Kilometer von dem Dorf entfernt, in dem wir heute leben. Mein Vater kam noch ein- oder zweimal mit den Russen nach Königsberg und brachte auch zwei oder drei Säcke mit Brot in das Heim. Das war für die vielen Kinder eine große Hilfe. Dann wurde das Heim wohl aufgelöst. Wohin die meisten Kinder kamen, ist mir nicht bekannt, aber wahrscheinlich in ein kommunistisches Kinderlager, irgendwo in den Weiten der Sowjetunion. Ich war heimlich zu Mama geflohen und hatte großes Glück, dass man nicht weiter nach mir suchte.

Als mein Vater das letzte Mal bei uns war, fragte er den mitgefahrenen Kommandanten, ob er Mama und mich mit nach Litauen nehmen dürfte, doch es wurde ihm nicht erlaubt. Wenn wir es aber schaffen würden, nach Schaulen zu kommen, dann dürften wir dort bleiben. Aber wie sollten wir, die wir am Ende unserer Kräfte waren, die nicht mehr besaßen als die alten Lumpen an dem ausgemergelten, geschundenen Körper, die kaum noch Lebensmut hatten, wie sollten wir ohne Lebensmittel und feste Schuhe den weiten Weg zu Fuß bewältigen? ‚Ihr müsst aus Königsberg raus. Ihr müsst aufs Land nach Litauen, das ist eure letzte Chance, denn hier geht ihr elendig zu Grunde. Ich kann euch in Schaulen bestimmt ein wenig helfen', beschwor uns mein Vater. Schweren Herzens verabschiedeten wir uns ein letztes Mal und hofften, dass wir drei uns bald wiedersehen würden, zumal auch der zweite Versuch meines Vaters, den Kommandanten zu überreden, gescheitert war. Wir durften nicht mit nach Litauen. Man drohte ihm sogar mit Erschießung, wenn er als Kriegsgefangener weiterhin solche Wünsche vortragen würde, die das russische Volk beleidigen würden, denn nur die Faschisten hätten diesen Krieg und alle seine Folgen zu verantworten.

Das tragische, verhängnisvolle Geschehen nahm von nun an seinen Lauf. Heimlich und unter ständiger Lebensgefahr schlichen Mama und ich uns eines Nachts aus Königsberg weg. Wir hatten weder Geld noch Ausweispapiere bei uns. Das unerlaubte Entfernen aus einer Arbeitsgruppe wurde mit dem Tode bestraft, aber wir waren ja sowieso schon so gut wie tot. Wir mussten Schaulen in Litauen vor der frühen Winterkälte erreichen, denn nur so hatten wir überhaupt eine kleine Chance zu überleben. In Tilsit ließ man uns nicht auf die Brücke über die Memel. So liefen wir entlang des Flussufers und trafen dort zwei deutsche Jungen, die jeden Tag zum Betteln nach Litauen in einem alten Kahn rüberpaddelten. Man hatte ihre Mutter und ihre Großeltern rücksichtslos erschossen, als sie sich gegen die Vergewaltigung der Mutter zur Wehr setzten. Nun waren sie ganz allein. Ich hatte ja noch meine Mama.

Diese lieben Jungen brachten uns auf die andere Seite der Memel. Noch war es warm. Wir schliefen in alten, verfallenen Scheunen und im Wald unter den Bäumen, bettelten auf dem Lande bei den Bauern und schleppten uns langsam weiter zu meinem Vater nach Schaulen. Doch dann kam der bitterkalte Winter. Wir klopften oft vergeblich an viele Haustüren, aber die Menschen hatten Angst vor den Russen und ließen uns nicht herein. Wer den Deutschen half, wurde auf der Stelle erschossen oder kam mit der ganzen Familie nach Sibirien. In diesem kalten Winter mit Minustemperaturen von 25 Grad schliefen wir oft draußen in Strohhaufen. Wir machten uns ein Loch im Stroh, stopften den Eingang mit Stroh wieder zu und wärmten uns gegenseitig. Wir waren schmutzig, die nur noch mit Lumpen umwickelten Füße hatten blutige Risse und an den Zehen hatten wir dicke Frostbeulen. In diesem jämmerlichen Zustand bekamen wir auch noch Läuse. Nachts klauten wir bei den Bauern die weggeworfenen Kartoffelschalen und Reste von Mahlzeiten, die meistens schon hartgefroren waren und verschlangen wie Tiere in den Ställen das Schweinefutter aus den Trögen.

Als wir endlich im Frühjahr 1946 in Schaulen ankamen, war das Lager mit den deutschen Gefangenen zwei Wochen zuvor geräumt worden. Wir standen beide nur da und weinten. Wo sollten wir jetzt noch hingehen? Die Enttäuschung war fürchterlich. Jetzt hatten wir kein Ziel mehr. Noch mal den Weg zurück wollten wir auf keinen Fall, und wir hätten ihn auch nicht mehr geschafft. Dann entschloss sich meine Mutter, einfach mit zwei deutschen Jungen weiterzugehen. An der lettischen Grenze hat uns Gott sei Dank eine Frau aufgenommen. Sie hat uns ausgezogen, entlaust, gebadet und neue Sachen zum Anziehen gegeben, doch über Nacht durften wir nicht bleiben, sie fürchtete sich zu sehr vor den Russen. Als wir uns von ihr verabschiedeten, fragte sie Mama, ob sie mich nicht bei ihr lassen möchte, denn sie hätte keine Kinder und ich wäre ja kaum noch in der Lage, weiterzulaufen. Doch Mama lehnte es ab und sagte ihr, dass ich das letzte Kind ihrer Familie wäre und sie mit mir zusammenbleiben will. Es war eine gute Frau. Beim Abschied weinten wir alle.

Es war wieder Sommer geworden. Ziellos zogen wir weiter, ernährten uns von Abfällen, von Feldfrüchten, von allem, was wir fanden und erbettelt hatten. Oft wurden wir vom Hof gejagt, denn die meisten Menschen wollten mit den Deutschen nichts zu tun haben und waren selbst sehr arm. Nach einigen Tagen überschritten wir die lettische Grenze. Im ersten Haus eines kleinen Dorfes gaben uns die Bauern Pellkartoffeln mit Quark. Ich stopfte alles gierig in mich hinein, denn ich hatte großen Hunger. Als ich satt war, musste ich mich sofort übergeben und wurde ganz krank. Auf diesem Hof versteckten wir uns eine Zeit lang in der Scheune. Als es mir wieder besser ging, zogen wir planlos weiter. Diese liebe Bäuerin hatte allerhand für mich getan und uns auch noch einiges mit auf den Weg gegeben. Inzwischen kam der Herbst mit Kälte, Wind und Regen.

Ich wurde wieder sehr krank, als wir fast in Mitau-Jelgava waren, in einem Ort, der nur etwa dreißig Kilometer von dem entfernt liegt, in dem wir heute wohnen. Mama ging in eine Apotheke und bat den Apotheker um Hilfe. Der Mann sprach ganz gut deutsch. Meine Hand und mein Arm waren geschwollen und vereitert. Das rohe Fleisch am Arm und auch am Körper war entzündet und stank fürchterlich. Dieser gute Mann hat alle Wunden gesäubert, desinfiziert und verbunden. Danach hat er uns noch etwas zu essen gegeben, bevor wir uns bedankten und weitergingen. So zogen wir heimatlos kreuz und quer durch Lettland, immer noch hoffend, dass wir Papa irgendwo finden würden. Niemand wollte uns haben. Wir lebten in alten Scheunen und Häusern, ernährten uns wie die Tiere von allem, was wir fanden und dachten oft daran, unserem Leben ein Ende zu setzen. Ein paar Tage vor Weihnachten des Jahres 1948 saßen wir im tiefen Schnee nicht weit von einer Kirche entfernt. Vor Schmerzen und vor Kälte weinte ich still vor mich hin, denn ich hatte keine Schuhe und die Füße nur mit Lumpen umwickelt. Mama wärmte mich mit ihrem Körper. Die Menschen kamen aus der Kirche, beachteten uns nicht, fuhren mit ihren Schlitten an uns vorbei, hatten kein Erbarmen mit uns. Doch ein alter Mann hielt vor uns an und sagte ganz deutlich in deutscher Sprache, wir sollen einsteigen, er würde uns zu sich nach Hause bringen. Überglücklich stiegen wir ein.

Ein Weihnachtswunder war geschehen, an welches wir uns zeitlebens erinnern werden. Es rettete uns wahrscheinlich das Leben und gab uns wieder neuen Lebensmut und neue Hoffnung. Es war nach all den unmenschlichen Erlebnissen in den vergangenen Monaten und Jahren, nach all den Erniedrigungen und Schändungen, nach allem, was wir ertragen mussten für uns wie im Paradies und kaum zu glauben, denn was wir durchgemacht hatten, entzieht sich jeder Vorstellungskraft. Der alte Mann, der uns mitgenommen hatte, war ein großer Bauer mit viel Land und Vieh. Er lebte mit seiner Frau allein auf dem Hof und hieß Dickmann. Seine Vorfahren stammten aus Deutschland, seine beiden Kinder waren nach Amerika ausgewandert. Die liebe Frau Dickmann hat uns zuerst entlaust und gebadet. Dann schenkte sie mir Kleider und Schuhe von ihren Kindern. Zum ersten Mal hatte ich einen Wintermantel und zum ersten Mal seit Jahren schliefen wir in einem sauberen Bett. Wir konnten auf dem Hof bleiben, denn der Bauer brauchte Hilfe für seine große Landwirtschaft. Doch wir hatten keine Pässe, keine Dokumente, was natürlich damals ein großes Problem war.

Eines Tages, Mama war gerade im Stall bei den Kühen, kamen russische Soldaten auf den Hof, die uns festnahmen und in den Garten führten. Der eine Soldat sagte, dass wir jetzt erschossen würden. Mama umarmte mich und zog mich ganz fest an sich. Während ich jammerte und weinte, schrie sie den Russen an, er solle jetzt schießen. Der Soldat hob sein Gewehr, zielte auf uns und schoss über unsere Köpfe hinweg. Er senkte die Waffe und sagte, wir sollen den Hof schnellstens verlassen. Dann gingen sie wieder. Wir zitterten am ganzen Körper und blieben im Garten, bis es dunkel wurde. Wohin sollten wir jetzt gehen? Die Russen drohten jedem Letten mit harten Strafen, der den Deutschen helfen würde. Trotzdem nahm uns die Familie wieder zu sich in ihr Haus. Herr Dickmann besorgte uns irgendwie Papiere, die aber nur drei Monate gültig waren. So konnten wir nun auch offiziell vorerst auf dem Hof bleiben.

Diesen lieben Leuten haben wir so unendlich viel zu verdanken, denn ohne ihre Hilfe hätten wir den nächsten Winter wohl nicht mehr überlebt. Sie waren unsere unerschrockenen, mutigen Helfer in der allergrößten Not. Wir werden uns immer wieder an diese beiden Menschen mit allergrößter Hochachtung und dankbarem Herzen erinnern, an die selbstlosen Helden, die unter Einsatz ihres Lebens uns armseligen Kreaturen todesmutig halfen, während andere die Türen verschlossen und die Hunde auf uns hetzten. Im Winter meldete mich Frau Dickmann für das erste Schuljahr an, das am 1. September 1949 begann. Wir sollten bis zum Schulanfang auch lettische Ausweise erhalten. Auf den Ämtern saß aber überall das russische Militär, das die deutschen Menschen ohne Papiere schikanierte und auch weiter zur Zwangsarbeit in die Fabriken holte.

Am 25. März 1949 fuhren plötzlich mehrere Lastwagen auf den Hof des Bauern Dickmann. Die beiden guten Menschen wurden sofort mitgenommen und nach Russland deportiert. Uns hatte der Nachbarsjunge noch früh genug gewarnt. So hatten wir uns schnell in der Scheune versteckt. Man hätte uns auf der Stelle erschossen, wenn man uns gefunden hätte, aber der Bauer hat uns nicht verraten. Wir mussten nun aus unserem Versteck mit ansehen, wie unsere tapferen Helfer abtransportiert wurden. Noch einmal winkte Frau Dickmann aus dem Wagen, danach sahen wir sie niemals wieder. Herr Dickmann kam 1957 aus einem Arbeitslager in Sibirien wieder heim. Er durfte nicht mehr in seinem Haus leben. Man nahm ihm den Hof und die Landwirtschaft und machte daraus eine Kolchose. Seine Frau war bereits auf dem Weg nach Sibirien gestorben. Auf die Frage, warum man ihn verschleppte, und warum er sich durch die Aufnahme von uns auf seinen Hof so in Gefahr brachte, antwortete er nur: ‚Als Christ musste ich euch doch helfen, wer sonst hätte es getan?' Mama arbeitete nun den ganzen Tag auf der Kolchose, damit wir beide etwas zu essen hatten. Jedes Mal, wenn unsere Papiere nach drei Monaten abgelaufen waren, wurden die Ausweise wieder für die gleiche Zeit durch den Direktor verlängert. Dafür musste sie mit ihm schlafen, bis sie dann eines Tages schwanger wurde. Dieser gemeine Mistkerl nutzte unsere katastrophale Notlage schamlos aus. Er wusste ganz genau, dass wir ohne Papiere nach Sibirien deportiert würden, wenn er das den Russen gemeldet hätte. Die gerechte Strafe traf ihn zwei Jahre später. Er wurde für viele Vergehen bestraft und hingerichtet.

Am 1. September 1949 begann mein erster Schultag. Ich hatte eine lettische Lehrerin, die auch gut deutsch sprach. Sie hat mir während der ganzen Schulzeit geholfen und mir auch immer das Mittagessen bezahlt. Niemand durfte das wissen, denn wenn das rausgekommen wäre, hätte man auch sie nach Sibirien verschleppt. Sie war ein guter Mensch, der sich viel um mich kümmerte, der mir geduldig, mit viel Nachsicht die lettische Sprache beibrachte und mich vor manchen bösartigen Anfeindungen der einheimischen Schüler bewahrte; ein Mensch, den man nie vergisst! Vergeblich suchten wir Monat für Monat meinen Vater. Hatten die Russen ihn nach Sibirien verschleppt, war er gestorben oder hatten sie ihn erschossen? Nirgendwo gab es eine Antwort, ein Lebenszeichen von ihm. Die politischen Fronten zwischen Ost und West verhärteten sich zusehends. Uns erzählten die Kommunisten, dass es den Menschen in Westdeutschland ganz schlecht gehen würde. Wir erhielten jetzt endlich einen Ausweis, allerdings mit der Aufforderung, der Kommunistischen Partei beizutreten und Bürger des Landes zu werden, in dem wir nun lebten. Anfang 1951 wurde Zigismund geboren. Für mich begann nun eine ganz schwere Zeit. Ich musste zur Schule, Mama zur Arbeit, und das arme Kind blieb ganz allein in dem kleinen Zimmer, das man uns zugeteilt hatte. Wenn ich aus der Schule kam, musste ich das kochen, was Mama am Tag vorher mitgebracht hatte, denn sie kam meist spät am Abend müde und erschöpft nach Hause.

Im Januar 1952 hat uns ein Mann in sein Haus aufgenommen. Er war Junggeselle und als Geizhals im Ort verschrien, nur Mama wusste das nicht. Wir waren ja auch froh, endlich mehr Platz zu haben. Um jedes Stückchen Brot, um alles, was wir essen wollten, mussten wir ihn anbetteln. Als ich mir einmal vor lauter Hunger heimlich ein Stück Brot und etwas Rauchfleisch nahm, wurde ich von ihm fürchterlich verprügelt. Während ich zur Schule ging, hat eine ganz alte Nachbarin auf Zigismund aufgepasst. Es war für mich eine schlimme Zeit. Als Alkoholiker war Herr Juli ständig aggressiv. Ich hasste diesen Mann. Mama wurde wieder schwanger. Der böse Mensch prügelte sie immer, wenn sie nicht mit ihm schlafen wollte. Er behandelte uns wie Vieh. Aber wohin sollten wir sonst gehen, wir hatten ja gar nichts; kein Geld und keine Unterkunft. Im Dezember 1952 wurde Juris geboren. Mama ist bei der Geburt beinahe verblutet und kam ins Krankenhaus. Diese beiden Wochen werde ich im Leben nicht mehr vergessen. Ich war nun mit zwölf Jahren ganz allein mit den beiden kleinen Kindern, die ich versorgen musste. Abends kam der böse Mann besoffen heim, tobte und randalierte. Ich habe in diesen Tagen schreckliche Dinge erlebt und lebte in ständiger Angst. In dieser Zeit konnte ich auch nicht zur Schule gehen. 1957 musste ich die Schule verlassen und in einer Kolchose arbeiten. Vorher hatte ich dort einen Jungen kennengelernt, der sechs Jahre älter war als ich. Er hatte keine Mutter mehr und sein Vater war auch Alkoholiker. 1958 habe ich Bruno Osis geheiratet. Sein Vater war überzeugter Kommunist und hasste die Deutschen. Ihm passte die Hochzeit gar nicht. Schon bald erhielten wir von der Kolchose eine kleine Wohnung.

Wir lebten jetzt sieben Kilometer von dem Dorf entfernt, in dem meine Mutter mit Zigismund, Juris und dem menschlichen Ungeheuer weiterleben musste. Sie war mit allem zufrieden und sagte stets, wenn ich eine Notunterkunft für sie und die Kinder gefunden hatte, ich solle mich doch daran erinnern, wie schlecht es uns in den Jahren vorher gegangen ist. Gott muss das Schreien und Klagen einer gequälten Seele erhört haben, denn im Herbst ist der Tyrann an Krebs gestorben. Um diesen Peiniger habe ich keine Träne vergossen, aber viele um meine Mutter, die nun mit den beiden Jungen ganz allein auf sich gestellt war. Vergeblich hatte Mama nach Karl und euch gesucht. Nach so vielen Jahren waren wir jetzt der Meinung, dass keiner mehr leben würde. Als wir völlig unerwartet im Frühjahr 1959 Post von euch erhielten, war die Freude grenzenlos, doch war es für die Mama schwer zu fassen, dass ihr Vater im Jahr davor gestorben war und sie ihn niemals mehr wiedersehen würde. Ich war sehr traurig, dass mein Vater uns für tot erklären ließ und inzwischen wieder geheiratet hatte. Mama traf diese Nachricht besonders hart, doch konnte sie seinen Entschluss, wieder zu heiraten, auch verstehen. Über zehn Jahre nach Kriegsende musste er annehmen, dass wir nicht mehr am Leben waren, denn auch wir glaubten ja, er wäre tot."

„Unsere Ehe hat der grausame Krieg geschieden, unser Leben zerstört, die geliebte Heimat geraubt und die schöne Familie vernichtet", redete nun Grete weiter. „Mit uns Wehrlosen konnten die Sieger machen, was sie wollten. Sie wurden selbst für das größte Unrecht und für die grausamsten Gewalttaten von keinem Gericht bestraft. Wir Frauen wurden von den roten Horden missbraucht, erniedrigt und entehrt. Niemand konnte uns helfen. Unsere Kinder verhungerten, erfroren oder wurden erschlagen. In einer ganz schlimmen Zeit konnte ich nicht verhindern, dass ich schwanger wurde. Ich habe das in der allergrößten Notlage erdulden und ertragen müssen, sonst hätten wir nicht überlebt. Auch Zigismund und Juris sind meine Kinder, die ich liebe. Als junge Frau träumte ich einmal von einer glücklichen Familie. Heute lebe ich in Armut und mit schrecklichen Erinnerungen in einem fremden Land. Es sollte wohl so sein." Aus dem zerfurchten Gesicht meiner Schwester rann voller Schmerz und Wehmut langsam eine Träne die Wange hinunter. Ich trockne sie mit meinem Taschentuch und weinte. Sie aber hatte das Weinen längst verlernt.

„Ihr habt uns in den nächsten Jahren so gut es ging mit Paketen unterstützt und euch ohne Unterlass um eine Umsiedlung nach Westdeutschland bemüht", erzählte Ingrid weiter. „Doch auch als wir die nötigen Papiere zusammenhatten, ließen uns die Russen nicht weg, denn Mama hatte ja die beiden Söhne: Soldaten für die russische Armee. Auch in den Jahren danach ließ man uns nicht ausreisen. Sooft wir auch einen Antrag stellten, er wurde stets abgewiesen. So mussten wir uns damals damit abfinden, dass Lettland unsere Heimat geworden war. Mama lebte mit den beiden Jungen in bitterster Armut. Sie konnte die schwere Feldarbeit kaum noch verrichten, denn ihr Körper war verbraucht und krank. 1965 holten wir sie mit den beiden Kleinen zu uns."

Erschüttert saßen wir bei unserem Besuch im Sommer 1992 in der gemütlichen Stube im kleinen Haus von Ingrid und Bruno. Ergriffen blickte ich in die leeren Augen eines Menschen, der an Leib und Seele zerbrochen, dessen ganzes Leben durch unsagbares Martyrium zerstört worden war. Eine Zeit lang sprach niemand ein Wort. Nur das schwache Licht einer flackernden Kerze erhellte ein wenig die traurigen Gesichter in der Runde. Ich rückte ganz nah an meine Schwester heran und umarmte sie. Sie sah mich lange an und sagte dann traurig und resignierend: „Ich habe alles verloren, nichts von meinem Leben gehabt. Aber am Ende meiner Zeit ist mir doch noch ein Wunsch erfüllt worden. Wir haben uns nach 48 Jahren noch einmal wiedergesehen. Mit dieser Freude im Herzen kann ich nun ruhig sterben."

Ja, es hatte sich vieles in dieser langen Zeit verändert. Wir hatten das große Glück, dass wir im Januar 1945 noch in letzter Minute fliehen konnten und auf der langen, grausamen Flucht nicht ums Leben kamen. Diejenigen aber, die den Russen in die Hände fielen, erlebten die Hölle auf Erden. Bereits im Juni 1942 verbreiteten russische Journalisten und Propagandisten in vielen Zeitungen „Die Schule des Hasses" und verteilten die Hetzartikel an die kämpfenden Truppen. In diesen Flugblättern wurden alle Deutschen als Henker, Mörder und Verbrecher beschrieben, die schonungslos nach der Besetzung der Reichsgebiete bestraft werden müssten. Das brutale Vorgehen der sowjetischen Truppen gegenüber der wehrlosen Bevölkerung wurde noch für eine bestimmte Zeit durch die gewährte

Handlungsfreiheit gefördert. Im Rausch des Alkohols, unter dem die kämpfenden Einheiten fast immer standen, kannte die Brutalität kaum Grenzen. Sie plünderten, vergewaltigten unzählige Frauen und blutjunge Mädchen, ermordeten wahllos Kinder, Frauen und Greise, denn für sie waren es alles Faschisten. Die unbändige Rache und Vergeltung wurde an der schutzlosen Zivilbevölkerung unter dem Befehl und der Duldung der sowjetischen Führung hemmungslos ausgeübt. Lähmendes Entsetzen und Fassungslosigkeit befiel uns alle, nachdem wir die schaurige Leidensgeschichte von Grete und Ingrid gehört hatten.

Ich erinnerte mich wieder an die bösen, niederträchtigen, zynischen Hetzartikel des Schriftstellers Ilja Ehrenburg. Der dadurch noch mehr geschürte Hass löste dann auch unweigerlich das gewaltige Drama aus. Aber einer wagte es als russischer Major, beim Einmarsch der Roten Armee in Ostpreußen gegen die Gräueltaten der Sowjetsoldaten an der Zivilbevölkerung lautstark bei seinem Vorgesetzten, General Rokossowkij, der in einem Flugblatt zugesichert hatte, die deutsche Bevölkerung nach der Kapitulation zu schonen, zu protestieren. Ihm wurden Mitleid mit dem Feind, Humanismus und Schwächung der Kampfkraft der Roten Armee vorgeworfen. Nach einem kurzen Prozess vor einem Militärgericht degradierte man Lew Kopelew und verurteilte ihn zu langjährigen Gefängnisstrafen und zu harter Lagerhaft. In seinem Buch „Aufbewahren für alle Zeit" schildert der Schriftsteller in schonungsloser Aufrichtigkeit tief bewegt die Vergewaltigungen, Plünderungen und die grausamen Morde der eigenen Truppe.

Ostpreußen war das Land, in dem die Rote Armee erstmals deutschen Boden betrat und mit unvorstellbarer Brutalität gegen die wehrlose Zivilbevölkerung vorging. Die unzähligen Gräueltaten durch die roten Horden entziehen sich jeglicher Vorstellungskraft und bleiben für immer ungesühnt. Es war eben der Krieg, den wir angefangen hatten. Wir bleiben die Täter. Über die unzähligen, unschuldigen Opfer im damaligen Osten Deutschlands spricht man heute kaum noch, herrscht Unwissenheit und Schweigen. Oder, weiß man zumindest doch noch, dass die Sieger im Westen Deutschlands menschlich und hilfsbereit waren und keinen Völkermord begingen? Bruno und Ingrid besuchten 1970 noch einmal Königsberg, das jetzt Kaliningrad heißt. Sie durften mit ihren russischen Pässen offiziell in den nördlichen Teil Ostpreußens reisen, das nun eine Enklave Russlands ist. Dort suchten sie vergeblich das Massengrab, in dem damals der kleine Manfred mit vielen anderen Kindern beerdigt wurde.

Die Russen hatten das ganze Gelände mit Erde zugeschüttet und einplaniert, auf dem unzählige tote deutsche Soldaten, alte Menschen, Frauen und Kinder liegen und einen Park auf Tränen und Toten errichtet.

Als wir uns verabschiedeten, überkam mich eine große Traurigkeit. Jetzt wusste ich, dass meine Schwester und meine Nichte endgültig in Lettland bleiben würden, denn hier waren neue Familien entstanden, die zusammengehörten. Zigismund hatte geheiratet, Juris lebte bei der Mutter, Bruno und Ingrid hatten inzwischen zwei Kinder. Gunta wurde 1958 geboren und Aldis kam 1968 zur Welt. Er musste 1986 Militärdienst leisten, kam auf einen russischen Flugplatz an der chinesischen Grenze und kehrte nach drei Jahren krank zurück. Er heiratete danach Indra, eine Schulfreundin. Ein Jahr später kam die Tochter Inga zur Welt, ein süßes Mädchen, der Sonnenschein im Hause Osis. Auch 1992 waren die Zeiten in Lettland noch sehr hart. Die Kolchosen wurden bereits ein Jahr zuvor geschlossen und Arbeit gab es so gut wie keine. Man erwarb gemeinsam ein Stück Land, schuftete und rackerte von früh bis spät und kam irgendwie über die Runden. Um die Not ein wenig zu lindern, flogen wir am nächsten Tag ohne Gepäck und Geld wieder zurück nach Deutschland.

Im Oktober 1993, nur ein Jahr nach unserem Wiedersehen, starb meine Schwester. Den Traum von einer glücklichen Familie, von Liebe und Geborgenheit, von Gerechtigkeit und Frieden, von bescheidenem Wohlstand, ihr junges Leben, hatte der grausame Krieg zerstört. Wehrlos musste sie unvorstellbare, barbarische Gewalttaten erdulden, die tiefe Wunden in Körper und Seele hinterließen, ihr beinahe den Verstand raubten. Oft konnte sie die furchtbaren Qualen kaum mehr ertragen und wollte sich das Leben nehmen, doch dann wiederum kämpfte sie verbissen um das Einzige, was ihr noch geblieben war: um das Leben ihrer Tochter. Nun ruht sie nach einem unfassbaren Martyrium in fremder Erde. Sie starb in einem erbärmlichen Zustand, ohne je richtig gelebt zu haben, ohne dass sie ihren Mann, den geliebten Vater, ihre Heimat jemals wiedergesehen hatte. Nach diesem verheerenden Krieg, der uns die geliebte Heimat raubte, unsere Familien zerriss, nach einer dramatischen Flucht, nach Tod und unendlichem Leid hatten wir, die Davongekommenen, eine neue Heimat gefunden. Die unzähligen, unschuldigen, zivilen Opfer des deutschen Ostens bleiben ungesühnt, für die Überlebenden dieser Massaker aber unvergessen. Mehr als 120.000 Flüchtlinge verloren beim Vormarsch der Roten Armee ihr Leben. Allein in meinem kleinen Heimatdorf Eschenwalde im Kreis Ortelsburg wurden beim Einmarsch der Russen im Januar 1945 fast alle Bewohner ermordet oder verschleppt, die nicht rechtzeitig geflohen waren. Auch mein Onkel Gustav Kapteina, der Bruder Onkel Wihelms, und die gesamte Familie wurden grundlos erschossen. Viele Eschenwalder kamen auf der Flucht ums Leben. Wir, die wir in letzter Minute am 19. Januar 1945 im Planwagen geflohen waren, entkamen der furchtbaren Rache der aufgehetzten, unmenschlichen sowjetischen Truppen, der gnadenlosen Sieger. Auch die beiden alten Leute von der Kutzburger Mühle, die dem deutschen Offizier Werner von Falkenstein und der polnischen Gefangenen Iwonka Lissek in höchster Gefahr auf ihrer Flucht geholfen hatten, wurden von den Russen umgebracht. Sie waren alt und krank und wollten im festen Gottvertrauen die geliebte Heimat nicht verlassen. In Fröhlichshof, dem Heimatdorf meines Vaters, hatten mein Opa und mein Onkel einige Vorbereitungen getroffen, um sich vor der heranrückenden russischen Front im alten Haus am Omulef zu verstecken. Erst viele Jahre nach Kriegsende erzählte mir dann meine Cousine Gerda, dass die Russen ganz plötzlich das Dorf erobert hatten und sie nicht mehr rechtzeitig das alte Haus erreichen und auch nicht mehr fliehen konnten. Mein unvergessener Opa August, der ihnen unerschrocken mit der weißen Fahne entgegentrat, wurde rücksichtslos vor dem Hof erschossen und übel zugerichtet. Fast alle Menschen aus Fröhlichshof, die nicht geflüchtet waren, wurden bestialisch ermordet. Vierzehn Personen wurden nach Sibirien verschleppt und kamen nicht mehr zurück. Mein Onkel August hatte meine Cousinen Gerda und Ingeborg in allerletzter Minute im Wald versteckt. Erst nach einigen Wochen, als die Front im Norden und Westen Ostpreußens tobte, kamen sie wieder auf den Bauernhof zurück. Zwei Jahre später wurden alle Deutschen aus dem Dorf, die nicht geflohen waren und den Einmarsch der Russen überlebt hatten, von den Polen vertrieben.

Reise in die Vergangenheit

In meinem Buch folgte ich den längst verwehten Spuren in meiner Heimat Ostpreußen. Es sind authentische Erinnerungen an eine tragische Liebesgeschichte mitten im grausamen, mörderischen Krieg und an einen besonderen Menschen, der in seinem Leben viele schwere Schicksalsschläge und große Armut ertragen musste. Er war der beste Freund, den ich je in meinem Leben hatte. Er war mein Vater, der sein Land, seine ostpreußische Heimat aus tiefstem Herzen liebte. Als er sie im Januar 1945 für immer verlor, war seine Lebensfreude gebrochen, doch er klagte nie. Erst als Erwachsener begriff ich, welche Lücke er in meinem Leben hinterlassen hatte, doch da lebte er nicht mehr. Geblieben sind mir die unvergesslichen, kostbaren Erinnerungen an meine sorgenfreie Kindheit in Masuren, an das gewaltige Drama der Flucht, an die wertvollen Jugendjahre mit ihm und an den harten Neuanfang im Westen. Nach dem Tode meines Vater zog meine Mutter nach Miesenbach in die Pfalz zu meiner Cousine Erika und meinem Onkel Wilhelm. Nun allein, wollte sie nicht mehr in Unzenberg im Hunsrück bleiben und schon gar nicht zu mir kommen, in die große Stadt Frankfurt. Nach langer, schwerer Krankheit verstarb sie 1972. „Ein Leben ohne Leiden wünschen sich alle Menschen, aber ein leidfreies Leben gibt es nicht“, hatte sie mir einmal gesagt. Sie hatte auf der grauenvollen Flucht unendlich viel gelitten. Die ganze Sippe der Kapteinas war mit uns 1950 von Fehmarn nach Mörsfeld im Kreis Kirchheimbolanden umgesiedelt worden und später in die Pfalz umgezogen. Im hohen Alter von 92 Jahren verstarb dort mein Opa Johann. Er war ein gläubiger, frommer Mann, das autoritäre Oberhaupt der Großfamilie Kapteina, der in unserem Heimatort Eschenwalde in seinem Haus jeden Sonntag eine Bibelstunde hielt und die Leute stets mit strengen Worten daran erinnerte, dass der Mensch in dieser Welt keine bleibende Stätte hat. Gott schenkte ihm ein langes Leben.

Für mich war mein Onkel Wilhelm unser Lebensretter. Wir hätten damals im bitterkalten Januar 1945 überhaupt nicht mehr fliehen können, denn wir besaßen kein Pferdefuhrwerk. Es gab auch keine Fluchtmöglichkeit mit der Eisenbahn, es fuhren keine Züge mehr in den Westen. Durch den schnellen Vorstoß der russischen Panzerverbände bis nach Elbing war fast ganz Ostpreußen völlig eingeschlossen. Viel zu spät wurde den Bewohnern der Fluchtbefehl durch den hitlertreuen Gauleiter Erich Koch erteilt. Am Endsieg zu zweifeln, galt als Verrat und wurde mit dem Tode bestraft. So saßen wir und mit uns viele Ostpreußen in der Falle. Die allerletzte Fluchtmöglichkeit gab es nur noch über das Frische Haff, doch es war noch nicht überall zugefroren. Zwei Wochen hielten die tapferen deutschen Truppen unter hohen Verlusten den Kessel von Heiligenbeil und kämpften den Weg zum Haff frei. So konnten sich noch in letzter Minute viele tausend Flüchtlinge retten.

Während der langen mörderischen Flucht, aber besonders nach unserer Rettung auf die Insel Fehmarn beschäftigten mich die furchtbaren Erlebnisse nach dem Exodus aus meiner geliebten Heimat. Wie richtig und weitsichtig mein Onkel damals in der Nacht vom 19. zum 20. Januar 1945 handelte und uns allen durch seine weisen Entscheidungen wahrscheinlich das Leben rettete, wurde mir nun bewusst, je mehr ich darüber nachdachte. Mein Onkel war durch und durch ein fleißiger, tüchtiger, echter ostpreußischer Bauer, der den Hof seines Vaters übernommen und es durch unermüdliche, harte Arbeit zu etwas gebracht hatte. Er war Bürgermeister von Eschenwalde, war ehrenamtlich in vielen Vereinen engagiert, trug das Parteiabzeichen, obwohl er nie überzeugter Nationalsozialist war. Wer aber damals auch nur irgendeinen öffentlichen Posten hatte, musste Parteimitglied sein. Bereits im Ersten Weltkrieg kämpfte er als junger Leutnant in Frankreich, wurde verwundet und kam in französische Gefangenschaft. Als er wieder nach Ostpreußen heimkehrte, heiratete er Berta Bartkowski aus Bartkowen, die ihm die Söhne Werner, Heinz, Eckart, Klaus, die Zwillinge Adolf und Wilhelm und die einzige Tochter Erika schenkte. Schon im frühen Alter halfen die Söhne ihrem Vater in der Landwirtschaft, während Erika ihrer Mutter in Haus und Hof zur Seite stand. Mein Cousin Werner wurde 1943 eingezogen. Als Panzerfahrer einer Eliteeinheit ist er wohl noch in den letzten Kriegstagen bei Rückzugskämpfen gefallen. Den letzten Feldpostbrief aus Ungarn erhielt meine Cousine Erika im März 1945 in Berlin, wo sie als Nachrichtenhelferin in einem Bunker arbeitete. Nach der sinnlosen, verlorenen Schlacht um Stalingrad und dem ständigen Rückzug der deutschen Truppen ahnten wohl mein Onkel und mein Vater damals schon, dass eine fatale Katastrophe unaufhaltsam auf uns zurollte. Die meisten Menschen in Ostpreußen befürchteten Schlimmes, doch wagte niemand ernsthaft am Endsieg zu zweifeln, geschweige nicht daran zu glauben, dass die Wunderwaffe Hitlers bald zum Einsatz käme, die den Feind endgültig vernichten würde. Aber bei uns an der unmittelbaren Grenze zu Polen wurde das dumpfe Grollen der schweren Geschütze immer lauter, bis schließlich am Abend des 19. Januars 1945 die ersten Granaten in unserem Dorf Eschenwalde einschlugen und ein unvorstellbares Chaos entstand.

Mit der russischen Winteroffensive wurde das gewaltige Drama im Osten eingeleitet. Und in diesem heillosen Durcheinander gab mein Onkel Wilhelm als Bürgermeister der kleinen Gemeinde ruhig und besonnen den Bewohnern den Befehl zur sofortigen Evakuierung, den er viel zu spät von der Gauleitung erhalten hatte. Es blieb nicht mehr viel Zeit, denn die russischen Truppen waren bereits vor der Stadt Willenberg, die nur vier Kilometer von Eschenwalde entfernt ist. Mehrere Fuhrwerke bildeten einen

Treck, der aber schon nach einigen Kilometern nur noch aus einer kleinen Kolonne bestand. Wer auf den tief verschneiten Waldwegen stecken blieb und nicht schnell wieder freikam, war verloren. Unter starkem Granatwerferbeschuss war jede Hilfe unmöglich. Rette sich wer kann! Es gab kein Zurück mehr. Haus, Hof, Eigentum, die Heimat, alles hatten wir in dieser Nacht verlassen. Wie weise mein Onkel damals in aller Eile gehandelt hat, sollten wir noch oft auf der schrecklichen Flucht erfahren. Er hatte den Leiterwagen bis zur obersten Sprosse mit Hafersäcken beladen, die Zwischenräume mit Heu und Stroh vollgestopft und die eisenbeschlagenen Räder gegen eine Gummiradbereifung ausgewechselt, die uns höchstwahrscheinlich auf dem brüchigen Eis des Frischen Haffs das Leben rettete. Alles andere musste zurückbleiben. Er band das Vieh los und öffnete die Türen und Tore der Scheunen und Ställe. Auf die Hafersäcke wurden Decken und Schafspelze ausgebreitet, darüber aus biegsamen Sperrholzplatten ein Dach errichtet, das an den beiden obersten Sprossen des Leiterwagens vernagelt wurde. Der so entstandene Tunnel wurde vorn und hinten mit Pferdedecken als Wind- und Kälteschutz versehen. Während wir Kinder nun mit unseren Müttern dick angezogen relativ geschützt auf dem Wagen saßen, führten mein Onkel, mein Vater, mein Cousin Eckart und der Pole, der nicht im Dorf zurückbleiben wollte, die beiden Kaltblüterstuten Erna und Lotte mit starker Hand am Zügel im dichten Schneetreiben und bei bitterster Kälte auf Schleichwegen durch den dunklen Winterwald. Nur wenige Stunden später waren die Russen in unserem Dorf.

Was damals beim Einmarsch der Russen geschah, schilderten mir 1993 bei meinem ersten Besuch in der unvergessenen Heimat Heinz und Horst Kempka, die mit ihrer Mutter als Zehn- und Dreizehnjährige dageblieben waren und noch heute auf ihrem Abbau zwischen unserem Dorf und dem Nachbarort Neuenwalde leben. Auch als die Russen den geplünderten Hof wieder verlassen hatten, auch als sie ohne Eltern und völlig mittellos waren und die Dörfer durch Polen besetzt wurden, die die wenigen zurückgebliebenen Deutschen schlimm behandelten, auch dann noch verließen die beiden kleinen Jungen den Hof nicht. Wohin sollten sie auch gehen? Sie wurden Polen, um nicht vertrieben zu werden, doch was damals im Januar 1945 geschehen war, haben sie nie vergessen können. „Die russischen Soldaten verschleppten meine Mutter. Uns Kindern nahmen sie alles weg und jagten uns beinahe ohne Kleidung in die tief verschneiten Wälder. Wir wären erfroren, wenn wir uns nicht in einer Scheune auf einem anderen

Hof versteckt hätten. Sie zerstörten unser Gehöft, töteten alle Tiere und nahmen alles Brauchbare mit, als sie endlich wieder weiterzogen.

Unsere Mutter blieb verschollen, der Vater galt als vermisst. Wir kleine Jungen litten bitterste Not und erlebten die schrecklichste Zeit unseres Lebens, nachdem wir allein und verlassen in unser zerstörtes Haus zurückgekehrt waren." Weiter kam Heinz mit seinen dramatischen Schilderungen nicht. Seine Stimme versagte. Die beiden Brüder, mittlerweile alte Männer, die Furchtbares erlebt hatten, blickten stumm zu Boden und würgten den tiefen Schmerz der Erinnerung runter. Erst nach einer Weile erzählte nun Horst weiter: „Ja, das Leben in jener schrecklichen Zeit war oft schwerer als das Sterben, aber irgendwie überlebten wir elternlos und mit vielen körperlichen und seelischen Schäden. Nur wie, das weiß ich heute nicht mehr so genau und möchte mich auch nicht mehr daran erinnern, denn es war schrecklich. Wir sahen viele grauenvoll erschlagene und verstümmelte Menschen auf den Feldern und in den Wäldern herumliegen und mussten sie in Massengräbern beerdigen, deren Angehörige niemals mehr etwas von ihnen erfahren würden. Auch, als später die Polen kamen und die noch erhaltenen Häuser und Dörfer besetzten, wollte man uns von unserem Hof wieder vertreiben. Als wir uns wehrten, wurden wir auf übelste Weise als Nazikinder beschimpft und geschlagen. Doch irgendwann kam die Horde nicht wieder. Wir hatten fürchterliche Angst und schliefen nachts nicht im Haus. Erst Jahre später erfuhren wir von anderen hier in der Umgebung noch lebenden Deutschen, dass dieselben Polen, die auf unserem Hof gewütet hatten, in der Nähe von Hellengrund einen alten Bauern erschlugen und den Hof danach besetzt hatten. Auch noch so viele Jahre nach dem Krieg verfolgen uns täglich die schrecklichen Erlebnisse."

Noch viele der Dagebliebenen wurden im ersten Nachkriegssommer Opfer einer wütenden Hetzjagd. Man vertrieb sie gewaltsam von ihren Höfen und aus ihren Häusern. Wer die polnische Staatsangehörigkeit nicht annahm, musste binnen kurzer Zeit die geliebte Heimat mit wenig Handgepäck für immer verlassen und den organisierten Transport als Vertriebener in den zerstörten Westen Deutschlands antreten. Unterwegs wurden die armen Menschen in diesen Zügen noch oft durch polnische Banden ausgeplündert. Auch mein Onkel August und seine Familie aus Fröhlichshof mussten den Hof verlassen.

Im Jahre 1993 komme ich das erste Mal wieder nach Hause. In dem Augenblick, als ich unser Dorf nach so vielen Jahren wiedersehe, als die staubige Landstraße den dunklen Wald verlässt und ich das freie Wiesengelände vor den ersten Häusern erblicke, ist sie wieder da, als ob ich nie fort gewesen wäre, die Erinnerung an meine schöne Kindheit, an mein stilles Paradies. Von Menschen kann man getrennt werden, nicht aber von Erinnerungen. Heimat! Mein Herz erbebt vor Glück, meine Füße betreten ehrfurchtsvoll das Schweigen der heimatländlichen Erde. Doch es sieht alles anders aus als das, was aus meiner kindlichen Erinnerung übrig geblieben ist. Es ist kein Zuhause. Alles ist verwüstet, niemand ist da, den ich kenne. Häuser, Felder, Gärten, Mauern, Bäume, Bäche haben sich verändert, Menschen, die ich kannte, sind nicht mehr da. Das Ortsschild Eschenwalde durch ein schiefes Brett ersetzt, auf dem nun in kaum lesbaren Buchstaben „Jesionowiec“ steht. Der Bahnhof, weg, nur noch ein paar Ziegelsteine im hohen Gras erinnern daran, wo er einst stand. Die Gleise verrostet, das Warnschild mit der Dampflokomotive darauf steht schief und ist von hohem Unkraut überwuchert. Unser Holzhaus, nicht mehr da. Die Wiesen und Felder brachliegend, die einst hübschen Gärten ungepflegt, verwildert. Der Friedhof geschändet, kaum zu finden. Alle Gräber zugewachsen, zerstört, vom Kiefernwald vereinnahmt. Das Familiengrab nicht mehr vorhanden. Wie groß muss doch die Wut auf alles Deutsche gewesen sein! Meinem rasenden Heimweh nach meinen Wurzeln, nach dem Elternhaus, nach meinem Dorf, nach meiner Heimat Masuren folgt nun bittere Enttäuschung. Alte Wunden brechen wieder auf. Die Menschen, die selbst aus dem Osten Polens hierher zwangsumgesiedelt wurden, sind arm. Der Bauer, der nun den Hof meines Onkels bewirtschaftet, hat die umliegenden Felder nicht mehr bestellt. Durch Selbsteinsaat sind diese zu Wäldern geworden.

Fast fünfzig Jahre nach Kriegsende ist die Wildnis bis in die Dörfer wieder nach Masuren zurückgekehrt. Ideale Lebensbedingungen für Störche, deren Population sich verdoppelt oder gar verdreifacht hat. Auf dem Hof ein heilloses Durcheinander. In einer der alten Scheunen mit einem eingestürzten Dach stehen noch unberührt die landwirtschaftlichen Geräte, genauso wie wir sie im Januar 1945 stehen ließen. Kartoffelroder, Eggen, Pflüge, Grubber – alles verrostet, unbrauchbar, nie berührt worden. Jetzt verstehe ich auch, warum aus dem gerodeten Ackerland Steppe und Wald geworden ist. Auf meine vorsichtige Frage an den Bauern, warum er die Felder brach liegen ließ, erhalte ich nur die Antwort „Robotti (Arbeit) – nix gut!“ Wovon sie denn leben würden? Na, von einer Kuh, von Hühnern, Enten und Gänsen, die seine Frau hinter dem Hof auf den Wiesen halten würde. Er bietet mir einen selbstgebrannten Wodka an, doch ich lehne dankend ab und erkläre ihm höflich, dass ich so früh am Morgen keinen Alkohol trinken würde. Er lacht nur, trinkt sein Wasserglas voll Wodka mit einem Zug leer und kippt auch noch meins hinterher. Auf der Suche nach den Spuren meiner Kindheit fahre ich nach Fröhlichshof, das nun Wessolowen heißt. Das Dorf am Omulef, in dem einst jahrhundertelang die Sippe der Jondrals lebte, der Ort, von dem aus ich als kleiner Junge mit meinem geliebten Großvater die Wildnis Masurens, die unberührte Natur am Fluss in ihrer geheimnisvollen Vielfalt und Pracht erlebte. Ich stehe auf der kleinen Brücke und starre gedankenverloren in die glasklaren, gemächlich dahinziehenden Fluten des Omulef.

Viele Jahre sind inzwischen vergangen, doch die tief in meine Kinderseele eingewachsenen Erlebnisse aus jener Zeit sind wieder da, als ob es gestern geschehen wäre. Für einen Augenblick schließe ich die Augen und träume. Vor mir steht ein Riese und lächelt. Liebevoll legt er seinen rechten Arm um meine Schulter, zeigt danach mit der anderen Hand auf einen alten Kahn am Flussufer und fragt mich flüsternd, ob ich mitfahren möchte zum alten Haus am Omulef? Natürlich, sehr gerne sogar, entgegne ich, doch dann stehe ich plötzlich wieder allein auf der Brücke, schaue hinunter auf mein Spiegelbild im stillen Wasser; niemand steht neben mir. Und ich bin auch nicht mehr der kleine Junge von damals. Mein Blick schweift weit in die Ferne über den Fluss bis zu einer Stelle, an der mir das Ufergestrüpp und eine scharfe Biegung des Wasserlaufs die Sicht nehmen. Und dort, fern von hier, steht wohl immer noch das alte Haus am Omulef, das ich niemals mehr wiedersehen werde. Niemand kann mir noch etwas über das Kriegsende und die ersten Jahre danach erzählen, bevor man meinen Onkel August, den Bruder meines Vaters, und seine Familie von hier vertrieb. Ich entdecke noch Reste des alten Friedhofs und nach langem Suchen auch noch den verwitterten Grabstein meiner Großmutter Marie. Gräber sind in dem Gestrüpp und Unkraut unter den alten Bäumen aus deutscher Zeit kaum noch auffindbar. Auch diese Stätte der letzten Ruhe wurde völlig zerstört und geschändet, wie alle deutschen Friedhöfe der umliegenden Dörfer, die ich aufsuchte.

Noch einmal stehe ich vor dem Bauernhaus und Hof meines Onkels und versuche mir vorzustellen, wie alles damals ausgesehen hat. Gerade als ich in mein Auto steigen will, spricht mich in gebrochenem Deutsch ein älterer Mann an, der nun in diesem Haus wohnt und, wie sich dann später herausstellt, der Förster von Wessolowen ist. Im Laufe eines langen

Gesprächs erfahre ich dann doch noch einiges aus jener Zeit, als die Russen kamen. „Ja, mein Vater erzählte mir viel von jenen schrecklichen Tagen, als russische Soldaten im Januar 1945 in Fröhlichshof eindrangen“, begann der gastfreundliche Pole, „denn dieser arbeitete damals viele Jahre als Gefangener und Zwangsarbeiter hier auf dem Hof der Familie Jondral. Er wurde stets anständig behandelt, durfte auch am gleichen Tisch mitessen und hatte eine kleine, aber eigene Kammer zum Schlafen. Opa Jondral hatte immer dafür gesorgt, dass es öfter frischen Fisch gab und hat meinem Vater sogar Tabak besorgt, denn er rauchte gerne selbstgedrehte Zigaretten. Als dann die sowjetischen Truppen den Ort einnahmen und in blindem Hass auf jeden Deutschen schossen, trat ihnen unerschrocken und in friedlicher Absicht ein großer Mann mit einem weißen Laken winkend entgegen. Es waren die letzten Augenblicke, in denen mein Vater Opa Jondral noch lebend sah. Eine sinnlos abgefeuerte Garbe aus einer Kalaschnikow beendete sein arbeitsreiches, hartes Leben, als er an jenem Tag blutüberströmt vor dem Hof in den Schnee fiel. Das gleiche Schicksal ereilte hier viele im Dorf und selbst wir Polen, die von den Deutschen gut behandelt wurden, konnten nicht helfen.“

Und dann treten wir vor das Haus, und er zeigt mir die Stelle, an der die tödlichen Schüsse damals abgefeuert wurden, an der mein Großvater ermordet wurde. Nicht weit davon entfernt steht am erhöhten Ufer des Omulefs ein schlichtes Holzkreuz mit einer Tafel, auf der die Worte in Polnisch und in Deutsch zu lesen sind: Ein unbekannter deutscher Soldat, gefallen Januar 1945.

Das Grab von August Jondral

Mein gastfreundlicher Pole zieht mich ein wenig zur Seite: „Hier ruht Ihr Großvater und nicht ein unbekannter deutscher Soldat. Das hat mir mein Vater oft erzählt, bevor er starb, und er musste das wissen, denn er sah ihn sterben." Traurig stehe ich vor dem schlichten Holzkreuz und halte ein stilles Gebet. In dieser Nacht finde ich kaum Schlaf. Zu stark wühlen die ersten Eindrücke und Erlebnisse mich auf. Als dann die Sonne blutrot am Horizont über dem dunklen Wald versinkt, und der Vollmond seine nächtliche Wanderung über den sternklaren Himmel durch das weite Masurenland beginnt, versinke ich langsam in das Reich der Träume.

Ich suche weiter in der Vergangenheit, denn ich muss ihn noch einmal sehen, den Paterschobensee, die verborgenen Stellen im hohen Schilf an seinem Ufer, dort, wo mir mein Vater einst seine Geschichte erzählte. Über einen zugewachsenen Fußpfad versuche ich, dorthin zu kommen. Doch vergebens, er endet irgendwo im Unterholz. Niemand ist da, den ich fragen könnte. Ich versuche mich zu erinnern. Aber fast fünfzig Jahre danach sieht alles anders aus. Der Kaddig, die Büsche und Sträucher sind mächtiger, die Stämme der Kiefern dicker und höher. Der See verschwunden, unauffindbar. Es muss der falsche Weg sein. Ich gehe ein Stück zurück und nehme einen anderen Pfad. Und dann liegt er plötzlich nach zwei Stunden Fußmarsch vor mir, der geheimnisvolle, stille Waldsee, der Lieblingssee meines Vaters, an dem ich vor langer, langer Zeit ergriffen seinen Worten lauschte. Dort, wo der Pfad den See berührt, verweile ich nachdenklich. Mein Blick schweift suchend über das silbrig glänzende Wasser, doch ich finde die Stelle an seinem Ufer nicht, an der wir damals fischten. Zu viele Jahre sind vergangen seit jenem Spätsommertag, an dem ich das letzte Mal mit meinem Vater hier war. Gewiss, vieles hat sich verändert. Aber der stille, verträumte Waldsee, der See der Erinnerungen an meine sorgenfreie Kindheit fasziniert mich heute noch genauso wie einst. Ich ziehe meine Schuhe aus und gehe ehrfurchtsvoll barfuß über heilige Heimaterde hinunter zum Seeufer. Genauso wie vor langer Zeit umspülen die kleinen, glasklaren Wellen meine Füße und flüstern mir ihr ewiges Lied von Glückseligkeit und Frieden zu.

Ich schließe die Augen und träume. Sehe ihn plötzlich neben mir. Doch als ich sie wieder öffne, ist niemand da. Nicht weit von mir schmettert ein Schilfrohrsänger sein fröhliches Liedchen, und hoch über dem Wasser zieht ein Fischadler majestätisch seine Kreise. Wie schön ist mein Masuren! Unverhofft verharrt mein suchender Blick am schräg gegenüberliegenden Schilfufer. Es muss ein Angler sein, denn ab und zu sehe ich eine Mütze über den Schilfrohrspitzen. Über Stock und Stein am Ufer entlang wandernd, stehe ich endlich hinter ihm und mache auf mich aufmerksam. Anscheinend ist er Pole. Doch als er bemerkt, dass ich ihn nicht verstehe, spricht er Deutsch mit mir. Ganz langsam verlässt er den Angelsteg, kommt auf mich zu und reicht mir die Hand. Ja, er ist Deutscher, der damals hiergeblieben war, als die Russen kamen. Und dann erzählt er mir schreckliche Dinge aus jenen Tagen. In seinem Dorf wurden alle Frauen brutal vergewaltigt, die nicht geflohen waren. Selbst Alte und Kranke wurden rücksichtslos und ohne Grund umgebracht. Neun Personen wurden verschleppt. Niemand von ihnen überlebte und kehrte heim. Er hatte sich mit seiner Frau, die inzwischen verstorben war, im Wald versteckt. Erst als der Frontkrieg weiter im Norden der Heimat tobte, kam er wieder zurück in sein völlig zerstörtes Dorf. Mit noch einem alten Ehepaar beerdigten sie die Leichen und hausten gemeinsam in einem Pferdestall, der noch unzerstört war. Jahrelang waren Hunger und bitterste Not sein tägliches Dasein. Als dann das Dorf durch Polen besiedelt wurde, hatte man ihn vor die Wahl gestellt, entweder die polnische Staatsangehörigkeit anzunehmen, oder als Vertriebener ausgesiedelt zu werden. Er und seine Frau entschieden sich für die geliebte Heimat und blieben hier. Es war eine bittere Entscheidung, die beide trafen, denn die ersten Jahre unter den Polen waren hart. Nun aber hatte er sich damit abgefunden und wollte nach seinem Tode in ostpreußischer Heimaterde begraben werden.

Ich erzähle ihm, dass ich mit meinen Eltern in Eschenwalde gewohnt hätte. Als er den Namen Jondral hört, huscht ein Lächeln über sein zerfurchtes Antlitz. „Ich kannte früher jemanden mit diesem Namen, der aus Eschenwalde hierher zum Angeln kam und Wilhelm hieß. Wenn auch niemand etwas fing, Wilhelm hatte immer seinen Setzkescher voll. Mit ihm saß ich hinterher oft noch auf ein Bier in der Gaststätte von Erich Neumann im Dorf Paterschobensee zusammen. Er war ein geduldiger Angler, ein stiller Mensch, der Masuren über alles liebte und viel über sein Leben zu erzählen wusste. Wenn er redete, hörten alle im Lokal gespannt zu.“ Voller Freude und innerlicher Erregung unterbreche ich ihn jetzt. „Dieser Wilhelm Jondral war mein Vater. Auch ich saß einst mit ihm als kleiner Junge an diesem See.“

„Ja, dieser verdammte Krieg hat alles zerstört, hat unser schönes Dorf Paterschobensee vernichtet und seinen Bewohnern großes Elend und Verderben gebracht, die einst hier rechtschaffen und friedlich siedelten. Seit uralten Zeiten haben hier die Menschen von der Fischerei und von der

Forst- und Landwirtschaft gelebt. Bereits vor dem Krieg besuchten viele Ausflügler diesen landschaftlich schön gelegenen Ort. Schon 1929 erhielt die Gaststätte von Erich Neumann eine Fernsprechzelle. Auch das Handwerk war in Paterschobensee durch den Stellmacher Burbulla, die Zimmerer Friedrich Mucha und Michael Dibowski und den Schmied Wilhelm Brzoska vertreten. Heute sind alle Felder verwildert. Nur die Erinnerung an jene Tage ist geblieben.

Wilhelm, dein Vater, war nicht nur in unserem Dorf bekannt, sondern auch allen anderen Anglern in dieser Gegend. Obwohl die meisten Leute hier sehr arm waren, schloss doch so mancher bei ihm eine Lebensversicherung ab. Er war ein sehr geschickter Versicherungsagent, der mit viel Geduld und Ausdauer die etwas schwerfälligen Masuren überzeugen konnte. Aber er war ja ein masurischer Junge, der die Menschen zu nehmen wusste. Er hatte viel durchgemacht und konnte so manche spannende Geschichte aus seiner Kindheit in Wessolowen am fischreichen Omulef erzählen und sprach auch oft über sein hartes Leben im Kohlenpott. Die schrecklichen Grubenunglücke hatten ihn zum Invaliden gemacht. Er hat nie über sein Schicksal geklagt. Hier in seiner Heimat, in seinem geliebten Masuren, hat er nach der schweren Zeit im Ruhrgebiet ein neues Leben begonnen. Ich glaube, ich war 17 Jahre alt, als ich ihm das erste Mal begegnete. Da ich von Geburt an ein verkrüppeltes Bein habe, wurde ich nicht zum Militärdienst eingezogen. Mein Vater ist schon in den ersten Kriegsjahren in Russland gefallen. Mit meiner Mutter schlugen wir uns irgendwie durch. Als ich heiratete, ging es uns auf unserem kleinen Hof etwas besser. Doch dann verstarb ganz plötzlich meine Mutter und nur wenige Monate später war der Russe hier. Wie seid ihr denn damals noch rechtzeitig aus eurem Dorf im Januar 1945 weggekommen?“ Und dann erzähle ich ihm von unserer dramatischen Flucht in allerletzter Minute, von meiner neuen Heimat und dass mein Vater bereits 1958 verstorben ist. Wir reden noch lange über jene unvergessliche Zeit in Masuren, über seine Erlebnisse mit meinem Vater beim Angeln und wie es jedem von uns nach Kriegsende ergangen ist.

Als die untergehende Sonne langsam hinter den Baumspitzen am Seeufer versinkt, nehme ich bewegt Abschied von einem alten Ostpreußen, der meinen Vater kannte und soviel über ihn zu erzählen wusste. Nachdenklich verlasse ich meine Heimat, verlasse Fröhlichshof, das wieder Wessolowen heißt, fahre den weiten Weg zurück nach Deutschland durch einst deutsche Dörfer und Städte, die jetzt einen polnischen Namen haben.

Uralte Ortsnamen, siebenhundert Jahre deutsche Geschichte, sind ausgelöscht. Ich fahre durch herrliche Alleen mit uralten Bäumen, vorbei an von Deutschen gebauten Schlössern, Kirchen, Burgen, Rathäusern und Brücken, vorbei an kristallklaren Seen und durch unendliche, dunkle Wälder. Melancholie befällt schmerzhaft mein Herz. Auch nicht die Zeit vermochte diesen Schmerz zu lindern, denn immer wieder brach er auf, als wäre es erst gestern gewesen.

Noch einmal besuche ich zehn Jahre später meine Heimat, suche nach längst verwehten Spuren, doch ich finde nur wenige. Wieder empfinde ich das Gleiche wie 1993. Mein Dorf sieht anders aus. Die Menschen, die jetzt hier wohnen, sprechen eine andere Sprache, sind Fremde. Der kleine Bach in der Nähe unseres Hauses, in dem ich mit meinen Freunden Krebse und Frösche fing, aus dem wir Kaulquappen in unseren kleinen angelegten Teich im Garten umsiedelten, trocken, zugewachsen, verwildert. Die Brücke darüber gesprengt. Der schmale Waldpuschfluss am anderen Dorfende an vielen Stellen verlandet.

Aber mein Freund, der Omulef, an dem ich so viel erlebt habe, fließt noch genauso wie damals durch das Naturparadies Masuren, durch die Wildnis, in der wohl immer noch das alte Haus steht. Ich suche den uralten Kahn meines Opas, jenes Riesen, der mir viele geheimnisvolle Geschichten erzählte und finde nur das schlichte Holzkreuz am Flussufer. Fahre wieder zurück in meine neue Heimat; Heiligenbeil, Frauenburg, Braunsberg, das Frische Haff, über das mein Blick langsam wandert. Ich stehe vor einem Massengrab. Erinnerungen werden wach. Ja, damals im grausamen Winter 1945 hatte die deutsche Wehrmacht im Kessel von Heiligenbeil trotz der nicht mehr abzuwendenden militärischen Niederlage unter hohen Verlusten heldenhaft gekämpft und vielen Tausenden, überwiegend Alten, Kranken und Verwundeten, Frauen und Kindern die Flucht über das Frische Haff ermöglicht und vor der Rache der Sieger bewahrt. In stillem Gedenken und tiefer Ehrfurcht verbeuge ich mich vor den Toten des Zweiten Weltkriegs, vor den vielen Soldaten, die ihr junges Leben in blutigen Schlachten verloren, die von einem unmenschlichen Regime missbraucht wurden.

Über dem Land meiner Väter der blaue, weite Himmel von Ostpreußen, heute wie damals. Ich genieße die bunte Pracht der Blumen auf den Feldern und Wiesen, atme den harzigen Geruch der Kiefernwälder tief ein und lausche dem Säuseln des Windes in den Baumkronen. Und doch hat sich alles verändert. Das deutsche, preußische Masuren gibt es nicht mehr.

Es ist untergegangen. Wir Masuren verloren nicht nur unsere Heimat, sondern auch die Geschichte. Wir bezahlten mit dem Untergang unserer Ethnie.

Wiedersehen in Kanada

Es war die Zeit, als ich anfing, die unberührte Wildnis in Britisch-Kolumbien, im Yukon Territorium in Kanada und in Alaska mit Kanu und Kajak zu bereisen. Auf vielen gewagten Exkursionen durch unvorstellbare, riesige, menschenleere Gebiete war der Fluss der einzige Weg für eine kleine Gruppe abenteuerlustiger, junger Männer. Das weite Land faszinierte mich ungeheuerlich. Die unendlichen Wälder und Flüsse, die Rocky Mountains, die unzähligen, namenlosen Seen, die Taiga und unwirtliche Tundra im Hohen Norden zogen mich immer wieder magisch an. In dieser Einsamkeit, in dieser Totenstille träumte ich so manchen Traum von meiner verlorenen Heimat. Anfang der siebziger Jahre besuchte ich dann endlich Werner von Falkenstein. Wir standen in den vergangenen Jahren in ständigem Briefkontakt, der aber nach und nach weniger wurde. War es Schreibfaulheit, oder hatte jeder durch seinen Beruf und seine Familie einfach weniger Zeit? Es war wohl hauptsächlich die große Entfernung zwischen Europa und Amerika, dem äußersten Westen von Kanada, die damals noch jeden schnellen Besuch verhinderte. In mehreren Briefen hatte ich ihm begeistert von meinen Entdeckungsreisen im Kanu durch die menschenleere Wildnis in Kanada und Alaska berichtet. Er schrieb zurück, dass mein längst fälliger Besuch in seinem Haus in Vancouver nicht mehr aufschiebbar wäre, da er sonst dem Sohn seines guten Freundes eine kräftige Rüge erteilen müsste. Ich war schon vorher einmal in Vancouver gewesen, dieser traumhaft schönen Stadt am Pazifik, aber nur für eine Nacht, um danach im nördlichen Teil der riesigen Provinz Britisch-Kolumbien mit einer kleinen Gruppe einen Fluss in den Rocky Mountains zu befahren.

Als ich ihm dann nach so vielen Jahren gegenüberstand, merkte ich sofort, wie sehr er sich verändert hatte. Er war nicht mehr der große, blonde, stolze Uniformträger, der Offizier der Deutschen Luftwaffe aus meinen vielen Kindheits- und Jugenderinnerungen, auch nicht der hagere, stille, ausgemergelte Heimkehrer aus der Gefangenschaft, der uns auf der Insel Fehmarn besucht hatte, sondern ein ganz anderer Mensch. Doch seine wasserblauen Augen, sein aufrechter Gang, überhaupt seine ganzen Bewegungen erinnerten mich wieder an jene Treffen mit meinem Vater, bei denen ich damals in der Heimat oft dabei war; aber besonders an jenen Tag auf der Insel Fehmarn, an dem er meinem Vater die traurige, unfassbare Geschichte seiner dramatischen Flucht erzählte, auf der seine große Liebe auf schreckliche Weise umkam.

Er hatte in den sechziger Jahren eine Frankokanadierin aus der Landeshauptstadt Ottawa geheiratet, mit der er nun zwei prächtige Söhne hatte, und lebte mit seiner Familie in einem eigenen, kleinen Bungalow an einer traumhaften Bucht am Stadtrand im Westen Vancouvers. Frederice, seine zierliche, hübsche Frau, gab mir vom ersten Augenblick an das Gefühl, willkommen zu sein, und dass man auf meinen Besuch schon lange gewartet hatte. Sie wusste erstaunlich viel über meine Familie, über die außergewöhnliche Freundschaft ihres Mannes mit meinem Vater. Sie war eine dunkelhaarige, äußerst temperamentvolle Frau. Werner von Falkenstein hatte nach seiner Einwanderung in Kanada alle möglichen Arbeiten angenommen. Anfangs schuftete er in einem Erzbergwerk und als Holzfäller, später fuhr er zur See auf einem Handelsschiff und betrieb danach mit einem Indianer eine Goldmine, bevor er einen Job als Buschpilot annahm. Nach einem Jahr wurde er Linienpilot bei der CP Air, der Canadian Pacific Airline und hatte es geschafft.

In der Freizeit flog er mit seinem Wasserflugzeug, einer Cessna 210, mit Frederice und seinen beiden hellauf begeisterten Söhnen zu irgendeinem der vielen namenlosen Seen in dem riesigen Land und verbrachte dort oft in Zelten das Wochenende in der Wildnis. „Es ist schon ein Traumland, dieses Britisch-Kolumbien, mit seinen unzähligen Fjorden und Seen, mit seinen glasklaren Bächen und Flüssen, mit seinen Rockies und seinen unendlichen Wäldern. In diesem riesigen, wenig besiedelten Land ist die Freiheit grenzenlos und noch nicht ausverkauft", „schwärmte er. „Die Liebe zum Angeln habe ich nie verloren, im Gegenteil, sie ist noch gesteigert worden, gibt es doch in dieser bilderbuchhaften Provinz am Pazifik unzählige Seen und Flüsse, die voller Fische sind. Von Mai bis September kommen die Lachse durch die vielen Fjorde an der wild zerklüfteten Pazifikküste und kämpfen sich gegen die Strömung der Bäche und Flüsse bis zu ihren Laichplätzen hoch, die oft viele hundert Meilen landeinwärts liegen. In dieser Zeit fängt so mancher Kanadier seinen Lachs, der bis zu fünfzig Kilogramm schwer werden kann. Aber auch die Bären gehen dann auf Lachsfang und holen sich ihren Anteil in den flachen Stellen des Flusses und vor den vielen natürlichen Wasserfällen. Nach dem Ablaichen treiben die toten Lachse zu Tausenden flussabwärts und sind dann eine willkommene Beute für die Möwen, Raben und Weißkopffischadler. Es ist ein jährlich wiederkehrendes Schauspiel." Dann öffnete er eine große Kühlzelle und zeigte mir ein paar Prachtexemplare. Aber auch eine Elchkeule, der Rücken eines Karibus, mehrere Wildenten und -gänse, einige Moorhühner und eine Hälfte von einem Bergschaf lagerten tiefgefroren dort. Bei diesem Anblick lief mir das Wasser im Mund zusammen, denn ich war ziemlich hungrig. Schon kurz darauf wurden wir zu Tisch gebeten.

Die beiden Jungen waren noch in der Schule, die wochentags erst um 16 Uhr endete. Frederice hatte frischen Lachs gegrillt. Dazu gab es einen hervorragenden, trockenen, kalifornischen Weißwein und als Dessert eine Kaltschale mit selbstgesammelten Blaubeeren, wie ich sie in dieser Größe noch nie zuvor gesehen hatte. Nach dem Dinner zogen wir uns in den gepflegten, schattigen Garten zurück, während seine Frau sich noch mit Küchenarbeiten beschäftigte. „Ja, es ist lang her, als wir uns das letzte Mal sahen", begann mein Gastgeber das Gespräch, als wir allein waren. „Wilhelms einziger Sohn ist nicht nur das Ebenbild seines Vaters, sondern sicherlich genauso ein Naturbegeisterter, wie er es war. Ja, Wilhelm, mein alter Freund, war in jenen Kriegswirren ein besonderer Mensch, an den ich mich gern erinnere, an den ich oft denke."

Er ging wieder ins Haus und kam mit einigen verblassten Bildern zurück, auf denen er mit meinem Vater beim Angeln an einem traumhaften See und im Schilf am Omulef zu sehen ist. Auf einem Bild erkannte ich ihn in zackiger Uniform mit meinem Vater in einem Kübelwagen. „Ein Jahr bevor der mörderische Krieg gegen Russland begann, wollte ich deinem Vater den Flugplatz in Groß-Schiemanen zeigen, der noch nicht ganz fertig war. Als er die zerlumpten Kriegsgefangenen mit ihren ausdruckslosen Gesichtern erblickte, bat er mich, wieder umzukehren. Ich hatte zwei Tage dienstfrei. Wir beschlossen, angeln zu gehen, und so fuhren wir wenige Stunden später nach Fröhlichshof. An diesem Tag war er sehr traurig und wortkarg. Als ich ihn dann auf der Heimfahrt fragte, warum er denn die ganze Zeit so still sei, sagte er nur, dass es ihn sehr erschüttert hätte, als er die ausgemergelten Gestalten sah, denn diese armen Menschen hätten den Krieg bestimmt nicht gewollt, genauso wenig, wie auch die Landbevölkerung in Masuren keinen Krieg mit seinem Nachbarn Polen gewollt hatte. Und der nun drohende Krieg mit Russland sei ein großes Unglück für unser deutsches Volk. Denn wer Wind sät, wird Sturm ernten. Wie recht er doch damit hatte. Ich war damals als Freiwilliger der Luftwaffe genauso blind und euphorisch in den Krieg gezogen wie alle meine Kameraden, denn wir jungen Menschen waren begeistert, wie sich das deutsche Volk geschlossen gegen die Ausbeutung durch die Alliierten nach dem verlorenen Ersten Weltkrieg aufbäumte.

Der am 10. Januar 1920 in Kraft getretene, aufgezwungene Friedensvertrag von Versailles zwischen dem Deutschen Reich und den Ententemächten, der später sogenannte Schandvertrag, hatte eine ganze Anzahl unerfüllbarer Bedingungen. Der Keim für ein Aufbegehren im ausgebluteten Deutschland gegen die hohen Reparationsleistungen an die Siegermächte fand damals reichlich Nahrung, als die Nationalsozialisten die Macht ergriffen. Erst später wurde jedem von uns bewusst, dass wir in einem verbrecherischen System verheizt wurden. Wir zahlten einen hohen Preis für diesen Wahnsinn. Millionen verloren ihre Heimat, ihre Angehörigen, ihren Besitz. Jahre später, nach meiner Kriegsgefangenschaft, erfuhr ich erst, dass meine Eltern, die auf ihrer Flucht bei Freunden auf einem Gutshof in Pommern untergekommen waren, beim Einmarsch der Russen mit den Gutsbesitzern brutal hingerichtet wurden. Der einzige Überlebende unserer Familie bin ich. Meine jüngste Schwester stürzte mit zehn Jahren vom Pferd, die zweite starb im Bombenhagel von Dresden, und mein Bruder war an der Front gefallen. Schicksal! Ich habe viele Jahre gebraucht, um all das Furchtbare innerlich zu verarbeiten." Wir sprachen viel über die verlorene Heimat, über die schrecklichen Leiden der Zivilbevölkerung, über den Verlust der Familienangehörigen, über den aufopfernden, tapferen Kampf der deutschen Soldaten, aber auch über die Schandtaten der nationalsozialistischen Machthaber und den brutalen Völkermord. Ich wagte es nicht, ihn auf jenes tragische Geschehen im Frühjahr 1945 anzusprechen, als er Iwonka in den eiskalten Fluten der Weichsel für immer verlor. Er wollte wohl auch selbst nicht darüber reden, um nicht alte, kaum vernarbte Wunden wieder aufzubrechen. Schon sehr früh am nächsten Morgen flogen wir beide mit seinen Jungen mit der C 210 zum Angeln auf einen See, der irgendwo zwischen den Rocky Mountains und der Coast Range liegt. „Du wirst überrascht sein, was wir hier fangen werden. Der See ist voller Hechte, die ihn leergefressen haben und deswegen gierig auf alles beißen. Ich entdeckte ihn zufällig, als ich vor einem schweren Gewittersturm hier notgedrungen landen musste."

Unsere Blinker hatten nur einen Haken, so dass wir fast jeden zweiten Hecht verloren. Wir standen auf den Schwimmern mitten in dem nicht allzu großen See, umgeben von undurchdringlichem Wald und fingen innerhalb kürzester Zeit einige kapitale Hechte. Einer wurde filetiert und in einer gusseisernen, großen Pfanne mit vielen Speckwürfeln am Lagerfeuer zubereitet. Noch nie in meinem Leben hat mir ein Hecht so gut geschmeckt, und noch nie hatte ich soviel davon gegessen wie an jenem unvergesslichen Sommertag in der kanadischen Wildnis. Dann war auch die schöne Zeit nach dem Wiedersehen in Vancouver zu Ende. Zum Abschied versprachen wir, dass wir uns in den nächsten Jahren gegenseitig besuchen und auch öfter schreiben würden. Man brachte mich gemeinsam zum Flieger nach Whitehorse, denn im Yukon Territorium warteten bereits Freunde, mit denen ich auf dem legendenumwobenen South Nahanni River paddeln wollte, der als geheimnisvoller Urfluss durch die menschenleere, unzugängliche Wildnis der Mackenzie Mountains in den Northwest Territories fließt. Ein Fluss, der nur mit dem Wasserflugzeug zu erreichen ist, an dem nach der Jahrhundertwende und dem Goldrausch am Klondike viele Glücksritter in den schwarzen Bergen nach Gold suchten. Sie wurden niemals wiedergesehen. Nur ein paar Skelette fanden Indianer und Prospektoren viele Jahre später in den tiefen, unzugänglichen Schluchten. Wahrscheinlich sind sie verhungert, ertrunken oder im eiskalten Winter erfroren. Erst Mitte der achtziger Jahre sah ich Werner von Falkenstein und seine Frau wieder. Er war inzwischen pensioniert, in die Jahre gekommen, wie er sagte, und aus dem traumhaften Vancouver weggezogen. Frederice und er wohnten nun zurückgezogen im Norden Kanadas in Fort Simpson am Mackenzie River in den Northwest Territories. Für den Rest seines Lebens wollte er dort leben, wo es nur wenige Menschen, aber unendlich viel Natur gibt. Seine Frau war damit einverstanden. In ihrem Haus in Vancouver wohnten nun die Söhne, die auch beide in dieser traumhaften Stadt am Pazifik studierten.

Er hatte seine Cessna 210 verkauft und preisgünstig eine C 182 erworben, mit der er im kurzen nordischen Sommer Kanuten, Bergwanderer, Jäger, Angler und auch Geologen in die unendlichen Weiten der Northwest Territories flog und so einige Dollar für den Unterhalt der Maschine verdiente. Er liebte das Fliegen nach Sicht, das VFR-Fliegen, das freie Fliegen wie ein Vogel, über die subarktischen Barren Grounds, über die unendlich weite Tundra mit Millionen von kleinen und riesigen Seen, er liebte die Einsamkeit und das einfache Leben in diesem Indianerdorf am Mackenzie. Er hatte an einem der schönsten, einsamsten Seen nicht weit vom North Nahanni River von einem alten Trapper eine Blockhütte erworben, in der er nun mit seiner Frau zu fast jeder Jahreszeit das Wochenende verbrachte. Der Flug mit dem Wasserflugzeug von Fort Simpson zum Little Doctor Lake über die einsame, atemberaubende, weglose Wildnis dauerte beinahe zwei Stunden. Eingebettet in hohe, kahle Felsmassive liegt dieser stille Bergsee fernab jeglicher Zivilisation in den Ausläufern der Mackenzie Mountains, an dem noch bis vor wenigen Jahren ein alter Trapper lebte, der zur Legende wurde. „Gus Kraus, der eigentlich richtig Gustav Kraus heißt, ist deutscher Abstammung, dessen Eltern vor der Jahrhundertwende nach Amerika auswanderten“, erzählte mir mein Gastgeber und Ostpreuße, der inzwischen längst die kanadische Staatsbürgerschaft angenommen hatte. „Mit siebzehn Jahren schnürte der junge Gustav in New York sein Bündel und verließ sein Elternhaus. In dieser riesigen Stadt fühlte er sich überhaupt nicht wohl und beschloss, weiter nach Norden auf dem nordamerikanischen Kontinent zu ziehen, wo nur noch wenige Menschen leben. Nach entbehrungsreichen, harten Wanderjahren erreichte er endlich Hay River am Großen Sklavensee. Schon nach kurzem Aufenthalt zog es ihn weiter zum Nahanni River, doch zuvor heiratete er nach uraltem indianischen Brauch eine siebzehnjährige, rassige Squaw aus der Indianersiedlung Nahanni Butte am Liard River. Gus Kraus war ein absoluter Einzelgänger, der jahrzehntelang unbeirrt mit seiner Indianerin, völlig auf sich allein gestellt, in der schroffen, abgelegenen Urlandschaft am Nahanni nach Gold suchte. Goldstaub und ein paar Nuggets waren sein ganzer Reichtum, die er gegen Grundnahrungsmittel tauschte, wenn sich alle paar Jahre mal ein Buschpilot zu ihm verirrte. Eine große Goldader fand er nie, doch er gab erst auf, als er neunzig Jahre und seine Mary 77 wurde. Fast zwanzig Jahre lebten sie in ihrer einfachen Blockhütte am Little Doctor Lake. Die letzten Jahre ihres Lebens verbringen sie nun in einem Indianerreservat in Hay River.“

Nachdenklich saßen wir auf einem halbverrotteten, uralten Baumstamm am Seeufer, in dessen silbrigem Wasser sich goldgelb die Abendsonne spiegelte. Hier am Polarkreis geht die Sonne im kurzen, arktischen Sommer erst um Mitternacht unter und erscheint bereits kurze Zeit später wieder am Polarhimmel. Atemberaubende Wolkenformationen in verschiedenen Spektralfarben und die sich im See brechenden Strahlen der tiefstehenden Sonne tauchten die kahlen Uferberge in pures Gold. Die einsame Wildnis im hohen Norden verwandelte sich zusehends in eine irreale Zauberlandschaft. Eine eigenartige Stimmung erfasste mich, ein recht seltsames Gefühl des innerlichen Friedens, der Besinnlichkeit, des Staunens und Bewunderns dieser gewaltigen Naturkulisse, in der zwei Männer aus Ostpreußen nun am Lagerfeuer saßen. Gewiss, es waren so viele Jahre vergangen, seit jenen Tagen, als wir uns in der Heimat das erste Mal begegneten und uns nach dem Krieg auf der Insel Fehmarn wiedersahen, doch jene Tragödie, die uns der Freund meines Vaters damals erzählte, habe ich nie vergessen können. Er hatte viel in diesem verdammten Krieg durchmachen müssen, hatte alles verloren, die Heimat, die Eltern und Geschwister, Haus und Hof und so manchen Freund und Kameraden, doch er gab nie auf und hatte im fernen Kanada ein neues Leben angefangen. Bis spät in die Nacht saßen wir am wärmenden, knisternden Lagerfeuer, genossen die Totenstille an diesem einsamen See, die nur selten vom Geheul der Wölfe unterbrochen wurde. Ich war nicht mehr jener heranwachsende Junge, der vor langer Zeit mit seinem Vater und ihm in unserem kleinen, bescheidenen Holzhaus neugierig zuhörte, wenn beide über Krieg und Frieden, über die verschwenderische Natur unserer Heimat, die besten Fischgründe und über viele gemeinsame Erlebnisse sprachen. Inzwischen war ich selbst einen weiten Weg in meinem Leben gegangen, doch die Erinnerungen an jene grausamen Erlebnisse, als Ostpreußen, das Land meiner Väter, im Januar 1945 unterging, sind tief in meinem Herzen eingebrannt geblieben. Und nun, nachdem wir müde waren und in die warmen Schlafsäcke kriechen wollten, redete mein Nachbar im Schein des aufflackernden Lagerfeuers, doch noch über die dramatischen Ereignisse jener schrecklichen Zeit, die sein ganzes Leben veränderten.

„Du erinnerst dich sicher noch an den gemeinsamen Angeltag mit deinem Vater, als ich euch nach meiner Rückkehr aus britischer Kriegsgefangenschaft bei meinem Besuch auf der Insel Fehmarn die traurige Geschichte meiner Flucht mit der Polin Iwonka Lissek erzählte. Es hat viele Jahre gedauert, bis ich wieder zu einer neuen Beziehung fähig war. Zu sehr plagte und marterte mich die grausame Erinnerung an jenes furchtbare Drama, als meine große Liebe für immer in den braunen Fluten der Weichsel versank. Ich fühlte mich mitschuldig, klagte mich immer wieder an. Iwonka könnte noch leben, wenn ich sie, auch gegen ihren Willen, spätestens dann nicht weiter mit auf die aussichtslose Flucht genommen hätte, als wir ihrem Bruder begegneten. Dort wäre sie in Sicherheit gewesen, denn für die Polen war der Krieg vorbei. Sie waren von der deutschen Militärmacht befreit. Doch wir waren jung und unglaublich verliebt. Wir wollten gemeinsam leben oder sterben. Als sie von den Kugeln im Boot getroffen wurde und über Bord fiel, erwartete ich den nächsten Feuerstoß aus einer russischen Kalaschnikow, der auch meinem Leben ein Ende setzen würde, aber ich wurde nicht getötet, sondern in der Dunkelheit mit dem beschädigten alten Kahn von den reißenden Fluten der Weichsel fortgerissen. In meiner Verzweiflung wollte ich auch nicht mehr leben, doch da erinnerte ich mich an unser Versprechen, dass derjenige von uns, der die Flucht auf der Weichsel überleben würde, nicht von eigener Hand sterben sollte. Diesen Schwur konnte und durfte ich nicht brechen. Diese mutige, tapfere junge Frau hatte während des Krieges viel gelitten, hatte auf der unbarmherzigen Flucht im eisigen Winter 1945 bis zur Erschöpfung gekämpft und am Ende doch verloren.

Das alte Haus am Omulef war Unterschlupf und Schutz vor der grimmigen Kälte. Dort sammelten wir neue Kräfte. Ich schließe die Augen und sehe es vor mir stehen. Nachdem mich ihr Bruder nicht tötete und uns sogar bei der weiteren Flucht half, hatte ich wieder Hoffnung, dass wir mit viel Glück und im Schutz der Dunkelheit auf der Weichsel zu den deutschen Truppen durchbrechen könnten. Aber als wir das Unmögliche fast geschafft hatten, trafen Iwonka die verhängnisvollen Schüsse. Jahrelang versuchte ich zu vergessen, doch die schmerzenden, tiefen Wunden brachen immer wieder auf. Das grausame Drama in den kalten Fluten der Weichsel verfolgte mich auch noch nach meiner Auswanderung. Zu tief hatte sich der große Schmerz in meine Seele eingefressen. Erst als ich Frederice begegnete, erwachte in mir wieder neue Lebensfreude. Sie war es, die geduldig und einfühlsam mit mir umging, nachdem ich ihr alles über meine erste große Liebe und das tragische Geschehen erzählt hatte. Sie ist eine wunderbare Frau. Wir führen eine sehr glückliche Ehe, ein erfülltes Leben. Heute noch reden wir mit unseren Kindern über mein ach so fernes Heimatland, über alles, was ich in dem grausamen Krieg erlebt habe, über den schmerzvollen Verlust meiner Familie und über den tragischen Tod von Iwonka.

Mein größter Wunsch wäre, noch einmal in meinem Leben mit Frederice auf jener Brücke über der Weichsel zu stehen, an der einst eine Garbe aus einer Kalaschnikow das junge Leben von Iwonka auslöschte. Sicher wurden inzwischen alle zerstörten Brücken wieder aufgebaut. Ich werde mich beeilen müssen. Es war gut, mit dir noch einmal darüber geredet zu haben. Manchmal hatte ich das Gefühl, als ob Wilhelm, dein guter Vater, mit uns am Lagerfeuer sitzen, als ob sein Geist über uns schweben würde."
Eine Nacht, und dann noch eine blieben wir beide an dem einsamen See in der Wildnis, wanderten jeden Tag über die kahlen Uferberge, suchten in

den moosbedeckten Tälern nach Pilzen und allen möglichen Beeren und bereiteten am Lagerfeuer die frisch gefangenen Fische zu. Fast jeden Abend erhielten wir Besuch von einem neugierigen Schwarzbären, den der scharfe Fischgeruch anlockte. In dieser Einsamkeit hatten wir eine enge Freundschaft geschlossen. Wir liebten beide die Totenstille, die unberührte Natur, den tief in einem kahlen Bergmassiv liegenden traumhaften See, in dessen glasklarem Wasser sich Forellen, Äschen, Hechte und noch andere Fischarten tummelten. Wir genossen die herrlichen kurzen Sonnenuntergänge am Polarkreis, den säuselnden Wind in den Gräsern und Halmen, die bezaubernde Pracht der vielen Arten von Wildblumen und Kräutern, in deren Blüten Hummeln und wilde Bienen den süßen Nektar tranken. Dann ging auch diese unvergessliche Zeit zu Ende.

Der Abschied fiel uns beiden schwer. Ich spürte seine echte, tiefe Verbundenheit mit meinem Vater, die sich in gleicher Aufrichtigkeit auf mich übertrug. In dieser einsamen Wildnis wurden wir richtig gute Freunde. Wir versprachen fortan, uns sooft wie möglich wiederzusehen, uns jedes Jahr zu besuchen. Auf dem langen Heimflug, hoch über den Wolken, musste ich unentwegt an die traumhaft schönen Tage unter der Mitternachtssonne am Little Doctor Lake, an die langen Gespräche am Lagerfeuer denken, wenn uns auch ständig ganze Schwärme von Moskitos arg zusetzten. Mein Leben war bereichert von vielen kostbaren Erlebnissen, war voller innerlicher Freude und Zufriedenheit, die ich nun mit nach Hause nahm, und schon bei der Landung in Frankfurt stand für mich fest, dass wir uns im nächsten Sommer wiedertreffen und einige Tage am Little Doctor Lake verbringen würden. Doch es kam nicht mehr dazu. An einem verregneten Novembertag erreichte mich eine ganz traurige Nachricht. In einem langen Brief von Frederice las ich das Unfassbare. Werner von Falkenstein war von einem routinemäßigen Überlandflug in den Northwest Territories nicht zurückgekehrt und galt seitdem als verschollen. Den letzten Funkspruch hatte Frederice von ihm erhalten, als er sich über der Ragged Range, einer wild zerklüfteten rauen Bergkette im Nahannigebiet in einem unerwarteten, heftigen Schneesturm befand. Danach wurde die Funkverbindung plötzlich unterbrochen. Zu dieser Jahreszeit herrscht im nördlichen Kanada bereits der Winter mit viel Schnee und tiefen Minustemperaturen. Jede Suche in dem riesigen, unzugänglichen, weit abgelegenen, wild zerklüfteten Bergmassiv war bei den tiefhängenden Wolken und dem tagelangen Schneefall so gut wie unmöglich und aussichtslos. Inzwischen hatten meterhohe, gewaltige Schneemassen das Flugzeugwrack und alle Absturzspuren zugedeckt.

Nachdem es keine Hoffnung mehr gab, den Piloten noch lebend zu finden, stellten seine Buschpilotenfreunde schweren Herzens die gefährliche Suchaktion ein. Welch eine niederschmetternde Nachricht, welch eine erschütternde Tragödie. Diesen mutigen, tapferen Menschen, der im Krieg als wagemutiger Pilot unzählige, gefährliche Feindflüge überstand, der seine Maschine wie kaum einer beherrschte, der Stalingrad, die unglaubliche, tragische Flucht auf der Weichsel und den aussichtslosen Endkampf im Raum Danzig überlebte, ereilte nun doch im fernen Kanada der Fliegertod. Sein sehnlichster Wunsch, noch einmal in seinem Leben jene Schicksalsstelle an der Weichsel zu sehen, an der seine große Liebe für immer in den eisigen Fluten versank, erfüllte sich nicht mehr. Er ist nun nicht mehr da. Aber die gemeinsamen Erlebnisse, die Erinnerungen an die geliebte Heimat sind mir geblieben, leben in mir weiter. Auch wenn du nun schweigst, höre ich dich! Im nächsten Sommer fand man endlich nach dem Abtauen der Schneemassen die zerschellte Maschine im Hochtal der Unbezwingbaren, der Cirque of the Unclimbable, einer rauen Bergkette mit vielen um die 3.000 Meter hohen Bergriesen, in der einsamen, menschenleeren Weite des kanadischen Nordens. Das Wrack lag an einer mächtigen, schroffen Felswand des Mount Harrison Smith, des höchsten Berges der Northwest Territories. Ganz in der Nähe liegt der Glacier Lake, ein traumhafter Bergsee, auf dem wir noch im letzten Sommer gelandet waren. Die wilde, raue Bergkette am Nahanni, die Ragged Range, wurde sein Schicksal. Der Leichnam war bis zur Unkenntlichkeit verbrannt. Das Flugzeug muss mit hoher Geschwindigkeit gegen den steilen Berggipfel geprallt sein. Bei dem plötzlich einsetzenden Schneesturm hatte der Pilot keine Chance. Werner von Falkenstein starb in einer der eindrucksvollsten Gebirgslandschaften Kanadas. Auf einer kleinen Anhöhe, im Schatten alter Birken, auf einem stillen Waldfriedhof am Stadtrand von Vancouver steht an einem Grab ein schlichter Granitblock mit einer schwarzen Tafel, auf der die Worte zu lesen sind:

World War 2 German Air Force Pilot
Werner von Falkenstein
Died November 1986 in his plane
in a snowstorm in the Ragged Range NWT

Epilog

Als Überlebender eines grausamen Kriegs entwickelte ich eine erstaunliche seelische Stärke. Mehr als sechzig Jahre sind seit unserer Flucht aus Masuren vergangen. Welch eine lange Zeit! Alte Wunden brechen wieder auf. Viele Erlebnisse sind aus meinem Gedächtnis verschwunden, nicht aber das Wesentliche: Die panische Angst vor den Russen, die brennenden Dörfer und Städte in dunkler Nacht, die steifgefrorenen Toten im Straßengraben, die schreckliche Flucht über das Frische Haff, die verwundeten Soldaten und die von Bomben zerfetzten Leiber der Menschen und Pferde sehe ich auch heute noch vor mir, als ob es gestern gewesen wäre. Erinnerungen an das harte Leben meines Vaters, an meine wohlbehütete Kindheit in der Heimat, an den fürchterlichen Krieg und die grausame Flucht im Januar 1945, an die traurige Liebesgeschichte eines deutschen Soldaten veranlassten mich nach einer Zeit des Verdrängens und Vergessens, nach einem weiten Weg in einem langen Leben, dieses Buch zu schreiben. Aus eigenem Erleben und als noch lebender Zeitzeuge ist es eine Anklage gegen den Wahnsinn jenes schrecklichen Krieges, aber auch ein leidenschaftlicher Aufruf an alle Menschen, jahrzehntelang nur selten erwähnte und oft bewusst verschwiegene Verbrechen an Deutschen in den Ostgebieten nach dem Gebot der Gerechtigkeit beim Namen zu nennen, damit jenes furchtbare Geschehen nicht in einem Archiv des Schweigens versinkt.

In diesem Buch soll ohne Hass und ohne Vorurteile nicht Unrecht gegen Unrecht aufgerechnet werden. Doch soll das gewaltige Drama jener bewegten Zeit, in der Millionen unschuldige Menschen ihre Heimat für immer verloren, in der Hunderttausende bestialisch erschlagen und ermordet wurden, in der Aufarbeitung der Geschichte unseres Landes die gleiche Beachtung finden, wie die von Deutschen begangenen Verbrechen. Viel zu lange mussten Überlebende des unvorstellbaren Massakers in den deutschen Ostgebieten hinnehmen, dass ihr grauenvolles Schicksal mit der Verantwortung aller Deutschen für den Krieg kaum erwähnt und einfach, wie in der ehemaligen DDR, verschwiegen wurde. Die Verbrechen durch den Nationalsozialismus, aber auch die Millionen Opfer durch Flucht und Vertreibung sollten allen Menschen unvergessen bleiben: unverfälscht als Mahnung für alle Zeit.

Über sechzig Jahre nach dem schrecklichen Krieg ist der Wunsch nach einem friedlichen Zusammenleben aller sich einst bekämpfenden Völker annähernd erfüllt. Doch es sollen uns immer Millionen mahnender Kreuze daran erinnern, dass einst junge Menschen in einem furchtbaren Krieg ihr kostbares Leben verloren, noch ehe es richtig begonnen hatte. Selbst nach einer so langen Zeit sind die Bilder des blutigen Geschehens immer noch da und nicht auszulöschen. Die unsagbaren Leiden der damals Betroffenen dürfen nicht vergessen werden, auch wenn viele von ihnen nicht mehr leben. Es ist für uns alle eine moralische Pflicht, dafür zu sorgen, dass endlich auch die millionenfach begangenen Verbrechen an Deutschen nicht unerwähnt, sondern nach dem Gebot der Gerechtigkeit der Nachwelt erhalten bleiben, denn wir waren nicht nur Täter, sondern auch Opfer. Es war viele Jahrzehnte nicht opportun, auf die deutschen Leiden nach dem Zweiten Weltkrieg hinzuweisen. Die zahllosen Zivilisten, die beim Einmarsch der Roten Armee umkamen, die grundlos sofort erschossen wurden, die verhungerten, die brutal zu Tode vergewaltigt, die bestialisch erschlagen wurden, die unbeachtet im Straßengraben verwesten, hatten alle das Gleiche verbrochen: sie waren Deutsche.

Gewiss, Deutschland hat den Zweiten Weltkrieg begonnen, hat die „friedliebende" Sowjetunion überfallen. Doch auch Stalin plante nach neuesten Aktenfunden in Moskauer Archiven einen Überfall auf seinen Verbündeten im Westen. In dem im Jahre 2008 erschienenen Buch „Kampfplatz Deutschland, Stalins Kriegspläne gegen den Westen" belegt der polnische Historiker Bogdan Musial nach intensiver Forschungsarbeit in ehemals sowjetischen Archiven und zugänglichen Quellen, dass der russische Diktator einen vernichtenden Schlag gegen Europa führen wollte, um die kommunistische Weltrevolution zu verwirklichen. Spätestens seit Ende 1940 bereitete sich auch Stalin auf einen Angriff gegen Deutschland vor. Im Frühjahr 1941 zog die Sowjetunion an der deutsch-russischen Grenze unbestreitbar die größte Invasionsarmee aller Zeiten zusammen. Aber die Rote Armee hätte erst 1943 einen Angriff angetreten, weil ihre Rüstung noch nicht abgeschlossen war. Nach diesen neuen belegbaren Erkenntnissen planten beide Diktatoren einen Angriffskrieg, nur Hitler kam Stalin zuvor. Diese Nachforschungen und Enthüllungen decken sich in vieler Hinsicht mit den Darlegungen deutscher Historiker. Stefan Scheil, Max Klüver, Heinz Magensheimer, Ernst Topisch, Professor für Soziologie, recherchierten und belegten in „Stalins Krieg", Herford 1993 und Walter Pos und Joachim Hoffmann in „Stalins Vernichtungskrieg 1941 bis 1945", Seite 19, München 1997, schon vor Jahrzehnten über die bolschewistische Kriegspolitik und das Machtstreben Stalins, wenn sie auch damals noch nicht die geheimen Einzelheiten kannten, die nun aus sowjetischen Archiven bekannt geworden sind.

Jahrelang hatten die Menschen in der Sowjetunion unter der Besatzung durch die Deutschen gelitten. Gewaltig war der Blutzoll, den die Russen zahlen mussten. Durch Deutsche wurden schreckliche Verbrechen verübt, die durch nichts zu entschuldigen sind. Die deutsche Wehrmacht hat in Russland auf ihrem Vormarsch auch viele schlimme Taten begangen. Massenhafte, brutalste Vergewaltigungen sind aber nicht bekannt, wenn sie sicherlich auch in Einzelfällen vorkamen, denn darauf stand die Todesstrafe. Die wirklich Verantwortlichen für die von Deutschen begangenen, verabscheuungswürdigen Taten aber sind und bleiben Hitler und seine nationalsozialistischen Verbrecher, nicht aber die Mehrheit der unschuldigen Zivilisten, die für diesen Wahnsinn die fürchterlichen Folgen der Vergeltung ertragen mussten. Der nationalsozialistische Größenwahn war gleichzeitig das Todesurteil für Millionen Deutsche im Osten.

Etwa 14 Millionen Deutsche verloren zwischen 1944 und 1947 östlich von Oder und Neiße ihre Heimat. Über zwei Millionen deutsche Zivilisten sind bei der Flucht und Vertreibung ums Leben gekommen. 1945 durfte sich jeder Russe, Pole, Tscheche und Jugoslawe an allen Deutschen des Ostens hemmungslos vergehen. Die Besiegten waren ein Gegenstand, mit dem jeder machen konnte, was er wollte. Hunderttausende wehrlose deutsche Frauen wurden brutal vergewaltigt, entehrt, erniedrigt und grauenhaft ermordet. Etwa jeder vierte Ostpreuße wurde ein Opfer grausamer Rache.

Unzählige Zivilisten wurden nach Sibirien verschleppt und kamen dort in den berüchtigten Arbeitslagern um. Familien wurden unbarmherzig, gewaltsam getrennt und sahen sich niemals wieder. Was 1945 im deutschen Osten geschah, ist durch nichts zu entschuldigen, denn wer Gewalt gegen Unschuldige und Wehrlose ausübt, begeht ein verabscheuungswürdiges Verbrechen. Das Gemeinste, was ein Sieger einem Besiegten antun kann, ist sinnloser Mord an wehrlosen Zivilisten. Im Leben aller, die dort einmal ihre Heimat hatten und die grauenhaften Massaker überlebten, hat das blutige Geschehen tiefe, schmerzende Wunden hinterlassen. Nach Kriegsende folgte die größte durch Gewalt erzwungene Bevölkerungsverschiebung der europäischen Geschichte. Zwar verlor Polen an Russland einen Teil seines Landes im Osten, erhielt aber durch die Westverschiebung wirtschaftlich besser entwickelte Gebiete bis zu seiner heutigen Grenze entlang der Oder und der Lausitzer Neiße. Wer von den Deutschen jenseits dieser Grenze nicht geflohen war und die ersten Jahre nach dem Krieg überlebt hatte, wurde von den Polen vertrieben. Die von Milizionären aufgehetzte polnische Bevölkerung nahm nun Rache an den deutschen Okkupanten. Der sogenannten Säuberung in den deutschen Ostgebieten fielen nochmals Tausende zum Opfer. Ostpreußen, das jahrhundertelang von deutschen Menschen besiedelt wurde, gibt es nur noch in der schmerzvollen Erinnerung der Überlebenden. Im Schloss Cecilienhof in Potsdam entschieden die Siegermächte zwischen dem 17. Juli und dem 2. August 1945 die menschenverachtende, völkerrechtswidrige Vertreibung der zurückgebliebenen Bevölkerung der uralten deutschen Ostgebiete. Roosevelt, Stalin und Churchill hatten die großen Umsiedlungen mit einem Federstrich beschlossen. Ja, Churchill, der den Deutschen gar nicht gut gesonnen war, wurde durch seine fatalsten Beschlüsse zu einem der umstrittensten Politiker des letzten Jahrhunderts. In einer Rede vor dem Britischen Unterhaus erklärte er 1945, er habe sich für die großen Umsiedlungen unter „humanen" Bedingungen eingesetzt.

Die Gleichgültigkeit gegenüber den Flüchtlingen und den Vertriebenen, den Leiden der deutschen Ostbevölkerung, wurde später hinreichend dokumentiert. In einer britischen Biographie heißt es: „Er war selten ein Schöpfer, immer ein Zerstörer, von Menschen, Grenzen und Städten." Wie Roosevelt stimmte auch Churchill jenem hasserfüllten Plan Morgenthaus zu, Deutschland in viele kleine Agrarprovinzen aufzuteilen und jede Großindustrie zu verbieten. Diese primitive, barbarische Denkensart konnte erst wieder aus der Welt geschafft werden, als viele besonnene Politiker und der amerikanische Außenminister Cordell Hull den Plan zu Fall brachten. Sechshundert Jahre deutscher Kultur in Ostpreußen sind unwiederbringlich verloren. Verloren durch deutsche Schuld! Während im Westen die Menschen in ihrer Heimat blieben und von den Besatzungsmächten human behandelt wurden, erlebte die Bevölkerung des deutschen Ostens grausamste Vergeltung und Rache. Mit dem Verlust der geliebten Heimat, den Millionen Opfern eines beispiellosen Massakers, dem gewaltigen Exodus eines bodenständigen Volkes bezahlten die Menschen des deutschen Ostens den höchsten Preis für einen verbrecherischen, verhängnisvollen Krieg, den Hitler und seine gewissenlosen Schergen begonnen hatten und mit dem sie eine ganze Nation ins Unglück stürzten. Unter allen Provinzen des Reiches erlitt Ostpreußen die höchsten Verluste an Menschenleben.

Als der Krieg meine Heimat vernichtete, war ich zehn Jahre alt. In einem kleinen, verträumten Dorf in Masuren führte ich ein glückliches, einfaches Leben und erlebte mit meinem Vater eine fröhliche, sonnige Kindheit. Einfühlend, geduldig und behutsam zeigte er mir die unzähligen Wunder der Natur in einem Land, in dem die Zeit stillzustehen schien, in dem die Schöpfung ein einzigartiges Paradies geschaffen hatte. Seinen leidenschaftlichen Erzählungen verdanke ich diese eindringlich geschilderten Lebenserinnerungen. Bis heute bin ich ein suchender Träumer geblieben, einer, der mit der Seele nach längst verwehten Spuren vergangener Tage im Land seiner Vorfahren sucht.

In Masuren leben heute keine Masuren mehr. Wer spricht heute noch von Ostpreußen? Die alte Zeit ist für immer dahin. Geblieben sind nur die Schönheit einer unvergleichlichen, einzigartigen Landschaft und ein melancholischer, versunkener Traum von einem verlorenen Paradies. Der furchtbare Krieg nahm mir die geliebte Heimat. Von meinem Zuhause, von Menschen, die mit mir dort gelebt haben, musste ich mich für immer trennen, nicht aber von vielen unvergesslichen Erinnerungen.

Werner Jondral